Sur l'auteure

Ariana Neumann est née et a grandi au Venezuela. Journaliste, elle vit aujourd'hui à Londres avec son mari et leurs trois enfants. *Ombres portées* est son premier livre.

ARIANA NEUMANN

OMBRES PORTÉES

Souvenirs et vestiges
de la guerre de mon père

Traduit de l'anglais
par Nathalie Peronny

10
18

LES ESCALES

Titre original :
When Time Stopped.
A Memoir of My Father's War and What Remains

ISBN 978-2-264-08055-4
Dépôt légal : septembre 2022

Pour Sebastian
Pour Èloise
Pour Maria-Teresa

Ce livre est dédié à la mémoire de celles et ceux qui n'ont pas pu raconter leur histoire.

Si cada día
cae dentro de cada noche,
hay un pozo donde la claridad
está encerrada.
Hay que sentarse a la orilla
del pozo de la sombra
y pescar luz caída,
con paciencia

Si chaque jour
Tombe dans chaque nuit
Il existe un puits
Où la clarté se trouve enclose.
Il faut s'asseoir sur la margelle
Du puits de l'ombre
Pour y pêcher avec patience
La lumière qui s'y perdit.

« Si cada día cae »,
Pablo Neruda [1]

---

1. « Si chaque jour tombe », extrait de *La Rose détachée et autres poèmes* traduit par Claude Coufon, Paris, Gallimard, 2004.

Les choses ne sont pas toutes à prendre ou à dire comme on voudrait nous le faire croire. Presque tout ce qui arrive est inexprimable et s'accomplit dans une région que jamais parole n'a foulée.

Rainer Maria Rilke,
Lettres à un jeune poète, 1903 [1]

1. Traduit par Bernard Grasset et Rainer Biemel, Paris, Éditions Bernard Grasset, 1937.

TABLE DES MATIÈRES

FAMILLE

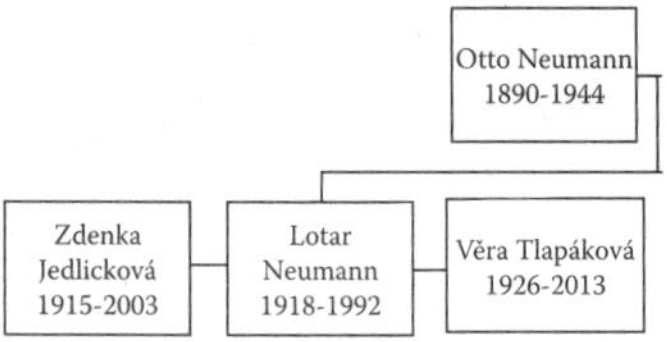

Famille d'Otto

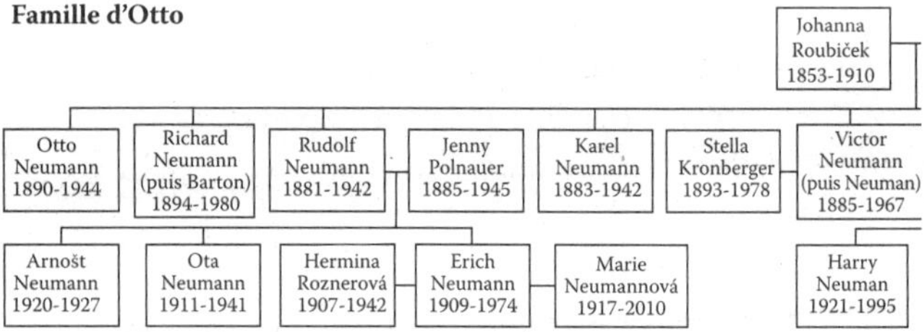

Famille d'Ella

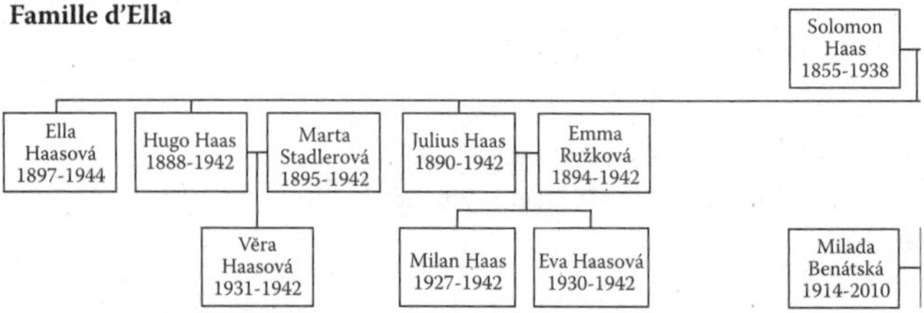

NEUMANN-HAAS

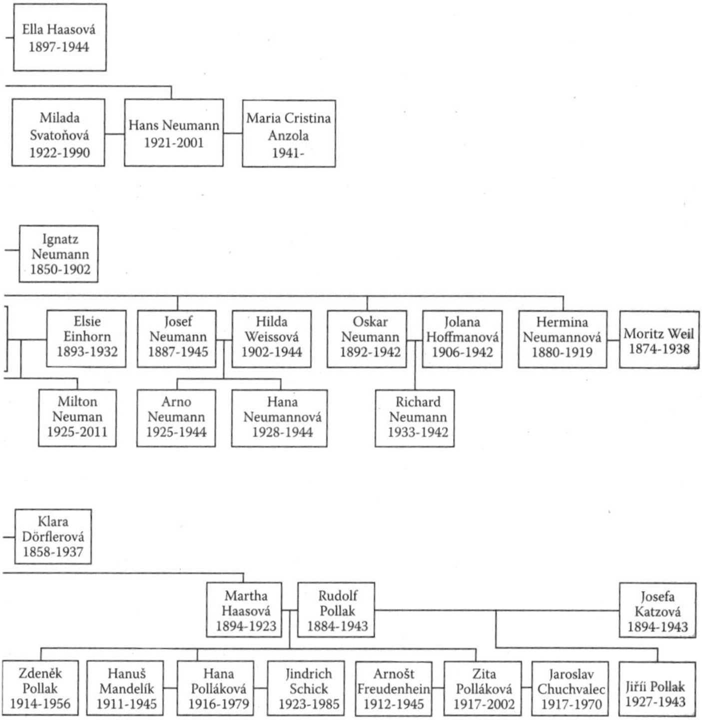

L'EUROPE À L'AUBE DE LA GUERRE - 1938
Mer du Nord
Mer Baltique
Berlin
ALLEMAGNE
POLOGNE
Teplice
Terezín
Libčice
Prague
Nuremberg
Auschwitz
Moldau (fleuve)
TCHÉCOSLOVAQUIE
Brno
SUISSE
AUTRICHE
Berlin
Teplice
Terezín
Libčice
Prague
Moldau (fleuve)
N
W
E
S

PROLOGUE

1

Un point d'interrogation apparaît, comme noyé au milieu de l'océan de noms inscrits sur les murs d'une vieille synagogue de Prague. Les visiteurs intiment le silence à leurs enfants tandis qu'ils traversent les salles du mémorial de Pinkas. Difficile de ne pas se sentir bouleversé par cette vertigineuse fresque de lettres rouges et noires rédigée à la mémoire de 77 297 êtres humains, anciens résidents des régions tchèques de Bohême et de Moravie durant la guerre. Tous victimes des nazis.

Chacun de ces noms est associé à une date de naissance et de décès.

Celui de mon père, Hanus Stanislav Neumann, est suivi du 9 février 1921, jour de sa naissance. Mais son inscription diffère de toutes les autres. C'est la seule à ne pas indiquer la date de sa mort.

Celle-ci est remplacée par un point d'interrogation, bien tracé à l'encre noire et parfaitement incongru.

J'ai visité le mémorial en 1997. Je n'étais alors qu'une simple touriste ; j'étais loin de me figurer le lien qui me rattachait à ce lieu. En parcourant les inscriptions, sur ma droite, alors que je descendais les marches de la première salle, j'ai été stupéfaite d'y découvrir le nom de mon père. Il était alors bien en vie, chez lui, à Caracas, où il travaillait toujours. Pourtant, ce point d'interrogation était là, à la fois déroutant et approprié.

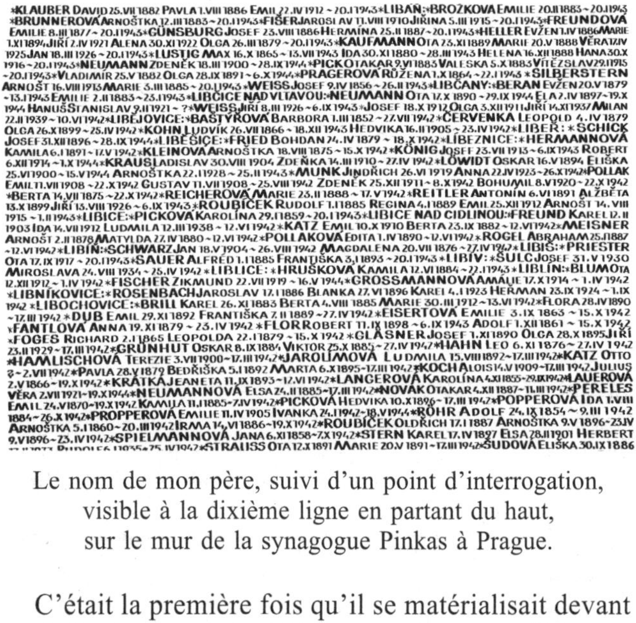

Le nom de mon père, suivi d'un point d'interrogation,
visible à la dixième ligne en partant du haut,
sur le mur de la synagogue Pinkas à Prague.

C'était la première fois qu'il se matérialisait devant moi. Or je me posais déjà des questions sur l'histoire de mon père depuis très longtemps. Ma curiosité s'était éveillée dès l'enfance, presque à l'autre bout du monde, dans un pays lointain situé au-delà de l'océan.

Tout était parti d'une simple image. Une photo inconnue et ressurgie des brumes du temps. Un souvenir enfoui, à dessein ou non, peut-être inconsciemment, et qui m'avait soudain mis la puce à l'oreille. Ce cliché ne collait pas avec la réalité que je connaissais et jetait une lumière troublante sur le présent. Il faisait naître des questions. Il exigeait des réponses du passé.

Mes souvenirs d'enfance sont bercés par le chant des orioles troupiales, des criquets et des grenouilles. Ils sont baignés d'une douce brise ; ils oscillent doucement au rythme des palmiers, parés des plumes rouge et orange des oiseaux de paradis. Mais leur tendresse, leurs couleurs et leur chaos sont aussi ponctués par les pignons, les rouages et les ressorts des montres anciennes, ces mécanismes aux mouvements précis et compliqués. Au milieu d'imposantes sculptures, ma mère récite des vers de Rubén Dario et d'Andrés Eloy Blanco tandis que mon père esquisse un pas de danse en chantonnant les paroles de « Yellow Submarine ». Des invités évoluent dans de grands salons spacieux, déambulent à travers des terrasses et des jardins : ils sont politiciens, diplomates, industriels, écrivains, cinéastes, danseurs, et tout ce petit monde bavarde, gesticule et rit, debout ou assis, toujours réuni autour de mes parents. Un joyeux brouhaha emplit l'air. Mais à certains moments, ce bruit de fond s'estompe pour céder la place au tic-tac des aiguilles, au carillon et au ronronnement des montres.

J'ai gardé la vision précise de l'une d'entre elles. C'est une montre à gousset en argent, ronde et brillante. Elle est posée à plat devant moi, son mécanisme ouvert, son intérieur exposé.

Il s'agit d'une pièce à part dans la collection de mon père. Elle est constituée de quatre boîtiers. Ses finitions en argent ont tendance à se ternir. La plupart des autres modèles étaient en or, incrustés de pierres précieuses. Celui-ci est lourd et massif ; son premier boîtier comporte un cordon tressé de couleur bordeaux rattaché à une petite clé. Le motif peu raffiné qui orne sa surface serait sans doute plus à son avantage sculpté dans du bois.

Lorsqu'on presse le petit bouton situé sur le côté, on découvre la facette intérieure en argent ciselé, entourée d'écailles de tortue et de minuscules vis argentées. On aperçoit le cadran, avec ses aiguilles en or et ses symboles en guise de chiffres pour indiquer les heures ; les lettres au centre indiquent le nom du fabricant.

À l'intérieur du deuxième boîtier est glissé un morceau de papier antédiluvien et de forme arrondie. Sur celui-ci, d'une belle écriture tracée à l'encre noire, on peut lire : *Thomas Stivers, Londres, Angleterre. Fabriqué en 1732 à l'Old Watch Street Shop pour Export Trade India.*

À l'intérieur, encore, se niche un troisième petit boîtier en argent et dénué d'ornements.

Cet écrin d'apparence quelconque en recèle un autre, lui aussi en argent poli, qui abrite le mécanisme de la montre. On est tout de suite fasciné par la beauté des aiguilles et du cadran ; sortie des autres boîtiers, la montre paraît soudain petite et délicate, presque fragile. En ouvrant le verre protecteur pour examiner la pièce de plus près, on découvre un jeu de charnières supplémentaires ; et si l'on observe la surface du cadran, on aperçoit, juste à côté du tiret indiquant 6 heures, un levier si minuscule qu'il pourrait presque nous échapper. Lorsqu'on déplace légèrement ce levier vers le centre en veillant à ne surtout pas abîmer l'émail, l'arrière du boîtier s'ouvre, révélant un superbe mouvement aux rouages constitués de filigranes entremêlés évoquant des fleurs et des plumes d'or et d'argent.

La plupart des gens ne regardent pas le mouvement d'une montre. Ils ouvrent rarement le mécanisme pour comprendre ce qui se cache derrière la mesure du temps. Pour eux, observer le cadran et savoir que tout fonctionne à l'intérieur du boîtier est une source d'émerveillement en soi. Pourtant, lorsqu'on examine ce mécanisme fascinant, on s'aperçoit qu'il est à l'arrêt : le fil métallique du ressort est cassé, la montre ne peut pas donner l'heure.

Quand je relève les yeux de la montre, j'aperçois mon père devant son établi, sur une chaise blanche dont le dossier épouse la forme de son dos. Il porte au front une visière en plastique noire munie de deux loupes rectangulaires. Son panache de cheveux blancs est entortillé dans l'élastique qui lui entoure la tête. Il ne prête plus la moindre attention au monde qui l'entoure, et il ne me voit donc pas, en train de l'espionner à travers l'entrebâillement de la porte. Muni d'une pince à épiler qu'il manipule de ses doigts fins, il tente d'extraire des entrailles de la montre un fil métallique qui m'évoque une bobine dorée. Ses gestes sont délicats, d'une précision extrême et d'une patience infinie. Sans le mouvement millimétré de ses doigts au-dessus de la montre, à le voir si immobile, on pourrait presque croire que le temps s'est arrêté.

Mon père répare inlassablement ses montres. Il veut qu'elles soient exactes à la seconde près. Cela s'apparente davantage à un besoin vital qu'à une simple lubie. Il conserve la plupart de ses modèles dans sa chambre : certains sont exposés dans une vitrine Louis XV, d'autres soigneusement rangés dans les tiroirs d'un coffre en bois de tulipier du XIXe siècle tapissé d'un épais velours bordeaux. Il les ressort chaque semaine pour en examiner les rouages, les ressorts, les leviers et les carillons. Si une rectification doit leur être apportée, il les emporte dans son atelier, une longue pièce aveugle dont j'ai gardé le souvenir précis, située tout au fond du couloir, près de la cuisine. Celle qui a la forme d'un wagon de train. Celle qui demeure invariablement fermée, et dont la clé reste en permanence dans la poche de mon père, au bout d'une chaînette en or fixée à l'un des passants de son pantalon. Il s'y installera face à l'établi où sont disposés ses minuscules outils. Il enfilera l'une de ses loupes visières suspendues aux crochets du mur. En fonction du modèle de montre posé devant lui, il actionnera un levier, ou bien il ouvrira directement le boîtier pour examiner l'intérieur. Sa première tâche consistera à vérifier le bon fonctionnement de l'échappement et du train. Ce dernier doit toujours être en mouvement ; c'est essentiel pour fournir de l'énergie au mécanisme des heures durant. En général, les trains comportent quatre rouages : un pour les heures, un pour les minutes et un pour les secondes, le quatrième étant relié à l'échappement. Celui-ci est constitué de minuscules crans, d'un levier et de deux rouages supplémentaires, l'un pour le dégagement et l'autre pour l'équilibre. Cela permet de propulser le train à intervalles précis, avec juste la puissance qu'il faut pour permettre le déplacement correct des aiguilles. C'est lui qui crée le tic-tac et permet l'exactitude. Le train et l'échappement sont des composants essentiels du mouvement. Ils doivent fonctionner ensemble, de manière parfaitement huilée, sans quoi l'heure ne sera pas exacte. Les tiroirs de l'atelier de mon père sont remplis de lampes, de loupes et d'outils. Il possède en tout deux cent quatre-vingt-dix-sept montres à gousset. Parfois, s'il m'aperçoit dans les parages, il m'invite à le rejoindre et ouvre ma préférée. Pas celle qu'il est en train de réparer, mais celle avec les complications, celle qui marche sans problème, celle dont le carillon joue une jolie mélodie, avec deux chérubins aux bras articulés qui frappent une cloche de leurs petits marteaux dorés.

Mon père se réveille invariablement à 6 h 30, quel que soit son nombre d'heures de sommeil. Il enfile son peignoir de coton bleu et se rend dans son bureau, où l'attend un plateau posé sur un guéridon. Tous les jours de la semaine, à 6 h 35 précises, face aux feuilles épineuses et vert foncé des broméliacées qui se glissent entre les barreaux de la fenêtre, il s'installe sur sa méridienne pour manger un pamplemousse et lire le journal. Il verse le tiers d'un sachet d'aspartame dans une tasse de café noir qu'il avale d'un trait. Puis il se douche. Dans sa penderie, il sélectionne un costume parmi les dizaines qu'il possède, noue sa cravate, attrape un mouchoir parfaitement repassé, choisit une montre-bracelet et part pour le bureau à 7 heures précises.

À la fin de la journée, le trajet retour lui prend entre neuf et treize minutes en voiture, selon les conditions de circulation. Il adapte son horaire de départ pour arriver à 18 h 30 précises à la maison. S'il ne compte pas ressortir plus tard, il dépose sa mallette dans son bureau, se verse un Campari-soda qu'il mélange à l'aide d'une longue cuiller et va s'installer sur la terrasse. Chaque soir, quand il est là, sa cuiller à cocktail laisse une tache rose sur la serviette en lin blanc du meuble-bar. Le dîner est servi à 19 h 30 précises.

Si j'aperçois la cuiller à Campari posée à sa place, intacte, en passant devant la bibliothèque après ma leçon de piano, cela signifie que mes parents sont en train de s'habiller pour sortir. Je me précipite alors dans la chambre de ma mère pour la regarder se préparer devant le miroir pivotant de sa coiffeuse. Assise par terre, je lui raconte ma journée pendant qu'elle se maquille avec soin, enfile sa robe et choisit ses bijoux. Mon père fait généralement irruption dans la pièce, vêtu d'un smoking ou d'un très chic costume noir, pour dire qu'ils sont en retard. Ils m'embrassent, me souhaitent une bonne soirée et disparaissent le long du couloir, mon père raide et élégant, ma mère d'une beauté magnétique dans sa vaporeuse robe du soir balayée par le mouvement de sa chevelure auburn tandis qu'elle s'éloigne.

2

Contrairement à la plupart des résidences du quartier, la nôtre n'avait pas de nom. Son portail vert arborait une simple plaque avec ces mots gravés en guise de mise en garde : *Perros Furibondos*. Pour tous nos visiteurs, nous habitions donc la Maison des Chiens Furieusement Méchants. Ces derniers passaient davantage de temps à se prélasser au soleil qu'à montrer les crocs, mais le nom s'était imposé naturellement. La villa *Perros Furibondos* était une oasis de calme, protégée de l'agitation et du chaos de Caracas dans les années 1970 par de grands manguiers, de hauts murs blancs et la présence de deux gardes placides mais scrupuleux qui se relayaient pour faire le tour de la propriété.

Le jardin de mon enfance contenait un imposant kapokier, des dizaines de palmiers de toutes sortes, des manguiers, des goyaviers, des acacias, des eucalyptus, ainsi que des orchidées, des *flores de mayo* et des frangipaniers autour d'une piscine bleu azur. Petite, ma mère était venue jouer dans cette demeure, du temps où elle appartenait à des amis de ses parents. Quand mes parents s'étaient mariés, mon père l'avait rachetée, afin d'y installer leur nouveau foyer.

C'était une bâtisse immense, lumineuse et de plain-pied, comportant de nombreuses pièces hautes de plafond et de spacieuses terrasses. Elle avait été conçue en 1944 par Clifford Wendeback, un architecte américain qui avait dessiné de somptueuses demeures, dont la villa coloniale du Caracas Country Club. Elle se dressait au milieu des jardins privatifs du quartier de Los Chorros, à l'est de la ville, non loin d'El Avila, la majestueuse montagne qui domine la capitale et la sépare de la côte.

Le pays dans lequel j'ai grandi était plein de promesses. Il connaissait de gros problèmes de disparité sociale, de corruption et de pauvreté, mais on avait le sentiment qu'ils n'étaient pas pris à la légère. Des politiques sociales et éducatives étaient mises en place. On construisait des logements, des écoles, des hôpitaux. Le Venezuela des années 1970 et 1980 était un modèle pour le reste de l'Amérique latine. Il jouissait d'une économie stable, s'enorgueillissait d'un taux d'alphabétisation en hausse et d'une scène artistique florissante ; grâce aux revenus du pétrole, il pouvait également compter sur un gouvernement riche et solide, soucieux de développer l'industrie, les infrastructures et l'éducation. Ce pays était vibrant de potentiel. Les entreprises locales et internationales avaient à cœur d'y investir. Les immigrés étaient attirés par sa qualité de vie, ses opportunités économiques et la relative sécurité de ses villes. Le climat y était tempéré, les terres fertiles, et la nature qui entourait ses villes, les plages, les jungles et la biodiversité, étaient d'une beauté et d'une variété sans pareilles. Tout au long de mon enfance, de nouveaux édifices, musées et théâtre, ont vu le jour à travers la capitale. Caracas était une métropole moderne et bouillonnante d'activité. Des vols quotidiens la reliaient à New York, Miami, Londres, Francfort, Rome et Madrid. Même le Concorde assurait des liaisons régulières entre Paris et l'aéroport de Maiquetía.

Caracas devait sa formidable énergie à une politique d'accueil commencée plusieurs décennies auparavant. En 1946, le Venezuela avait décidé de tendre la main aux Européens chassés de chez eux par la guerre. Des dizaines de milliers de rescapés, originaires du sud et du centre de l'Europe pour la plupart, avaient ainsi afflué, suivis des dizaines d'années plus tard par une vague de nouveaux migrants fuyant l'instabilité politique qui déchirait de nombreux pays d'Amérique du Sud.

Enfant, je savais juste que mon père et son frère aîné, Lotar, avaient immigré au Venezuela pour fuir leur pays d'origine ravagé par la guerre. J'ignore comment je l'avais appris, étant donné que mon père n'abordait jamais la question. Il ne s'intéressait qu'au présent, jamais à ce qu'il avait laissé derrière lui. Au moment de ma naissance, vingt ans après son arrivée sur le sol vénézuélien, il n'avait plus rien d'un réfugié de guerre traumatisé. De l'extérieur, ses seules caractéristiques étaient son teint pâle, son lourd accent d'Europe de l'Est, et son obsession pour les montres et la ponctualité.

À son arrivée après la guerre, il avait monté une fabrique de peinture avec son frère Lotar. Et ses affaires avaient prospéré. Son énergie, son excellente connaissance des produits chimiques et la diversité de ses centres d'intérêt lui avaient permis de saisir toutes les opportunités offertes par sa terre d'accueil. Quand je suis née, mon père était un industriel et un intellectuel renommé. Partout, des panneaux publicitaires vantaient ses produits : pots de peinture, matériel de construction, jus de fruits, yaourts. Les gens lisaient ses journaux. La moindre quincaillerie arborait le logo de Montana, sa marque de peinture. Il dirigeait aussi des organismes de charité, parrainait des programmes éducatifs et faisait du mécénat artistique. Ma mère était issue d'une famille européenne ayant migré au Venezuela en 1611, et leur mariage avait fermement établi mon père dans les rangs de la bonne société vénézuélienne. En 1965, l'écrivain Bernard Taper avait publié dans le *New Yorker* un long article intitulé « Dépêches de Caracas » :

> Les Neumann sont considérés comme de parfaits exemples d'une race nouvelle d'industriels sur la scène vénézuélienne, à la fois pour leurs compétences techniques, leur ambition et leur sens de la responsabilité sociale – une combinaison quasiment inédite, ici.

Voici le portrait qu'il dressait de mon père :

> Âgé de quarante-trois ans, vigoureux et bien bâti, Hans a les cheveux gris coupés en brosse, les yeux verts, le regard vif, l'arête nasale déformée (souvenir d'une fracture de jeunesse pendant un match de boxe), et une bouche plus sensuelle et expressive que l'on ne pourrait s'y attendre chez un homme

au nez tordu et à la personnalité si affirmée. Grand amateur d'art, il possède une splendide collection de tableaux et de sculptures modernes. Il est en outre le président du Museo de Bellas Artes, et a beaucoup contribué au développement artistique de son pays.

Hans Neumann et Maria Cristina Anzola
à Caracas, vers 1980.

Mon père avait rempli notre maison d'œuvres d'art. Les murs permettaient aux visiteurs d'admirer sa collection de peintures ; même le grand jardin était parsemé de sculptures. Les grands maîtres européens côtoyaient de jeunes artistes latino-américains méconnus. On trouvait aussi bien des œuvres consensuelles que d'autres plus dérangeantes, surréalistes et expressionnistes : photos de corps fragmentés, de paysages déconstruits, et même un tableau montrant les parties d'un corps en guerre les unes contre les autres. Il y avait des statues de nus féminins, certaines petites et d'autres énormes. Je me souviens du silence choqué de la mère très pieuse d'une de mes camarades de l'école catholique que j'avais invitée pour mon anniversaire. Elle avait caché les yeux de sa fille avec un ballon de baudruche bleu en passant devant l'immense statue en bronze d'une femme nue aux jambes écartées qui trônait dans le vestibule. Je ne crois pas me souvenir que cette amie soit jamais revenue jouer à la maison.

3

Quand j'étais petite, je rêvais d'être détective. Ou mieux encore, espionne. Je répétais à qui voulait l'entendre que je voulais devenir médecin, mais je crois que c'était surtout pour avoir l'air intelligente, étant donné que je ne supportais pas la vue du sang. En vérité, je mourais d'envie de résoudre des énigmes. Du haut de mes huit ans, j'avais fondé un club d'espionnage avec mes cousins maternels et quelques camarades de classe. Nous dévorions tous les livres d'Enyd Blyton, du *Club des Cinq* au *Clan des Sept*, et tant pis si nous vivions sous les tropiques, bien loin du ciel pluvieux d'Angleterre. Nous avions décidé de nous appeler le Club de la Botte Mystérieuse, nom choisi avec soin par mon amie Carolina et moi-même. Âgée d'un an de plus que moi, Carolina était l'une des meilleures élèves de sa classe à l'Institut britannique. Nous étions devenues amies non parce que nos familles se fréquentaient, mais parce qu'elle comprenait, comme moi, le sérieux et la gravité de ces enquêtes. Nous avions d'abord songé à L'Empreinte de Pas Mystérieuse, mais cela nous semblait trop scolaire et trop banal. Nous ne voulions pas passer pour des gamins puérils ; nous avions besoin d'être pris au sérieux par les autres enfants et, surtout, par les adultes. Les enquêtes policières étaient toujours truffées de traces de semelles mystérieuses dans la boue. Nous avons donc décidé de nous baptiser d'après la botte responsable de ces empreintes : nous trouvions cette idée bien meilleure, moins superficielle, à la fois plus énigmatique et plus littéraire.

Près du mur le long de la partie nord du jardin, perdue au milieu d'arbres envahis par le caquètement des perroquets et où l'on apercevait, parfois, un singe en vadrouille ou un paresseux, se trouvait une grande niche abandonnée qui devint le quartier général officiel du Club de la Botte Mystérieuse. J'avais demandé à mon père un pot de peinture blanche et de gros pinceaux afin que nous puissions lui redonner un coup de frais. Carolina, qui avait la plus belle écriture d'entre nous tous, a laborieusement tracé les lettres *CBM* (pour « *Club Bota Misteriosa* ») au marqueur noir sur la partie de la façade qui était protégée de la pluie. Chaque samedi, nous nous accroupissions pour pénétrer à l'intérieur. Munis d'un petit balai et d'un paquet de mouchoirs empruntés à la réserve de produits d'entretien, nous nettoyions le sol en ciment, ôtions les toiles d'araignée et nous efforcions de chasser les chenilles, les fourmis et autres insectes venus trouver refuge dans les parois métalliques de la niche. De simples caisses en bois nous faisaient office d'étagères, de tabourets et de table. Nous avions apporté tout un bric-à-brac de livres et de carnets dans lesquels étaient consignés nos modestes projets d'enquêtes censés pimenter nos existences ordinaires et ultra-protégées.

En l'absence de véritables énigmes dignes de ce nom, je m'étais attelée à la rédaction des statuts et du règlement de notre club. Sans surprise, je me suis retrouvée présidente. Les deux membres les plus organisés et les plus raisonnables du groupe, à savoir Carolina et mon cousin Rodrigo, en étaient les vice-présidents. Nous avions décrété que tous les candidats devraient passer des tests de QI et d'agilité physique. Le test d'intelligence provenait du *Reader's Digest* qui traînait dans la cuisine et dont j'avais arraché les pages. Quant à l'épreuve sportive, elle consistait principalement à remplir ses poches de croquettes et à courir pour échapper à nos chiens soi-disant très méchants avant de grimper dans les branches d'un arbre. Nous avons dû un peu tricher, de temps en temps, pour inclure tous ceux qui souhaitaient nous rejoindre. Une de nos tantes, qui m'avait entendu énoncer nos critères, avait insisté pour que nous acceptions ma plus jeune cousine, Patricia, une fillette qui avait une fâcheuse tendance à mordre quand elle était mécontente et ne savait encore ni lire ni écrire. Mes parents tenaient à ce que je me montre plus douce et généreuse, si bien que nos critères d'admission étaient flexibles et servaient essentiellement à flatter l'orgueil de nos membres.

Lors de nos réunions, nous échangions des livres et mettions notre argent de poche dans un ancien pot à mayonnaise dont le couvercle était percé d'une fente. Cela nous permettait d'acheter des fournitures pour le club, et aussi d'aider la maison de retraite située un peu plus loin dans notre rue. Nos carnets à la main, nous allions espionner tous les gens qui vivaient, travaillaient ou passaient chez moi. Nous partions en mission d'une demi-heure avant de nous retrouver au club-house pour siroter un jus de mangue ou de melon et nous lire nos rapports à voix haute.

Ces comptes rendus étaient le plus souvent insipides, mais nous faisions semblant de les trouver passionnants. Souvent, nous devions aller espionner à tour de rôle pour garder un œil sur la petite cousine pas commode. Carolina a ainsi observé que le jardinier ratissait les feuilles toujours dans la même partie du jardin, invariablement, semaine après semaine. C'était bien la preuve, nous a-t-elle déclaré d'un ton solennel en tortillant l'une de ses mèches brunes, qu'il se contentait de tuer le temps. Mon cousin Eloy, qui était plus âgé que moi, avait de grands yeux bleus et une voix harmonieuse, nous a lu avec force détails ses notes d'observation à propos d'une femme de ménage qui faisait la poussière et avait étrangement déplacé certains livres d'une étagère à une autre. Il l'avait aussi vue intervertir des vinyles dans la discothèque de mon père, qui était rangée par code couleur. Le rock'n'roll (classé par ordre alphabétique, avec un Scotch rouge sur la tranche) avait changé de place avec l'opéra (classé par ordre alphabétique de compositeur, avec un morceau de Scotch jaune sur la tranche). Eloy n'avait pas su analyser s'il s'agissait d'un acte d'espièglerie, de défi ou d'étourderie. Sa conclusion, en revanche, était la même que la nôtre : quand mon père s'en apercevrait, il entrerait dans une colère noire. Son sens de l'ordre et du rangement était une énigme pour tous les membres du Club de la Botte Mystérieuse.

Nous demandions toujours aux gens que nous croisions s'ils n'avaient rien remarqué d'inhabituel. Au fil des mois, nos réunions se poursuivaient, à l'identique. Nous surveillions scrupuleusement l'activité au sein de la maison en notant le moindre détail. Nous tombions parfois sur de petits mystères et échangions des messes basses surexcitées pour nous apercevoir finalement, au terme d'une courte enquête, que l'explication était simple comme bonjour.

Je me souviens de mon euphorie, un jour, pendant les vacances, en découvrant une rondelle de cire rouge dans la poubelle après avoir entendu la cuisinière se plaindre de la disparition d'une boule d'Edam. Nous avons tenté, en vain, de trouver des empreintes sur la pièce à conviction, et patrouillé à travers la maison avec un tampon encreur emprunté à mon père en demandant à chacun un relevé de ses empreintes digitales. Il s'avère que Maria, la femme originaire de Galice qui avait deux doigts en moins et venait tous les jours faire du repassage chez nous, avait sauté le petit déjeuner et le repas de midi ce jour-là, et qu'elle avait une passion pour les fromages européens à pâte cuite. Elle nous a avoué son crime d'un air las au moment où Carolina et moi lui demandions de presser ses doigts – ou ce qu'il en restait – sur le tampon encreur. Il semblait toujours y avoir une explication bête et prosaïque à ce genre de mystère. Nous rêvions tous d'un vrai casse-tête pour mettre nos talents de détective à l'épreuve.

Et puis, un beau matin, après des semaines de comptes rendus sans intérêt, mon cousin Rodrigo, un garçon doux et pragmatique, nous a raconté que mon père avait pris une étrange boîte grise dans un tiroir fermé à clé de son atelier pour la ranger dans un placard de la bibliothèque.

Pourquoi cette information a-t-elle retenu mon attention ? Je l'ignore. Peut-être parce que Rodrigo a précisé que mon père se comportait bizarrement et semblait se mouvoir avec une lenteur exagérée alors qu'il transportait une simple boîte en carton. D'après mon cousin, celle-ci devait forcément contenir quelque chose de lourd ou de précieux. Quand mon père était ressorti de la bibliothèque, il s'était faufilé à l'intérieur pour ouvrir le placard mais n'avait pas osé toucher la boîte.

Je n'ai pas manifesté le moindre intérêt pour cette histoire devant mes camarades espions. Je me demande pourquoi. Sans doute parce qu'il était question de mon père.

L'après-midi, dès leur départ, après le déjeuner et la baignade, je suis allée voir la chose de plus près. Je n'ai eu aucun mal à retrouver la boîte : elle était d'un gris sombre, emballée dans du tissu et rangée sur la même étagère que le jeu de dames et l'échiquier. Elle n'était même pas cachée. Elle était juste posée là, à l'intérieur d'un placard où elle n'avait rien à faire. Je me souviens avoir pensé sur le moment qu'elle contenait peut-être des montres cassées. Quand je l'ai soulevée, la théorie de Rodrigo a volé en éclats : je ne m'attendais pas à ce qu'elle soit aussi légère.

Je me suis assise sur le tapis, au pied des rayonnages de livres, et j'ai soulevé le couvercle avec des doigts tremblants. J'avais le sentiment qu'il s'agissait enfin du grand mystère dont nous rêvions tous. La boîte ne contenait que quelques papiers, avec un vieux passeport vénézuélien posé par-dessus ; il datait de 1956, et était bien plus petit que tous ceux que j'avais vus. À l'intérieur, sur la photo, j'ai reconnu mon père, souriant et déjà ridé, ses lunettes posées sur l'arête de son nez de boxeur. Sous le passeport, j'ai découvert cinq ou six documents fragiles et jaunis par le temps.

Ils étaient imprimés dans une langue étrangère. Le papier avait l'air vieux. Je les ai soulevés l'un après l'autre entre mes deux mains pour les déposer sur le couvercle de la boîte. Et là, tout au fond, quelque chose d'autre a attiré mon regard. Il s'agissait d'une photo de mon père agrafée à un rectangle de carton rose. Je ne l'avais jamais vu si jeune, sans son nez cassé, ses rides ou ses cheveux blancs. Pourtant, je l'ai reconnu tout de suite – à son regard. Un sourire semblait hésiter au coin de ses lèvres, mais ses yeux regardaient droit vers moi, à la fois intenses et interrogateurs.

Collé au bas de la photo, un timbre recouvrait presque complètement sa cravate. J'étais trop jeune pour avoir de grandes connaissances en histoire, mais les traits de l'homme représenté sur ce timbre m'étaient familiers. Je savais qu'il incarnait le mal, et l'apparition du visage de mon père juste au-dessus du sien n'avait aucun sens. J'ai recherché d'autres indices.

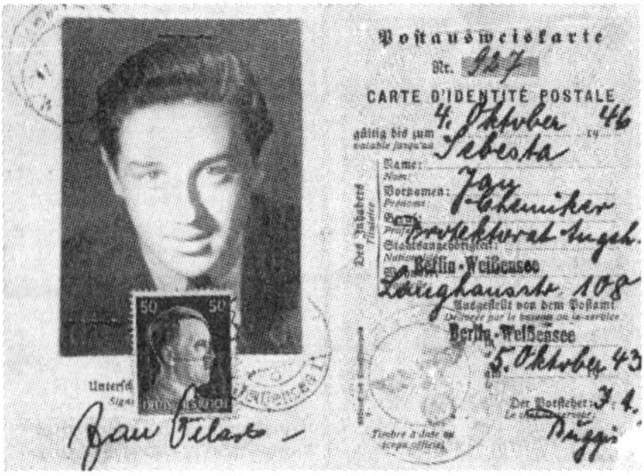

La carte d'identité que j'ai retrouvée, enfant, à Caracas.

Je voyais bien qu'il s'agissait d'une sorte de papier d'identité. J'ai cherché le nom de mon père, en vain. La carte semblait appartenir à un certain Jan Šebesta. Elle datait du mois d'octobre 1943 et était valable jusqu'en octobre 1946. Au dos, on pouvait lire la date de naissance du détenteur : 11 mars 1921. Or je savais que mon père était né le 9 février 1921.

Je ne me souviens pas de grand-chose d'autre de cette découverte, à part que j'étais terrifiée. Je devais absolument trouver ma mère. Papa ne s'appelait pas Hans. Il mentait sur son nom et sa date de naissance ! La preuve était indiscutable, imprimée sur un document d'apparence officielle ! J'ai traversé en trombe la longue terrasse au carrelage en damier, dépassé les divans et les fauteuils, les énormes statues de bronze et de calcaire. Je me suis engouffrée dans le couloir blanc, certaine que le portrait de mon père peint par Botero me suivait du regard. J'ai prié pour ne pas tomber sur mon père. J'entendais de la musique dans leur chambre. Assise sur la méridienne, le dépliant d'une cassette audio à la main, ma mère articulait sans bruit les paroles de *Rigoletto*. Je me suis jetée sur elle, secouée par de violents sanglots. Je me souviens qu'elle m'a serrée dans ses bras avant d'aller baisser avec moi le volume de la chaîne stéréo. Ses cheveux me caressaient la joue. Elle m'a demandé si je m'étais encore fait mal en jouant avec les chiens.

— Non. Non. *Mami*, non. Il n'est pas la personne qu'il prétend être. Ce n'est pas lui !

— Qui ça ?

— *Papi* ! ai-je répondu. Il fait semblant. J'en ai la preuve. Il ne s'appelle pas Hans, mais Jan, *Mami*. Il n'est pas né le 9 février, il ment. C'est un imposteur !

Je n'ai gardé aucun autre souvenir de cette journée.

Cette carte d'identité, avec son timbre à l'effigie de Hitler et sa photo de mon père jeune homme, m'a brutalement dessillé les yeux. Elle a fait ressurgir toutes les zones grises autour de mon père, les silences gênés, et les questions refoulées. Pour la première fois, j'avais le sentiment que derrière la force et le succès de mon père se cachaient des ombres et des horreurs innommables.

Je n'avais jamais prêté attention aux regards fuyants, aux pauses un peu trop longues, au passé dont nul ne parlait jamais. La découverte de cette photo a tout changé. Elle a marqué le moment précis où les pièces manquantes, les trous dans le récit, m'ont sauté au visage.

Et lentement, très lentement, j'ai pris conscience que ces pièces manquantes, associées aux silences et aux moments de trouble, recelaient sa véritable histoire.

La fois suivante, quand j'ai voulu examiner à nouveau son contenu, la boîte avait disparu. Je n'ai jamais su où elle avait atterri. Bien plus tard, ma mère m'a confié que jamais, au cours de ses nombreuses années de vie commune avec mon père, elle n'avait vu cette boîte. Il s'écoulerait des décennies avant que je retombe dessus.

4

Il y avait eu des indices, pourtant. Des fausses notes et des détails troublants émaillaient mes souvenirs d'enfance. Les failles étaient là, depuis le début. Quand j'avais sept ans, réveillée par un cauchemar, j'avais suivi le couloir pour aller me réfugier dans le lit de mes parents. Je le faisais rarement, non parce que aucun cauchemar ne venait jamais perturber mon sommeil, mais parce que mon père dormait nu et qu'il avait toujours l'air agacé de devoir enfiler son pyjama ou son peignoir. J'ai donc le souvenir distinct du peu de fois où cela s'est produit.

Cette nuit-là, une fois cajolée et rassurée, je m'étais rendormie entre mes parents. Pour être à nouveau réveillée, cette fois par les cris désespérés de mon père dans une langue que je ne connaissais pas. Ma mère nous a enlacés tous les deux. Elle a caressé son bras, ses cheveux blancs, en murmurant : « Hans, tout va bien, tu es à la maison, à Caracas. Nous sommes ici, avec toi. Ce n'est qu'un mauvais rêve. »

Mon père s'est redressé, agité, en nage, avant de s'élancer hors de la chambre. Il semblait en proie à d'abominables tourments.

— Ne t'inquiète pas, ma petite souris, m'a soufflé ma mère. Tu vois, lui aussi, il fait de mauvais rêves.

— À cause de quoi ? ai-je demandé.

— Des choses très dures qu'il a vécues pendant la guerre, en Europe. Mais c'était il y a longtemps.

Sur ces mots, elle est partie le rejoindre.

Je me suis roulée en boule du côté de mon père, la tête sur les mains, et j'ai fixé le velours de la tapisserie murale. Je me souviens avoir pensé que s'il faisait encore des cauchemars, les événements qui l'avaient traumatisé ne devaient pas être si anciens que cela. Et pourquoi ma mère lui avait-elle rappelé qu'il était chez lui, à Caracas ? Où pourrait-il être ailleurs qu'ici ? Mon regard s'est attardé sur le vieux cadre en cuir qui trônait, seul, sur sa table de nuit. La photo sous le verre était assombrie, fanée ; on avait presque du mal à distinguer ce qu'elle représentait. C'était l'unique cliché d'eux, dans une maison pourtant remplie de photographies : les parents de mon père, assis autour d'une table, le regard baissé devant eux. La table est recouverte d'une nappe blanche sur laquelle sont posés des journaux, des verres, une bouteille de vin. Ma grand-mère examine quelque chose entre ses mains, elle sourit presque. Elle pourrait être en train de tricoter. Mon grand-père a une cigarette pincée entre les doigts de sa main droite. De l'autre, il tient quelque chose qui ressemble à un crayon. Malgré l'expression détendue de ma grand-mère, je les trouvais tristes. Vieux et tristes. Distants à la fois l'un de l'autre et de la personne qui les photographiait. Sur ce cliché grisonnant, ils semblaient également très loin de ma vie, et de la nôtre, gorgée de lumière et de couleurs vives. Je me souviens que cette nuit-là, j'ai eu peur. Peur de mes grands-parents, peur de ce que j'ignorais d'eux, et peur de mon père.

La seule photo de mes grands-parents présente dans notre maison à Caracas.

5

Mon père et moi dans son bureau, vers 1978.

Quand j'étais enfant, mon père me paraissait âgé et inaccessible. Il était toujours occupé, en réunion ou absorbé par des choses importantes. J'essayais désespérément de me rapprocher de lui, d'attirer son attention. Nous faisions des mots croisés et des jeux de logique. Il me parlait de la politique et des inégalités sociales de notre pays. Il aimait les débats, les discussions intellectuelles. À neuf ans, j'avais regardé *Moi, Claude empereur*, une adaptation des romans éponymes de Robert Graves sur la BBC. Comme j'avais envie d'en parler avec lui, j'avais lu le premier ouvrage de la série, trouvé sur une étagère de notre bibliothèque. Un choix pour le moins incongru de la part d'une fillette qui aimait Enid Blyton. Quand j'ai annoncé à mon père que j'avais fini le livre, il a tiré sur l'une de mes nattes d'un air approbateur. J'étais très fière. Je me souviens encore du moment où il a déclaré à ma mère, pendant le dîner, que j'étais très intelligente et que nous venions d'avoir un échange sur *Moi, Claude empereur*. Je ne suis pas très sûre d'avoir compris ou retenu quoi que ce soit de l'histoire, mais je l'avais dévorée de la première à la dernière page. Je me souviens seulement de ma joie à l'idée d'avoir impressionné mon père.

Quand je lui ai annoncé la création de notre club d'espionnage, il s'est montré très enthousiaste. Il m'a conseillé de tracer un diagramme pour répartir les différentes tâches au sein du groupe. Il m'a approuvée quand je lui ai expliqué que chacun aurait son mot à dire, mais que nous voulions nous doter d'une structure capable de trancher les problèmes. Je l'avais entendu évoquer la structure du management au sein de l'une de ses entreprises pendant l'une de nos séances d'espionnage. Je m'étais contentée de répéter ses propos afin de lui donner l'illusion que j'étais précocement douée pour le business et la gouvernance.

« Ton père est un homme brillant. » « Un pur esprit de la Renaissance. » « Tu as beaucoup de chance. » Les gens ne tarissaient pas d'éloges à son égard. Parfois, j'aurais préféré qu'il soit un peu moins intelligent et qu'il puisse passer plus de temps à regarder des matchs de football à la télé, comme les autres pères de famille. Les enfants aspirent à la normalité. Ils ne veulent pas d'une famille différente des autres, ou de parents dont tout le monde parle. J'avais déjà une mère exceptionnellement belle, au point de faire se retourner les passants dans la rue. Sa beauté était un objet de commentaires. Cela me contrariait déjà bien assez.

Et il y avait donc mon père.

Les gens parlaient toujours de lui à voix basse. Âgé de vingt ans de plus que ma mère, il était déjà presque quinquagénaire au moment de ma naissance et n'avait aucun point commun avec les pères de mes camarades. Il semblait bien plus occupé, et bien plus compliqué. En grandissant, j'ai dû m'habituer à appeler sa secrétaire pour prendre rendez-vous si j'avais un truc important à lui dire durant la semaine. Il était beaucoup plus sérieux que les parents de mes amis. Beaucoup plus ridé, aussi, avec son teint pâle et ses yeux cernés. Un jour, il est venu me chercher à l'école et une fille de ma classe a lancé : « Ariana, ton grand-père est là ! » Toutes les autres ont ricané.

Mon père en 1993,
devant son portrait peint
par Fernando Botero.

Je me souviens à quel point j'étais déçue quand on me disait que je lui ressemblais. Je voulais désespérément être petite, avoir un nez retroussé, me sentir délicate et exquise, comme ma mère. Je ne voulais pas de sa pâleur, de ses cernes ni de ses gros yeux verts.

De toute évidence, il y avait certaines choses dont mon père ne pouvait pas parler. Ses cauchemars et ses silences en étaient la preuve. Et ces frontières invisibles le rendaient encore plus inaccessible. Son espagnol était teinté d'un fort accent. Lorsqu'il s'adressait à son frère, à sa première épouse, Míla, ou à mon demi-frère, Miguel, âgé de vingt-trois ans de plus que moi, il s'exprimait dans un tchèque parfaitement fluide. J'étais douée pour les langues étrangères, et j'avais envie d'apprendre la sienne. À la fois pour me lancer un défi et pour me rapprocher de lui. « Non. Ce serait une perte de temps. Le tchèque est une langue inutile », m'a-t-il asséné, la seule fois où j'ai évoqué le sujet avec lui, d'un ton si définitif et hostile que j'ai aussitôt compris que le débat était clos.

Pourtant, à certains moments, lorsqu'il parlait en espagnol, il se montrait sous un jour plus touchant, presque vulnérable. Il mélangeait souvent les mots. Il lui arrivait de dire des phrases dont le sens était clair, mais la formulation étrange. Une fois, il s'était excusé parce qu'il avait un rhume : « J'ai le nez qui court », avait-il déclaré avec le plus grand sérieux en sortant son mouchoir.

6

La dernière fois que j'ai vu mon père, infirme et très affaibli, il avait justement besoin de se moucher. « Encore ce nez qui court », ai-je murmuré, les larmes aux yeux, comme lui. De sa main valide, il s'est contenté de presser la mienne, car il avait du mal à parler. Nous avons réussi à rire malgré tout. Je vivais alors à Londres et j'étais enceinte de mon premier enfant. Son médecin m'avait appelée en pleine nuit pour me demander de venir sur-le-champ. Mon mari et moi avions pris le premier vol pour Caracas.

En 1996, Corimon, le conglomérat international né de l'expansion de l'usine de peinture, fondé par mon père et son frère, s'était presque totalement désintégré. Mon père s'était retiré des affaires cinq ans plus tôt, mais avait conservé toutes ses actions comme un gage de confiance envers la nouvelle direction. Après la faillite, entraînée par des turbulences économiques et des erreurs stratégiques, le peu de capital qui restait avait été confisqué par les banques. Mon père avait travaillé pendant quarante ans à la construction d'un empire industriel présent sur tout le continent américain. Il était très fier de ces sociétés, toutes cotées en Bourse, et se sentait personnellement redevable envers leurs centaines de salariés et d'actionnaires. Assister à l'effondrement du travail de toute une vie avait été une douleur immense, mais il ne s'était pas laissé abattre moralement. Le contrecoup physique, en revanche, avait été plus grave ; c'est sans doute le stress qui avait provoqué sa première attaque sévère, quelques mois après la débâcle. Contre toute attente, mon père avait vécu encore cinq ans. Cloué sur son fauteuil roulant, il avait trouvé le moyen de continuer à travailler et à écrire, de se marier puis divorcer une troisième fois et de lancer un journal quotidien d'opposition à Hugo Chávez. Déjouant tous les pronostics, chaque matin à 6 h 45, mon père faisait ses vocalises, nageait quelques longueurs dans sa piscine à l'aide d'une bouée spéciale et parcourait le couloir en damier avec son déambulateur plusieurs fois par jour.

En 2001, une nouvelle série d'attaques l'a laissé très affaibli et paralysé des deux jambes. Malgré ce cruel revers du destin, il a retrouvé ses forces peu après notre arrivée de Londres en urgence. Nous avons passé la semaine ensemble, en ce mois de juin, à *Perros Furibondos*, à parler de politique et de technologie. Nous avons regardé des films d'espionnage, et aussi *Cabaret* en DVD. Je me souviens de son infirmière, une femme austère et grêle, passant la tête à travers la porte d'un air éberlué tandis que nous chantions à tue-tête les paroles de « *Wilkommen* ». C'est seulement quelques mois plus tard, le dimanche 9 septembre exactement, soit trois semaines avant la naissance de mon fils aîné, que j'ai reçu un nouveau coup de téléphone. À travers les interférences sur la ligne, j'ai entendu la voix d'Alba, sa fidèle assistante depuis plus de vingt ans : « Il a eu de nouvelles attaques hier soir. Nous l'avons amené à l'hôpital, il vit encore, mais il n'y a plus rien à faire. Le docteur veut te parler. »

Je me rappelle avoir été frappée par le ton ferme et sans détour du médecin. En tant que parente la plus proche, c'était à moi de décider à quel moment débrancher les machines. Les attaques avaient été si violentes que son cœur était maintenu artificiellement. L'IRM montrait l'arrêt total des fonctions du cerveau. Mort cérébrale totale : tel était le terme officiel. Le médecin savait que je ne pouvais pas prendre l'avion. Il voulait que je réfléchisse posément et que je le rappelle une fois ma décision prise. Il employait le vocabulaire froid, brutal et direct de ceux qui côtoient la mort au quotidien. Consciente de ce que j'avais du mal à tout assimiler, j'ai accepté de le rappeler plus tard.

J'ai alors composé le numéro de ma mère à New York. Mes parents étaient restés proches malgré leur divorce quelques dizaines d'années auparavant. Elle m'a rappelé fort justement que mon père n'avait jamais voulu dépendre d'une machine. Perdre l'usage d'un bras et de ses jambes cinq ans plus tôt avait déjà été très dur pour lui. Mais il avait gardé ses facultés mentales intactes et n'avait jamais cessé de se battre. Sans l'usage de son cerveau, il ne voudrait pas rester en vie. Il avait juste fallu que je l'entende de la bouche de ma mère. J'ai rappelé l'hôpital à Caracas. « Cela ne se fera peut-être pas immédiatement, m'a prévenue le médecin. L'instinct de survie est une chose farouche. »

Une demi-heure plus tard, Alba m'a rappelée en larmes pour m'annoncer que tout était fini.

Mon père a été incinéré le 11 septembre 2001. Ce jour-là, j'ai assisté à la tragédie des attentats de New York tout en pleurant sa mort. Je n'ai pas pu être présente à ses funérailles. Je devais attendre d'accoucher avant de pouvoir prendre l'avion. C'est seulement quelques mois plus tard que j'ai pu me rendre dans notre maison familiale à Caracas.

Un matin de janvier, nous avons organisé une cérémonie en sa mémoire à l'ombre du kapokier. Devant l'assistance, mon mari a lu un poème de Dylan Thomas dont la dernière strophe dit ceci :

Et toi, mon père, là-haut sur cette triste hauteur,
Maudis-moi, bénis-moi de tes larmes féroces, je t'en prie
N'entre pas apaisé dans cette douce nuit
Mais rage, et rage encore à l'agonie de la lumière[1].

1. Extrait de « Do Not Go Gentle into that Good Night » in *Collected Poems of Dylan Thomas : The Original* (New York, New Directions Publishing, 2010), traduction libre.

L'après-midi, après le départ des amis, des membres de la famille et des anciens collègues de mon père, j'ai poussé la porte de son bureau. Rien n'avait bougé depuis des mois. Son ordinateur trônait au milieu de son secrétaire. À gauche, sa pipe était toujours là, sur son reposoir.

La dernière fois que je l'avais vu dans cette pièce, c'était le jour de mon départ pour Londres. Il était assis sur son fauteuil roulant, sa pipe dans sa main valide, un verre de Coca avec des glaçons et une paille bleue et rose posé devant lui. Son bureau était encombré de livres, de papiers et de lettres, et ses tiroirs regorgeaient de dossiers. Mon père avait toujours été un collectionneur acharné : de montres, d'horloges, de livres, d'artefacts médiévaux, de tableaux et de sculptures. Et il gardait la trace de tout. Chaque achat était répertorié dans ses dossiers, classé selon sa catégorie, accompagné de ses récépissés et de sa fiche historique. Toutes les lettres qu'il recevait, le moindre mémo, le moindre message personnel ou professionnel, si banal soit-il, était rangé soit sous le nom de l'expéditeur, soit par sujets, et dans l'ordre chronologique. Des parties entières de son bureau lui servaient à entreposer ses dossiers. Un mur entier disparaissait derrière les armoires à classement. Je me préparais déjà psychologiquement à m'immerger des jours durant dans cet océan de paperasse pour faire le tri.

Seule dans le silence de la pièce, j'ai ouvert un premier tiroir. Il était vide. L'un après l'autre, j'ai ouvert tous les autres tiroirs pour découvrir qu'il n'y avait rien dedans. Quand je suis ressortie sur la terrasse pour demander à Alba où étaient rangés les dossiers de mon père, je l'ai trouvée en pleine conversation avec Eric, notre très avisé avocat familial.

« Ton père me les a fait jeter après ta visite en juin dernier, m'a-t-elle expliqué, les larmes aux yeux. Il m'a demandé de tout vider, à l'exception de quelques-uns. Il ne voulait pas que tu te retrouves avec des montagnes de paperasse à gérer. »

Elle m'a raccompagnée dans le bureau et m'a montré un meuble à rangement dans un coin, derrière son fauteuil en cuir. Il abritait l'unique tiroir qui n'avait pas été vidé. Sur le dessus était posé un classeur jaunissant contenant toutes les lettres que je lui avais envoyées. J'y ai notamment retrouvé un très mauvais poème que j'avais composé pour lui à l'adolescence, et qui commençait par « *J'ai tes yeux* ». Il y avait quantité de petits mots et de cartes, datant pour la plupart de mon séjour en pension. Sous ce dossier, il y en avait un autre, rempli celui-là des lettres de ma mère. Tout ce qu'elle lui avait écrit, durant les premières années de leur histoire d'amour, puis tout au long de leur mariage, et même après leur divorce. Il avait expressément demandé que tous ses autres documents personnels et le reste de sa correspondance amoureuse soient détruits, m'a expliqué Alba. Elle m'a serrée dans ses bras, et m'a laissée seule dans la pièce.

Il avait dû y en avoir, des dossiers remplis de lettres d'amour. Mon père avait toujours été un séducteur. Il savait que c'était moi qui trierais ses papiers après sa mort. La destruction de ces pans entiers de son passé ne faisait que raviver la douleur de son départ, mais je lui étais reconnaissante de cette attention.

En soulevant le dossier jaune pâle des lettres d'amour de ma mère, j'ai soudain reconnu la boîte en carton contenant ses souvenirs de guerre. Celle dans laquelle, jeune espionne en herbe, j'avais découvert sa vieille carte d'identité, avec cette photo de lui jeune homme, son regard intense, brillant d'espoir, et ce nom énigmatique : Jan Šebesta.

Mais cette fois, la boîte était pleine à ras bord.

1

Boîtes

Sur l'étagère médiane de la vitrine qui abritait la collection de mon père, entre la montre à gousset aux angelots dorés avec son cadran en émail rouge et celle en forme de scarabée incrusté de diamants, il y avait un modèle tout simple, en or et de forme arrondie, qui m'avait toujours paru sans intérêt. Cette montre-là ne *faisait* rien. Elle ne jouait pas de musique et ne faisait pas sonner d'alarme. Elle manquait de particularités qui intriguaient ou émerveillaient. Elle n'était ni belle, ni délicate ou sophistiquée. Elle se contentait d'indiquer l'heure.

J'ai demandé à mon père pourquoi elle lui plaisait. Il m'a répondu qu'elle était parfaitement exacte, et a évoqué la mémoire de son propre père. « Elle a appartenu à mon grand-père ? » ai-je dû lui demander. « Non, m'a-t-il répondu. Je l'ai achetée parce qu'elle ressemble à un modèle qu'il possédait. »

Aujourd'hui, cette montre m'appartient. Elle a été fabriquée en Angleterre par John Arnold au XVIIIe siècle. Apparemment, dans le monde des collectionneurs, Arnold et l'horloger suisse Abraham Breguet sont considérés comme les inventeurs de la montre mécanique moderne. Arnold était particulièrement réputé pour la précision de ses montres, au point qu'elles pouvaient même servir à la navigation. Il a été le premier à concevoir un modèle à la fois exact et pratique. Ce type de montre s'appelle un chronomètre. En Suisse, le pays qui comporte le plus grand nombre d'horlogers au monde, des critères très rigoureux définissent quel type de montres peut entrer dans la catégorie des chronomètres. Ceux-ci doivent être certifiés par une autorité indépendante. Aux yeux d'une béotienne comme moi, cette montre à gousset n'a rien d'exceptionnel, avec son boîtier sans fioritures et ses chiffres romains ordinaires. Pourtant, c'est une pièce de collection, précisément grâce à son exactitude.

Ce lien avec mon grand-père m'a toujours intriguée. Enfant, j'avais l'impression de ne pas avoir de grands-parents paternels. Mes questions sur le sujet me valaient des réponses sèches et laconiques assénées d'un ton définitif. Parler de mes grands-parents aurait peut-être rendu leur absence plus criante. C'était plus simple pour tout le monde si leurs noms n'étaient jamais prononcés et s'ils se perdaient dans une brume grisâtre, comme sur leur unique photo. Dans ce silence, l'image en noir et blanc posée sur la table de nuit de mon père était la seule trace qui me restait.

Ma mère non plus ne semblait pas savoir grand-chose sur eux. Adolescente, même à l'époque où je remettais en question les limites et les règles avec une farouche détermination, je savais qu'évoquer le passé de mon père était une transgression impensable. Nous étions libres de parler de politique, de religion, de sexe, de drogue ou même du mariage de mes parents. N'importe quel sujet, sauf celui-là. On ne me l'avait jamais dit expressément, mais je le savais. C'était le seul tabou dans notre famille. À l'apogée de ma phase rebelle, coiffée à la mode punk, je pouvais quitter la table du dîner avec fracas mais jamais je n'aurais osé demander à mon père de me parler de son enfance ou de ses parents. À l'âge adulte, j'ai mieux maîtrisé l'art de la subtilité. Malgré cette omerta tacite, chaque fois que l'occasion se présentait, j'essayais de glisser une question, l'air de rien. Et je lui étais reconnaissante du moindre détail qu'il acceptait de partager avec moi. De toute évidence, le souvenir de ses parents était très douloureux pour lui. Il semblait même réticent à parler de la Tchécoslovaquie. Jamais il n'abordait cette période de sa vie. Plus tard, lorsqu'il a été très malade, il s'est ouvert davantage. Je l'ai laissé trouver son rythme, et j'ai appris à ne pas insister quand son récit se faisait plus vacillant. Pendant longtemps, tout ce que j'ai su de mes grands-parents, c'est qu'ils étaient tchèques, qu'ils n'avaient jamais pu faire le voyage jusqu'au Venezuela et que mon grand-père possédait jadis une banale montre en or.

Bien plus tard, au cours de mes recherches sur la famille de mon père, j'ai fait la connaissance d'une femme solide et avisée dont les parents avaient fui l'Holocauste pour reconstruire leur vie avec succès au Royaume-Uni. Je lui ai demandé ce qu'elle savait de la famille qu'ils avaient laissée derrière eux. « Très peu », m'a-t-elle avoué. J'ai voulu savoir pourquoi elle n'avait pas poussé ses investigations plus loin. « Parce que mes parents ne m'y ont pas autorisée. Contrairement à ton père. » Je n'y avais jamais réfléchi sous cet angle, mais je me suis aperçue qu'elle avait raison. Mon père m'avait légué sa boîte. Les personnes traumatisées s'inventent souvent des mécanismes de défense puissants pour décourager même les êtres qui leur sont le plus proches. Quand une zone entière est interdite d'accès, durant tant d'années, par une figure d'autorité, on peut éprouver le besoin d'une autorisation spéciale pour y pénétrer, même après sa mort.

La permission accordée par mon père faisait toute la différence. En me confiant les documents et les souvenirs liés à ses années de guerre, il m'apportait les preuves de sa vie d'avant. Mieux encore, il me donnait implicitement sa bénédiction pour que j'explore son passé, que je découvre qui était sa famille – et la mienne. Souvent, j'ai eu l'impression que cela allait au-delà d'une simple autorisation. Je le ressentais presque comme une exhortation.

Quand j'ai ouvert la boîte de mon père, dans son bureau vide, j'ai compris que je devais résoudre l'énigme de son passé si je voulais être en mesure de le comprendre. Mes recherches m'ont menée vers d'autres boîtes, confiées par d'autres mains, qui m'ont bien sûr livré leurs indices mais aussi ouvert d'autres mystères. Mon père m'avait transmis tout un monde dont il ne parlait presque jamais, sous la forme d'une énigme qui constituait peut-être la clé de sa personnalité complexe et secrète. Ces boîtes étaient comme des pièces de puzzle, juste assez grandes pour donner un aperçu du visuel d'ensemble. Mais il y avait aussi quantité de trous et d'éléments manquants qu'il me fallait retrouver pour compléter l'image.

En découvrant tous les documents préservés dans la boîte, j'ai compris que c'était sa façon à lui de me dire qui il avait été. De faire la lumière sur son passé, mais aussi de rester à mes côtés. En un mot : de survivre, comme il l'avait toujours fait. Il m'avait laissé les fragments épars d'une enquête à résoudre parce qu'il ne pouvait pas me raconter cette histoire lui-même. La vérité était trop insupportable pour qu'il s'y confronte.

J'ai donc passé plusieurs années à enquêter sur la vie de mon père au Venezuela. Très vite, alors que j'en étais encore à rechercher les survivants et à reconstituer notre arbre généalogique, une autre boîte a fait son chemin jusqu'à moi. Elle appartenait à la seconde épouse de mon oncle Lotar, Věra ; celle-ci était en train de déménager pour s'installer dans un logement plus petit et plus fonctionnel lorsqu'elle était tombée dessus en faisant ses cartons. Sa fille cadette, ma cousine Madla, qui est peintre et vit à Londres, me l'avait apportée de sa part.

Cette nouvelle boîte contenait elle aussi des documents datant de la guerre. Certains étaient jaunis ou déchirés, d'autres froissés, écornés, mais la plupart d'entre eux étaient parfaitement préservés, à croire que le temps n'avait pas eu d'effet sur eux. Il s'agissait des papiers de mon oncle Lotar et de ses laissez-passer. J'ai découvert une vieille carte d'identité avec sa photo, mais un nom différent du sien. Et surtout, une collection de lettres datant des années 1930 au début des années 1940 ; elles avaient été envoyées par mes grands-parents à leur famille aux États-Unis, et à leurs fils restés à Prague. Elles se comptaient par dizaines. La plupart des lettres adressées à Lotar et à mon père avaient été écrites depuis Terezín (Theresienstadt en allemand), un camp de concentration situé en Tchécoslovaquie. Les missives étaient rédigées à la main, le moindre centimètre carré de papier recouvert de pattes de mouches. Leur contenu ne semblait pas avoir été censuré, mais le soin ou la netteté avec lesquels les mots étaient tracés constituaient déjà un premier indicateur de l'état d'esprit de mes grands-parents. Malgré mon piètre niveau en tchèque, j'ai reconnu certains noms. D'autres me posaient davantage problème. J'ai fini par demander de l'aide, et il a fallu presque un an de patient décryptage à une spécialiste tchèque de l'Holocauste pour que cette correspondance me livre enfin tous ses secrets. Pendant des années, j'ai été incapable d'en lire plus de quelques lignes sans me sentir aussitôt envahie par une profonde tristesse, au point de devoir m'arrêter. J'étais effrayée par ces lettres, l'angoisse et le désespoir que je m'attendais à y trouver. Je voulais comprendre mon père, et reconstituer son histoire, mais la perspective de me plonger dans cette correspondance me terrifiait. J'élevais mes jeunes enfants à l'époque et je n'osais pas les lire, de peur que leur monstruosité ne me submerge. Je venais de me lancer dans la plus joyeuse aventure de ma vie en fondant ma propre famille. Je voulais me tourner vers l'avenir, me sentir forte et positive. Ces lettres donnaient une voix à des êtres restés jusqu'alors silencieux et figés sur des photos en noir et blanc. Leurs mots faisaient soudain revivre mes grands-parents, ainsi que d'autres victimes de tragédies et d'injustices. Je ne pouvais pas me plonger dans le drame de leur existence, puis reprendre joyeusement la lecture de *La Chenille qui fait des trous*.

Mais je ne cessais d'y penser. Petit à petit, au fil des ans, je me suis surprise à parcourir certaines des pages que la traductrice m'avait envoyées par mail. Mes enfants avaient grandi. Comme eux, j'avais mûri, et je me suis autorisée à exprimer d'autres émotions en leur présence. Plus ils gagnaient en indépendance, moins j'éprouvais le besoin de les protéger (ou de me protéger moi-même) des aspects les plus sombres de la vie. À mes yeux, ces lettres représentaient justement cela. Je me suis donc mise à en lire des extraits, à la dérobée, de loin en loin. Chaque fois, je m'immergeais un peu plus longtemps que la fois précédente, et j'ai fini par m'apercevoir qu'au milieu de toutes ces horreurs se nichaient aussi des parcelles de beauté et d'amour. Leurs ténèbres étaient parsemées de vifs éclats de lumière. Et c'est cela qui m'a permis de m'atteler enfin à la lecture de cette correspondance.

J'étais également intriguée par le fait que mes enfants possédaient certains traits de caractère qu'ils n'avaient manifestement pas hérités de mon mari ou de moi-même. À mesure qu'ils grandissaient, nous nous posions évidemment des questions liées à l'identité, au poids de l'héritage et des traditions, et à notre rôle de transmission en tant que parents. Peu à peu, j'ai compris que lever le voile sur le passé n'était pas seulement important pour comprendre qui avait été mon père, mais aussi pour nous comprendre, mes enfants et moi-même. Connaître ceux qui nous ont précédés éclaire notre présent et notre avenir. L'envie de comprendre mon père m'habitait depuis toujours ; en dépit de mes premières hésitations, ma petite famille en pleine expansion me fournissait une motivation supplémentaire d'explorer son histoire. Pourtant, j'avais peur.

Ma tante maternelle, fraîchement retraitée de son poste au Département des opérations de maintien de la paix aux Nations unies, a très généreusement accepté de passer avec moi les heures nécessaires à la lecture de ces lettres. Passionnée d'histoire, elle avait aussi été proche de mon père ; sa curiosité était aussi forte que la mienne. La présence d'une compagne de lecture avec qui partager la charge émotionnelle de ces textes a rendu l'expérience nettement plus supportable. C'est grâce à elle que j'ai trouvé le courage de me plonger dans les mots et le monde de ma famille disparue. Et d'exhumer leur histoire de l'ombre.

Quatre ans après avoir reçu la traduction de la correspondance de mes grands-parents, j'ai donc entamé un long voyage dans le passé. La majorité des lettres dataient des années 1940 et décrivaient le quotidien à Terezín, le camp de concentration situé à quelques kilomètres au nord-ouest de Prague. Les nazis l'avaient fondé en 1941 pour y emprisonner les Juifs avant de les envoyer en camp d'extermination. Plus de 140 000 résidents d'Europe centrale ont transité entre ses murs. Il n'y avait pas de chambres à gaz, mais cela n'a pas empêché des dizaines de milliers de personnes d'y perdre la vie.

J'ai lu et relu ces lettres jusqu'à ce que les noms, les dates et les lieux tissent naturellement leurs liens. Je me suis familiarisée avec le style épistolaire de chacun. Mes grands-parents avaient l'habitude de désigner les personnes par divers surnoms, en fonction de leur degré d'affection, d'humour ou de colère, mais aussi parfois sous l'effet de la nostalgie ou de la peur des représailles. Mon grand-père Otto devenait parfois *Ota*, ou « *Grincheux* ». Ma grand-mère pouvait s'appeler *Elka*, *Mère* ou *Dulinka*. Leurs fils étaient *chéris*, *adorés* ou *précieux*. Lotar devenait *Lotík*. Hans était souvent appelé *Handa*. À partir du milieu de l'année 1943, il disparaissait pour n'être plus évoqué que par la lettre H.

Une fois que j'ai appris à me familiariser avec le style de ces lettres, des liens familiaux ont commencé à émerger. Je notais chaque nom en m'efforçant de comprendre de qui il s'agissait. Souvent, des indices me permettaient de déduire leur âge, leur profession d'avant-guerre ou l'endroit dont on les avait arrachés. Armée de ces informations, Magda Veselská (une chercheuse aguerrie et pleine de ressources originaire de Prague) m'a aidée à compulser les listes des camps pour tenter de retrouver la trace de chacune de ces personnes et, si possible, de retrouver les membres de leur famille. J'ai ainsi reconstitué le parcours de lointains parents inconnus et de leurs amis, plus d'un demi-siècle auparavant. Souvent, j'ai même pu contacter leurs enfants, eux-mêmes désormais âgés. J'ai été frappée par leur franchise et leur générosité. Ils m'ont accueillie, ouvert les portes de leur passé, raconté des anecdotes sur leur enfance et leur vie d'adulte. Leurs histoires étaient intimement liées à celles de ma famille. J'y trouvais des réponses, mais aussi de nouvelles interrogations. Je découvrais d'autres documents, d'autres boîtes à souvenirs oubliées au fond d'un placard ou d'un grenier.

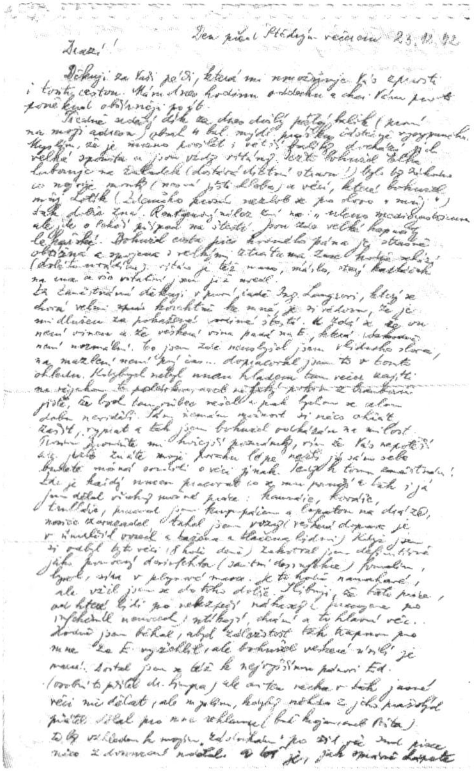

Une lettre de mon grand-père Otto
datée de décembre 1942.

Elles se matérialisaient le plus souvent par surprise, et toujours comme sous l'effet d'un coup de baguette magique.

Grâce aux recherches de Magda, qui était spécialiste des registres de l'état civil, j'ai appris que mon grand-oncle Victor Neumann avait quitté Prague pour les États-Unis en 1919. Une fois sur place, il avait fait supprimer le dernier *n* de son patronyme. J'ai retrouvé la trace de ses petits-enfants en Californie. Après avoir parcouru tous les annuaires téléphoniques en ligne et laissé des messages sur une bonne dizaine de répondeurs, je suis entrée en contact avec son petit-fils, lui aussi baptisé Victor, à San Diego – le premier d'une longue série de cousins retrouvés.

Victor Neuman est un ingénieur américain qui ignorait tout de ses racines juives. Après notre premier échange par Skype, je n'en suis pas revenue : nous venions de discuter à bâtons rompus pendant plus d'une heure, en dépit de tout ce qui nous opposait en apparence. Âgé de plusieurs dizaines d'années de plus que moi, Victor a grandi en Californie. Il a obtenu sa maîtrise à Cambridge et est méthodiste pratiquant, alors que j'ai grandi au Venezuela, étudié les lettres et ne me revendique d'aucune confession religieuse. Nous ne nous étions jamais parlé, mais nous avions tendance à rire des mêmes choses avec une complicité stupéfiante. Durant notre échange, Victor m'a parlé d'un autre cousin californien, Greg, qui travaillait dans l'immobilier et aurait peut-être d'autres éléments à m'apporter. Mais il l'avait perdu de vue et ne pouvait pas m'aider à le retrouver. J'ai joué avec l'orthographe, lancé des recherches Google sur tous les agents immobiliers nommés Greg Neumann le long de la côte Ouest et même traqué l'un d'eux, un certain Greg Neuman, sur Facebook. Celui-ci a fini par répondre à mon déluge de messages par un e-mail très poli, quoiqu'un peu alarmé.

Il s'est excusé d'avoir cru d'abord à une mauvaise plaisanterie, avant de m'expliquer qu'il serait ravi de pouvoir m'aider, mais que sa famille vivait aux États-Unis depuis des générations et que ses racines n'étaient pas tchèques, mais hongroises. Pour finir, j'ai retrouvé d'autres candidats potentiels dans les pages blanches californiennes. J'ai laissé des messages un peu partout, et le « bon » Greg m'a répondu par un e-mail enjoué. J'avais retrouvé un autre cousin. À nouveau par Skype, j'ai tenté d'expliquer les ramifications compliquées de notre arbre généalogique. Je lui ai transmis les coordonnées de son cousin Victor, qui habitait en fait non loin de chez lui, et lui ai parlé de la boîte que m'avait léguée mon père.

Quelle n'a pas été ma surprise quand Greg m'a répondu qu'il avait lui aussi hérité d'une boîte similaire de son propre père ! Elle devait encore être rangée dans un coin de son grenier, et comportait de vieilles cartes postales en allemand et en tchèque. Son père, Harry Neuman, avait été un passionné de philatélie durant son enfance en Californie, et il gardait toutes les lettres à cause des timbres collés sur les enveloppes. Quelques jours plus tard, Greg a eu la gentillesse de m'envoyer cette fameuse boîte. Emmaillotée avec soin dans plusieurs couches de carton sécurisées à l'aide de chatterton, elle débordait de cartes postales, de lettres et de photographies envoyées depuis les années 1920 jusqu'aux années 1940 par mes grands-parents et les membres de ma famille en Europe à leurs proches aux États-Unis.

Quand j'ai ouvert la boîte, l'espace d'un instant, j'ai compris ce que les gens veulent dire quand ils parlent des hasards du destin. Greg ignorait de qui provenaient ces lettres. Il n'avait jamais vu notre arbre généalogique. J'ai soulevé la première carte postale de la pile. Elle portait un timbre français datant de 1936. Sur la photo au recto, j'ai aussitôt reconnu mon père en costume de bain à la plage. C'était l'une de ces heureuses coïncidences qu'il m'arriverait de connaître souvent au cours de mes recherches, comme un écho à la luminosité et au réalisme magique de l'Amérique latine, plus qu'aux heures sombres de l'Europe durant la Seconde Guerre mondiale.

Documents retrouvés dans la boîte
de mon cousin Greg, dont une carte postale
d'Otto sur la plage de Cannes en 1936.

Au total, j'ai retrouvé et contacté une douzaine de personnes. J'ai localisé des cousins en Californie, à Paris, Leeds, Bern, Prague et Teplice, une station thermale en Tchéquie. Je me suis découvert des amis en Floride, à New York, en Australie, en Indonésie, et dans le quartier praguois de Staré Městro. J'ai recueilli des souvenirs et des indices auprès de toutes les sources fiables que je parvenais à identifier. Chaque nouvelle mine de documents, de photos, chaque carnet ou récit d'enfance m'aidait à reconstituer le puzzle.

Aujourd'hui, j'ai lu et écouté tant d'histoires racontées par des gens ayant côtoyé ma famille durant toutes ces années que j'ai le sentiment de connaître intimement la personnalité de celles et ceux qui ont disparu. Je me suis rendue devant l'usine de peinture familiale à Prague, ainsi qu'à l'intérieur des maisons et des immeubles où ils ont vécu. J'ai arpenté les mêmes couloirs, grimpé les mêmes escaliers en effleurant les mêmes rampes, traversé les mêmes rues, trébuché comme eux sur les pavés ronds et inégaux des trottoirs de Prague, emprunté les mêmes petits sentiers au bord de la Moldau en respirant moi aussi le parfum des magnolias et des géraniums, frappé aux mêmes portes, tourné les mêmes poignées et pénétré dans les mêmes pièces. Depuis les fenêtres, j'ai contemplé le même ciel qu'eux. J'ai imaginé tant de fois mes grands-parents qu'il me semble presque avoir des souvenirs d'eux.

Peut-être la mémoire n'est-elle qu'un processus de compilation et de création. Chaque jour, nous enregistrons quantité d'informations autour de nous et les associons à des sensations spécifiques : des sons, des odeurs, des textures, des mots, des images. Bien sûr, nous trions et réorganisons ces éléments au fur et à mesure, chroniqueurs subjectifs de nos existences, si bien que nos souvenirs sont souvent biaisés et incomplets. C'est sans doute la raison pour laquelle deux personnes peuvent en toute honnêteté décrire le même événement de façon différente devant un tribunal. Mais si les détails varient, l'essentiel demeure. À mesure que les témoins livrent leur récit, il est fréquent qu'une image précise émerge, même s'il s'agit d'une mosaïque d'impressions plutôt qu'une série d'images superposées.

Je m'aperçois que j'ai moi aussi recréé un patchwork de réminiscences. J'emploie ce mot à dessein parce que les mots, les sentiments, l'impact laissé par eux sur leur entourage signifient que ceux qui en sont à l'origine sont encore présents, presque à l'état de perception mentale. J'ai rassemblé ces souvenirs de mes grands-parents et les ai consolidés à l'aide de photos et de centaines de documents. À présent, les membres de ma famille ne sont plus un assemblage de silhouettes aux contours flous. Je peux les convoquer.

Je les vois, distinctement.

Hans et son oncle Richard, Otto et Ella Neumann à Prague, vers 1934.

2

La montre sur l'assiette

La première fois que j'ai vu une photo de mon père enfant, il était déjà mort depuis plus de quinze ans. J'étais au beau milieu de mes recherches quand ma cousine Madla m'a apporté un album photo ayant appartenu à mon oncle Lotar, son père. Elle avait totalement oublié son existence, alors qu'elle le consultait très souvent quand elle était enfant. Il était recouvert de vinyle noir et en parfait état. Sur la couverture, on pouvait lire *Famille Lotar* (*sic*) en lettres blanches et légèrement en relief. Ses pages cartonnées étaient recouvertes de photos noir et blanc, cornées et partiellement décollées pour certaines. Alors que je les tournais en m'efforçant de reconnaître les visages, je suis tombée en arrêt devant la minuscule image d'un petit garçon. Ses traits m'étaient d'une familiarité saisissante. Je n'y ai pas tant reconnu mon père que mon fils aîné. Ils faisaient exactement le même geste avec leurs mains. La forme de leur nez était différente, ainsi que la couleur de leurs cheveux, mais leurs yeux étaient étrangement identiques. J'avais déjà vu cette expression un million de fois : ce sourire en coin, ce regard par en dessous. Sur le cliché, la famille pose dans la forêt, non loin de leur maison de campagne à Libčice, aux environs de Prague.

Mes grands-parents, Ella et Otto, ainsi que le frère cadet de ce dernier, Richard, sont assis derrière deux garçonnets souriants au premier plan sur des couvertures de pique-nique. Il s'agit de mon père, Hans, et de mon oncle Lotar. La photo date de 1928 ou 1929. Lotar semble avoir dix ans, Hans à peine sept ou huit. Les deux frères arborent des vestes et des shorts rayés, les cheveux coupés au bol. Malgré le passage des années, je reconnais le sourire de mon père. Une lueur espiègle anime son regard.

Lotar et Hans avec leurs parents
et leur oncle Richard, 1928.

J'ai lu tant de choses, fait tant de recherches et posé tant de questions à celles et ceux qui les ont côtoyés qu'il me semble les entendre respirer, rire ou pleurer.

Je m'imagine la famille Neumann en 1936, suivant le cours paisible de sa vie. Quand le silence le permet, j'entends même le son de leurs voix.

Ils sont dans un grand salon lumineux doté de poutres au plafond et d'une cheminée. Dans le jardin, derrière les fenêtres, le vent fait danser la cime des pins. C'est un week-end de la fin septembre, la fraîcheur des soirées d'hiver se fait déjà ressentir. Confortablement assis dans son fauteuil près du feu, Otto est plongé dans la lecture d'un livre sur le Mahatma Gandhi. Il n'a que quarante-six ans, mais ses cheveux blancs et le pli incurvé de sa bouche lui en donnent davantage. Ella, son épouse, n'a pas encore tout à fait la quarantaine, mais elle paraît dix ans de moins tandis qu'elle se déplace d'un pas gracile en fredonnant dans la pièce. Leurs deux fils sont adolescents : Lotar a dix-huit ans, Hans quinze. Ce soir-là, Lotar est présent. Il vient juste de ramener du bois de la réserve. Tous les quatre sont réunis dans leur maison de campagne de Libčice, à vingt-cinq kilomètres au nord de Prague, près des berges de la Moldau.

C'est Ella qui a fait l'acquisition de cette petite ferme grâce à une donation de ses parents, et contre l'avis de son époux, qui jugeait extravagant l'achat d'une résidence secondaire. En ville, ils occupaient un confortable appartement dans un immeuble du XIXe siècle choisi pour sa situation géographique idéale, à deux minutes à pied de l'usine de peinture familiale. « C'est plus pratique comme ça », martelait Otto quand sa femme se plaignait de cette situation qui, selon elle, brouillait les frontières entre vie intime et professionnelle. « C'est mieux d'avoir un trajet à faire, rétorquait-elle, afin de mettre de la distance entre le travail et soi. » Mais Otto avait cessé de l'écouter. « Il faut un endroit pour se détendre, un lieu réservé à la vie de famille et qui permet de penser à autre chose. À Prague, la proximité de l'usine signifie qu'il y a toujours quelqu'un pour venir frapper à notre porte au moindre problème. » Ella savait que son mari affectionnait particulièrement leurs week-ends à la campagne, bien qu'il n'eût jamais osé l'admettre.

Ma grand-mère avait grandi dans une famille nombreuse à Chlumec nad Cidlinou, une petite ville médiévale du nord-est de la Bohême. C'est là-bas qu'elle avait fait la connaissance d'Otto, alors comptable dans une raffinerie de sucre. Il lui avait fait la cour de manière assidue, avec respect et détermination. Le père d'Ella, agent de change et doté d'une très bonne situation, avait aussitôt adoubé son futur gendre. Quant à Ella, elle trouvait sa candeur et sa gravité attachantes. Avec ses trois frères et sœur, elle avait connu l'insouciance d'une enfance où les problèmes d'argent n'existaient pas. Otto était déconcerté par sa famille, les trouvait trop attachés à des choses frivoles. Pour sûr, ils ne passaient pas leur temps à étudier la politique et la philosophie, comme lui. Ils semblaient davantage s'intéresser aux fêtes et à la musique.

Tout le monde jouait soit du piano, soit du violon. Ella, pour sa part, adorait le chant. Elle aurait beaucoup aimé que Hans et Lotar pratiquent un instrument, mais Otto s'y était opposé. Non parce qu'il n'aimait pas la musique, mais parce qu'il considérait cela comme une perte de temps. Il aimait les compositeurs bohémiens du siècle précédent, comme Smetana et Dvořák, tout en affirmant qu'il s'agissait d'une simple expression de fierté nationale. Ella avait une préférence pour Martinů, un compositeur moderne, et partageait le goût de ses fils pour le jazz, le swing et le cabaret politique. La musique et le joyeux chaos qui avaient imprégné la maison de son enfance lui manquaient. Sa sœur aînée, Martha, qui avait épousé Rudolf Pollak et donné naissance à trois enfants, avait succombé à une pneumonie en 1923. Les deux familles se réunissaient régulièrement à Roundnice, où vivaient encore l'un des frères d'Ella et ses parents. Ces retrouvailles étaient toujours des moments de discussions enjouées, de musique et de rires.

À son arrivée à Prague pour s'y installer avec Otto, Ella avait été séduite par l'effervescence de la ville. Pourtant, au fil des années, elle y prenait de moins en moins de plaisir. Elle n'aspirait qu'à s'en éloigner pour vivre là où le temps s'écoulait avec lenteur, et elle chérissait leur maison de campagne de Libčice où ils passaient l'essentiel de leurs week-ends et des vacances scolaires. Otto ne les y rejoignait que quand ses obligations professionnelles le lui permettaient. Hans et Lotar avaient grandi en sillonnant les sentiers forestiers à vélo et en faisant de la barque sur les eaux de la Moldau.

Portrait d'Ella au début des années 1930.

Ils avaient attrapé des papillons, construit des cabanes dans les arbres et même nagé dans le fleuve. À Libčice, ils avaient eu la liberté et l'espace d'être des garçons. Ella aimait les gens du village et l'observation de la nature sauvage autour du fleuve. Elle s'y promenait tous les matins après le petit déjeuner pour observer les couleurs et les ombres projetées par la lumière matinale au fil des saisons.

Otto, lui, était le sixième d'une fratrie de huit. Il avait grandi dans la région de České Budějovice, dans le sud de la Bohême. Ses parents s'étaient efforcés de maintenir l'ordre dans leur turbulent foyer de sept garçons en y imposant des règles très strictes. Otto avait perdu son père à l'âge de douze ans et trouvé une forme de réconfort dans l'ordre et la discipline. Il avait endossé le rôle du garçon prudent et avisé de la famille, et était très fier que tout le monde écoute ses conseils. Les enfants Neumann étaient sérieux et travailleurs. Ils s'étaient occupés de leur mère à tour de rôle jusqu'à sa mort en 1910. Quand l'un d'eux avait des difficultés, tous les autres se montraient solidaires. Otto était resté proche de ses frères, surtout le benjamin, Richard, avec qui il avait monté l'usine de peinture Montana en 1921. Certaines de ses lettres montrent qu'il avait passé du temps avec l'aîné de la fratrie, Rudolf, et Oskar, qui n'avait que deux ans de moins que lui et dirigeait l'une des branches de l'usine. Son grand frère Victor, un ingénieur qui avait aidé l'armée austro-hongroise à construire des ponts, avait émigré aux États-Unis après la Première Guerre mondiale pour tenter sa chance sur le nouveau continent. Malgré la distance, ils avaient gardé un étroit contact épistolaire.

Portrait d'Otto dans les années 1920.

Otto et Ella travaillaient depuis des années à la modernisation et la décoration de leur maison de campagne, ainsi qu'à l'aménagement du jardin. Cela faisait trois ans qu'ils s'y rendaient régulièrement, et elle commençait vraiment à prendre forme. Les pièces étaient désormais plus confortables, les murs recouverts d'estampes, chaque recoin exploité et mis en valeur. Les arbres et les buissons du jardin avaient déployé leurs racines, leurs branches et leurs bourgeons. Le petit sentier qui menait au fleuve avait été repavé et nettoyé. Des fleurs des champs le bordaient au printemps et à l'été ; aux saisons froides, il était recouvert d'un humide tapis de feuilles mortes.

En début de soirée, pendant que son père travaillait à son bureau, Lotar s'assit dans un fauteuil pour regarder par la fenêtre, réchauffé par les flammes qui dansaient dans l'âtre. Il se tenait le dos bien droit, calé contre un coussin brodé au point de croix, un livre ouvert posé sur son genou. Sa mère s'affairait autour de lui, entrant et sortant de la cuisine pour vérifier la cuisson du ragoût. Elle bavardait gaiement et le pressait de questions pour tenter d'en savoir plus sur sa petite amie. Lotar s'efforçait de se concentrer sur sa lecture et de faire abstraction du babil de sa mère.

Au mois d'août, Hans était parti en colonie de vacances près de Sázava, au sud-est de Prague, tandis que le reste de la famille avait séjourné sur la Côte d'Azur. Otto et Ella étaient allés récupérer Lotar à Cannes, où il venait de passer son deuxième été à apprendre le français dans une école de langues. L'été précédent, il y avait fait la connaissance d'une ravissante compatriote, Zdenka Jedličková, originaire de Prague. Avec son rire en cascade et ses yeux bleus rêveurs, la jeune fille avait changé sa vie. Lotar en était tombé amoureux avant même qu'ils échangent un mot : elle se tenait au milieu d'un groupe de garçons et l'un d'eux était en train de lui allumer sa cigarette, qu'elle abritait d'une main, lorsqu'elle avait jeté un regard en souriant à Lotar, de l'autre côté de la rue. Il avait mis un jour entier avant de trouver le courage d'aller lui parler. En début de soirée, ils avaient fait une promenade ensemble le long de la Croisette, et ne s'étaient plus quittés de tout le séjour. Zdenka parlait la langue de Molière presque couramment alors que Lotar venait en France pour la première fois, et il avait beaucoup progressé grâce à elle. Ils avaient passé un été merveilleux. Ils s'étaient même produits sur scène ensemble.

Le journal local, *L'Éclaireur*, cite leurs noms dans un article publié le 24 août 1935 à propos de la soirée artistique de l'École de Langues internationale. Lotar avait conservé la coupure pour s'en faire un marque-page. Des années plus tard, il l'avait précieusement rangé dans sa boîte.

Lotar (debout) et Zdenka
(deuxième en partant de la gauche) à Cannes, en 1936.

Zdenka était d'une nature farouchement indépendante. Son grand-père travaillait dans l'immobilier, et il avait fait construire de nombreux édifices dans le quartier de Nové Město, la « Ville Nouvelle » de Prague. Comme ils n'avaient pas confiance en leur gendre, le père de Zdenka et ses grands-parents avaient enregistré tous leurs biens immobiliers au nom de leur petite-fille.

Ils lui avaient même cédé le titre de propriété d'un immeuble résidentiel rue Trojanova, une responsabilité et une source de revenus dont elle avait tiré confiance et maturité. Zdenka venait de s'inscrire en première année de droit à l'université Charles et filait outrageusement à travers les rues de la ville au volant de sa propre voiture. Elle avait trois ans de plus que Lotar, détail qu'il se gardait bien d'avouer à ses parents. Ceux de Zdenka étaient au courant de cette différence d'âge, qui ne les enchantait guère. Leur déception fut encore plus amère lorsqu'ils apprirent que le jeune homme venait d'une famille juive. « Mais nous ne sommes pas pratiquants », avait expliqué Lotar à la mère de Zdenka en rentrant de France. « Mon père ne s'intéresse qu'à la philosophie de Gandhi. Il nous a même obligés à devenir végétariens pendant un an !

— Ils célèbrent nos fêtes, même Noël, avait renchéri Zdenka. Ils parlent couramment le tchèque et l'allemand. Je t'assure, ce sont des Tchèques comme toi et moi. »

Ella adorait Zdenka. Elle voyait bien que son fils était joyeusement dans la lune, sous le charme absolu de cette jeune fille. Il avait l'air si heureux depuis son retour qu'il semblait même marcher d'un pas plus léger. Il riait plus facilement, et souvent sans raison apparente. Otto, lui, s'inquiétait pour son fils aîné. Lotar devait se concentrer sur ses études ; l'heure n'était pas à la bagatelle. Il avait terminé le lycée, obtenu son certificat de maturité et s'était inscrit à l'université technique de Prague pour y étudier le génie chimique. Lotar avait vaguement caressé l'idée de devenir comédien avant d'y renoncer sous la pression de son père, finalement convaincu que le théâtre n'était pas une carrière « convenable ».

Hans ne s'était pas fait renvoyer de l'école, malgré son absentéisme. Il avait même obtenu des notes suffisantes pour intégrer un cursus de quatre ans à l'Institut de Technologie chimique. Mais son père savait qu'il avait eu de la chance. Hans s'éparpillait entre ses passions : un jour c'était la poésie, le lendemain la sculpture et, le surlendemain, la collection de pierres. C'était un garçon versatile. Tout le monde voyait qu'il tenait plutôt du côté maternel de la famille. L'oncle Richard caressait le projet de s'installer aux États-Unis ; s'il partait, Otto se retrouverait seul pour gérer l'usine. Il exhortait donc Lotar à se concentrer sur ses études. Il avait besoin que son fils aîné se prépare à prendre les rênes. Hans n'était pas fiable.

Quand Lotar avait présenté Zdenka à ses parents dans un café sur la Croisette, Ella s'était montrée enjouée et chaleureuse. Otto, en revanche, avait fait preuve d'une froideur à la limite de l'impolitesse. Il avait à peine eu un regard pour la jeune fille. Plus tard, dans la soirée, alors qu'il la raccompagnait jusqu'à son immeuble dans une petite rue calme, Lotar s'était même senti obligé de lui présenter ses excuses : « Je suis désolé pour mon père. Il est toujours si sérieux qu'il ne sait pas comment se montrer aimable. Mais au fond, c'est quelqu'un de gentil et je sais qu'il t'apprécie beaucoup. »

Otto avait été furieux d'apprendre que Lotar avait passé toutes ses soirées à Cannes avec Zdenka ; pis encore, qu'il avait de nouveau été auditionné pour le spectacle de l'école. « Il ne doit pas oublier ses priorités, il est ici pour apprendre le français. Il ne doit pas se laisser détourner de son objectif par une amourette qui ne le mènera à rien. » Après la dispute, il n'avait pas adressé la parole à son fils pendant des jours. Ella, en revanche, avait été ravie de savoir que Lotar s'était amusé durant son séjour. « Qu'il profite de la vie », avait-elle répondu en riant, avant d'arguer que Lotar n'était pas vraiment du genre frivole ; il prenait même tellement les choses au sérieux qu'il avait souffert d'ulcères et d'épuisement durant ses examens de fin d'année au lycée de Prague.

Mais en cette soirée d'automne à Libčice, avec Jerry, le vieux fox-terrier de la famille, blotti contre lui près du feu, ses maux d'estomac ne lui semblaient plus qu'un lointain souvenir. Hans, son étourdi de petit frère, toujours perdu dans ses rêveries et ses poèmes, était bien sûr en retard pour le dîner.

Malgré tous les reproches dont on l'accablait, et même avec la meilleure volonté du monde, Hans était résolument fâché avec la ponctualité. Il avait passé la journée avec Zdeněk Tůma, son meilleur ami à l'Institut. Ils avaient fait connaissance dès le jour de la rentrée. Un professeur avait posé une question à propos d'une réaction chimique, et seuls Hans et Zdeněk avaient été en mesure d'y répondre. Le jeune homme, qui était un vrai boute-en-train, comme Hans ne tarda pas à le comprendre, l'avait rejoint à la fin du cours en disant : « Je crois qu'il est important que deux imbéciles comme nous joignent leurs forces. »

Hans l'avait tout de suite apprécié. Zdeněk n'avait rien d'un imbécile. C'était le seul élève de sa promotion à avoir obtenu une bourse pour intégrer le cursus.

Contrairement à Hans, l'enfance de Zdeněk avait été difficile. Sa mère, Marie, était originaire de Benátky, une bourgade rustique située près de la frontière slovaque, où ses parents étaient travailleurs agricoles. Elle s'était retrouvée seule pour élever son fils, le père du bébé, un riche fermier marié, ayant refusé de le reconnaître. La vie était impossible pour une mère célibataire au sein de cette stricte communauté catholique. Marie était donc partie chercher du travail à Prague, dans l'espoir de leur offrir une vie meilleure. Sur place, elle avait vite trouvé un emploi de femme de ménage à la célèbre brasserie U Fleků et inscrit son fils à l'école. Quand Zdeněk avait huit ans, Marie avait épousé Antonín Tůma, un gardien d'immeuble de son quartier. Antonín adorait le petit Zdeněk, au point de l'adopter officiellement en 1929. Ils menaient tous les trois une vie simple, mais heureuse. Zdeněk, garçon bavard et précoce, s'épanouit pleinement à Prague et ne tarda pas à ramener des bulletins scolaires élogieux. Les professeurs de l'Institut de Technologie chimique, situé à quelques pâtés de maisons de la brasserie U Fleků, venaient régulièrement y déjeuner le midi. Marie, fière et ambitieuse, s'arrangea pour qu'ils rencontrent son fils. Le jeune homme leur fit si forte impression qu'ils examinèrent ses bulletins scolaires et s'arrangèrent pour qu'il décroche une bourse à l'Institut.

Pourtant, nul n'aurait pu se douter, en les voyant, que Hans et Zdeněk étaient de si brillants élèves. Dès les premiers jours, ils avaient décidé de rejoindre une sorte de société humoristique baptisée *Klub Recesistů*, Club des Blagueurs. En juin 1936, le club avait publié son premier *Almanach Recesse* dans lequel était ainsi détaillé son programme : « Tout n'est que farce. Il faut s'amuser parce que rien ne peut être sérieux. Le monde est régi par les égocentriques et les arrogants, c'est pourquoi nous devons les combattre avec la seule arme ayant résisté au passage du temps : l'humour. » Les deux amis avaient réussi leur concours d'entrée en se couchant au beau milieu de l'artère principale du quartier de Nové Město en pleine journée. Quand des passants inquiets leur avaient demandé s'ils étaient malades, ils leur avaient répondu : « Oh non, simple coup de fatigue », avant de détaler. Ce petit numéro avait suffisamment amusé les autres membres du club pour qu'ils les acceptent parmi eux.

Ce samedi de septembre 1936, Zdeněk était venu passer la journée à Libčice avec Hans. Ella leur avait mis des sandwichs dans un panier, et ils étaient partis se promener le long de la Moldau. Ils avaient passé l'après-midi assis dans l'herbe, à chercher de nouvelles idées de blagues à proposer lors de la prochaine réunion du club. Ils avaient aussi parlé littérature et poésie, une autre de leurs passions communes, récitant chacun leur tour les strophes d'un long poème lyrique de Rilke tout en faisant des ricochets à la surface de l'eau.

Comme d'habitude, ils n'avaient pas vu le temps passer. Hans avait dû raccompagner son ami sur le porte-bagages de son vélo jusqu'à la gare de la ville voisine pour qu'il puisse prendre son train. Zdeněk avait réussi à l'attraper juste à temps, mais ce détour avait passablement retardé Hans.

Le dîner familial était toujours servi à 19 h 30, aussi bien en ville qu'à la campagne. En pédalant à toute vitesse sur le chemin menant à la maison, Hans dérapa sur un gros caillou niché dans l'ombre du soleil déclinant. Il perdit le contrôle de sa bicyclette et fit une lourde chute. Il se releva tant bien que mal, essuya ses lunettes et remit la chaîne de son vélo en place. Ses jambes et ses bras étaient couverts d'égratignures, ses plaies à vif maculées de terre. Il aurait sans doute de belles ecchymoses le lendemain, mais peu importe. Hans semblait constamment couvert de bleus. Il avait des problèmes de coordination, si bien qu'il se cognait toujours dans quelque chose, ou bien il perdait l'équilibre. Il oubliait son bonnet ou son écharpe, ses manuels à l'école. Et il tombait souvent de vélo. La gestion de ses mouvements, de ses affaires ou de son temps n'était pas son point fort… ni sa priorité, comme il aimait le préciser lui-même. Ses parents l'avaient surnommé « le malchanceux » en raison de ses déboires permanents, un sobriquet inspiré autant par la pitié que par la tendresse.

À 19 h 30, en sang et couvert de terre, « le malchanceux » jeta son vélo près de la porte et se précipita à l'intérieur. Ella, Otto et Lotar étaient attablés dans la salle à manger. Le ragoût et les boulettes avaient déjà été servis, Jerry agitait la queue en guettant les miettes sous la table. Hans alla vite s'asseoir et regarda son père avec ses yeux verts qui semblaient prendre une teinte olive à mesure qu'il rougissait d'embarras. « *Handa…* » Ella soupira avec résignation en l'écoutant présenter ses excuses. Hans baissa les yeux et frotta ses mains pleines de terre sous la table. L'assiette vide posée devant lui était ornée d'un motif de feuilles de lierre et de fleurs bleu cobalt. Elles ornaient toute la surface de porcelaine, hormis le centre.

En guise de punition, à la place du ragoût, son père y avait déposé sa montre à gousset en or.

3

Le tonnerre gronde de partout

Quand j'étais enfant, à Caracas, vers la fin des années 1970, mes parents ne se levaient pas à la même heure. Ma mère aimait faire la grasse matinée. Mon père, qui disait toujours qu'il avait besoin « d'étirer les heures », se levait à 6 h 30, aussi bien en semaine que le week-end, avant de disparaître dans son bureau adjacent à leur chambre. Il aimait regarder le ciel s'éclaircir derrière la fenêtre.

J'avais pour instruction de ne pas les déranger. Je n'étais censée entrer dans leur chambre que quand l'un d'eux était déjà réveillé et en train de lire le journal. Nous avions peu de règles dans la famille, mais mes parents étaient très rigoureux sur ce point et, soucieuse de leur faire plaisir, en ma qualité de fille unique, je leur obéissais scrupuleusement. Mes parents se servaient de l'interphone interne pour demander qu'on leur apporte leur petit déjeuner. Ma chambre se trouvait à l'autre bout de la maison, si bien que je n'entendais ni la sonnerie ni les préparatifs dans la cuisine. Je savais seulement que mes parents étaient réveillés grâce aux journaux.

J'attendais patiemment le signal. Le rituel était immuable. À l'aube, les journaux étaient livrés au gardien de nuit qui les apportait à la cuisine en allant chercher son petit déjeuner. La gouvernante coupait la ficelle qui entourait la liasse et allait les déposer par terre, sur la moquette couleur crème, au pied de la porte de mes parents. Elle prenait soin de les disposer en éventail afin que les gros titres soient visibles en premier. Quand ils disparaissaient, je savais que j'avais le droit d'y aller.

Mon père récupérait les journaux en premier et se retirait dans son bureau pour prendre son petit déjeuner. C'est à ce moment-là que je le rejoignais. Souvent, j'apportais mon propre plateau afin que nous puissions manger ensemble. Comme il n'y avait pas assez de place sur la petite table près de la méridienne, il m'aidait à installer mon plateau sur un fauteuil et je m'asseyais en tailleur par terre. Il me tendait ensuite la page des bandes dessinées et des mots croisés, ainsi qu'un crayon. Il me demandait gentiment comment j'allais, mais, hormis les définitions de mots croisés, notre conversation sporadique tournait le plus souvent autour des actualités.

Quand il avait terminé sa lecture, il allait remettre les journaux en place sur la moquette pour ma mère. Il se rendait ensuite à des réunions, passait des coups de fil depuis son bureau ou disparaissait dans l'atelier où il réparait ses montres, me laissant seule finir mes mots croisés.

Je retournais alors dans ma chambre et j'attendais que les journaux disparaissent à nouveau devant la porte, signe que ma mère était levée. Elle se réveillait généralement vers 9 ou 10 heures et prenait son petit déjeuner au lit, élégante même en chemise de nuit. Je laissais les mots croisés dans ma chambre, car elle ne s'y intéressait guère. J'avais le droit de faire entrer nos trois énormes chiens, qui venaient se blottir sur le lit. Nous écoutions de la musique, parlions de ses amis ou de mes camarades. Ma mère travaillait dans le milieu de l'art et avait toujours de merveilleuses anecdotes à raconter sur les petites manies des chefs d'orchestre, des musiciens et des danseurs. Parfois, pendant qu'elle s'habillait, nous faisions semblant de danser sur une scène. Nous chantions aussi à tue-tête, ma mère d'une voix harmonieuse, moi très faux.

Un matin de 1979, alors que j'avais huit ans, bien avant le jour où j'allais découvrir sa fausse carte d'identité dans la boîte, mon père s'est réveillé plus tôt que d'habitude.

Il ne faisait pas encore jour. La lampe du couloir, qui restait toujours allumée à cause de ma peur du noir, n'avait pas encore été éteinte. J'ai entendu un bruissement et jeté un regard dans le couloir pour m'apercevoir que les journaux avaient disparu. Dehors, le feuillage ondulait par vagues noires entre les barreaux des fenêtres. Mais il y avait déjà de la lumière dans le bureau de mon père. Il était trop tôt pour le petit déjeuner, et je n'avais pas encore mon plateau. J'ai remonté le couloir sur la pointe des pieds, poussé délicatement la porte entrebâillée et risqué un coup d'œil à l'intérieur. Mon père était assis, vêtu de son kimono en coton bleu marine imprimé de mouettes blanches, le regard tourné distraitement vers la fenêtre. Dehors, les premières lueurs du jour éclairaient faiblement certains recoins du jardin. Les journaux étaient posés en pile, intacts, à côté de la méridienne. Je me suis installée par terre, à ma place habituelle. La blancheur de ses cheveux ressortait particulièrement dans la pénombre. Il n'avait pas son aplomb habituel ; je lui trouvais un air perturbé, presque mal à l'aise. Il ne m'a pas tendu les bandes dessinées ni la page des mots croisés. À la place, il s'est tourné vers moi d'un air grave et m'a annoncé qu'il lui était arrivé quelque chose de bizarre la veille au soir pendant qu'il dînait au restaurant. Il était en pleine discussion avec ses amis lorsqu'il avait ressenti une vive douleur dans sa jambe gauche.

— Quand nous sommes rentrés à la maison, j'ai regardé sous mon pantalon, et voilà ce que j'ai vu. (Il a légèrement relevé le bas de son peignoir sur son mollet et m'a désigné deux petites plaies rouges, placées pile l'une au-dessus de l'autre et nettement visibles sur sa peau pâle.) Tu vois ces deux trous ?

J'ai acquiescé.

— Qu'est-ce que ça peut être, à ton avis ? m'a-t-il demandé d'une voix lente.

Il avait l'air épuisé, comme s'il n'avait pas fermé l'œil de la nuit.

— Des piqûres de moustiques, *Papi* ?

— J'aimerais le croire. Mais j'ai quelques doutes. Elles sont très rondes, et leur position est inhabituelle. Je pense qu'il s'agit d'autre chose.

J'ai soudain repensé à une histoire qu'il m'avait racontée quelques semaines auparavant, à propos d'un dissident bulgare à Londres. L'homme avait été empoisonné par des espions à l'aide d'une minuscule balle tirée d'un faux parapluie alors qu'il attendait le bus. La balle lui avait perforé la jambe et laissé une plaie minuscule. J'ai compris où mon père voulait en venir.

— Comme cet homme, à Londres ? ai-je suggéré.

Il a fait oui de la tête. « Exactement. Ils n'hésitent pas à vous tirer dessus quand vous ne leur servez plus à rien. Si vous leur déplaisez, ou s'ils considèrent que vous êtes un traître, d'un seul coup, comme ça, hop, ils vous exécutent. Et le pire, c'est que personne ne le saura jamais. »

Ces mots m'ont glacé le sang. J'ai de nouveau examiné sa jambe. Ces deux petits cercles parfaits, entourés de fines traces de griffure, me faisaient vraiment l'effet de piqûres d'insectes.

— Mais, *Papi*, personne ne veut te tuer. Est-ce que ça te gratte ? Tu es sûr que ce ne sont pas des piqûres de moustique ?

Sa peur me rendait nerveuse. Je voulais qu'elle disparaisse, je cherchais le moyen de la dissiper. J'ai plié mon coude pour lui montrer une sorte de croûte que je venais de gratter.

— Regarde, *Papi* ! Tu vois, pareil que les tiennes.

— Tu as raison, m'a-t-il répondu, le regard toujours ailleurs.

Après une courte pause, il s'est de nouveau tourné vers moi et a murmuré un surnom affectueux de son invention, dérivé d'un mot français, qu'il employait à la fois pour ma mère et pour moi.

— *Coquinita*... Mais oui, c'est sûrement ça.

Son rire, censé me rassurer, sonnait faux. Il était encore mal à l'aise, je le voyais bien. J'ai soudain compris qu'il ne pensait pas du tout avoir été mordu par un insecte. C'était comme s'il avait oublié que j'étais sa petite fille et qu'il voulait absolument me montrer ces plaies bizarroïdes sur sa jambe. Il m'a passé les bandes dessinées et a ouvert un journal pour se cacher derrière.

Tout cela n'avait aucun sens. Mon père n'était pas quelqu'un de craintif. C'était un roc, la sécurité et la prospérité incarnées. Pourtant, il semblait terrifié. Comment pouvait-il s'imaginer que quelqu'un cherchait à le tuer ? J'ai préféré ne rien ajouter. Lui non plus.

Quand je suis entrée dans la chambre de ma mère, plus tard dans la matinée, je lui ai raconté toute l'histoire. Elle disait toujours qu'il ne fallait pas mentir aux enfants, et cela me mettait en confiance. Elle était d'une franchise rare lorsqu'il s'agissait d'exprimer son avis ou de m'expliquer quelque chose.

« C'est sans doute parce qu'il a peur de la malaria... Il y a eu beaucoup de cas, par ici. Mais plus maintenant. »

Pas du tout, lui ai-je rétorqué. Il n'avait peur ni des moustiques ni de la malaria. Il pensait que quelqu'un essayait de l'assassiner, comme l'espion bulgare.

« Ne t'inquiète pas. Il peut être comme ça, parfois, a répondu ma mère d'un ton désinvolte. C'est rare, mais il lui arrive de se faire des frayeurs pour rien. »

Elle m'a alors relaté un incident similaire qui s'était déroulé durant leur dernier séjour au ski. Lorsqu'ils partaient aux sports d'hiver, mes parents prenaient généralement un vol direct pour Zurich tandis que je restais à Caracas, à cause de l'école. Ils voyageaient souvent, et j'aimais particulièrement quand ils allaient en Suisse parce qu'ils rentraient toujours les bras chargés d'énormes boîtes de chocolats.

Peu avant la phase d'atterrissage, le pilote avait annoncé que l'avion allait sans doute être détourné vers Vienne ou Stuttgart en raison de turbulences. Mon père avait eu une réaction sidérante : agrippé aux accoudoirs métalliques de son siège, il s'était mis à trembler et à transpirer à grosses gouttes, au point de tremper son mouchoir rien qu'en se tamponnant le front avec.

— C'était à cause des turbulences ? ai-je demandé à ma mère. Il y avait des éclairs ?

— Oh non, ton père n'avait pas peur de l'orage. (Elle a poursuivi, espérant sans doute me rassurer par ses paroles.) Mais ça lui prend, parfois. Il n'était pas retourné en Europe centrale depuis son départ après la guerre, il y a très longtemps. Je lui ai dit de rester calme, je lui ai rappelé qu'il était vénézuélien et qu'il n'avait aucune raison de s'inquiéter. Au final, l'orage est passé, et nous avons pu atterrir à Zurich comme prévu. Tout s'est bien terminé.

— Ce sont donc certains pays européens qui le rendent nerveux ?

— Pas souvent, mais parfois, oui. Il vit très loin de l'Europe, désormais. Et toi, ma petite souris, je ne veux pas que tu perdes ton temps à t'inquiéter pour ça.

Je n'y comprenais rien, mais je n'ai pas insisté.

Pourquoi le meurtre d'un homme devant un arrêt de bus à Londres mettait-il mon père dans tous ses états à Caracas ? En quoi la Suisse l'effrayait-elle moins que l'Autriche ou l'Allemagne ? Pourquoi le fait d'être vénézuélien était-il si important ? Pourquoi mon père paniquait-il parfois sans raison ? Qui étaient-ils, ces gens qui pouvaient décider de vous assassiner ? Et quel rapport avec des petits points rouges qui apparaîtraient sur la peau ? Je ne voyais pas le point commun entre les moustiques, la nationalité, le poison, les espions et les turbulences en avion. Je ne comprenais pas pourquoi toutes ces choses épouvantaient mon invincible père.

Je n'avais pas encore les réponses à toutes ces questions. Mais si ma mère trouvait normal que mon père fasse des crises de panique de temps à autre, je devais l'accepter aussi. De toute évidence, elle ne semblait pas s'inquiéter à l'idée que quelqu'un veuille l'empoisonner. Comme elle, je m'efforcerais donc de ne plus y penser.

Un témoin extérieur n'aurait rien noté d'étrange en nous observant. Nos existences ont repris leur cours normal, comme si de rien n'était. Les piqûres d'insectes ont cicatrisé et personne n'en a plus jamais reparlé. Pendant un moment, j'ai moi aussi oublié cette histoire.

Les journées de mon père se sont poursuivies à l'identique, entre son travail, ses activités philanthropiques, ses hobbies, ses amis et sa famille. En apparence, rien ne troublait sa quiétude.

*

Ma famille, dans la Tchécoslovaquie de la fin des années 1930, aurait-elle pu imaginer ce qui allait se passer ? Lorsqu'on regarde les lettres et les photos de l'époque, tout semble suggérer que leur vie avait conservé l'apparence de la normalité. Pourtant, derrière les sourires et les mots choisis avec soin, derrière le ton enjoué et les détails anodins qui emplissent ces pages, la peur ne devait jamais rôder très loin.

Pendant qu'Otto lisait son journal et gérait les affaires de l'usine, pendant que Hans et Lotar poursuivaient leurs études, leurs farces, leurs poèmes et leurs amourettes adolescentes, la peur devait être là. Silencieuse, omniprésente et invisible.

Hans était peut-être encore immature, mais Lotar était un garçon réfléchi. Quant à Otto, c'était tout sauf un homme fantaisiste. Il devait forcément sentir les choses, peut-être même les anticiper. Il devait en parler avec ses frères. Au milieu des années 1930, Victor avait déjà proposé à ses frères de le rejoindre aux États-Unis et Richard, le cadet de la fratrie, était en train de préparer son départ. Malgré son tempérament résolument optimiste, Ella tenait aussi à la sécurité de ses enfants. Durant ses longues promenades le long de la Moldau, quand les bruits du quotidien s'estompaient et qu'elle laissait enfin libre cours à ses pensées, sentait-elle monter en elle un mauvais pressentiment face à l'ombre qui menaçait ?

La Tchécoslovaquie avait des frontières communes avec la Roumanie, la Hongrie, la Pologne, l'Autriche et l'Allemagne. Elle ne disposait d'aucun accès à la mer, mais d'un fleuve de quatre cent trente kilomètres qui traversait le pays d'ouest en est et longeait la Forêt de Bohême avant de bifurquer vers le nord pour gagner le cœur de Prague. Vltava et Moldau, ses noms en tchèque et en allemand, proviennent d'un mot en vieil allemand qui signifie « eaux vives ».

Je possède une photo de Lotar et Zdenka prise au printemps ou à l'été 1937. Debout l'un à côté de l'autre, ils arborent des tenues identiques avec l'emblème de leur club sportif local. On dirait qu'ils viennent d'échanger une plaisanterie. Ils posent d'un air radieux dans le jardin de Libčice, probablement de retour d'une excursion en canoë. Lotar enlace fièrement la jeune fille. Elle rit, les yeux brillants. Rien ne semble les inquiéter.

Zdenka et Lotar dans le jardin à Libčice, 1937.

Pourtant, chaque semaine apportait son lot de décrets et de restrictions à l'encontre des Juifs d'Europe. Entre 1933 et 1939, mille quatre cents lois antijuives furent promulguées en Allemagne. En 1933, les Juifs furent exclus de la fonction publique et des professions libérales (dans le droit, mais aussi l'agriculture, l'édition, le journalisme et les professions artistiques). Le 11 avril 1933, il fut stipulé que toute personne ayant un parent ou un aïeul juif était officiellement considérée comme non aryenne. En 1935, les lois de Nuremberg furent instaurées. La même année, la Pologne calqua ses propres lois antijuives sur celles de l'Allemagne. Les Juifs et les réfugiés politiques affluèrent par milliers à Prague, fuyant la haine dont ils faisaient l'objet en Allemagne, en Autriche et encore plus à l'est. La Tchécoslovaquie était alors une terre d'asile, un bastion de la démocratie en Europe centrale. À l'heure où l'antisémitisme semblait gangrener tout le continent, le pays demeurait relativement ouvert et stable sur le plan politique. De nombreux Juifs occupaient des fonctions importantes au sein du gouvernement sociodémocrate, lequel affirmait son opposition farouche à l'idéologie nazie. La Tchécoslovaquie était plus ouverte à l'immigration que les Pays-Bas et, contrairement à la France, on pouvait s'y débrouiller au quotidien en parlant allemand.

J'ai retrouvé plusieurs photos des cousins germains de mon père datant de la fin des années 1930. Sur l'une d'elles, deux jeunes femmes encadrent un homme d'une cinquantaine d'années coiffé d'un feutre. Il s'agit de Zita et d'Hana, les nièces d'Ella, les deux filles de sa sœur adorée, Martha. L'homme est le frère cadet d'Otto, Richard. Ils marchent et bavardent gaiement dans la rue. Cette image respire l'allégresse. Pourtant, Richard, qui gérait l'usine de peinture avec Otto, envisageait déjà de quitter le pays et de vendre ses parts. Il avait même fait une demande de visa pour rejoindre son frère Victor aux États-Unis.

Richard Neumann accompagné des nièces d'Ella,
Hana et Zita Polláková, à Prague en 1938.

Dans la boîte que m'a envoyée mon cousin Greg en Californie se trouve une lettre adressée en juillet 1936 à Victor, aux États-Unis, par Rudolf Neumann, l'un de ses frères aînés. Rudolf vivait avec son épouse Jenny à Třebič, une ville située au sud-est de Prague, près de la frontière autrichienne. D'après les photos, Jenny était une femme corpulente à l'air autoritaire. Le couple possédait une boutique d'articles de mode située sur la grand-place. J'ai retrouvé la trace de leur petite-fille, qui vit à Paris et se souvient de sa grand-mère comme d'une femme agréable, au rire exubérant et contagieux.

Les deux fils de Rudolf et Jenny, Erich et Ota, avaient dix ans de plus que leurs cousins Hans et Lotar. Ota, le plus jeune et le plus réservé des deux, vivait encore avec ses parents à Třebič. Erich, plus jovial et aventureux, venait de s'installer à Prague pour travailler au service commercial de l'usine Montana. J'ai retrouvé une photo de lui, prise vers la fin des années 1930. Il tourne son visage rond et plein d'espoir vers l'objectif. Ses cheveux noirs, qui trahissent déjà un début de calvitie malgré sa vingtaine d'années, sont soigneusement peignés en arrière. Il porte un costume rayé sur une chemise visiblement trop serrée au niveau du col, et une cravate à pois. Malgré le fait qu'il s'agisse d'une photo officielle de passeport, une lueur rêveuse habite son regard. Je n'ai retrouvé qu'une seule photo d'Ota prise avant la guerre. Les albums de famille et les boîtes n'en contiennent pas d'autre. Il s'agit également d'une photo de passeport. Comme son frère, il arbore un costume à rayures et une cravate en laine. Ses pommettes sont saillantes, mais sa bouche a un pli maussade. Il semble presque froncer les sourcils. Son expression est triste, son regard lourd.

Dans sa lettre écrite à l'été 1936, Rudolf explique que les affaires tournent moins bien, même si la boutique a toujours ses clients, et que la famille est en bonne santé. Il raconte leur mois de vacances dans la ville thermale de Marienbad et annonce que sa femme Jenny va bientôt se rendre à Bad Gastein, en Autriche. Il termine en disant à Victor qu'il espère le revoir bien vite.

Le climat économique qui pèse sur l'Europe des années 1930 explique la remarque maussade de Rudolf à propos de son commerce. Le reste de sa lettre est plus positif, presque insouciant. Au bas de la feuille, Ota, vingt-cinq ans, s'est appliqué à écrire un message à l'intention de son oncle et de ses cousins américains. Son ton est beaucoup plus sombre.

Chers tous,

Je me remémore souvent les moments merveilleux que nous avons passés ensemble. Je n'arrive pas à croire que cela remonte à si longtemps. Je prends des cours d'anglais ! Les choses se passent bien dans l'ensemble, mais les perspectives d'avenir sont peu engageantes. Le tonnerre gronde de partout et la vie est surtout difficile pour nous, jeunes gens, tant notre futur semble incertain. La situation en Tchécoslovaquie est pourtant moins pire qu'ailleurs, mais même ici, surtout en Moravie, l'antisémitisme grandit. J'imagine que ce n'est pas étonnant, quand on voit comment les journaux relatent les agissements de nos voisins. Harry trouvera ci-jointe une nouvelle série de timbres tchécoslovaques que j'ai réussi à trouver à Třebič. J'espère vraiment qu'ils lui plairont.

Baisers et salutations amicales de votre neveu et cousin,

Ota.

Ota était inquiet pour l'avenir. Il savait.

L'été suivant, en août 1937, les Juifs furent officiellement accusés de sacrilège dans la ville d'Humenné, en Tchécoslovaquie. À ce stade, la discrimination ouverte – voire la violence – envers les Juifs de Prague était devenue monnaie courante. Néanmoins, la vie suivait son cours pour la famille Neumann. À en juger par les photos, ils se concentraient sur l'essentiel : le travail, les études, les week-ends à Libčice, les voyages et les éclats de rire. S'ils n'avaient pas vraiment senti le danger auparavant, ils durent forcément le sentir à ce moment-là. Ils devaient savoir que l'étau se resserrait.

En mars 1938, les nazis entrèrent dans Vienne et Hitler annexa l'Autriche en proclamant l'Anschluss. Les Juifs autrichiens perdirent le droit de vote, ainsi que tous leurs droits légaux, et furent soumis à une humiliation publique systématique, contraints, par exemple, de nettoyer les rues avec leurs brosses à dents ou de brouter l'herbe comme les animaux. La Hongrie adopta à son tour des lois antisémites, comme la Pologne avant elle, inspirées du modèle allemand. Quand Hans atteignit ses dix-sept ans, quatre des pays frontaliers de la Tchécoslovaquie étaient ouvertement et officiellement antisémites.

En octobre 1938, Hitler envahit la région tchèque des Sudètes.

En apprenant la nouvelle, Victor écrivit à son frère Otto depuis les États-Unis pour le supplier de quitter le pays au plus vite. Peu après l'arrivée de sa lettre eut lieu la Nuit de Cristal, au cours de laquelle les vitrines de centaines de commerces juifs à travers l'Autriche et l'Allemagne furent brisées par des paramilitaires et des civils nazis. Cette nuit-là, 91 Juifs trouvèrent la mort et 30 000 d'entre eux furent déportés. Des synagogues furent vandalisées. Cette même année, l'Allemagne et l'Autriche annoncèrent que toutes les personnes identifiées comme juives devaient désormais avoir une carte d'identité spéciale, faire tamponner un « J » sur leurs passeports et modifier leurs prénoms afin d'y ajouter Israël pour les hommes, Sara pour les femmes. À travers l'Europe, ceux qui le pouvaient commencèrent à fuir.

Sur presque tous les clichés pris à Libčice, les gens sourient. L'album de Lotar contient des photos d'Ella bébé, Ella adolescente en robe de flamenco ou souriant aux côtés de sa sœur. Otto et Ella posent en jeune couple ou durant des vacances en famille avec leurs fils sur la plage ou à la montagne. La plupart des images qui emplissent cet album ont été prises à Libčice durant les années 1930. Les pages noires et cartonnées sont recouvertes de photos, certaines très grandes, et d'autres si petites qu'il m'a fallu une loupe pour discerner les visages. Les garçons jouent torse nu dans la chaleur estivale. Ils portent un short ou tiennent un ballon à la main. Sur une photo, toute la famille est joyeusement entassée dans le side-car de la moto d'un oncle. Sur une autre, Ella se mord la lèvre, prête à renvoyer un ballon de volley. Tous s'étreignent, rêvassent et s'amusent. Sur certains clichés, on les voit jouer avec le chien. Et puis, il y a cette minuscule image rayonnant d'une joie pure : par une chaude journée d'été, Ella se tient dans le jardin, près de la clôture, et s'asperge à l'aide d'un arrosoir.

On devine le parfait mélange d'espièglerie et de ravissement dans sa posture, sa tête penchée en arrière, ses paupières closes, un sourire ravi sur ses lèvres. Ailleurs, Otto et son beau-frère, Hugo, sont installés sur des chaises de jardin. Ils viennent de s'interrompre en pleine conversation pour lever les yeux vers l'objectif.

Les seules photos sur lesquelles Otto sourit ont été prises dans le jardin de Libčice. Sur l'une d'elles, il lit son journal au soleil ; sur une autre, il est hilare, légèrement hirsute. Je suis surprise par sa joie de vivre et son insouciance sur ces images. Elles ne cadrent pas du tout avec les descriptions que j'ai pu lire de lui. Il est vrai que l'on ne garde que les photos des moments heureux ; les albums de famille contiennent rarement des portraits de gens à l'air inquiet ou bouleversé. Pourtant, ces clichés ne sont pas posés. Ils saisissent des instants de joie spontanés. Même à la fin des années 1930, dans cette petite bourgade endormie au bord de la Moldau, les Neumann trouvaient visiblement le moyen de s'échapper du quotidien, d'oublier leurs inquiétudes et de savourer l'existence.

Ella dans le jardin à Libčice, à la fin des années 1930.

À mesure que je reconstituais leur vie de famille, j'étais intriguée par ce petit havre de paix à Libčice. La maison existait-elle toujours ? Oserais-je faire le trajet depuis Prague, à trois quarts d'heure de route, longer la Moldau et frapper à la porte d'un parfait inconnu ? Si je retrouvais la maison, son propriétaire actuel pourrait peut-être me raconter son histoire. Je savais qu'Ella chérissait cet endroit, ainsi que toute sa famille. D'après mes premières recherches, bien qu'elle eût été occupée par plusieurs familles sous le régime communiste, la maison n'avait pas légalement changé de propriétaire depuis sa vente par les Neumann à la fin de la guerre. L'image que j'avais retrouvée sur Google Maps semblait suggérer que la propriété était désormais constituée de plusieurs bâtiments réunis autour d'une cour ; sans doute était-elle devenue un hangar, ou une petite fabrique industrielle quelconque. Magda, la chercheuse praguoise qui enquêtait depuis des années sur les familles comme la mienne, a abondé dans mon sens. Il semblait inutile que je me rende sur place. La maison, transformée et dépouillée de ses souvenirs, n'avait sans doute pas conservé la moindre trace du passé.

Pourtant, j'étais piquée par la curiosité. J'avais envie de voir à quoi elle ressemblait maintenant, et à quoi elle devait ressembler jadis. J'ai tenté ma chance sur Internet. En tapant le nom et l'adresse inscrits aux registres fonciers, j'ai retrouvé le propriétaire actuel. Michal Peřina était un designer de mobilier réputé. Facebook m'a affiché la photo d'un homme aux traits souriants sur un voilier, une casquette de base-ball vissée sur ses cheveux gris. J'espérais ne pas m'être trompée. Je lui ai écrit en lui expliquant qui j'étais ; il m'a rapidement confirmé qu'en effet ses grands-parents avaient bien racheté la maison de Libčice à ma famille.

Après lui avoir expliqué mon projet de recherches, je lui ai demandé s'il avait, par hasard, conservé d'anciens documents liés à l'achat de la maison ou de vieilles photos qu'il accepterait de partager avec moi. Si j'étais prête à patienter quelques semaines, m'a-t-il annoncé, il avait quelque chose à m'envoyer ; il avait juste besoin de remettre les choses en état. À son message était jointe la photo de piles de documents posées sur une surface plane. J'étais ravie d'être tombée sur Michal. D'abord parce qu'il m'avait confié dans son e-mail qu'à l'instar de ses grands-parents, il tenait beaucoup à cette maison. Dans mon état surexcité, j'avais oublié de lui demander ce qu'il était censé remettre en état. J'ai zoomé sur la photo pour tenter d'y déceler un indice, mais je n'ai rien vu d'autre que des masses de papiers tachés et illisibles étalés sur une longue table en bois. Je m'attendais à ce qu'il m'envoie de vieilles photos. Un plan de la maison, peut-être. Ou, avec un peu de chance, le contrat de vente signé en 1948.

Quelques semaines plus tard, une quatrième boîte est donc venue s'ajouter à ma collection, après celles de mon père, de Lotar et de mon cousin californien. Michal m'avait laissé une lettre à l'intérieur de l'envoi pour m'expliquer que, tout au long de son enfance, il s'était interrogé sur le contenu d'un mystérieux coffre-fort entreposé dans une pièce vide de la maison de ses grands-parents. Il avait en vain essayé toutes les clés possibles pour l'ouvrir. Durant les années de régime communiste, faire ouvrir le coffre par un spécialiste aurait coûté beaucoup trop cher. C'était seulement lorsqu'il avait hérité de la maison et effectué des travaux de rénovation après les inondations de 2002 qu'il avait décidé de s'atteler sérieusement au problème, et trouvé le moyen de percer enfin les secrets du vieux coffre en fer-blanc de son enfance.

J'imagine sa déception en n'y découvrant aucun trésor, juste un tas de vieux papiers humides. Les noms inscrits sur ces documents lui étaient inconnus. Pourtant, il les avait conservés. Par nostalgie pour ses rêves d'enfant, et aussi parce que ces papiers concernaient une période importante de l'histoire.

Le fait que cette correspondance soigneusement tapée à la machine eût survécu à l'épreuve du temps lui conférait peut-être, à ses yeux, une valeur particulière, comme si elle devait forcément avoir de l'importance pour quelqu'un, quelque part. En recevant mon e-mail, Michal avait été très heureux de pouvoir m'envoyer la photo de ces documents abîmés dont il avait été le gardien pendant si longtemps, et il avait fait en sorte qu'ils soient restaurés par un professionnel avant de me les envoyer. Quelques semaines plus tard, ils étaient arrivés à mon domicile londonien, soigneusement protégés par de fines couches de tissu sans acide et rangés dans un porte-documents en vélin.

Il n'y avait ni plans ni photos dans la boîte de Michal, mais de miraculeux documents ayant appartenu à mes grands-parents, et oubliés là-bas à Libčice. Ces papiers avaient survécu dans un coffre pendant huit décennies, dans une maison qui n'appartenait même plus à ma famille. Ils avaient résisté à la Seconde Guerre mondiale, à quarante années de communisme, puis à la chute du régime et aux terribles inondations qui avaient submergé la maison et l'ensemble de la République tchèque au début du XXIe siècle. J'ai fait le voyage jusqu'à Libčice au mois de mai suivant, pour voir la maison que Michal avait si amoureusement restaurée et le remercier en personne pour tout ce qu'il avait fait. J'ai pu la visiter telle qu'elle était alors : la pièce contenant le coffre, les toilettes extérieures, le jardin à niveaux. Nous nous sommes assis sous le vieil arbre en fleur, sur les chaises en fer forgé qui étaient déjà là du temps d'Otto et d'Ella. L'énigme de Michal était enfin résolue, et les documents étaient parvenus à bon port.

Mes grands-parents les jugeaient suffisamment importants pour les ranger dans un coffre-fort. Contre toute attente, ils étaient à présent entre mes mains. Certains n'étaient plus qu'à l'état de fragments, d'autres avaient perdu toute trace d'encre ou d'écriture. Ils offraient un instantané de leurs vies, projeté à travers le temps et l'espace. La plupart d'entre eux renvoyaient aux détails insipides du quotidien : relevés bancaires, certificats d'actions, coupures de journaux. Mais même la plus banale paperasse administrative révélait une sinistre réalité.

Parmi ces pages restaurées avec soin et bien protégées dans leur écrin de tissu blanc se trouvaient des demandes de visa d'immigration pour les États-Unis. Cet hiver-là, Otto et Ella n'avaient pas seulement préparé leurs vacances. Ils n'avaient pas seulement profité de la vie et de leurs week-ends à Libčice. Hans, alors âgé de dix-sept ans, avait déposé son dossier au consulat américain de Prague le 23 décembre 1938. Otto, Ella, Lotar et Zdenka l'avaient fait deux semaines plus tard, le 7 janvier 1939. La trace de leurs démarches était là, préservée toutes ces années dans le coffre de Michal. Les courriers adressés à Son Excellence John H. Bruins, le consul américain à Prague, les lettres de banques américaines et de futurs employeurs à Washington D.C. et Detroit, signées et authentifiées par un notaire, certifiant que Victor possédait une maison, un travail et assez d'argent sur son compte à la Bank of Detroit pour subvenir aux besoins de la famille de son frère. Des documents officiels émanant du *US State Department* en 1936 et 1938 détaillaient la marche à suivre pour les demandes de visa au titre d'étudiant, de touriste, d'immigré ou de réfugié.

Sur toutes ces pages défraîchies et tachées d'humidité, un terme a été encadré ou souligné plusieurs fois au stylo rouge : « immigration sans quota ». À la fin juin 1933, quelque 309 000 Juifs allemands, autrichiens et tchèques avaient déposé des demandes de visa similaires et attendaient une réponse du consulat. Les États-Unis avaient instauré des quotas d'immigration dans les années 1920 afin de juguler l'afflux de certaines populations jugées indésirables. À l'instar des Neumann, beaucoup de candidats à l'exil se heurtaient à une barrière mathématique inflexible : seuls 25 000 visas annuels seraient accordés. Pour mes grands-parents, ces trois petits mots, *immigration sans quota*, étaient comme un verrou qui venait de refermer leur ultime porte d'accès à la sécurité.

À présent, je savais sans l'ombre d'un doute. Même les eaux tumultueuses de la Moldau lors des inondations de 2002 n'avaient pas détruit les preuves. Les éclats de rire d'Otto et Ella à Libčice avaient dû être aussi réels que leur peur. Bien sûr, ils étaient loin d'imaginer jusqu'où les choses iraient, mais ils en avaient déjà vu assez. Ils craignaient suffisamment la situation pour vouloir renoncer à leur vie d'ici. Ils avaient essayé de quitter le pays tous ensemble. Et ils avaient échoué. Il y avait bel et bien un quota. Les États-Unis avaient instauré des restrictions strictes sur les immigrants, notamment en provenance de pays où les Juifs étaient persécutés. Les Neumann nourrissaient bien sûr le faible espoir que leurs dossiers passent sous la barre des quotas, mais leurs chances semblaient fondre à vue d'œil. Malgré la peur que leur inspirait l'avenir, ils avaient vaillamment continué à vivre, un jour après l'autre.

Leur toute première tentative de contourner le système et d'échapper à la montée de l'antisémitisme qui sévissait dans toute l'Europe remonte à janvier 1939. Lotar et Ella se firent baptiser à Prague par Josef Fiala, un prêtre officiant à la basilique Saint-Jean. L'homme d'Église était un ami de Lotar et Zdenka, et il avait accepté de leur rendre ce service. Je sais aujourd'hui que Josef Fiala a aidé beaucoup de gens, allant jusqu'à cacher un Juif durant la guerre au péril de sa vie. Après sa mère et son frère, Hans se fit baptiser à son tour le 24 mars 1939, peu après ses dix-huit ans. Otto, lui, avait refusé : « Je préfère suivre les enseignements de Gandhi plutôt que les conseils d'un rabbin ou d'un curé », avait-il déclaré. Il ne se revendiquait d'aucune confession religieuse sur les documents administratifs. Sur tous les formulaires que j'ai retrouvés dans mes archives, cette ligne est systématiquement vierge. Était-ce par conviction idéologique, ou par peur de la discrimination ? Je ne le saurai jamais. Ce que je comprends, d'après l'histoire que racontent ces documents, c'est qu'Otto considérait les institutions religieuses et la bigoterie comme inspiratrices du pire chez les êtres humains.

Quoi qu'il en soit, ces baptêmes se révélèrent inutiles, les nazis ayant décrété que le judaïsme n'était pas un choix personnel mais une « race » héritée de vos aïeux. Vos convictions ou vos pratiques n'importaient guère : seul votre patrimoine génétique comptait. Les Lois de Nuremberg avaient clairement défini ce qui justifiait la persécution. Tout citoyen appartenant à la communauté juive, ou marié à une personne juive, était concerné s'il avait au moins deux grands-parents juifs dans sa famille. Les gens qui n'étaient pas membres de la communauté ou qui ne s'étaient pas mariés avec une personne juive avaient besoin de trois grands-parents juifs. Avec quatre aïeux juifs, les Neumann cochaient toutes les cases.

Le 15 mars 1939, le tonnerre céda la place à la tempête. Dans le petit jour naissant, à 5 heures du matin, la radio praguoise diffusa un message du président tchécoslovaque :

« L'infanterie et l'armée de l'air allemandes commenceront l'occupation du territoire de la République ce matin dès 6 heures. Aucune résistance ne doit leur être apportée. Tout acte d'opposition aura des conséquences imprévisibles et fera basculer cette intervention dans la plus extrême brutalité. Prague sera occupé à 6 h 30. »

4

Une réalité nouvelle

Le 16 mars 1939, un Adolf Hitler triomphal posait en train de saluer la foule depuis une fenêtre du château de Prague – celui qui avait terrifié Kafka trente ans auparavant. La Tchécoslovaquie, venait d'affirmer le Führer, avait cessé d'exister. Ses territoires se partageaient désormais entre la République slovaque et le Protectorat de Bohême et de Moravie. Prague était la capitale de ce protectorat sous administration allemande, et le tout faisait désormais partie du Reich.

Lotar avait définitivement renoncé à son rêve d'intégrer l'école d'art dramatique. Depuis l'automne 1936, fidèle à la volonté de son père, il étudiait le génie chimique à l'université technique de Prague. Un matin, vers la fin mars 1939, alors qu'il entrait dans sa salle de classe, il découvrit une enveloppe adressée à « *Der Jude Lotar Neumann* ». La lettre contenue à l'intérieur l'informait qu'il ne pouvait plus rester au sein de l'établissement. Cela n'avait rien d'un courrier officiel – le décret bannissant les Juifs des écoles et des universités ne serait pas promulgué avant le mois suivant –, mais Lotar se sentit tout de même menacé. En plein milieu de son cursus, il abandonna donc ses études pour aller travailler dans le cadre relativement sécurisé de l'usine de peinture familiale. Otto dirigeait Montana seul depuis que son frère Richard s'était exilé aux États-Unis. Lotar lui apportait une aide précieuse. Pour le jeune homme, cela signifiait aussi qu'il touchait un salaire, ce qui lui donna le courage de faire enfin sa demande en mariage à Zdenka.

La jeune femme attendit quelques mois avant d'annoncer ses fiançailles à sa famille. Ses parents lui avaient répété à maintes reprises qu'elle était totalement inconsciente de fréquenter un Juif. Zdenka était séduisante, riche et instruite. Elle aurait pu trouver un large choix de prétendants, n'importe où en Europe.

« Comment est-ce possible ? s'était exclamé son père, au désespoir, devant l'une de ses cousines. Avec tous les garçons qui tournent autour d'elle, pourquoi avoir choisi un Juif ? »

La famille de Zdenka n'était pourtant pas antisémite. Ils avaient déjà rencontré les Neumann, et les appréciaient beaucoup. La mère de Zdenka adorait Lotar ; il lui rendait visite chaque semaine en lui apportant un bouquet de violettes, lui montrait ses photos et la faisait rire. Mais ils avaient beau le trouver charmant, ils se souciaient aussi de l'avenir de leur fille aînée et les temps étaient difficiles pour tout le monde. Sa mère avait tenté de la raisonner : « Il a besoin d'amis, Zdenka, pas d'une histoire d'amour. Tâchez de garder la tête sur les épaules, surtout en ce moment, avec ces événements. Si tu veux vraiment l'aider, lui et les siens, ton amitié leur sera plus utile. » La légende familiale veut que même sa grand-mère, qui avait pourtant toujours défendu farouchement l'indépendance d'esprit de sa petite-fille, s'était alors montrée inflexible sur ce point :

« En ces temps affreux, ce serait une folie de n'écouter que son cœur. »

Zdenka avait toujours pressenti que sa famille s'opposerait à leur mariage, et son instinct ne l'avait pas trompée. Les deux fiancés opérèrent donc en toute discrétion. Tant pis pour la grande cérémonie ; tout ce qu'ils voulaient, c'était être ensemble. Ils allèrent frapper à la porte de Josef Fiala, le prêtre de la basilique Saint-Jean, qui accepta une fois de plus de les aider. Otto réagit avec dédain à cette annonce, tandis qu'Ella pleura des larmes de joie : elle s'y attendait depuis le début. En dépit de l'insistance de Lotar, Zdenka préféra ne rien dire à son père. Et elle attendit la dernière minute pour en informer sa mère, soit le matin même des noces, juste après le départ de son père pour leur maison de campagne à Řevnice. Elle fit irruption dans sa chambre pour lui annoncer la nouvelle, pleine d'excitation et d'appréhension. Sous le choc, sa mère faillit s'évanouir. Elle affirma que Zdenka la prévenait trop tard pour qu'elle puisse assister à la cérémonie. Quand la jeune femme alla prévenir sa grand-mère, son alliée de toujours, celle-ci eut la même réaction : pas question d'assister au mariage si les parents de Zdenka étaient absents. Mais elles versèrent tant de larmes que la grand-mère finit par céder et proposa d'organiser un grand dîner le soir même, chez elle, au numéro 20 de la rue Podskalská. Elle alla aussitôt prévenir ses domestiques, Růžena et Anežka, afin qu'elles s'attellent aux préparatifs, avant de se précipiter chez Šafařík, le pâtissier en bas de chez elle, pour le dévaliser de la moitié de ses gâteaux.

L'après-midi du 12 mai 1939, en la basilique Saint-Jean, au cœur de la capitale tchèque occupée, Lotar et Zdenka devinrent mari et femme. Toute la famille Neumann, ainsi que la sœur de la mariée, Marie, était présente. La messe fut célébrée par Josef Fiala, le prêtre qui avait baptisé Lotar, Ella et Hans quelques mois plus tôt. Le soir même, une élégante réception réunit les amis et quelques membres des deux familles chez la grand-mère de Zdenka. La mère et la sœur de cette dernière se joignirent finalement aux festivités. Tous les proches du couple étaient là, à l'exception du père de la mariée ; prévenu par téléphone durant la journée, il avait catégoriquement refusé de rentrer de sa maison de campagne.

Lotar et Zdenka au dîner de leur mariage, le 12 mai 1939.

Tous les témoins de cette journée attestent que les jeunes mariés rayonnaient de bonheur. Leur amour était si évident que nul, ce soir-là, ne songea à dire que c'était une folie. Un simple coup d'œil suffisait à se convaincre qu'ils étaient faits l'un pour l'autre.

Les nouvelles restrictions permanentes à l'encontre des Juifs contrariaient pourtant leurs projets d'avenir.

Ils rêvaient d'acheter une maison pour s'y installer ensemble mais, dans ce climat d'incertitude générale, et en attendant la réponse du consulat américain pour leur demande de visa, Lotar et Zdenka décidèrent de rester à Prague, dans l'appartement des Neumann situé à deux pas de l'usine Montana. La domestique à demeure était partie à Libčice prêter main-forte à Ella, si bien qu'ils purent faire agrandir la chambre de Lotar. Ils repeignirent les murs d'une couleur claire faisant mieux pénétrer la lumière matinale, et Lotar fabriqua des étagères pour permettre à Zdenka d'ajouter sa collection de livres à la sienne.

La famille leur laissa l'appartement durant une semaine. Ces quelques jours en amoureux constituèrent leur unique lune de miel, et ils les savourèrent tels deux touristes dans leur propre ville. Ils arpentèrent les rues pavées de Prague comme pour la première fois. Ils découvrirent de nouveaux recoins où s'embrasser en secret. Ils nourrirent les cygnes au bord du fleuve, et grimpèrent jusqu'au monastère de Strahov en traversant les jardins en pente qui dominaient la ville ainsi que le parc du château.

Lotar prit des dizaines de portraits de sa jeune épouse, et ils utilisèrent sa caméra Kodak 8 mm pour se filmer durant leurs pérégrinations en ville. Zdenka était toujours élégante et souriante, Lotar avait l'air heureux et fier. Ils allèrent au cinéma de la rue Karlova. Ils s'attablèrent dans des cafés. Ils passèrent des heures exquises dans le calme de l'appartement, à lire de la poésie, à danser, à chanter et à rire – surtout rire. Depuis longtemps, Lotar rêvait d'aller en Inde. Il voulait visiter et photographier les palais dont il avait lu les descriptions à Zdenka, mais ce voyage devrait attendre encore un peu, quand la situation serait plus calme. Et plus sûre.

Zdenka, photographiée par Lotar en 1939.

Ils avaient beau être sur leur petit nuage, le mois de mai 1939 n'était pas le moment idéal pour planifier des voyages romantiques, pas si vous étiez tchèque, et encore moins si vous étiez juif. Les avocats et les médecins juifs avaient vu leurs licences révoquées, et une loi promulguée en mars interdisait la vente ou le transfert des biens immobiliers juifs.

D'autres mauvaises nouvelles les attendaient. Peu après le mariage, la grand-mère de Zdenka avait dû être hospitalisée en raison de graves douleurs et on lui avait trouvé un cancer en phase terminale. Zdenka l'adorait. Ses grands-parents l'avaient élevée durant les cinq premières années de sa vie, pendant que sa mère était allée rejoindre son père, soldat de l'empire austro-hongrois stationné près de Budapest. Les relations entre Zdenka et lui étaient compliquées ; il avait été trop absent de sa vie et, même si elle aimait beaucoup sa mère, c'est avec sa grand-mère qu'elle avait noué les liens les plus forts. C'est elle qui lui avait appris à chanter, confié très tôt la gestion de ses propres finances, enseigné la responsabilité allant de pair avec la liberté et l'avait soutenue dans sa volonté de faire des études de droit. Et c'est elle aussi, bien sûr, qui avait organisé la réception pour son mariage. Zdenka tenait d'autant plus à être auprès de sa grand-mère qu'elle était dans de grandes souffrances. Une raison supplémentaire pour le jeune couple de souhaiter rester à Prague.

Ella avait déjà décidé de s'installer à Libčice. Elle avait toujours trouvé la capitale étouffante mais, depuis l'arrivée des Allemands, la vie quotidienne y était devenue un supplice. Hans poursuivait ses études à l'Institut technique de Prague, s'amusait aux réunions du *Klub Recesistů* et profitait de ses week-ends à Libčice, où il jouait avec Jerry et Gin, leur nouveau fox-terrier chiot. D'après la correspondance familiale, en plus d'écrire de la poésie, Hans s'était mis à la sculpture. Il voulait être artiste et n'assistait aux cours de l'Institut que pour faire plaisir à son père. Il passait l'essentiel de son temps libre en ville en compagnie de Zdeněk et de sa sœur, Marie, âgée de quelques années de moins que lui. Ensemble, ils formaient une joyeuse troupe : ils réalisaient de petits films, parlaient art et littérature, sillonnaient les rues à vélo et se livraient à toutes sortes de canulars. Zdeněk et Hans se servaient de leurs connaissances en chimie pour fabriquer des pétards et des bombes puantes qui faisaient sursauter les soldats allemands dans la rue.

De leur côté, Otto et Lotar s'efforçaient de faire tourner l'usine Montana malgré la menace croissante des nazis. Avec Hans et Zdenka, ils formaient un improbable quatuor et passaient la plupart de leurs soirées en semaine dans l'appartement.

Oskar, l'un des frères d'Otto, avait été renvoyé de son travail et contraint de quitter la maison qu'il louait. Ils lui avaient proposé de venir s'installer à Libčice avec son épouse et leur jeune fils. Oskar se rendait donc à Prague en train tous les jours pour aller prêter main-forte à l'usine. Chaque semaine apportait son lot de mauvaises nouvelles similaires concernant leurs proches et leurs amis. En juillet 1940, plus de la moitié des hommes juifs du Protectorat de Bohême et de Moravie avaient perdu leurs sources de revenus. Ella se retrouva donc à gérer toute une maisonnée à Libčice, et même chose pour Zdenka à Prague.

Plus tard, cette dernière raconterait par écrit le souvenir de sa première matinée dans l'appartement de Prague avec sa belle-famille. Les Neumann prenaient leur petit déjeuner de bonne heure – si tôt, en fait, qu'ils avaient déjà fini au moment de l'arrivée de leur très ponctuelle femme de ménage. Zdenka, indépendante et pleine de ressources, ne s'était jamais retrouvée responsable d'une maison, et encore moins asservie aux besoins de trois hommes habitués à ce que l'on s'occupe d'eux. Sa mère et sa grand-mère avaient toujours supervisé ces choses-là elles-mêmes, avec une armée de domestiques à leur service, si bien que Zdenka n'avait jamais eu à s'en soucier. Quand Otto pénétra dans la salle à manger à 7 heures précises, ce jour-là, il fut très contrarié en découvrant que la table du petit déjeuner n'avait pas été dressée. Son rituel matinal était immuable, et il n'aimait guère le changement. Par-dessus tout, il tenait à la ponctualité. Il attendait de Zdenka qu'elle se lève avant lui pour tout préparer, et il la laissa s'affairer pour aller écouter la radio au salon d'un air hautain. Quelques minutes plus tard, la jeune femme avait mis la table, fait bouillir de l'eau et coupé du pain. Quand son beau-père vint s'asseoir et lui demanda son thé, elle lui tendit une tasse de thé noir. Il parcourut aussitôt la table du regard à la recherche de la coupelle contenant les tranches de citron qu'Ella veillait toujours à disposer devant lui. Otto aimait choisir lui-même son morceau de citron pour le presser dans sa tasse avant de le plonger dedans. Mais ce matin-là, point de coupelle. Pis encore : il s'aperçut qu'il n'y avait même pas de citron dans la cuisine.

« Ella vous a sans doute expliqué que je prenais mon thé chaque matin avec du citron ?

— Elle a dû m'en parler, et j'ai dû oublier, répondit Zdenka d'un ton trop enjoué. Désirez-vous du lait et du sucre, à la place ? » Sa bonne humeur la tirait toujours d'affaire, en temps normal. Armée de son grand sourire face à la mine sévère de son beau-père, elle lui suggéra qu'une pointe de douceur dans son breuvage matinal lui ferait le plus grand bien. Mais cette fois-là, son charme ne lui fut d'aucun secours et Otto se leva d'un air glacial pour aller prendre son petit déjeuner au Café Svět sur le chemin de l'usine. Quand Lotar la retrouva dans la cuisine, ils rirent si fort de la mauvaise humeur d'Otto qu'ils réveillèrent Hans. Loin de se laisser impressionner, Zdenka le prit comme un défi à relever.

Le lendemain matin, une surprise attendait le patriarche de la famille : Zdenka lui avait préparé un véritable festin dans la salle à manger. Elle avait disposé un grand plat de charcuterie et de fromage, en prenant soin d'y ajouter son pâté préféré, à côté d'une panière de petits pains chauds. Et cette fois, elle n'avait pas oublié la coupelle avec les tranches et les quartiers de citron. Quand Otto entra dans la pièce, elle déclara d'un ton solennel : « Voici votre petit déjeuner, monsieur. Et, bien sûr, votre sélection de citrons. » Elle conclut ces mots en inclinant la tête.

Otto ne put s'empêcher de sourire. « J'ai bien compris ton petit manège. Tu veux m'engraisser pour me tuer, n'est-ce pas ? » lui répliqua-t-il du tac au tac.

Zdenka en profita pour le taquiner à propos de son accès de colère de la veille. Personne ne plaisantait jamais avec Otto. Seuls Ella et Richard avaient eu le courage de s'y risquer. Au fil des mois, jusqu'au moment où ils durent quitter Prague pour s'installer à Libčice, Otto apprit à apprécier ses discussions avec sa belle-fille au petit déjeuner. C'est sans doute à la faveur de ces moments privilégiés que naquit leur amitié. Comme le reste de sa famille, Otto finit par se prendre d'une immense tendresse envers Zdenka.

Je possède une lettre en deux parties, rédigée par Otto et Oskar, et adressée à leur frère Victor au mois d'août 1939. Ils y décrivent notamment leurs nouvelles conditions de vie.

Cher Victor, et chers enfants,

Je vous remercie infiniment pour tous vos efforts jusqu'à présent, même s'ils n'ont pas été couronnés de succès. L'objectif est de faire une demande de visa depuis n'importe quel pays étranger. C'est seulement après l'obtention de ce visa que l'on peut faire une demande de départ auprès de la Gestapo, ce qui exige certaines formalités, l'idée d'un retour étant bien sûr exclue. Il est préférable que la personne souhaitant quitter le territoire possède ou reçoive un billet de transport de la part de ses amis à l'étranger, puisque nous n'avons pas le droit d'en acheter ici. Les démarches, de notre côté, sont presque insurmontables.

Je travaille toujours à l'usine, malgré quelques restrictions, donc la question de nos revenus est à prendre en compte. La vie se résume à une question de sang-froid. J'ignore dans quelles circonstances vous recevrez cette lettre. Au milieu de cette folie que nous vivons en Europe, tout est possible.

Il fait aussi très chaud. Nous partons chaque après-midi pour Libčice, où nous rechargeons vite nos batteries pour mieux retourner, dès le lendemain, affronter la malveillance et les attaques. Pour l'instant, cela reste supportable et vous n'avez aucune raison de vous inquiéter. Il est toutefois intéressant de voir comment chacun réagit au sort qui est le sien. Les tempéraments insouciants semblent s'en sortir mieux que les autres, mais, hélas, les Neumann ne sont pas de cette trempe-là.

Bien à vous,

Otto.

Cher Victor, et chers garçons,

Vous n'imaginez pas combien de fois, ces jours derniers, nous nous sommes demandé si nous recevrions une lettre de vous. Je voulais vous écrire plus tôt, mais je n'étais pas d'humeur. Ne croyez surtout pas que c'était par paresse.

Aujourd'hui, votre lettre nous est enfin parvenue et nous nous empressons d'y répondre. Tout d'abord, merci pour vos efforts. Un jour, j'espère avoir l'occasion de vous rendre la pareille. Merci également pour votre carte postale de vacances, dont vous ne pouvez imaginer l'effet : votre liberté me rend envieux ! Cela nous paraît incroyable, par exemple, de nous rendre librement jusqu'au bord de mer sans devoir penser à la religion de nos grands-parents !

Il semble que nous allions tout droit vers une guerre. À moins d'un changement, dans ce contexte, il sera bientôt impossible pour les Juifs de rester ici. Jusqu'à présent, nous avons encore de quoi vivre... nous avons beaucoup de chance, et nous pouvons encore attendre.

Lundi prochain, j'emménagerai avec ma famille dans un appartement d'une pièce où nous attendrons que la situation évolue. J'ignore si nos fils pourront continuer à aller à l'école, mais nous en saurons davantage dans les prochains jours. Je ne pensais pas que vous connaîtriez la définition du mot « Aryen », mais je vois en lisant votre lettre qu'il est même parvenu jusqu'à vous. C'est dire, n'est-ce pas ? Voilà le monde dans lequel nous vivons.

Avec la guerre qui s'annonce, tout paraît tristement vain. Nous allons devoir attendre de voir ce que le sort nous réserve. Pour autant, je n'envisage pas de me rendre à l'étranger pour attendre mon tour d'aller en Amérique ; je dois gagner ma vie. Pour les jeunes gens, c'est différent, mais j'ai une famille à nourrir. L'amour de la famille dépasse tout... Comment me sentirais-je si je ne pouvais pas nourrir mon fils ? C'est mon petit garçon de six ans et je ferai tout ce qui est en mon pouvoir pour qu'il soit en sécurité et bien nourri, au moins jusqu'à ce qu'il puisse subvenir lui-même à ses besoins. Je garde quand même bon espoir que les choses s'arrangent pour nous.

Vous avez raison de dire que nous avons tenu jusqu'à maintenant et que nous continuerons à le faire. Pour l'instant, et j'espère que cela restera vrai à l'avenir, nous n'avons pas perdu notre sang-froid. Nous vivons paisiblement, et nous avons eu de la chance. J'espère qu'elle restera de notre côté.

Nos deux jeunes mariés, Lotík et sa jeune épouse, Zdenka, sont très heureux et mènent une existence merveilleuse. Elle est très gentille, douce, intelligente et ravissante. Quelle joie de les voir ensemble ! Comme nous, ils n'aspirent qu'à un peu de tranquillité. Je ne sais pas quand nous serons en mesure de vous écrire la prochaine fois, si cela est encore possible. Sachez juste que nous ne baissons pas les bras, et que je vis dans l'espoir de nos joyeuses retrouvailles dans le Nouveau Monde.

Victor, porte-toi bien, ainsi que tes fils.

À bientôt,

Oskar.

Voyant que les choses ne s'arrangeaient guère, Richard et Victor se rendirent plusieurs fois à Cuba en 1939 et 1940 dans le vain espoir de leur obtenir des visas afin qu'ils tentent de gagner les États-Unis par les Caraïbes. La trace de ces démarches est toujours là : un dossier conservé au ministère des Affaires étrangères tchèque révèle que les consulats du gouvernement tchécoslovaque en exil aux États-Unis et à Cuba avaient demandé des informations sur les frères Neumann à Prague.

En lisant aujourd'hui la litanie de nouvelles lois antijuives qui étaient promulguées semaine après semaine, je suis souvent frappée par leur mesquinerie et leur côté arbitraire. De cet amoncellement d'interdictions émerge un processus de séparation et de déshumanisation qui nous sidère par son absurdité et son horreur.

En mai 1939, les Juifs n'avaient plus le droit de détenir un permis de port d'armes ; en juin, les enfants juifs allemands furent renvoyés des écoles allemandes ; en juillet, de nouvelles lois stipulèrent que les Juifs ne pouvaient plus être avocats, enseignants ou journalistes. Le même mois, un décret obligeait les non-Aryens à faire enregistrer tous leurs biens : maisons, voitures, comptes en banque, or, bijoux et œuvres d'art. Des zones séparées leur étaient désormais attribuées dans les restaurants. Quelques semaines plus tard, ils n'eurent plus le droit d'aller à la piscine. Ils furent également interdits dans les parcs, les cinémas et les théâtres. Puis ils n'eurent bientôt plus le droit de voyager sans autorisation. Ils durent même rendre leurs permis de conduire. Bientôt, ils durent se séparer de leurs voitures et leurs bicyclettes. Leurs postes de radio. Leurs appareils photo. Leurs collections de timbres. Leurs machines à coudre. Leurs parapluies. Leurs animaux de compagnie.

La famille Neumann n'était pas seulement touchée sur le plan professionnel et logistique. L'impact de ces décrets allait bien au-delà. Ils enhardissaient les éléments les plus racistes de la société, désormais réunis dans des groupes comme Vlajka, l'organisation fasciste tchèque. Les citoyens se sentaient le droit de laisser libre cours à leur haine, aussi bien par le geste que par la parole. L'antisémitisme et la violence étaient peu à peu banalisés. Chaque jour de mai et de juin 1939 marquait l'incendie d'une nouvelle synagogue dans le Protectorat tchèque. Mais ces mesures avaient aussi un autre effet pervers : noyer des milliers d'individus sous les démarches administratives et la paperasse, achevant de les aliéner du reste de la société.

Le renvoi des écoliers juifs impacta directement les jeunes cousins des Neumann des deux côtés de la famille. Věra Haasová, la nièce d'Ella, avait huit ans en 1939. C'était la fille d'Hugo, le frère d'Ella, et de sa femme Marta Stradler. Ils vivaient tous les trois à Roudnice, au-dessus d'un magasin appartenant au père de Marta. Ils organisaient des réunions de famille et se rendaient souvent à Libčice pour passer les vacances d'été avec les Neumann.

Věra avait toujours fréquenté une école allemande. À présent, comme tous les enfants juifs de sa ville, elle n'était plus autorisée à se rendre en classe. Les établissements tchèques n'acceptant plus d'élèves juifs non plus, Marta avait installé des tables et des chaises dans l'arrière-boutique de son père et créé une petite école clandestine. Son père, retraité, enseignait les maths, les sciences et l'allemand. D'autres personnes s'étaient portées volontaires pour la géographie, la poésie et les lettres.

Au début, les enfants juifs pouvaient encore sortir jouer, faire du sport, du vélo et des pique-niques. Mais à compter de 1941, de nouvelles lois les obligèrent à rester à l'intérieur. La petite école clandestine semble avoir été un refuge pour eux. Sur une photo prise à l'été 1941 et que j'ai retrouvée soixante-quinze ans plus tard, les fillettes se tiennent la main en souriant. Věra, la plus grande, porte un collier. M. Stadler, son grand-père, se tient derrière, la mine grave. Ce lieu a dû apporter un peu de bonheur aux élèves et maintenir un semblant de normalité dans leur existence, jusqu'à la déportation des Juifs de Roudnice en 1942.

Les enfants dans l'école clandestine
derrière la boutique des Stadler à Roudnice, 1941.

Nous savons tout cela aujourd'hui parce que l'une des anciennes élèves de l'école a laissé un témoignage écrit de son expérience, conservé aux archives du Musée juif de Prague. Elle a fait don de ses cahiers et de ses photos de l'époque. L'une d'elles montre les enfants assis autour d'une table ronde couverte de livres et de stylos. Sur une autre, garçons et filles font un pique-nique dans l'herbe. Des vélos sont appuyés contre les arbres, et une guitare est posée sur une couverture. Tout le monde semble détendu. Rien ne laisse deviner que ces photos ont été prises durant une guerre, en pleine période de persécutions.

La femme qui a raconté son expérience s'appelle Alena Borská. Comme ma cousine Věra, elle est née en 1931. Aujourd'hui âgée de quatre-vingt-huit ans, elle vit toujours à Roudnice. Elle n'a ni téléphone portable ni

Internet. On la voit sur la photo des fillettes : vêtue de blanc, elle affiche un large sourire à la droite de Věra.

Alena ne parle que sa langue maternelle et, comme je ne maîtrise pas le tchèque, je lui ai écrit une lettre avec l'aide de mon amie chercheuse à Prague. Je lui ai demandé si elle avait encore des souvenirs de Věra. Voici ce qu'elle m'a répondu : « J'espérais depuis soixante-dix ans que quelqu'un me demande de parler de Věra. C'était ma meilleure amie. Nous étions deux fillettes comme les autres, qui riaient beaucoup ensemble. »

Elle a joint à sa lettre une autre photo, abîmée et racornie, qu'elle conservait avec soin depuis l'automne 1938. L'image montre Věra et Alena juste avant la guerre. Ce sont deux gamines aux joues rondes vêtues du même manteau, debout au milieu d'arbres sans feuilles. Alena sourit, tandis que Věra a la mine boudeuse.

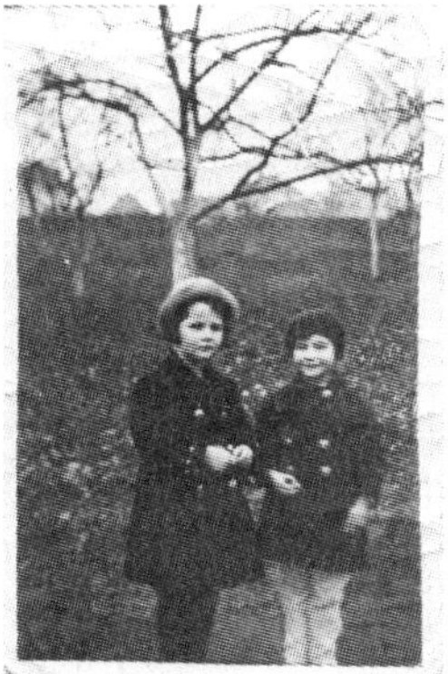

Věra Haasová et Alena Borská
à l'âge de sept ans en 1938.

Hans n'avait aucun problème pour poursuivre ses études, les instituts technologiques n'étant pas concernés par les restrictions scolaires. Le seul effet notable de l'invasion allemande sur sa personnalité semble être l'amélioration de ses notes tout au long de l'année 1939. Il passait toujours ses journées en compagnie de Zdeněk et de ses camarades. Après les cours, ils traversaient la rue pour se rendre chez U Fleků, où la mère de Zdeněk les accueillait toujours avec effusion avant de les installer à une petite table près de la cuisine pour leur servir discrètement le plat du jour. Elle continua à le faire aussi longtemps qu'elle le put, malgré l'interdiction des clients juifs dans les restaurants depuis août 1939. En septembre de la même année, les Juifs se virent également imposer un couvre-feu à 20 heures, si bien que Hans dut écourter ses soirées entre amis.

En octobre 1939, son père et lui furent contraints de quitter leur appartement à Prague. Depuis l'invasion allemande, Ella avait choisi de s'installer à Libčice et ne mettait que rarement les pieds en ville. La vie lui avait toujours semblé plus simple à la campagne, et cette impression s'était largement renforcée. Il y avait plus de place, et l'on s'y sentait moins menacé. À l'annonce que les familles juives étaient désormais limitées à un seul lieu de résidence, les Neumann optèrent pour la maison de Libčice. Dans un premier temps, Otto et Hans durent demander des autorisations de déplacement pour se rendre tous les jours en voiture à Prague. Quand on leur confisqua leurs permis de conduire, ils durent demander des autorisations spéciales, cette fois pour s'y rendre en train et en tram.

En tant que « couple mixte », Lotar et Zdenka avaient dû désigner l'appartement de Prague comme leur lieu d'habitation officiel. Les membres de la famille qui travaillaient encore à l'usine Montana se retrouvaient le plus souvent possible pour déjeuner ensemble. La tante de Zdenka possédait une grande ferme dont les produits frais, ainsi que divers contacts sur le marché noir, leur permettaient d'avoir toujours de bonnes choses à manger.

En novembre 1939, les lois antijuives étaient si nombreuses qu'une sorte de journal officiel était publié chaque semaine pour recenser les derniers décrets. À ce stade, les Allemands avaient déjà fermé toutes les universités tchèques, si bien que même Zdenka dut interrompre ses études de droit. Désormais bannis de nombreuses professions, certains Juifs s'inscrivaient à des programmes de formation pour devenir travailleurs agricoles. En février 1940, ils furent contraints de céder leurs actions, leurs obligations, leurs bijoux et leurs métaux précieux. Ils n'eurent le droit de garder que leurs alliances et leurs dents en or.

En mars 1941, le Judenrat, ou Conseil juif des Anciens de Prague, fut mis en place par les nazis. À travers toute l'Europe occupée, ces « administrations » juives virent le jour sous une forme ou une autre. Depuis le Moyen Âge, les communautés juives européennes géraient des corps municipaux autonomes, souvent rattachés à une synagogue ou à un ghetto, notamment chargés de tenir le registre de l'état civil et d'assurer certaines fonctions administratives ou caritatives. Désormais, tous les « Juifs », tels que définis par les lois raciales nazies, étaient tenus de verser une cotisation à ces Conseils. Le Judenrat de Prague en chapeautait d'autres, plus petits, au sein du Protectorat. Leurs membres avaient pour mission de recueillir des informations sur tous les Juifs de leur région. Ils avaient également l'obligation de superviser, organiser et faire appliquer l'ensemble des décrets antijuifs. Dans tous les territoires occupés, ces corps administratifs étaient dirigés par des personnalités juives influentes, le plus souvent des rabbins ou des figures d'autorité respectées au sein de la communauté, et opéraient directement sous commandement nazi. Ils n'avaient pas la moindre indépendance d'action. Leurs représentants s'appelaient « les Anciens ».

Tout le monde crut d'abord à une vaste structure administrative censée coordonner l'émigration des Juifs hors du Protectorat et des autres territoires occupés d'Europe. Les Neumann connaissaient quelqu'un au Judenrat de Prague : Štěpan Engel, surnommé Pišta, était le fils d'un ami d'Otto et d'Ella. Il était un peu plus âgé que Hans et Lotar, mais ils le connaissaient depuis toujours. Il avait même fini par intégrer le petit groupe d'amis de Lotar et Zdenka. En 1940, Pišta fut donc nommé secrétaire général des Anciens. Même s'il n'avait que peu d'influence – voire aucune – sur les décisions du Conseil, il pouvait au moins laisser traîner ses oreilles et être mis au courant de certaines mesures avant leur annonce officielle. Il prévenait parfois les Neumann, ce qui leur laissait un temps d'avance pour s'y préparer. Le temps devenait un enjeu crucial. Pouvoir anticiper était un atout non négligeable.

Au début de l'année 1940, des rumeurs commencèrent à évoquer la confiscation des biens immobiliers appartenant aux citoyens tchèques mariés à des Juifs. Zdenka risquait donc de perdre tous ses revenus. L'entourage du couple leur conseilla de divorcer. Ils rétorquèrent que c'était absurde, mais même Pišta confirma les rumeurs. Ils refusèrent catégoriquement. Toutefois, à la mort de sa grand-mère, Zdenka hérita de nouveaux biens immobiliers et la question se fit plus pressante. Leurs deux familles les supplièrent de rompre leur mariage. Les Neumann s'attendaient à la saisie de l'usine Montana d'un jour à l'autre. Le divorce n'était guère qu'un bout de papier ; la procédure permettrait à Zdenka de conserver ses titres de propriété, et de leur garantir à tous une source de revenus.

En février 1940, après neuf mois de mariage et sans renier leur engagement, Lotar et Zdenka entamèrent donc à contrecœur une procédure de divorce. Selon tous les témoins de l'époque, cette démarche leur brisait le cœur. Mais ils étaient aussi pragmatiques et comprenaient qu'ils renonçaient à un symbole, pas à leur amour. Le conseil de sa défunte grand-mère résonnait plus que jamais dans la tête de Zdenka : ce n'était pas le moment d'agir selon son cœur. Il fallait plus que jamais garder la tête froide. Le divorce leur fut accordé sans délai, et Lotar reçut l'ordre de retourner vivre à Libčice. Toutefois, après quelques mois de rencontres illicites dans l'enceinte de l'usine Montana, ils décidèrent de défier les interdictions et de s'installer ensemble dans l'un des immeubles appartenant à la famille de Zdenka. Histoire de ne pas éveiller les soupçons des voisins, ils se firent passer pour frère et sœur. Seule la gardienne, qui connaissait Zdenka depuis sa plus tendre enfance et les aida à préparer l'appartement, était au courant. Fidèle envers la famille qui l'employait, elle garda le secret.

En 1940, comme les Neumann s'y attendaient, l'usine Montana fut placée sous l'autorité d'un *treuhänder*, soit un curateur légal nommé par le Reich. Cet homme, Karl Becker, arrivait tout droit de Berlin. Il tyrannisa Lotar et Otto aux rênes de l'entreprise qui était dans la famille depuis dix-sept ans. Une lettre signée de sa main en janvier 1941, et rédigée sur le papier à en-tête de l'usine, menace de dénoncer Lotar à la Gestapo s'il ne se présente pas sur son lieu de travail. Otto et son fils n'eurent pas d'autre choix que d'accepter sans broncher le traitement qui leur était infligé.

À Libčice, Ella s'efforçait de maintenir un semblant de normalité dans ce qui avait clairement cessé d'être un monde normal. Sa famille, ses beaux-parents et ses amis avaient tous perdu leur emploi, leurs biens personnels et leur foyer. Ils étaient séparés par les interdictions de déplacement. Ses plus jeunes neveux et nièces fréquentaient une école clandestine. Son fils aîné avait dû divorcer de son épouse adorée et risquait sa vie tous les jours en enfreignant une multitude d'interdictions. Le seul membre de la famille qui semblait encore épargné par ces tourments était Hans.

MONTANA
Vereinigte Farbenwerke Prag VIII.
EIGENE FARBERDGRUBEN · TELEGRAMM-ADRESSE: MONTANA PRAG VIII.

Niederlassung in KASCHAU.
(TELEFON Nr. 949)
STÄNDIGE LAGER IN:
PRAG, BRÜNN, M. OSTRAU,
PRESSBURG, NOVÉ ZÁMKY,
:: KASCHAU, UŽHOROD ::
Prager Postsparkasse Nr. 23459
TELEFON Nr. 24267
Bahnstation LIBEŇ DOLNÍ NÁDRAŽÍ

PRAG VIII., am 12.Juli 1941.
NA KOŠINCE

Herrn
Lothar Neumann
Prag VIII.

Be/Schm.

Ich als unterzeichneter Treuhänder mache Sie darauf aufmerksam,dass Ihre Anwesenheit zur Arbeitserfüllung in der von mir treuhänderisch verwalteten Firma

MONTANA Vereinigte Farbenwerke in Prag VIII

zur Zeit noch dringend notwendig ist.
Ich mache Sie auf die Arbeitserfüllung aufmerksam und sollten Sie ohne triftigen Grund von der Arbeit fernbleiben,so bin ich gezwungen,Sie durch die zuständige Dienststelle der GeStaPo abholen zu lassen und zur Verantwortung zu ziehen.

Montana, Vereinigte Farbenwerke
Prag VIII.

Treuhänder!

Lettre à Lotar sur le papier à en-tête de l'usine familiale pour le menacer de dénonciation à la Gestapo.

En mai 1940, Ella écrivit à son beau-frère Richard aux États-Unis. Elle tenait à lui annoncer qu'en dépit des événements, « cette semaine, Hans a obtenu son diplôme de l'Institut de Technologie chimique de Prague ». Sa lettre s'achevait par ces mots : « Ici à Libčice, les arbres en fleurs sont si magnifiques que cela nous ferait presque oublier le reste. »

5

Lumières Noyées

Chacune des pages de l'album photo de Lotar est une mosaïque d'images de toutes tailles et assemblées avec soin. Certaines sont d'élégants portraits formels, en uniforme militaire ou en grande tenue, avec le nom du studio photographique inscrit tout en bas. Leur présence régulière au fil des pages ponctue les moments importants de la vie : naissances, mariages ou entrée officielle dans la majorité. Mais la plupart des clichés sont modestes et ordinaires. Ce sont souvent des photos de groupes, des instantanés du quotidien.

L'une d'elles retient particulièrement le regard. Bien qu'il ne s'agisse pas d'un portrait en studio, elle est ceinte d'une bordure blanche qui la fait ressortir sur le papier noir. Elle occupe une page entière. On y reconnaît Hans, jeune homme. Il porte une chemise à rayures sous un pull, une paire de lunettes et la raie sur le côté. Entre ses mains, il tient une caméra Kodak 8 mm, un modèle très populaire en Tchécoslovaquie dans les années 1930. La photo a dû être prise en 1939 ou 1940 ; Hans semble déjà trop mature pour qu'elle remonte à une époque antérieure, et le matériel photographique des Juifs avait déjà été confisqué à la fin de l'année 1941. J'ignore si les Neumann restituèrent leurs appareils en conformité avec la loi, mais je crois en savoir assez sur leur caractère pour affirmer qu'ils n'auraient pas pris le risque de conserver une preuve en image de leur infraction. Sur ce portrait, Hans semble être en train de filmer quelque chose. Je reconnais ses mains, ses longs doigts, même son geste. Sa façon de tenir les objets avait souvent quelque chose de gauche, en apparence, mais c'était naturel pour lui, car il avait les articulations hyperlaxes. Je le sais, parce que j'ai hérité de son hyperlaxie. Mes trois enfants aussi. Nous tenons les objets bizarrement. Faire du vélo, attraper un ballon, tenir un crayon, s'asseoir sur une chaise ou organiser ses pensées par écrit constituent pour nous autant de challenges. Je ne l'aurais jamais remarqué si les instituteurs de mes enfants n'avaient pas attiré mon attention sur ce point et conseillé certains exercices pour améliorer leur motricité fine. Je sais désormais que la façon étrange dont mon père tenait les objets, et sans doute aussi sa propension à tomber de bicyclette, était causée par un trouble héréditaire lié à l'hyperlaxie et baptisé dyspraxie.

Je ne peux déterminer avec certitude l'auteur de cette image, mais il s'agit sans doute de Lotar. Hans ne semble pas remarquer qu'il est photographié.

L'immobilité de cette image m'apaise. Hans est complètement absorbé par sa tâche, un œil collé à l'objectif, l'autre fermé. Je le revois assis dans son atelier quand j'étais enfant. Je retrouve ici toute la concentration avec laquelle, des décennies plus tard, il se tiendrait penché sur son établi, sa loupe rivée à son œil, pour ajuster les mécanismes subtils de ses montres. Sans même savoir qu'il était atteint d'un trouble de la motricité, il manipulait de minuscules pignons pour garantir la précision des minutes et des secondes. Pas plus qu'il ne savait que je l'épiais dans l'embrasure de la porte, seul dans cette pièce aveugle tout au fond de la maison. Le Hans de cette photo, immobile et concentré, est bien l'homme que j'espionnais petite. L'autre, celui que j'ai découvert au fil de mes recherches, le « garçon malchanceux » toujours en retard, insouciant, désordonné et capricieux, ressemble très peu au père que j'ai connu.

Hans, adolescent, avec une caméra.

Quantité d'autres lettres et d'albums photo m'attendaient à l'intérieur des cartons retrouvés chez ma cousine. J'ai découvert des poèmes écrits par mon père et son frère durant les premières années de l'occupation allemande. Ceux de Lotar, emplis de noirceur et d'effroi, semblent davantage s'imprégner du climat de l'époque. L'un d'eux décrit une famille assise autour d'une table en attendant l'arrivée d'un mystérieux visiteur et porte le titre lugubre de « Chanson de la Mort ».

Dans les poèmes de mon père, en revanche, il n'est question que d'amours perdues, de jolies filles et de cœurs brisés. Ils s'intitulent « La Marchande de fleurs », « Strophe du Soir », « Vaine Étreinte » ou « Sonnet Printanier ». Je n'ai pu les lire que dans une version traduite. Malgré toute ma bonne volonté, je suis obligée d'admettre qu'ils ne sont pas très bons. Certains sont pétris de clichés ; à l'évidence, ce sont les épanchements typiques d'un adolescent. *Depuis que tu m'as quitté, je ne suis plus, je ne suis plus rien quand tu n'es pas près de moi…* Je me sens gênée rien qu'en les lisant. Mais je ne peux m'empêcher de leur trouver un petit côté touchant. Malgré tout ce qui se passait autour de lui, Hans trouvait encore l'inspiration pour écrire de mauvais poèmes et fomenter des coups avec son ami Zdeněk.

Après des années de recherches, j'ai fini par retrouver le fils de l'ami Zdeněk. Il s'appelle Zdeněk Tůma, comme son père, et m'a raconté par écrit certaines anecdotes de jeunesse de ce dernier. Peu après l'invasion allemande, par une belle après-midi à Libčice, Ella avait confié à Hans et Zdeněk la mission d'aller acheter un poulet pour le dîner. À leur retour, en retard et les mains vides, les deux camarades avaient menti et affirmé qu'ils avaient perdu l'argent. En vérité, ils l'avaient dépensé pour s'acheter du vin. J'espère qu'Otto n'était pas à la campagne, ce jour-là. Contrairement à Ella, il n'aurait pas cru un mot de leur histoire et l'aurait fort mal pris.

J'ai pourtant la preuve que Hans prenait certaines choses au sérieux. Ses relevés de notes indiquent qu'il obtint son diplôme de chimie en juin 1940. À cette époque, les Juifs étaient contraints à accepter des emplois subalternes en usine ou dans l'agriculture. Les nazis avaient confisqué une ferme de deux hectares près du village de Lípa. Cette propriété appartenait depuis plus d'un siècle à la famille Kraus, les seuls Juifs des environs. Julius Kraus, qui était le plus grand employeur et l'homme le plus riche de la ville, avait fait construire une ligne de chemin de fer et une gare pour faciliter le transport des gens et des marchandises. Toute la région en avait bénéficié sur le plan économique et social. Et c'est justement la présence de cette liaison ferroviaire qui incita les nazis à transformer la ferme Kraus en un « centre de reconversion » qui ouvrit ses portes en juillet 1940. L'endroit, appelé communément Lípa, était ce que nous appelons aujourd'hui un camp de travail. L'intention affichée des nazis était d'apprendre la discipline et l'agriculture à quatre cents jeunes Juifs. Le Conseil des Anciens de Prague et ses antennes à travers le Protectorat fut d'abord chargé de recruter de jeunes célibataires en bonne santé âgés de dix-huit à quarante-cinq ans. Ils travaillaient de longues heures aux champs, sept jours sur sept, durant des mois d'affilée, mal nourris et à peine payés. Le camp était gardé par deux Allemands et plusieurs gendarmes tchécoslovaques. À partir de la mi-1941, la plupart de ces travailleurs forcés restèrent sur place indéfiniment. Certains jeunes chômeurs y allaient de leur plein gré, attirés par la promesse d'un travail, d'un toit et d'une rémunération, si minable soit-elle. Mais pour la plupart de ces hommes, la perspective d'un rude labeur et d'une séparation forcée avec leurs proches était une profonde source d'angoisse. Le Conseil des Anciens avait bien du mal à fournir la main-d'œuvre attendue par les nazis ; bientôt, les critères furent élargis aux hommes encore pourvus d'un travail mais sans personne à leur charge. Une fois convoqués, ils devaient être examinés par leur médecin de famille pour s'assurer de leur bonne condition physique. Ils passaient ensuite entre les mains d'un second médecin appointé par le régime et qu'ils ne connaissaient pas.

Le 26 août 1940, moins de deux moins après l'obtention de son diplôme, Hans reçut un courrier officiel du Judenrat à Libčice. Il s'agissait d'une convocation : *Vous êtes prié de vous rendre le mercredi 28 août 1940 à 9 heures au domicile de M. Viktor Sommer à Kralupy pour un bilan de santé.*

Hans était censé être examiné, avec quatre autres candidats, par un certain Dr Mandelik, qui attesterait son aptitude au travail.

Les Conseils juifs étaient sommés de remplir les places vacantes à Lípa. Les registres d'époque, qui ont survécu jusqu'à nous, montrent que le 30 août 1940, un représentant du Judenrat de Kladno, en Bohême centrale, passa un coup de téléphone urgent à ses homologues de la ville de Slaný, dont dépendait Libčice sur le plan administratif. Il lui fallait les noms de cinq hommes prêts à partir immédiatement pour Lípa. Les sélectionnés devaient se présenter à l'entrée du camp dès le surlendemain, 1er septembre 1940. Les critères de sélection demeuraient inchangés.

Hans cochait toutes les cases. Il était jeune, sans emploi et célibataire. Seuls quatre cent douze Juifs, hommes, femmes et enfants confondus, vivaient dans la région de Slaný. À peine une douzaine d'entre eux étaient des hommes correspondant aux critères d'âge. Pour ne rien arranger, il n'y avait que six Juifs à Libčice : un couple marié avec une petite fille, et les trois membres de la famille Neumann, Otto, Ella et Hans.

Hans était donc le seul candidat éligible. Les autorités de Slaný avaient pour ainsi dire l'obligation de le déclarer apte au travail et de l'envoyer à Lípa. Pourtant, Hans semble avoir obtenu un sursis à l'issue de cette première visite médicale. Il était censé se présenter à un examen complémentaire en novembre 1940 ; en tout cas, son nom n'apparaît pas sur la liste définitive des hommes convoqués à Lípa le 1er septembre.

Peut-être la famille prit-elle le risque de proposer un pot-de-vin au médecin, à moins que Hans ait simulé un trouble mental ou exagéré une quelconque pathologie physique. Je possède des photos de lui, adolescent, faisant du ski ou jouant au volley-ball ; le prétexte médical qui lui permit d'échapper au travail forcé ne devait pas être flagrant. Son hyperlaxie, ou sa dyspraxie alors non diagnostiquée, joua peut-être un rôle salvateur dans cette affaire. Son dossier médical n'a hélas pas survécu jusqu'à nous pour nous le révéler.

Au mois de juin 1940, le Conseil juif de Slaný avait demandé à Otto d'être leur représentant officiel à Libčice. Le représentant local occupait le plus bas échelon dans la hiérarchie de l'organisme. Sa tâche consistait à diffuser l'information et les instructions émanant du dessus, et veiller à ce que les ordres soient respectés. Dépourvus d'autorité ou de pouvoir, les représentants locaux étaient toutefois censés dénoncer les récalcitrants.

Otto refusa.

Sa lettre au Judenrat est conservée aux archives de la Communauté juive de Prague. Otto y explique sa décision d'un ton poli, mais ferme.

Bien qu'une telle nomination soit difficile à décliner, et que je reconnaisse pleinement l'utilité des représentants locaux, je doute de mes compétences personnelles pour ce poste.

Il poursuit en affirmant qu'il a trop de travail pour accepter cette fonction et qu'il connaît en outre peu de gens à Libčice, sa résidence principale étant fixée à Prague. C'était bien sûr un pieux mensonge. Les Neumann passaient leurs étés à la campagne depuis des années et connaissaient la plupart des familles de cette paisible bourgade de trois mille âmes. Ils étaient par ailleurs en bons termes avec l'autre famille juive de Libčice, comme on peut le lire dans ses courriers.

Mais Otto n'avait jamais aimé les clubs et les groupes. Il se considérait lui-même comme un outsider et ne voulait pas faire partie du système. J'ignore jusqu'à quel point il s'agissait d'un principe moral, mais il refusa d'intégrer le Judenrat. Il avait peut-être pressenti qu'accepter ce rôle, si insignifiant soit-il dans la chaîne de commandement, le rendrait complice malgré lui des persécutions.

Les Anciens ne tardèrent pas à lui répondre et balayèrent ses arguments. Otto fut donc nommé représentant local, responsable de sa propre famille et des trois autres Juifs de Libčice. Il devait veiller à ce que chacun d'eux obéisse aux ordres et s'acquitte des démarches administratives obligatoires. En dépit de cela, le nom d'Otto, ainsi que celui de Hans, apparaissent sur un document du Judenrat datant de juillet 1940 et recensant les personnes n'ayant pas rempli leurs dossiers migratoires à temps. Non pas que les Neumann eussent changé d'avis. Il s'agissait plutôt d'une stratégie délibérée de leur part pour enrayer le processus bureaucratique et livrer le moins d'informations possible sur eux-mêmes. Il était évident que les cartes et les formulaires migratoires à remplir n'étaient qu'un leurre pour obliger les familles à déclarer leurs biens et leurs intérêts économiques. Pour autant, faire traîner les choses était une stratégie risquée. Certains spécialistes m'ont toutefois expliqué que c'était le meilleur moyen d'échapper aux rouages du système. Les Neumann avaient donc décidé de jouer la montre.

Au moment où Hans reçut sa convocation pour aller travailler à Lípa, les membres du Conseil juif de Slaný envoyèrent un courrier à leurs homologues praguois pour leur demander de « faire quelque chose à propos de cet Otto Neumann à Libčice qui ne fait pas son travail et exaspère tout le monde ».

Ils demandaient aux Anciens de Prague de le contacter afin de le rappeler à son devoir. Otto était un homme trop discipliné pour vouloir s'attirer des ennuis ; il devait plutôt chercher à détourner l'attention des Anciens du problème qui le préoccupait, à savoir la convocation de son fils à Lípa.

Le cousin germain de Hans, Ota, celui qui avait écrit à sa famille aux États-Unis dès 1936 pour exprimer son inquiétude face à la montée de l'antisémitisme, était un célibataire de vingt-neuf ans, lui aussi au chômage et sans personne à sa charge. Il vivait à Třebič et, comme beaucoup d'autres Juifs, avait perdu son emploi quelques mois auparavant. Son frère Erich avait pu faire valoir que sa présence était indispensable à l'usine Montana de Prague. Ota n'avait pas ce prétexte pour retarder son départ. Il fut donc sommé de se présenter au camp de Lípa le 14 décembre 1940.

L'une des lettres familiales révèle que mon grand-père, Otto, s'arrangea pour lui faire parvenir des colis alimentaires. Les parents d'Ota l'avaient prénommé ainsi en hommage à son oncle, et Otto avait toujours eu un lien particulier avec son neveu. En février 1941, il nota dans son carnet la liste de ce qu'il lui avait envoyé : du salami, des biscuits à la cannelle et des oranges. Nous ne saurons jamais si Ota les avait bien reçus.

Les courriers adressés par Otto à ses frères aux États-Unis tout au long de l'année 1940 énumèrent les restrictions sans fin imposées aux Juifs du Protectorat. Mais dans chacune de ses missives, il insiste sur le fait que la famille se porte bien malgré les circonstances.

Il leur écrivit notamment en octobre 1940 afin de les remercier pour leurs lettres et leur soutien, et faire le point sur la situation en Tchécoslovaquie. Erich travaillait toujours chez Montana. Du côté d'Ella, les familles Pollak et Haas s'en sortaient bien. Mais ils étaient séparés les uns des autres et dans l'impossibilité de voyager, ce qui rendait leur vie difficile. Heureusement, Zdenka était encore libre de ses déplacements et en profitait pour rendre visite aux anciens de la famille, relayer les messages et apporter de l'argent et des provisions à ceux qui en avaient besoin. Le personnel de l'usine Montana acceptait les changements avec résignation et ne témoignait que de la gentillesse envers les Neumann, excepté les plus anciens, qui refusaient de saluer Otto en vertu des nouvelles lois.

Dans sa lettre, ce dernier fit part de sa frustration de ne plus pouvoir « apprendre quoi que ce soit ». Mais il gardait malgré tout un ton optimiste. Il demandait à ses frères de ne pas trop s'inquiéter : « Les hommes travaillent, les femmes aident à la maison et les enfants continuent de jouer. » Ella, disait-il, était une « boule d'énergie s'occupant avec un soin impeccable des maux d'estomac, des cœurs brisés et des âmes lourdes de Libčice ».

À en juger d'après les documents retrouvés dans ces archives, il est clair qu'en 1940, âgé de dix-neuf ans, le jeune Hans commençait à devenir plus responsable et mieux organisé. Avec l'aide de Lotar et de son père, il tentait lui aussi de naviguer entre les écueils du système.

Il s'inscrivit à une formation pour devenir mécanicien et réussit à rester à Libčice, malgré ses quatre convocations successives pour aller travailler au camp de Lípa. Il décrocha un emploi à l'usine sidérurgique František Čermák, qui était impliquée dans l'effort de guerre et située, par chance, à deux pas de Montana, où Lotar et Otto travaillaient toute la journée.

Malgré cela, il se raccrochait à son désir de devenir poète. En décembre 1940, alors que son cousin Ota commençait à travailler au camp de Lípa, Hans publia à compte d'auteur un livret de six poèmes. Un exemplaire avait été conservé dans la boîte d'archives de Lotar. Hans avait soit perdu le sien, soit renié son œuvre ; ses dossiers ne comportaient pas la moindre trace de ses poèmes.

Ota fut prisonnier à Lípa durant six mois, jusqu'au 13 juin 1941, date à laquelle il reçut une permission pour rentrer à Třebič. Par une chaude après-midi d'été, il décida de profiter de sa liberté retrouvée et du soleil pour emmener son jeune cousin Adolf faire du vélo et se baigner. Ce jour-là, 8 juillet 1941, un gendarme tchèque nommé Pelikán espionna les deux garçons au fil de leur promenade et rapporta à ses supérieurs qu'il avait vu Ota flâner à bicyclette et barboter dans une partie du fleuve interdite aux Juifs.

Neuf jours plus tard, le jeune homme fut arrêté à son domicile et emmené à Brno, capitale de la Moravie, pour y être questionné par la Gestapo. Tous les détails de cet interrogatoire sont consignés dans des archives encore consultables aujourd'hui. Les déclarations des témoins furent à la base de l'acte d'accusation à l'encontre du gendarme Pelikán lors de son procès pour trahison après la guerre, en 1946.

Ota était une figure appréciée à Třebíč. C'était un jeune homme gentil, poli et plutôt timide. Ses longues semaines de travail forcé à Lípa ne l'avaient pas changé. Il avait toujours été soigneux et consciencieux. Lors des interrogatoires, il protesta de son innocence. Il expliqua qu'à son retour à Třebíč, il avait pris soin de demander au Bureau du District quels étaient les lieux de baignade autorisés aux Juifs d'après la nouvelle législation. On lui avait explicitement recommandé d'aller se baigner hors des limites de la ville. Il avait suivi les instructions à la lettre. Il avait même vérifié sur une carte. D'après lui, c'était les autorités elles-mêmes qui l'avaient induit en erreur.

Dans un premier temps, on le relâcha. Mais sa liberté fut de courte durée. Une semaine plus tard, la Gestapo l'emmena à nouveau pour l'interroger. Sa faute était si mineure qu'elle faisait rarement l'objet de dénonciations. Mais la loi encourageait les citoyens à rapporter toutes les infractions commises par les Juifs, quelle que soit leur gravité. Ota était victime du zèle de ce gendarme tchèque, qui avait scrupuleusement suivi la procédure pour dénoncer un délit de baignade criminelle.

Ota se retrouva seul, sans défense, dans les rouages de la Gestapo. Après son interrogatoire, il ne fut pas autorisé à rentrer chez lui. Dans son dossier, ses trois mois d'incarcération sont qualifiés de « Garde à vue protectrice ». Le 21 novembre 1941, le jeune homme fut déporté directement à Auschwitz. À l'époque, il s'agissait encore d'un camp modeste constitué d'une seule unité. Les extensions comme le site de Birkenau, où eurent lieu la plupart des assassinats par gazage, n'étaient encore qu'en phase de construction. À son arrivée, Ota reçut le numéro d'immatriculation 23155 et fut placé au Bloc n° 11 avec les criminels de droit commun.

La seule autre photo connue de lui est conservée dans les archives du camp d'Auschwitz.

Le taux de mortalité du Bloc n° 11 était très élevé. Il s'agissait de l'unité pénale du camp et les prisonniers y subissaient d'effroyables tortures. Même au sein de la litanie d'atrocités commises à Auschwitz, le Bloc n° 11 occupe une place particulière. Les historiens de l'Holocauste ont abondamment écrit sur les conditions de vie de ses détenus. Si les Neumann savaient que le jeune homme avait été déporté de la prison de Brno au camp d'Auschwitz, je crois qu'ils ignoraient dans quel bloc il avait été affecté. J'ignore quels sévices ont été infligés à mon cousin Ota.

Je sais seulement ceci.

Le 8 décembre 1941, son numéro d'immatriculation fut soigneusement inscrit au registre de la morgue d'Auschwitz. Les nazis avaient assassiné le gentil cousin Ota. Un homme jeune et en parfaite santé. Tué en dix-sept jours à peine.

Parmi la correspondance d'Otto et Ella en ma possession se trouve ce billet très court d'à peine deux lignes, rédigé dans une écriture chaotique et signé des parents d'Ota, Rudolf et Jenny : « C'est avec une douleur indescriptible que nous devons vous informer de l'épouvantable nouvelle qui nous est parvenue hier par télégramme. Notre fils Ota est mort au camp de concentration d'Auschwitz. »

Quelques jours avant l'annonce du décès de son frère, Erich avait été obligé de quitter son emploi à l'usine Montana et placé dans le tout premier convoi à destination du camp de Terezín.

*

En retraçant la vie de mon père durant la guerre parallèlement aux événements qui se déroulaient autour de lui, j'ai du mal à comprendre ses canulars et ses poèmes dans le contexte d'horreur grandissante de cette époque. D'une certaine façon, cela semble dessiner le portrait d'un jeune égoïste insensible au monde qui l'entoure, bien loin de l'homme prudent et avisé qu'était plus tard mon père. Je me suis donc replongée dans ses poèmes d'adolescence. Au milieu des vers languissants d'amour, je suis tombée sur certains passages qui m'avaient échappé lors de ma première lecture et sur lesquels on sent planer une ombre inquiète :

Quand on apprend qu'il est possible de mourir
pour les sonorités d'un mot prononcé il y a un siècle.

La lecture de ce poème m'a entraînée vers un autre, qui se conclut ainsi :

Ce n'est pas le son de l'angelus,
Seulement des larmes qui sonnent l'alarme.

Des balbutiements, des pleurs agités
Et la nuit sent la camomille.
Adieu.

En relisant ainsi les poèmes de mon père, je me suis aperçue que la traductrice avait oublié d'inclure la page de titre. Je lui ai envoyé un e-mail pour la lui demander. Sa réponse n'a pas tardé.

Le titre du recueil était composé de deux mots.

Lumières Noyées.

6

Un jaune violent

C'était un début de journée ordinaire, à l'exception de l'insaisissable soleil printanier qui, pour une fois, baignait Londres de sa lumière. Cela fait désormais vingt ans que je vis principalement en Grande-Bretagne. J'avais enchaîné tous les rituels du matin : sortir notre paresseux basset et notre fougueux terrier, superviser le petit déjeuner de mes enfants, batailler pour qu'ils se brossent les dents, enfilent leur uniforme et remettent leurs devoirs dans leur sac orné de licornes.

J'ai accompagné mes enfants jusqu'à l'école le long des rues de notre quartier, plantées de sycomores et de cerisiers. J'ai bavardé avec des parents d'élèves devant la grille, pris un café à emporter chez l'Italien à côté du métro et franchi l'entrée du parc avec nos deux chiens qui tiraient joyeusement sur leurs laisses, tentés d'aller poursuivre les écureuils et de renifler la trace des événements nocturnes.

À mon retour, j'ai aperçu le facteur, qui arrivait chez nous. Il m'a saluée et tendu une liasse de courrier. J'adore recevoir de vraies lettres à l'ancienne. Je ressens toujours une connexion particulière, un lien physique qui manque dans l'immatérialité d'un e-mail. J'aime tenir un objet que quelqu'un d'autre a touché, décacheter l'enveloppe que l'expéditeur a fermée, effleurer le papier et lire les mots qu'il y a tracés dans la hâte ou d'une écriture soignée. C'est pour moi un moment sacré, chargé d'attente et de délectation, de gratitude envers la succession de gestes et de décisions qui ont permis à ces mots d'atteindre leur destination, à leur manière : la couleur de l'encre, le choix du papier à lettres. Je commence toujours par ouvrir les enveloppes manuscrites. Je garde les choses pénibles, factures et autres courriers administratifs, pour la fin.

Ce jour-là, il n'y avait qu'une seule enveloppe manuscrite glissée au milieu du tas. J'y ai aussitôt reconnu l'écriture ronde et régulière de ma cousine Madla.

À cette époque, j'enquêtais déjà depuis quelques années sur l'histoire de ma famille avec la vague idée de la mettre en forme par écrit d'une manière ou d'une autre. Dès le début de mes recherches, j'avais contacté Madla pour lui demander de me prévenir si elle voyait passer des documents susceptibles de m'intéresser. Elle m'avait déjà envoyé la boîte de son père, Lotar, mais elle semblait avoir trouvé d'autres choses en fouillant les tiroirs de bureaux et les cartons oubliés chez sa mère au fond du grenier ; elle m'avait déjà prévenue par e-mail qu'elle m'enverrait bientôt ses dernières trouvailles. Madla et son mari, un immunologue à la retraite, pratiquent tous deux la voile, et elle m'avait promis de mettre le paquet à la poste avant leur prochaine virée en mer. Je m'attendais à une nouvelle fournée de photos ou de papiers administratifs, mais l'enveloppe était tout de même bien volumineuse.

Tout en montant les marches du perron, je l'ai palpée pour deviner son contenu. Elle contenait autre chose que des papiers. Quelque chose de mou. Une fois à l'intérieur, je suis directement allée m'asseoir à mon bureau près de la fenêtre et j'ai déplacé mon ordinateur pour faire de la place. Avec mille précautions, j'ai alors ouvert l'enveloppe et découvert un CD-ROM ainsi qu'une carte postale. Le CD-ROM devait certainement contenir des scans de documents papier (des lettres, bien souvent) trop fragiles pour supporter un envoi postal. L'illustration de la carte postale était une composition de bleus, d'ocres et de verts : un paysage de bord de mer peint par Edward Munch. Quand je l'ai soulevée pour la lire, un morceau d'étoffe est tombé de l'enveloppe pour atterrir à mes pieds.

En écrivant ces mots, je revois la laideur criarde de sa couleur. Je n'ai pas émis le moindre son ni retenu mon souffle. Je me suis juste penchée pour le toucher. Même pas pour le ramasser et le poser sur mon bureau. Mon instinct m'a poussée à quitter mon fauteuil pour venir m'asseoir par terre, à côté de lui. Je suis restée là, en tailleur, dans la lumière printanière qui inondait la pièce. Et j'ai étalé le tissu froissé pour découvrir les mots que je m'attendais déjà à lire.

Jude.

Jude.

Jude.

Il y avait dix étoiles. Toutes bien alignées devant moi, avec ce mot inscrit en noir, dans un lettrage presque primesautier. Certaines avaient leur contour abîmé par les coups de ciseaux pour les détacher.

J'ai été frappée par l'épaisseur de l'étoffe et l'agressivité de sa couleur, d'un jaune sombre, presque orange. C'est le jaune le plus criard qu'on puisse imaginer. Un peu comme celui des taxis new-yorkais. Choquant, tape-à-l'œil. Il détonne quel que soit le paysage, se repère dans n'importe quel type de lumière. L'enveloppe contenait deux morceaux de lainage grossier cousu de plusieurs étoiles arborant le sinistre mot. Autour de chacune d'elles, on distinguait encore le pointillé prévu pour la découpe et j'ai repensé aux vêtements des poupées en papier de mes filles. Quelqu'un avait pensé à ce détail, pris soin de prévoir un détourage autour des branches de l'étoile pour faciliter sa découpe et sa couture sur un manteau, cherché à faciliter la tâche de la personne qui allait la porter pour être identifiée, stigmatisée, déportée… et pire encore.

La couleur de ces étoiles me saisissait par sa laideur et son intensité. En tenant dans ma main ces morceaux d'étoffe chiffonnés, les mêmes que ceux que mes grands-parents, mon oncle et mon père avaient portés, j'ai réalisé que moi aussi, j'aurais dû découper le long du pointillé et arborer ce symbole. Ainsi que mes enfants. J'aurais dû coudre l'une de ces étoiles au-dessus de la licorne rouge de leur pull d'uniforme.

Le 1er septembre 1941, un décret obligea tous les Juifs du Protectorat de Bohême et de Moravie à s'identifier par le port de ces étoiles. Quinze jours plus tard, les premiers lots furent distribués et les citoyens eurent trois jours pour se conformer à cette nouvelle exigence. Ils devaient porter l'étoile en évidence dès qu'ils mettaient le pied hors de chez eux. Tout manquement serait puni par une amende, un passage à tabac, un emprisonnement ou une exécution par balle.

En tant que représentant local du Judenrat, Otto eut certainement pour tâche d'organiser la distribution des étoiles jaunes à Libčice. Il dut également collecter l'argent, puisque les étoiles coûtaient une couronne pièce. La plupart des familles juives n'avaient pas le droit de travailler et vivaient dans des conditions misérables, mais elles devaient quand même acheter leurs étoiles.

Lotar évoque la question dans une lettre adressée à son oncle aux États-Unis :

Une nouvelle étape a été franchie dans nos vies : un ignoble étiquetage au moyen d'une étoile jaune. C'était une humiliation si épouvantable que beaucoup ont préféré mettre fin à leurs jours plutôt que de rejoindre ainsi les rangs des stigmatisés et des disgraciés. Les gardes en noir avaient désormais une bonne occasion de vous cracher dessus, de vous gifler ou de vous frapper. Et les SS allemands semblaient avoir trouvé un nouveau sport, consistant à éjecter les Juifs des tramways en marche. Ils regardaient la scène en riant et en attendant de voir si le malheureux se cassait une côte, un bras ou une jambe. Plus la fracture était violente, plus ils riaient à gorge déployée. Cela n'était qu'un prélude à ce qui nous attendait un mois plus tard, en octobre 1941 : les convois.

Apparemment, cette mesure eut aussi pour effet inverse de renforcer le sentiment antinazi à travers le Protectorat. Certains Tchèques se mirent à soulever leur chapeau au passage des Juifs porteurs de l'étoile jaune en un signe de solidarité et de défi ouvert à l'égard de l'envahisseur allemand. Ces gestes de rébellion incitèrent les nazis à promulguer sans tarder une nouvelle loi stipulant que tout geste de sympathie à l'égard des Juifs serait dorénavant considéré comme un crime.

Au début, j'ai trouvé étrange que quelqu'un ait souhaité garder ces étoffes. Puis j'ai compris qu'elles avaient été rangées et oubliées dans des placards ou des cartons que les descendants avaient rarement ouverts. Comment auraient-ils pu supporter leur vue ?

Même moi, citoyenne d'un monde différent, plus de soixante-dix ans après, même moi, je pouvais à peine tenir ces choses entre mes mains.

Dans la boîte contenant ces étoiles jaunes, Malda avait également trouvé une pipe et un anneau métallique. Elle m'expliqua par la suite que son père lui avait montré tout cela un jour, quand elle était petite, mais qu'elle n'avait jamais revu les étoiles avant de retomber dessus, bien des années plus tard, et de me les envoyer.

J'ai beau me faire violence, je n'arrive pas à me figurer cette image. Ni en couleurs ni en noir et blanc. Otto, Hans, Ella et Lotar affublés chacun de leur étoile jaune. Sur le peu de photos de cette époque, leurs étoiles n'apparaissent pas alors qu'ils devaient forcément les porter. Dès qu'ils sortaient dans la rue, au travail ou lors de leurs déplacements. Ella devait en arborer une chaque fois qu'elle franchissait le seuil de sa maison à Libčice. Sans cela, elle n'aurait pas pu faire les courses et aurait dû renoncer à ses promenades au bord du fleuve. Lotar devait lui aussi en porter une dans les rues de Prague pour aller travailler chez Montana.

Les Juifs n'avaient plus le droit de quitter leur résidence principale depuis 1940, mais Otto et ses deux fils avaient obtenu des permis de déplacement pour se rendre à l'usine par les transports en commun. J'ai retrouvé un document datant de janvier 1941 et adressé à Karl Becker, le curateur despotique placé à la tête de Montana. Il s'agit d'un permis spécial, délivré par le Bureau du haut représentant des autorités nazies pour le Protectorat – ou Protecteur du Reich – autorisant « les Juifs Otto Israël Neumann et Lotar Israël Neumann de Libčice à prendre le train pour rejoindre leur lieu de travail. Bien que ces Juifs doivent être remplacés dès que possible par des travailleurs aryens. »

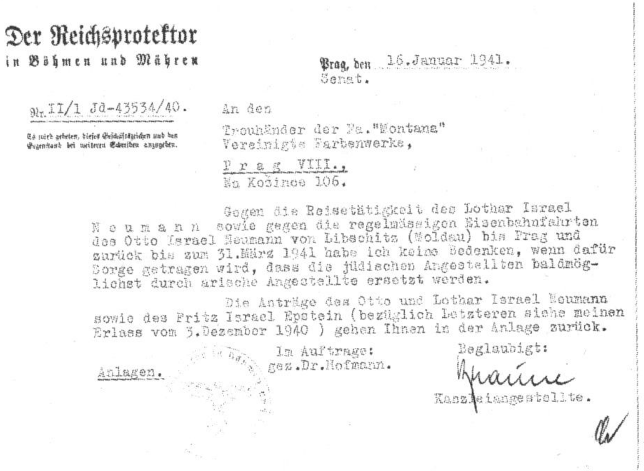

Der Reichsprotektor
in Böhmen und Mähren

Prag, den 16. Januar 1941.
Senat.

Nr. II/1 Jd-43534/40.

Es wird gebeten, dieses Geschäftszeichen und den Gegenstand bei weiteren Schreiben anzugeben.

An den

Treuhänder der Fa. "Montana"
Vereinigte Farbenwerke,

P r a g VIII.,
Na Košince 106.

Gegen die Reisetätigkeit des Lothar Israel N e u m a n n sowie gegen die regelmässigen Eisenbahnfahrten des Otto Israel Neumann von Libschitz (Moldau) bis Prag und zurück bis zum 31. März 1941 habe ich keine Bedenken, wenn dafür Sorge getragen wird, dass die jüdischen Angestellten baldmöglichst durch arische Angestellte ersetzt werden.

Die Anträge des Otto und Lothar Israel Neumann sowie des Fritz Israel Epstein (bezüglich Letzteren siehe meinen Erlass vom 3. Dezember 1940) gehen Ihnen in der Anlage zurück.

Im Auftrage:
gez. Dr. Hofmann.

Beglaubigt:
Kanzleiangestellte.

Anlagen.

À compter du mois de septembre 1941, Otto et ses deux fils prirent le train et le tramway tous les matins, avant de rejoindre le flot gris des banlieusards, avec leur étoile jaune cousue bien en évidence sur leur poitrine. Otto et Lotar se rendaient ensuite chez Montana tandis que Hans prenait le chemin de l'usine František Čermák. Le directeur était en bons termes avec les Neumann, leurs deux établissements étant très proches l'un de l'autre, et ils se connaissaient depuis près de vingt ans. La sidérurgie était un secteur essentiel à l'effort de guerre, et la famille avait toutes les raisons d'espérer que son emploi permettrait à Hans d'échapper au camp de Lípa. À en juger par les documents et les lettres que j'ai en ma possession, il avait pris les choses au sérieux et s'impliquait dans son travail, au point de faire autant d'heures supplémentaires qu'il en avait le droit. Un courrier officiel de la société Čermák en avril 1941 affirme que le jeune homme est un élément indispensable au sein de l'entreprise et qu'il a vite gravi les échelons pour devenir chef d'équipe, en dépit de ses vingt ans.

À l'automne, Hans dut un jour apporter des lettres de commande à une succursale située non loin de l'usine. Arrivé sur le site, il fit la connaissance de la fille du propriétaire, Míla, qui travaillait en tant que réceptionniste. Dix-neuf ans, timide, les cheveux ondulés et les lèvres charnues, elle avait *Le Livre d'heures* de Rilke posé devant elle. Hans lui tendit l'enveloppe émanant de la maison mère et, remarquant en même temps la jeune femme devant lui et son livre, plongea son regard dans le sien pour lui réciter un vers de Rilke : « Proche est ce pays qu'ils appellent vivre » [1]. Des décennies plus tard, Míla confierait à son fils Michal qu'elle était tombée amoureuse de son père à cet instant précis.

Míla Svatonová à Prague, 1939.

Hans devait forcément arborer l'étoile jaune quand il entra dans le bureau de Míla, et aussi lorsqu'il la

1. « Proche est ce pays qu'ils appellent vivre », extrait du poème I, 59, traduit par Jean-Claude Crespy, Paris, Gallimard, Bibliothèque de la Pléiade, 1997.

retrouva après le travail. Ils se promenèrent ensemble dans les rues du quartier industriel, les parcs, cinémas et restaurants n'étant plus accessibles aux Juifs. Míla adorait faire du vélo, mais Hans avait dû rendre le sien en octobre. L'ambiance ne devait pas être des plus romantiques pour ces deux jeunes gens, l'un contraint de porter l'étoile juive en évidence sur sa veste, à mesure qu'ils flânaient entre les immeubles et les usines. Mais Hans persévéra et trouva le moyen de lui apporter des fleurs chaque fois qu'il le pouvait. Il passait toutes ses pauses déjeuner avec elle. Ils se rapprochèrent prudemment l'un de l'autre, et leurs sentiments s'affirmèrent peu à peu. Bien des années plus tard, Hans expliqua à l'un de ses amis que son histoire d'amour avec Míla était née « à une époque où se payer le luxe d'avoir des sentiments équivalait à signer son arrêt de mort ».

Au milieu de tout cela, Hans trouvait encore le moyen de voir Zdeněk et ses camarades de l'Institut. Mais les allers-retours à Libčice, son emploi à l'usine et ses transactions sur le marché noir pour nourrir sa famille monopolisaient l'essentiel de son temps et de son énergie. Il n'y avait plus de place dans sa vie pour les réunions du *Klub Recesistů* ou la poésie. Modifier ses priorités ne suffisait pas ; Hans devait également faire une croix sur ses émotions. Elles étaient devenues trop dangereuses.

Lotar avait beau toujours travailler en toute légalité chez Montana, il avait quand même cherché à se procurer une fausse carte d'identité exempte du « J » obligatoire pour les Juifs. Avec l'aide de Zdenka, de Hans, de Zdeněk, il s'était acheté sous le manteau une carte d'identité « égarée ». Cela lui permettait de rester vivre à Prague avec Zdenka sans s'inquiéter des restrictions. Le marché noir qui était né à Prague sous l'Occupation permettait de se procurer des aliments rares, ou interdits à la vente aux Juifs, des articles pouvant servir de pots-de-vin, ou juste alléger le quotidien : sucre, café, alcool, cigarettes, devises étrangères, médicaments, poisons et papiers d'identité. Ces derniers coûtaient très cher et étaient difficiles à se procurer. Quiconque était surpris en leur possession pouvait être abattu sur-le-champ.

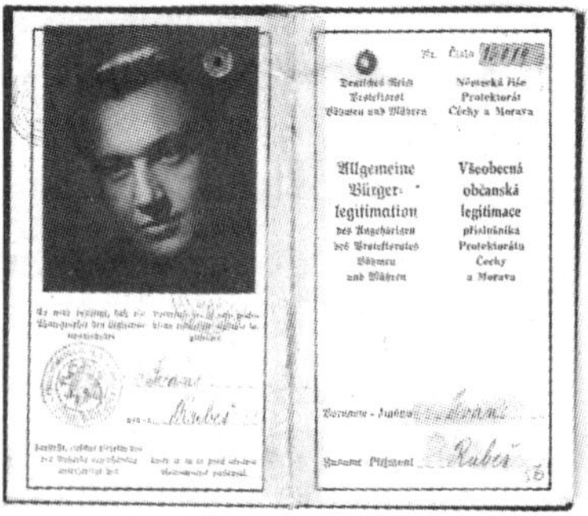

Hans, Zdeněk et une poignée de leurs camarades réussirent à se procurer les produits chimiques nécessaires pour effacer l'encre sur la carte d'identité « égarée ». Dans l'appartement de Lotar et Zdenka, ils passèrent des journées à tester les solvants pour modifier le document. Ils mirent une photo de Lotar à la place de l'ancienne et se servirent d'un tampon officiel prêté par un ami ayant des contacts au sein de l'administration.

Plusieurs experts m'ont confirmé que la qualité de ce travail de faussaire était admirable. Plus de soixante-dix ans après, l'effet des produits chimiques s'est estompé et les éléments originaux commencent à ressortir. Mais à l'époque, cette carte d'identité falsifiée remplit parfaitement son office. Elle était au nom d'Ivan Rubeš, un ami de l'université qui avait courageusement accepté de prêter son identité. Lotar le connaissait bien. Il pouvait citer, au besoin, sa date de naissance, sa ville d'origine et toutes sortes d'informations sur lui et sa famille. Il n'aurait aucun mal à se faire passer pour lui. En revanche, il était impératif qu'ils ne se fassent jamais contrôler ensemble par les gendarmes tchèques ou les Allemands.

Chaque fois que les voisins commençaient à se montrer un peu trop curieux, Lotar et Zdenka pliaient bagage pour s'installer dans un autre immeuble appartenant à la jeune femme. Ils déménagèrent au moins six fois entre 1940 et début 1942.

En mars, le Décret gouvernemental n° 85 vint s'ajouter à l'arsenal législatif antijuif du Reich. Son deuxième paragraphe interdisait aux citoyens du Protectorat de se marier avec une personne juive. Le cinquième paragraphe allait jusqu'à pénaliser les relations sexuelles entre Juifs et non-Juifs ou personnes de sang mêlé. Toute infraction à ces règles était considérée comme un crime.

Heureusement, le bruit parvint aux oreilles des Neumann avec quelques semaines d'avance. L'entourage de Lotar, dont Pišta, son ami au Judenrat, lui conseilla de se remarier avec Zdenka tant qu'il était encore temps. Cela lui permettrait peut-être d'éviter, ou du moins retarder, la déportation.

La crainte de mettre en péril le patrimoine immobilier de Zdenka était toujours présente, d'autant qu'il s'agissait d'une source de revenus importante pour toute la famille. La date de la promulgation du décret se rapprochait. Plusieurs personnes bien informées assurèrent à Lotar, Zdenka et Otto que le risque d'expropriation dans le cadre des mariages mixtes avait nettement diminué. Apparemment, le régime nazi s'était désintéressé de la question des biens immobiliers pour se concentrer à présent sur la ségrégation et la déportation des populations juives. Les avantages d'un remariage dépassaient la menace qui pesait sur leurs finances. Et surtout, Lotar et Zdenka avaient envie d'être ensemble.

Le 25 février 1942, quelques semaines à peine avant l'interdiction des mariages mixtes, Lotar et Zdenka s'unirent pour la seconde fois. Ils avaient à nouveau le droit de vivre ensemble, en toute légalité. Pour autant, la pression sur les mariages mixtes ne cessait de s'accentuer. Il n'y eut pas de banquet de mariage, cette fois. Il ne semble exister aucune photo de cette journée. La discrimination et l'hostilité rendaient le quotidien difficile. Lotar se servait souvent de sa fausse carte d'identité pour éviter de subir des insultes et contourner les restrictions en place. Tant d'interdits frappaient les Juifs qu'il ne pouvait même plus aller chez le barbier ou le tailleur, conduire une voiture ou rouler à bicyclette, emprunter la plupart des trams, traverser la place Venceslas, se rendre à la bibliothèque, flâner dans les parcs, s'asseoir sur les bancs ni aller au musée ou au théâtre. Lorsqu'il sortait dans la rue avec Zdenka, il évitait de porter l'étoile dans la mesure du possible.

Lotar n'avait pas de permis de déplacement pour sortir de Prague. Mais je sais qu'il se rendait de temps en temps à Libčice avec Zdenka pour voir sa mère, toujours confinée là-bas. Le 11 novembre 1941, encore optimiste quant à l'aboutissement de leurs demandes de visas, Ella avait écrit à sa famille :

> *Je vis ici totalement retirée du monde, comme une religieuse. Cela fait des mois que je n'ai pas franchi la porte d'entrée. Je ne suis pas fière de l'étoile, j'aime la discrétion. Mais ce qui me brise le plus, c'est la séparation. Vous me connaissez, je ne vis que pour Otto et mes fils.*

Lotar ne portait pas l'étoile lors de ses visites à sa mère, de peur de se faire remarquer. Il emportait sa fausse carte d'identité. Sa sécurité – sa vie – dépendait de son invisibilité. Sa crainte de se faire arrêter pour violation de ces lois antisémites cauchemardesques était si grande qu'en 1941 il s'était procuré sur le marché noir de minuscules ampoules de cyanure. Il suffisait d'en briser une seule entre ses dents, et c'était la mort instantanée. Au grand dam de Zdenka, Lotar décida d'en porter toujours deux sur lui, une pour elle et une pour lui, dans la poche de sa veste.

À Libčice, tout le monde connaissait les Neumann. Otto et Ella y étaient venus pour la première fois dès le début des années 1920, alors jeunes mariés, pour y travailler quelque temps. Ils s'étaient ensuite installés à Prague pour créer Montana, mais y étaient revenus quelques années plus tard en achetant leur maison de campagne. Les habitants avaient vu Lotar et Hans grandir. Comme tous les citoyens du Protectorat, ils étaient forcément au courant des lois antijuives et de l'obligation du port de l'étoile. Les nazis rappelaient constamment à la population que les Juifs n'avaient pas le droit de sortir de leur zone résidentielle officielle, que cette violation était passible de mort et que le même châtiment s'appliquait à toute personne leur prêtant assistance, que ce soit en leur fournissant un abri ou de la nourriture, en leur donnant de l'argent ou en les véhiculant d'un endroit à un autre. Tout citoyen du Protectorat se devait de dénoncer les Juifs hors la loi ainsi que les non-Juifs qui se rendaient complices de leurs crimes. Le 28 février 1941, la radio allemande à Prague annonça que tout individu surpris à se montrer aimable envers un Juif serait désormais considéré comme un ennemi d'État, et puni en conséquence.

Malgré cela, aucun des trois mille habitants de Libčice ne le dénonça. Personne ne rapporta aux autorités qu'un grand jeune homme juif faisait le trajet depuis Prague presque tous les week-ends sans arborer son étoile jaune.

Si l'enveloppe que j'avais reçue en contenait autant, c'est parce que ces étoiles étaient destinées non seulement aux membres de ma famille, mais à tous les résidents juifs de cette petite ville paisible au bord de la Moldau. Elles étaient censées les identifier, les ranger à part, sans exception.

Eux. Les autres.

*

Mon père ne disait jamais de lui qu'il était juif. J'ignore s'il le disait avant la guerre, mais je suis bien certaine qu'il ne l'a jamais dit après. Il n'aimait pas beaucoup les clans, les chapelles. Était-ce par conviction philosophique, par réaction de méfiance ou sous l'effet d'un traumatisme plus profond ? Je ne sais pas. Comme bien d'autres aspects de sa personnalité, j'imagine que c'était un mélange de principes et d'expériences. Il insistait toujours sur le fait que chacun de nous choisissait qui il était. La seule fois où je l'ai entendu se revendiquer de quoi que ce soit, c'est pour s'affirmer en tant que citoyen vénézuélien.

Pour ma part, j'avais grandi au Venezuela, dans une culture marquée par le catholicisme, et fréquenté une école dirigée par des sœurs ursulines. Je ne m'étais jamais sentie à ma place, sans comprendre pourquoi.

J'étais la seule élève de ma classe née d'un remariage et de parents ayant préalablement divorcé. Une des élèves avait un jour affirmé d'une voix solennelle que j'étais le fruit du péché ; je lui avais rétorqué sur le même ton qu'elle était le fruit de l'imbécillité. En grandissant, j'ai cru que le malaise allait s'estomper. J'étais simplement différente parce que mon père et ma mère avaient défié les mœurs religieuses de ce pays. Mes parents étaient des anticonformistes. J'en étais à la fois irritée et confortée dans mon amour pour eux.

Le fait qu'ils soient tous deux perçus comme des « progressistes », que mon père soit un immigré et que ma mère travaille à plein temps n'arrangeait bien sûr pas leur cas. Et les œuvres d'art qui emplissaient notre maison, sculptures de femmes nues et tableaux expressionnistes aux corps déstructurés, non plus.

Mon père n'était pas très fan des religions organisées, et il détestait particulièrement les messes avec sermon. J'ai cru, comme il l'avait expliqué lui-même, que c'était parce qu'il ne supportait pas les hommes affirmant avoir un lien direct avec Dieu. En réalité, c'est ma mère, pourtant issue d'une famille catholique, qui refusait de m'emmener à l'église. J'ai fini par me rendre compte que cela m'aliénait un peu plus de mes camarades, qui respectaient scrupuleusement le calendrier liturgique. Comme la plupart des enfants, j'aspirais à ressembler à tout le monde. Je me souviens encore du mercredi des Cendres durant ma première année à l'école des sœurs ursulines, lorsque j'avais dix ans. Mon oncle et ma tante maternels m'ont emmenée à l'église. J'étais ravie d'avoir moi aussi une petite croix en cendres tracée sur mon front. J'ai tout fait pour qu'elle reste intacte jusqu'au lendemain matin. J'ai veillé à ne surtout pas mouiller mon visage le soir dans mon bain. J'ai récupéré des coussins supplémentaires pour les disposer autour de moi dans mon lit afin de m'empêcher de me retourner dans mon sommeil. Je voulais montrer aux autres que j'étais comme elles. C'était la preuve dont j'avais besoin.

Mais mes efforts furent inutiles. Personne à l'école n'arborait de marque grise sur son front le lendemain matin. Le problème était bien plus complexe. J'étais mise à l'écart parce que ces enfants et leurs parents avaient décrété que je ne faisais pas partie de leur cercle. Je comprends maintenant pourquoi certaines fillettes ricanaient dans mon dos quand je restais muette durant la discussion du lundi consacrée au sermon de la veille. Ce n'était pas parce que ma mère ne m'avait pas emmenée à la messe. C'est parce qu'elles me soupçonnaient, comme mon père, d'être juive.

Tout cela, je l'ai compris ces dernières années grâce aux témoignages de mes anciennes camarades de classe, de mes amis et de mes proches. À l'époque, je ne voyais rien. Je n'avais jamais entendu prononcer le mot « Juif » au sein de ma famille. Mon éducation auprès des nonnes ursulines du Venezuela fut de courte durée. À treize ans, j'ai annoncé à mes parents que je souhaitais aller au pensionnat ; leur mariage battait de l'aile, et ils ont jugé préférable de m'envoyer étudier à l'étranger. L'école américaine laïque que j'ai fréquentée à Lugano, en Suisse, était mixte, accueillait des élèves de cinquante pays différents et de toutes confessions religieuses. Je me suis enfin sentie à ma place dans ce creuset de cultures. Nul ne se souciait que nos prières soient adressées à Jésus, Hashem, Allah ou qui que ce soit d'autre. Et les camarades qui venaient me rendre visite chez moi n'étaient pas choqués par les goûts artistiques de mon père.

À vrai dire, c'est un parfait inconnu qui m'a dit pour la première fois que j'étais juive, dans un auditorium de la Tufts University.

C'était la fin de la semaine d'intégration pour les étudiants de première année. L'université nous avait invités à venir quelques jours avant la rentrée afin de rencontrer nos futurs camarades et nous familiariser avec la vie sur le campus. Comme des centaines d'autres, j'avais répondu à l'appel.

À la fin d'une réunion de présentation, j'ai été abordée par un jeune homme maigre aux cheveux bruns et au regard intense. Contrairement à la plupart des autres étudiants, il avait l'air assez guindé ; il portait même une veste et une cravate. Il s'est adressé à moi en espagnol pour me dire qu'il s'appelait Elliot et qu'il venait de Guadalajara.

« On m'a conseillé de venir te parler, a-t-il ajouté d'un ton candide, parce que nous sommes tous les deux séduisants, originaires d'Amérique latine, et juifs. »

Il a conclu ces mots par un large sourire. J'étais abasourdie.

Moi qui n'avais jamais eu le sens de la repartie, j'ai quand même réussi à répondre : « Désolée, mais tu fais erreur. Je ne suis pas juive, et tu n'es pas séduisant.

— Tu as surtout besoin de lunettes, a joyeusement rétorqué Elliot sans se laisser démonter. Tu viens bien d'Amérique latine et, à l'évidence, tu es juive. Avec un nom comme Neumann, c'est obligé.

— Faux. J'ai été élevée dans la religion catholique.

— D'où vient ton père ?

— Il est vénézuélien, mais il est né à Prague.

— Appelle-toi comme tu voudras, mais tu es certainement juive. Beaucoup ont quitté l'Europe avant et après la guerre. Ton père devait être l'un d'entre eux. »

En toute honnêteté, je ne m'étais jamais posé cette question. Provenais-je d'une famille juive ? Mon père était-il juif ? L'étais-je moi-même ? Qu'est-ce que cela signifiait-il ? Notre identité était-elle déterminée par notre ascendance, ou avions-nous le droit de choisir qui nous étions ?

Ma camarade de chambre avait apporté son téléphone personnel de chez elle et l'avait branché dans notre chambre. Il était en forme de Mickey Mouse ; l'animal souriait, un gant blanc posé sur le ventre, le combiné en plastique jaune dans son autre main. Les touches du clavier étaient à ses pieds, sur le socle. J'ai pris le combiné de la main de Mickey Mouse pour appeler mon père et lui raconter ma première semaine d'université.

« Il m'est arrivé un truc bizarre l'autre jour, ai-je ajouté. Un étudiant mexicain vêtu d'un costume s'est planté devant moi et m'a sorti que j'étais juive. »

Intrigué, il m'a demandé qui était ce jeune homme. Je lui ai répondu qu'il s'appelait Elliot et que, d'après lui, Neumann était un nom juif.

Le rire amusé de mon père s'est estompé.

« Il a dit que je devais avoir du sang juif. »

Cette fois, ce fut le silence.

Quand mon père a repris la parole, sa voix était tremblante et rocailleuse. Il semblait bouleversé. Je l'avais rarement entendu dans cet état : « Du sang juif ? Du *sang juif* ? Tu réalises ce que tu viens de dire ? Je t'interdis d'employer des mots pareils. Tu m'entends ? Plus jamais. C'est comme ça que s'exprimaient les nazis. »

Sans autre forme d'explication, il m'a raccroché au nez. Je ne sais plus si j'ai éclaté en sanglots à ce moment-là ou si je pleurais déjà. J'ai regardé le sourire figé de Mickey, avec sa langue bien visible au milieu de sa bouche, et j'ai reposé le combiné jaune au creux de sa main gantée de blanc. Puis j'ai rappelé, refait plusieurs fois le numéro, mais la ligne sonnait obstinément occupée.

7

Une matinée de printemps à Prague

En mai 1990, deux ans après notre échange sur le « sang juif » sous le regard immobile de Mickey Mouse, mon père et moi avons fait le voyage jusqu'à Prague. Le Mur de Berlin était tombé le 9 novembre 1989, et cet événement avait été suivi par plusieurs manifestations étudiantes sans heurts à travers la Tchécoslovaquie. En décembre, le pays avait opéré une paisible transition vers une démocratie parlementaire avec le dramaturge Václav Havel à sa tête. Cet hiver cathartique avait cédé la place à une douce saison printanière. Les édifices et les rues de Prague étaient encore noircis par des décennies de négligence et de stagnation économique. Les restaurants et les magasins quasi déserts témoignaient de la chape de plomb qui avait pesé sur le pays, plombé par quatre décennies de communisme dur. Par contraste, le peuple de Prague semblait bouillonnant d'idées et de projets, galvanisé par le succès de sa discrète révolution. Le soleil du mois de mai annonçait la tenue des premières élections démocratiques dans la vie de nombreux Tchécoslovaques, prévues pour l'été. Sur presque tous les trottoirs, des étudiants perchés sur des caisses en bois distribuaient des tracts et exerçaient à pleins poumons leur droit nouveau à la liberté d'expression. C'était un moment particulièrement exaltant pour les citoyens de ce pays.

Un peu plus tôt dans l'année, mon père avait reçu la visite de l'ambassadeur de Tchécoslovaquie à Caracas. Ce dernier lui avait remis une invitation officielle du nouveau gouvernement de son pays, qui désirait faire revenir les membres éminents de la diaspora tchèque. Mon père avait d'abord refusé, même pour n'effectuer qu'une simple visite de Prague. À l'époque, il travaillait avec le gouvernement de son pays pour attirer des Européens talentueux et ambitieux au Venezuela. Il avait prévu de se rendre dans diverses capitales d'Europe de l'Est mais, bizarrement, Prague ne faisait pas partie de son programme.

Quand j'ai entendu parler de cette invitation, j'ai supplié mon père d'accepter et de m'emmener. Il vivait seul à la villa *Perros Furibondos* depuis qu'il avait divorcé de ma mère, des années auparavant. S'il y allait durant les vacances d'été, je pourrais l'accompagner sans rien rater de mes cours à la fac. J'étais curieuse d'en savoir plus sur son histoire et je me disais qu'un petit séjour à Prague, surtout en cette période de grands changements, provoquerait peut-être un déclic en lui après des décennies de silence. Je ne savais encore rien de ce qui était arrivé à sa famille durant la guerre. Je ne savais même pas qui, ni combien, étaient ces gens. Je pensais qu'il me montrerait les lieux où il avait vécu, me raconterait ses souvenirs de jeunesse et m'ouvrirait enfin les portes de son passé.

Au lieu de l'émouvant voyage que je m'étais imaginé, nous avons subi une très officielle visite guidée de trois jours. La place Venceslas et son musée noirâtre, la place de la Vieille Ville et son horloge astronomique du XVe siècle, l'imposant château au sommet de la colline, les églises baroques à demi oubliées, le célèbre pont Charles avec ses statues telles des sentinelles postées dans la brume, les bibliothèques du monastère Strahov et leurs dorures : tout cela était fort intéressant, mais nous n'avions aucun lien personnel avec ces lieux. Quand nous étions enfin seuls, mon père préférait de loin évoquer les romans de Kafka que sa propre histoire.

Pavel, notre guide, était un homme replet au crâne dégarni. C'était surtout un fonctionnaire un peu nerveux avec lequel mon père s'obstinait à parler en anglais ; sachant que le pauvre homme maîtrisait mal cette langue et que mon père s'exprimait lui-même avec un accent tchèque à couper au couteau, la situation était passablement absurde. Quand Pavel, par moments, retombait dans sa langue natale, mon père lui faisait les gros yeux en me désignant d'un geste. Pour lui, notre guide était un personnage tout droit sorti du *Procès* de Kafka avec son costume froissé et ses lunettes à monture épaisse. Quant à Pavel, il devait se demander de quel monde étrange sortait mon père, dans sa veste en daim dernier cri et ses tennis Adidas. À mesure qu'il nous détaillait consciencieusement les sites historiques de la capitale, mon père prenait un malin plaisir à lui poser des questions sur la bureaucratie communiste et à s'extasier sur les merveilles naturelles du Venezuela. Mais Pavel tenait bon.

C'est seulement quand j'ai enfin bénéficié d'un peu de temps libre avec mon père, l'après-midi du deuxième jour, que j'ai compris qu'il ne faisait pas seulement preuve de mauvaise volonté. Il ne connaissait plus les rues de Prague. Je n'en revenais pas. Certes, il l'avait quitté depuis quatre décennies, mais c'était tout de même la ville où il avait grandi. Malgré ses soixante-dix ans, il avait gardé toute sa tête, sa vivacité d'esprit et ses capacités de concentration ; ce n'était donc pas une question d'âge. Mais c'était vraiment curieux, à croire qu'il n'avait jamais mis les pieds là. Quand nous nous promenions dans le centre-ville, autour de notre hôtel, nous nous égarions très facilement. Il ne desserra presque pas les dents quand je l'entraînai dans les rues du quartier Malá Strana. En revanche, il ne lâcha pas ma main. J'avais un tas de questions à lui poser, mais il était évident que je n'obtiendrais aucune réponse de sa part. À la place, je lui ai donc demandé de m'apprendre quelques mots en tchèque. Je n'en connaissais que quelques-uns : *nazdar* (bonjour), *papa* (au revoir), *dêkuji* (merci) et *hubička*, une façon datée de dire « embrasser ». En m'entendant répéter péniblement chaque mot avec mon accent atroce, il ne put s'empêcher de ricaner. Chaque fois qu'il riait, je savais qu'il était bien là, avec moi. Le reste du temps, il semblait ailleurs, perdu dans ses pensées. Une vulnérabilité étrange semblait s'emparer de lui à mesure que nous marchions seuls dans ces rues ; elle était invisible, mais je la sentais à la pression de sa main autour de la mienne. Cela m'effrayait un peu, et j'ai soudain pris conscience qu'il avait besoin de moi. Pour la première fois, nos rôles s'inversaient. Mon père tout-puissant, ce brillant esprit de la Renaissance, n'était pas en train de me guider à travers les rues pavées de sa jeunesse. C'était moi qui menais la marche, comme je l'aurais fait avec un enfant.

Malgré mon mauvais sens de l'orientation, ma lecture des guides touristiques à bord de l'avion semblait m'avoir laissé une meilleure connaissance géographique de la ville. Nous nous sommes perdus en essayant de retrouver la basilique Saint-Jean, au point que nous avons dû acheter une carte. Seuls quelques noms avaient changé ; de toute évidence, mon père avait entièrement effacé le plan des rues de Prague de sa mémoire.

Il avait organisé notre voyage afin qu'il coïncide avec les cinquante ans de sa promo à l'Institut de Technologie chimique. Le dernier soir de notre séjour, un ami vint le chercher à l'hôtel pour l'emmener à la réception. Je lui ai proposé de l'accompagner, mais il m'a répondu que je ne parlais pas tchèque et que je risquais de m'ennuyer. J'ai donc passé la soirée seule à l'hôtel.

Le lendemain matin, au petit déjeuner, je lui ai trouvé l'air particulièrement fatigué. Quand je lui ai demandé si les retrouvailles s'étaient bien passées, il m'a assuré que oui, sans s'étendre davantage.

« Ce n'était qu'un groupe de vieillards, certains intéressants, d'autres pas, s'est-il contenté de marmonner.

— Et l'homme qui est venu te chercher, qui était-ce ?

— Zdeněk. Un ami à moi. Un très bon ami. Il m'a sauvé la vie.

— Ah bon ? Et comment ça ? »

Je n'avais jamais entendu parler de ce Zdeněk.

« C'est une longue histoire. Un jour, je te la raconterai. Mais pas aujourd'hui. »

Il remuait son café d'une main tremblante, et son regard exprimait une telle tristesse que je n'ai pas insisté. Nous avons poursuivi notre petit déjeuner et parlé de nos projets pour l'été.

Égoïstement, je m'étais mise en quête de réponses que mon père n'était pas en mesure de me donner. Je commençais déjà à soupçonner qu'une grande partie de sa famille était morte pendant la guerre, et d'innombrables interrogations se bousculaient dans ma tête. Je voulais en savoir plus, connaître tous les détails. Mais à l'évidence, le presser de questions aurait été cruel. En le voyant si fragile, la main tremblante, j'ai culpabilisé de l'avoir entraîné dans tous ces lieux qu'il ne connaissait plus.

C'était notre dernière matinée à Prague et, alors que nous quittions la salle du petit déjeuner, il m'a soudain proposé d'aller voir l'immeuble où vivait jadis sa famille. Nous avions juste assez de temps avant de nous rendre à l'aéroport.

Il semblait tout content de s'être remémoré l'adresse. Nous avons donc sauté dans un taxi pour nous rendre à Libeň, l'ancien quartier industriel de Prague. Nous nous sommes rapprochés de ce qui ressemblait essentiellement à des édifices commerciaux situés au milieu d'une zone clôturée. Nous sommes descendus de voiture et avons poursuivi notre chemin à pied jusqu'à une grande bâtisse située à l'écart des bâtiments industriels et entourée de grands arbres. Haute de trois étages, elle datait du XIXe siècle et avait été divisée en appartements. Nous sommes restés immobiles devant la porte.

« C'est là que vivait la famille », a simplement déclaré mon père en désignant les fenêtres du premier étage.

Un peu sous le choc, je lui ai proposé que nous sonnions pour entrer. Il a refusé.

« Nous avions une usine baptisée Montana, juste au coin de la rue. »

J'ai cru que sa mémoire lui jouait des tours.

« Montana ? Comme ton usine de peinture au Venezuela ?

— C'est aussi le nom de celle que nous avions ici. Mon père l'avait créée. »

J'étais sidérée de ne jamais en avoir entendu parler. « Tu y travaillais avec lui ? ai-je demandé d'un ton hésitant.

— Non, je n'ai jamais travaillé avec mon père.

— Étais-tu heureux, quand tu vivais ici ? ai-je insisté en lui montrant la fenêtre.

— Oui, a-t-il lâché après un instant. Mais nous étions bien plus heureux dans notre maison de campagne à Libčice.

— Pourquoi ne pas y aller ? ai-je aussitôt suggéré, encouragée par cet étonnant flot d'informations.

— C'est trop loin, nous n'aurons pas le temps.

— Essayons au moins de retrouver l'usine, alors ?

— Non. Pas le temps. Je parie qu'elle n'existe plus. Tu voulais savoir où vivait ma famille. Voilà, tu sais. Nous n'avons pas le temps de traîner ici. Rentrons à l'hôtel. Ne nous mettons pas en retard. » D'un ton brusque, il a clos le débat par ces mots : « Parfois, il faut savoir laisser le passé à sa place. Derrière soi. »

Alors que nous repartions vers le centre-ville, mon père a soudain aperçu quelque chose derrière la vitre et s'est adressé en tchèque au chauffeur pour lui demander de s'arrêter. De leur échange, je n'ai compris qu'une série de « merci » et un nom répété plusieurs fois. « Bubny ? » « Bubny. » Nous nous trouvions dans un quartier désert et presque à l'abandon, bien loin du centre de Prague et de ses sites touristiques sublimes.

« Où sommes-nous ? ai-je voulu savoir.

— Il y a un lieu important, ici. Une gare. »

Il m'a désigné un édifice situé à quelques centaines de mètres. Derrière les mauvaises herbes qui bordaient la route, j'ai distingué une voie de chemin de fer et un ensemble de bâtiments gris et beige. Nous n'étions pas à l'entrée, mais sur le côté de la gare. Le site était entouré d'un grillage. Nous n'avions aucun moyen de nous approcher.

« Un lieu important ? » ai-je répété, intriguée.

Une fois de plus, mon père semblait perdu dans ses souvenirs. Le chauffeur était descendu de son taxi et fumait une cigarette en nous attendant, appuyé contre la portière. Alors que j'étudiais mon plan de la ville pour chercher un autre accès à cette gare, j'ai remarqué que la clôture bougeait. Elle tremblait, même. Mon père avait agrippé ses losanges métalliques à deux mains, et il pleurait en silence. Seuls quelques mots s'échappaient entre deux sanglots. C'était là qu'il avait dû dire au revoir, répétait-il. Je ne savais pas quoi faire. Je l'ai appelé *Papi*, comme toujours, mais je n'étais même pas sûre qu'il m'entende. Délicatement, j'ai éloigné ses mains du grillage et je l'ai pris dans mes bras. Je lui ai rappelé que j'étais là, avec lui. Pendant un moment, il a posé sa tête contre moi. Nous sommes restés immobiles dans cette étreinte. Lui, paralysé par ses souvenirs, et moi, terrifiée par la résurgence de monstres dont j'avais toujours confusément senti la présence.

Il a fini par reprendre ses esprits. « Merci, *Coquinita*. Ne t'inquiète pas. Ça va aller. »

J'ai plongé mon regard dans le sien en lui disant que je l'aimais. Je comprends aujourd'hui que certaines douleurs sont impossibles à raconter, comme des blessures avec lesquelles on apprend à vivre mais qui ne cicatrisent jamais. Du haut de mes dix-neuf ans, j'étais persuadée que l'amour et la parole suffisaient à guérir n'importe quel chagrin. Je lui ai dit que j'étais là pour lui s'il avait un jour envie de se confier à moi. Il ne l'a jamais fait.

*

Les déportations vers le camp de Terezín commencèrent au mois de novembre 1941. Certains Juifs, au début, ne furent pas concernés : ceux mariés à des non-Juifs, les enfants de moins de quatorze ans nés de mariages mixtes, et les membres des Conseils des Anciens. Le Bureau central pour l'émigration juive décidait de la date des convois et du nombre de personnes à bord : entre douze et treize mille. Ces listes étaient ensuite transmises aux Conseils juifs de chaque région, qui avaient pour tâche d'envoyer les convocations aux individus concernés.

Pour Prague et les villes environnantes, les trains partaient de la gare de Bubny, celle située de l'autre côté du grillage auquel mon père s'était agrippé.

Les ordres de déportation étaient distribués la nuit. Ils contenaient des instructions précises sur l'horaire, le point de rassemblement, les documents et effets personnels à emporter. Les familles étaient généralement déportées ensemble. Celles qui partaient de Bubny étaient d'abord parquées dans des casernes de fortune près du Veletržní Palác, l'ancien Palais des Foires, situé à deux pas de la gare. Ces baraquements crasseux, mal aérés, dépourvus de chauffage et d'installations sanitaires, étaient surveillés par des gendarmes tchécoslovaques et des soldats SS. Les gens s'y voyaient assigner un carré de sol, présenté comme leur « espace de vie ». Ils restaient là au moins trois jours à remplir des formulaires et à répondre aux questions intrusives des SS sur tous les aspects de leur vie.

La plupart d'entre eux étaient ensuite envoyés à Terezín, le camp de concentration situé au nord-ouest de Prague. Cette ancienne ville de garnison bâtie au XVIIIe siècle abritait moins de quatre mille habitants en 1940, après le démantèlement de l'armée tchécoslovaque. À l'automne 1941, toute la population avait été déplacée afin de transformer la ville fortifiée en camp de détention pour les Juifs.

Le 27 avril 1942, le Bureau central pour l'émigration juive à Prague envoya un avis de déportation à la maison de mes grands-parents, à Libčice. La famille était censée se présenter au Veletržní Palác le 4 mai à 8 heures du matin.

J'ai retrouvé ce document dans l'une de mes boîtes.

Prag, den 27.4.42

Zentralstelle für jüdische Auswanderung Prag

Sie haben sich am 4.Mai 1942 um 8.00 Uhr in den Messehallen, Eingang Messestraße, gegenüber Winzerstraße, einzufinden. Personaldokumente (Bürgerlegitimation, Kennkarte, Reisepaß usw.) sind mitzubringen.

Bei Nichterscheinen erfolgt polizeiliche Vorführung.

Der Leiter der Zentralstelle für jüdische Auswanderung Prag
Im Auftrage:

Diese Karte ist mitzubringen!

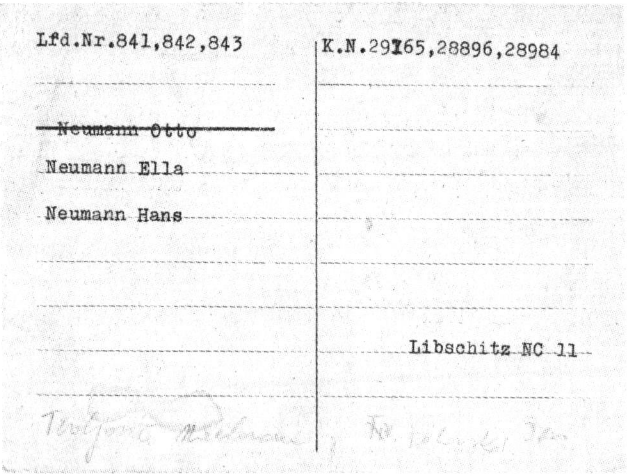

Lfd.Nr.841,842,843

K.N.29165,28896,28984

~~Neumann Otto~~

Neumann Ella

Neumann Hans

Libschitz NC 11

Il s'agit d'une carte rouge recto verso frappée d'une croix gammée surmontée d'un aigle. Y sont inscrits les noms d'Otto, d'Ella et de Hans. Celui d'Otto est barré d'un trait : grâce à l'intervention de l'ami Pišta, un membre du Conseil des Anciens avait finalement décrété qu'il valait mieux qu'il reste à Prague pour faire tourner son usine de peinture et participer à l'effort de guerre.

Les Neumann étaient conscients qu'ils devaient à tout prix éviter la déportation. Chaque mois, depuis l'arrivée de l'automne, un nouveau membre de la famille était parti. En novembre 1941, le cousin Erich, frère d'Ota et représentant de commerce à l'usine, était déjà parti ; on pensait qu'il était en Lettonie. En décembre, une autre cousine, Hana Polláková, avait été déportée à son tour. En janvier 1942, Rudolf Pollak, le veuf de la sœur d'Ella, avait été envoyé à Terezín avec sa fille, Zita, sa nouvelle épouse et leur fils de treize ans, Jiří.

Hugo Haas, sa femme et leur fillette, Věra, qui avait fréquenté la petite école clandestine, avaient suivi en février.

On soupçonnait qu'ils avaient été expédiés, pour la plupart, à Terezín, mais il était quasiment impossible de communiquer avec les détenus. La seule personne dont les Neumann recevaient encore des nouvelles était Karel, l'un des frères d'Otto. Il était parti dans un convoi au mois de mars. Par miracle, quelques semaines plus tard, la famille avait reçu un courrier envoyé de Lublin, en Pologne. Il les suppliait de lui envoyer de la nourriture, car il n'avait presque rien à manger. Grâce à leurs contacts sur le marché noir et à la complicité bienveillante de quelques gendarmes, ils avaient réussi à lui expédier un colis alimentaire.

Ils ne surent pas si Karel l'avait reçu. Ils n'eurent plus jamais de ses nouvelles.

Officieusement, le Judenrat recommandait de faire retarder sa déportation le plus longtemps possible et de ne pas quitter Prague. Les Neumann se retrouvaient confrontés à un défi impossible : ils avaient cinq jours pour faire rayer Ella et Hans de la liste.

Hans supplia son patron à l'usine Čermák de lui venir en aide. Il avait déjà démontré qu'il était travailleur et, au bout de quelques mois, avait même été nommé adjoint. Otto usa de sa modeste influence pour convaincre toutes les personnes susceptibles de lui venir en aide. Lotar plaida lui aussi la cause de Hans auprès de ses contacts.

Leurs efforts se révélèrent payants. Hans reçut un courrier officiel de František Čermák attestant que son travail était essentiel au fonctionnement de l'usine. Quelques jours avant la date inscrite sur sa convocation, son nom fut supprimé de la liste. Cette petite victoire leur redonna espoir. De nouveaux coups de téléphone furent échangés avec Pišta au Judenrat de Prague. De nouveaux courriers furent envoyés.

Hélas, personne ne réussit à sauver Ella.

Elle allait être déportée, seule.

Zdenka se rendit en voiture jusqu'à Libčice avec Lotar pour l'aider à préparer son départ, prévu le lundi suivant.

Otto, Ella, Lotar, Zdenka et Hans. Réunis en ce dernier week-end. La veille du départ, le dimanche soir, ils s'attablèrent pour dîner ensemble dans leur maison de Libčice, comme ils l'avaient fait tant de fois auparavant, mais avec la valise d'Ella posée dans un coin. Je n'ai rien à raconter sur ce moment, hormis l'horreur qu'il m'inspire rien que d'y penser. Personne ne l'a raconté. Je ne peux qu'imaginer la pesanteur de l'attente et la tension qui régnèrent dans la maison ce soir-là. La peur des époux Neumann et de leurs fils. La douleur de Zdenka, qui avait appris à aimer Ella comme sa propre mère. L'angoisse de la séparation d'Ella à mesure que les heures passaient. Otto, qui aimait tant contrôler les choses, devait être désespéré de son impuissance. Son épouse adorée depuis vingt-cinq ans, celle qui le rendait fou et sans laquelle il ne pouvait pas vivre, la mère de ses enfants, la radieuse Ella, facétieuse et mélomane, allait bientôt leur être arrachée et être emportée loin d'eux. Il ne pouvait rien faire pour empêcher cela. Rien faire pour la protéger. Hans et Lotar devaient se sentir aussi impuissants, coupables et terrifiés.

Un seul document subsiste de ces quelques jours entre l'avis de déportation du 28 avril et le départ d'Ella. Il s'agit d'une photo de mes grands-parents, chez eux, à Libčice. Ella est absorbée par son ouvrage de tricot. Otto a le regard baissé, une cigarette à la main, un stylo dans l'autre. Une feuille de papier est posée devant lui ; il semble en train d'écrire une lettre, à moins qu'il soit occupé à remplir l'un des innombrables formulaires administratifs du Protectorat. Une bouteille de vin, des verres, une boîte d'allumettes, un cendrier et des journaux sont posés sur la table.

Le reste de la pièce autour d'eux est plongé dans le noir.

À première vue, il s'agit de la photo d'un couple attablé chez lui, après le dîner peut-être. Les deux protagonistes semblent absorbés par leurs tâches respectives, et leurs regards ne se croisent pas. C'est à se demander pourquoi une image si banale a été conservée… à moins qu'elle revête une signification plus profonde.

Cette image est celle qui trônait sur la table de nuit de mon père, celle qui m'intriguait tant quand j'étais enfant : mes grands-parents assis autour d'une table, l'air triste et âgé. Elle a été prise durant ces quelques jours. C'est la dernière photo d'Ella et Otto ensemble, et jouissant encore d'une liberté relative, dans leur maison de Libčice. De tous les portraits de famille et les souvenirs contenus dans son album, c'était cette image que mon père avait choisi de garder.

Ella devait se présenter le lundi 4 mai au matin, en même temps que son frère Julius, son épouse et leurs deux jeunes enfants. Oskar, l'un des frères d'Otto, sa femme et leur fils de huit ans devaient aussi partir par le même convoi.

Avant l'aube, Zdenka monta en voiture avec Otto et Ella. Il avait été décidé que Hans et Lotar feraient leurs adieux à la maison avant de se rendre au travail comme d'habitude. Seuls Otto et Zdenka accompagneraient Ella jusqu'à Veletržní Palác.

Ils furent arrêtés à l'entrée de la zone par les SS, et reçurent l'ordre de laisser Ella rejoindre seule les autres convoqués en portant elle-même ses bagages. La plupart des Juifs avaient dû rejoindre le point de rassemblement à pied depuis leur domicile en traînant leurs cinquante kilos d'effets personnels autorisés, puisqu'ils n'avaient plus le droit de conduire. Ella avait été prévenue que les valises, bien souvent, n'arrivaient pas à destination, si bien qu'elle avait rangé les choses vraiment essentielles dans son sac à main. Je n'ose imaginer ce qu'ils devaient ressentir. D'après tout ce que je sais d'eux, Otto dut sans doute s'efforcer de conserver son air stoïque, et Ella d'afficher un visage positif. Ils durent se rassurer l'un l'autre en se disant que cette séparation était provisoire et qu'ils trouveraient bientôt le moyen de se retrouver tous ensemble.

Ma grand-mère passa trois jours au centre de transit près de la gare, avec ses deux valises et son sac à main, à dormir sur une paillasse en guise de lit, à remplir des monceaux de paperasse, à déballer ses effets personnels et à répondre à d'interminables interrogatoires sous l'œil des gardes SS. Elle n'avait rien emporté de valeur hormis son alliance, mais dut voir tous les autres autour d'elle se faire confisquer leurs bijoux et objets précieux. J'espère que sa paillasse n'était pas trop éloignée de celles de son frère Julius, de son beau-frère Oskar et de leurs familles. J'espère que la présence des enfants a un peu allégé leur peine. Je suis soulagée de penser qu'au moins, durant cette terrible attente séparée de son mari et de ses fils, Ella était entourée de gens qu'elle connaissait et qu'elle aimait. Ils auront pu veiller sur elle. Elle n'aura pas été entièrement seule.

À ces longues journées passées au centre de transit succéda un éprouvant périple en train avec escale à Bohušovice, la gare la plus proche de Terezín. Un millier d'hommes, de femmes et d'enfants montèrent en compagnie d'Ella dans les wagons aveugles qui quittèrent Bubny le 7 mai.

Otto, Lotar, Hans et Zdenka espérèrent en vain de ses nouvelles pendant trois mois.

En août, Pišta put enfin les rassurer : Ella était vivante, au camp de Terezín. Elle avait perdu connaissance pendant le voyage, mais elle allait bien. Une quarantaine de personnes, dont elle, avaient dû descendre du train à Bohušovice pour des problèmes de santé. Son malaise lui avait sauvé la vie.

Julius Haas et Oskar Neumann, ainsi que leur femme et leurs enfants, durent rester à bord du convoi tandis que d'autres prisonniers venaient s'entasser dans les wagons déjà bondés. Leur destination finale était le camp de Sobibor, dans la Pologne occupée. La famille n'eut plus jamais de leurs nouvelles.

Parmi le millier de passagers de ce convoi, il n'y eut pas un seul survivant. La mention du départ depuis Terezín figure bien dans les registres, mais pas celle de l'arrivée à Sobibor. Presque toutes les personnes envoyées vers ce camp étaient assassinées dès leur arrivée. On ignore s'ils étaient abattus à la descente du train ou dirigés vers les chambres à gaz. Dans une lettre envoyée à Victor et Richard aux États-Unis en juin 1945, la famille avouait tirer un maigre réconfort de l'idée qu'au moins leur calvaire ne s'était pas prolongé davantage.

Quand je pense au destin de ma grand-mère, je revois immanquablement l'image de mon père en larmes devant la gare de Bubny par cette belle matinée de printemps. Quarante-huit ans auparavant, sa mère était partie de là en train et sa détresse était telle qu'elle avait perdu connaissance. Les lettres que j'ai d'elle montrent pourtant qu'elle a cru jusqu'au bout revoir un jour les siens.

Malgré l'horreur du voyage et la déchirante séparation d'avec ses fils, malgré la peur et le chagrin, en ce mois de mai 1942, Ella avait gardé espoir.

8

Zdenka

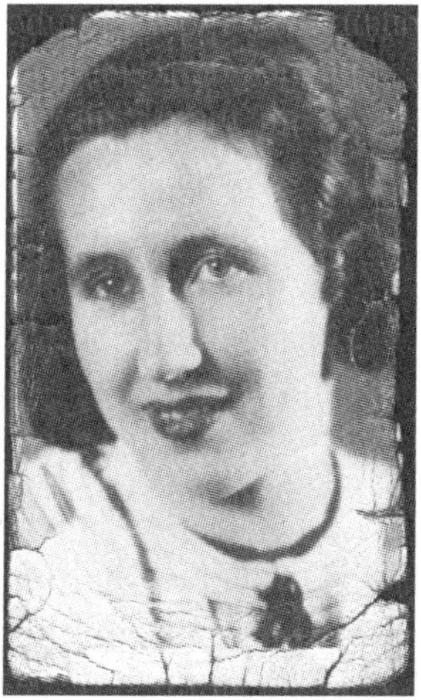

Entre les pages de l'album photo retrouvé chez Lotar était glissé le portrait noir et blanc écorné d'une ravissante jeune femme. Je l'ai reconnue grâce aux nombreux autres clichés où elle apparaît. Après Otto, Ella, Lotar et Hans, c'est son visage qui revient le plus dans l'album. Sur certaines images, elle pose avec Otto ; sur d'autres, elle est seule, pensive ou souriante. Mais sur la plupart, on la voit en train de marcher ou de rire aux côtés de Lotar.

Ce portrait-ci était simplement inséré entre les pages de l'album, et son piètre état – ses pliures, ses coins abîmés – montrait qu'il avait longtemps été gardé hors d'un album ou d'un cadre. À l'évidence, il avait souvent été manipulé, regardé, admiré. Peut-être était-il rangé dans un portefeuille, un tiroir de table de nuit ou entre les pages d'un livre.

Quand j'ai posé la question à ma cousine Madla, elle m'a répondu qu'il s'agissait probablement d'une vieille photo ayant appartenu à son père.

À mesure que je me plongeais dans le contenu des documents et des lettres conservés dans mes boîtes, j'étais frappée par le fait que tout le monde parlait de Zdenka. La jolie Zdenka. La brillante Zdenka, toujours pleine de ressources. La joyeuse Zdenka. La courageuse Zdenka. Elle optait toujours pour la voie du courage, même dans les moments où elle aurait pu choisir – et où ses proches la suppliaient – de penser d'abord à elle-même. Contrairement à mon père, à mon oncle ou à mes grands-parents, elle aurait pu avoir une vie plus facile et plus sûre. Elle avait décidé de devenir la femme de Lotar, un Juif persécuté. Sa famille aurait sans doute préféré qu'elle tombe amoureuse d'un autre homme, quelqu'un qui attirerait moins d'ennuis à leur couple. Pourtant, elle l'avait épousé en 1939, puis une seconde fois en 1942, alors que la déportation des Juifs avait déjà commencé. Beaucoup dans son entourage l'avaient suppliée de ne pas se remarier avec Lotar. De ne pas courir ce risque. Sciemment et courageusement, elle avait foncé tête baissée.

Rien ne l'obligeait à aider son mari ou sa belle-famille. Rien ne l'obligeait à se mettre en danger. C'est pourtant ce qu'elle a fait. Le choix qu'elle a assumé. Et pas une seule fois, mais à plusieurs reprises.

Malgré cela, personne ne m'avait jamais parlé de Zdenka.

J'avais toujours connu Lotar marié à mon élégante tante Věra. Ils vivaient loin de Caracas, dans un hameau suisse, et leur demeure m'apparaissait comme un château de conte de fées avec son jardin, son vieux puits et son majestueux saule pleureur. Lotar était plus grand et plus âgé que mon père. C'était aussi un homme plus doux, jusque dans sa façon de s'exprimer ; il avait des mains comme des battoirs et un sourire timide, mais bienveillant. Věra, avec ses manières gracieuses et ses yeux pétillants, était tchèque elle aussi. Ils avaient eu deux filles, âgées d'une vingtaine d'années de plus que moi : mes cousines Susana et Madla. D'après ce que je savais, Lotar et Věra s'étaient mariés jeunes. Personne ne m'avait jamais dit que mon oncle avait eu une autre épouse avant elle. Quand Madla et moi en avions parlé pour la première fois, à l'occasion de mes recherches, elle m'avait confié ne l'avoir elle-même appris qu'à l'adolescence. Et même à l'époque, ce n'était pas un sujet qu'on abordait dans sa famille.

Les rares souvenirs que mon père a réussi à partager avec moi vers la fin de sa vie ne comportaient pas la moindre allusion à Zdenka. Ce n'est pas étonnant, j'imagine, puisqu'il n'évoquait jamais sa famille en Tchécoslovaquie. Pourtant, le nom de cette jeune femme aurait pu ressurgir dans la conversation durant notre séjour à Prague, en 1990. Mais non.

J'ai demandé à ma mère si elle avait entendu parler de la première femme de Lotar. Elle m'a dit qu'elle était vaguement au courant de cette histoire mais sans se rappeler aucun détail, même pas son prénom. Mon père lui avait parlé du premier grand amour de son frère à Prague, avant la guerre, mais sans plus de précisions.

« Je crois me rappeler qu'il me l'avait décrite comme une femme belle et intelligente. Mais il y avait une sorte de tabou autour d'elle, comme un ressenti négatif lié à sa personne. Elle a survécu à la guerre, mais personne ne voulait parler d'elle. J'ignore pourquoi. »

J'ai plusieurs fois insisté auprès de ma mère pour qu'elle fouille dans ses souvenirs, mais elle n'en savait pas plus. Était-ce juste déplaisant d'évoquer Zdenka comme chaque fois qu'un mariage a mal fini ? Avait-elle été exclue du récit familial parce que son histoire remontait à un passé trop lointain, et que tout le monde avait tourné la page ? Ou y avait-il une autre raison ?

Frustrée par l'absence de réponses, j'ai demandé à ma mère pourquoi mon père répugnait tant à parler du passé. J'avais beau comprendre que c'était peut-être par volonté de m'épargner cette douloureuse histoire, je pensais que sa relation avec ma mère, une femme qu'il avait profondément aimée, aurait pu lui permettre une introspection apaisée de son passé avant et pendant la guerre.

Cela n'avait pas été le cas. J'ai fini par m'apercevoir qu'exiger des réponses de ma mère aujourd'hui, après tout ce temps, et après ce que mes recherches m'avaient permis de découvrir, était injuste envers elle. Je ne pouvais pas l'obliger à sonder ses souvenirs en quête d'une vérité restée taboue durant si longtemps et à rouvrir cette blessure. Cela revenait à lui demander d'entreprendre un périple qui la plongerait au mieux dans la nostalgie et, au pire, dans les regrets. Pourtant, elle a fait de son mieux pour m'aider. Elle m'a confié qu'elle aussi aurait voulu en savoir plus, mais qu'un psychologue lui avait expliqué que les souvenirs de mon père étaient si douloureux qu'il valait mieux les laisser là où ils étaient.

Ma mère n'avait donc jamais osé interroger mon père sur son passé. Cette révélation m'a fait l'effet d'un choc. Comme une évidence, elle a ajouté : « Il disait toujours que la vie, c'était maintenant, au moment présent. Il adorait la technologie et la science-fiction. Son film préféré était *2001 : L'Odyssée de l'espace* de Stanley Kubrick. Il s'intéressait parfois à ce que réservait l'avenir, mais seul le présent comptait pour lui. Le passé n'avait plus sa place. »

Il lui avait peut-être dit, comme à moi, que le passé devait rester derrière nous.

À bien des égards, cette philosophie de la vie était sans doute celle qui lui convenait le mieux. Le passé était perdu pour lui, inaccessible et irrattrapable, contrairement à ses montres qu'il pourrait toujours réparer avec de la patience, du temps et les bons outils. C'est ainsi qu'il avait survécu, qu'il était devenu le père que je connaissais, un homme solide, travailleur, magnanime et visionnaire concentré sur le présent. Pourtant, il avait choisi de conserver et de me léguer les vestiges d'une histoire qu'il avait tout fait pour oublier. Le passé ne comptait-il pas, au moins un peu, dans sa vie ? À certains moments rares et fugaces, il semblait s'imposer à lui de façon poignante. Ma mère l'avait bien vu, elle aussi. Les cauchemars. Les réponses hésitantes. Les tremblements dans ses mains.

« Tu n'as jamais cherché à l'interroger, dans ces moments-là ? lui ai-je demandé.

— Non, jamais. Je voulais vivre au présent avec lui, m'investir pleinement dans notre vie. Je voulais qu'il soit heureux. »

Plus mes recherches avançaient, plus il m'apparaissait que Zdenka était aussi un être solaire qui répandait la joie autour d'elle. C'était une figure clé de l'histoire familiale, une pièce essentielle de la mosaïque que j'essayais de reconstituer. Je ne comprenais pas pourquoi personne ne parlait d'elle. J'étais déterminée à en apprendre davantage sur cette femme intrépide.

Une fois de plus, j'ai fait appel à la fidèle chercheuse qui m'avait aidée à retrouver tous les membres de ma famille tchèque. Nous avons pu retracer le parcours de Zdenka Neumann jusqu'en 1968, date à laquelle elle vivait encore dans le centre de Prague. Nous savions qu'elle était journaliste et écrivaine. Un article qu'elle avait publié en 1967 abordait la question du sexisme et des inégalités sociales entre hommes et femmes avec la franchise caractéristique de cette époque. Nous avons aussi découvert que Zdenka, qui avait entamé des études de droit avant la guerre, avait exercé la fonction de juré. Un autre écrivain, Jaroslav Putík, la mentionnait comme l'une des personnes impliquées dans les demandes de réformes de 1968, durant ce qui prit le nom de Printemps de Prague. Son indépendance, son engagement politique et son courage n'avaient visiblement rien perdu de leur intensité.

Hélas, on ne pouvait peut-être pas en dire autant de son histoire d'amour avec Lotar. D'après le Bureau de l'état civil de Prague, elle avait eu une petite fille prénommée Lucia en décembre 1949 avec un certain Viktor Knapp. Pendant longtemps, ce détail fut le seul élément que nous connaissions de sa vie. Elle aurait eu près de cent ans, de nos jours : il était exclu que je cherche à la retrouver en personne, mais je me demandais si sa fille ou ses éventuels descendants ne pourraient pas m'aider à reconstituer son histoire. Il peut se révéler difficile de suivre le parcours des femmes lorsqu'elles se marient et prennent le nom de leur époux. Si le certificat de mariage disparaît des archives, cette trace disparaît pour toujours. C'est pour cette raison, entre autres, qu'exhumer l'histoire oubliée des femmes est une gageure. Mon amie chercheuse eut beau éplucher toutes les archives, elle ne retrouva pas la moindre trace de Zdenka ou de Lucia après 1968.

Ma cousine Madla se rappelait l'avoir brièvement rencontrée en Suisse, vers la fin des années 1960, peut-être. Zdenka était venue rendre visite à Lotar pour quelques jours. Madla avait vaguement dans l'idée qu'elle vivait avec sa fille en Suisse à l'époque, mais sans en être certaine. Je la pressais de questions lors de chacune de nos conversations, dans l'espoir de ressusciter ses souvenirs. De temps à autre, un détail lui revenait en mémoire, mais c'était toujours un élément trop insignifiant pour nous permettre de rebondir dessus.

« Il faut comprendre que son prénom n'était jamais prononcé chez nous. Ce n'était pas quelqu'un dont parlaient mes parents. Cela mettait ma mère mal à l'aise. La dernière fois que j'ai entendu mentionner Zdenka, c'était dans les années 1970, je crois, et j'étais très jeune. »

Un beau jour, après un déjeuner, alors que nous évoquions sa prochaine exposition de peintures, ma cousine a eu une sorte de fulgurance. Je lui avais confié au début du repas qu'aucun de mes efforts pour retrouver Lucia, la fille de Zdenka, ne semblait aboutir. Madla avait compati, puis nous étions passées à autre chose. Soudain, alors que nous en étions au café, un détail anodin dans la conversation a soudain ravivé sa mémoire.

À l'image des dossiers mal rangés, les souvenirs ne sont pas toujours là où on les attend. Mes questions directes n'avaient rien donné. À force d'interroger les gens, j'ai appris que les interrogatoires détaillés sont rarement efficaces pour exhumer les vieux souvenirs. Nous avons tendance à refaire toujours le même trajet dans nos têtes, voire à tourner en rond, en empruntant des chemins inspirés davantage par nos émotions que par la logique.

Assise devant moi, ce jour-là, Madla me parlait du stress de la date butoir pour finir ses tableaux. Soudain, quelque chose lui est revenu. Elle semblait elle-même stupéfaite en me déclarant soudain : « La fille de Zdenka avait un petit ami, Jiři, qui possédait une galerie d'art en Suisse… Mais oui ! Il m'avait proposé d'exposer mes tableaux, à mes débuts, il y a des années ! »

Madla s'était sentie très touchée par cette proposition alors qu'elle débutait. Elle s'est alors souvenue que sa galerie s'appelait simplement « 9 ». Nous n'avions plus qu'à rechercher Jiři, de la Galerie 9, dans une ville de Suisse.

Quelques heures plus tard, après avoir trouvé le site de la Galerie 9, située à Solothurn, j'étais au téléphone avec le charmant Jiři Havrda, suisse d'origine tchèque. Jiři est également écrivain et documentariste. Quand je lui ai dit que j'étais la nièce de Lotar Neumann, il m'a répondu qu'il voyait très bien qui était mon oncle.

Je n'ai pas eu besoin de lui expliquer grand-chose, à part que je faisais des recherches sur Zdenka. Jiři, qui avait aimé sa fille, semblait connaître tous les membres de ma famille. J'ai tout de suite apprécié cet homme. Il était franc, passionné et généreux. Peut-être lui inspirais-je ce sentiment de complicité que l'on éprouve, parfois, au contact de parfaits inconnus avec lesquels on a envie de s'abandonner à des confidences personnelles. Au bout de quelques minutes, Jiři me racontait déjà son histoire avec la belle Lucia, qu'il me présenta comme son premier grand amour.

Il me décrivit Prague à l'été 1968, sa vie auprès de Lucia et de sa mère, l'intrépide Zdenka. Ils étaient tous les trois très actifs sur le plan politique, participaient à des réunions, militaient pour une société plus libre et ajoutaient leurs voix au concert de critiques à l'égard du régime communiste. Puis, vers la fin août, les Soviétiques et leurs alliés avaient envahi le pays, écrasant par la force tout espoir de changement. Jiři, Lucia et Zdenka avaient fui vers l'ouest et s'étaient retrouvés en Suisse.

Si Jiři semblait content de me parler de sa vie, il semblait plus réticent à me raconter ce qu'il considérait comme l'histoire des autres. D'après lui, il fallait que je contacte Lucia pour qu'elle me parle elle-même de sa mère. Cela risquait de ne pas être simple, a-t-il ajouté, car ils s'étaient perdus de vue. Leur dernière conversation téléphonique remontait à des dizaines d'années ; apparemment, elle était mariée et maman de jumeaux. Il se souvenait vaguement du nom de son mari, mais ignorait comment l'épeler. Les numéros de téléphone suisses avaient changé depuis qu'il avait griffonné le sien, et il nous manquait désormais un chiffre. Pour ne rien arranger, Lucia avait déménagé. Jiři pensait qu'elle habitait peut-être du côté de Bern, sans plus de détails. Il ne savait pas non plus ce qu'était devenue Zdenka. Mais cela ne l'empêcha pas, tel un preux chevalier, de me promettre de tout faire pour m'aider à la retrouver.

Fidèle à sa parole, il me rappela sur mon portable quelques jours plus tard pour m'annoncer qu'il avait épluché tous les annuaires et téléphoné à toutes les personnes portant un nom similaire à celui du mari de Lucia dans le canton de Bern. Tous ses appels ne lui avaient pas forcément valu un bon accueil. « Pour une nation de gens bien élevés, les Suisses peuvent se montrer sacrément déplaisants, a-t-il commenté en riant. Mais bon, victoire ! »

Il avait retrouvé Lucia.

Lorsqu'il lui avait expliqué mon projet de recherches, elle avait accepté de me rencontrer pour me parler de sa mère. Portée par l'enthousiasme de Jiři, j'ai écrit à Lucia le soir même et reçu de sa part un long message enthousiaste et chaleureux. Dès ce premier échange, j'ai compris qu'elle en savait bien plus que moi sur ma grand-mère et ma famille.

En effet, Zdenka était décédée plusieurs années auparavant, mais ses souvenirs lui avaient survécu. Elle avait gardé la mémoire jusqu'au bout et entrepris de coucher par écrit certains épisodes de sa vie durant la guerre. Comme elle les avait rédigés dans son tchèque natal, Lucia passa les quelques semaines suivantes à me les traduire patiemment en anglais. À mesure que ses e-mails tombaient dans ma boîte, je découvrais de nouvelles histoires et de nouvelles photos. Zdeněk, Pišta, et bien d'autres noms que j'avais déjà croisés ailleurs, faisaient aussi des apparitions dans le récit de Zdenka. Lucia se souvenait avoir rencontré certains membres de ma famille et leurs amis au cours des années après la guerre. Sa mère était restée en contact avec eux malgré son départ de Tchécoslovaquie en 1968. Ma prise de contact avec Lucia et ma rencontre indirecte avec Zdenka, à travers la voix de ses écrits et les souvenirs de sa fille, furent pour moi une immense source de joie. Soudain, grâce à la gentillesse de cette femme, je me rapprochais un peu plus de ma famille. Les pièces manquantes du puzzle se mettaient en place.

Les détails qui m'avaient toujours semblé incohérents prenaient enfin tout leur sens.

En 1942, après leur second mariage, Lotar et Zdenka s'étaient installés dans l'appartement réaménagé pour eux par la grand-mère de celle-ci, au quatrième étage du 16, rue Trojanova. Le logement occupait tout un angle de ce grand et bel immeuble de pierre rose, construit par sa famille au siècle précédent dans le quartier de Nové Město. À l'époque, il appartenait entièrement à Zdenka. Il n'était situé qu'à quelques rues des berges de la Moldau, et à distance égale de l'imposante cathédrale orthodoxe Saints-Cyril-et-Méthode, bâtie au XVIIIe siècle. Le quartier était résidentiel et tranquille, comme il l'est encore aujourd'hui. L'appartement était exposé plein ouest, baigné de lumière et assez grand pour leur permettre de ne pas trop sortir. Dans une pièce voisine du salon, la grand-mère de Zdenka avait fait installer une chambre noire pour permettre à Lotar de développer ses photos. Ce fut un véritable nid douillet et rassurant pour le jeune couple. Entre ses murs, ils vécurent relativement en paix.

Hélas, la guerre finit par les rattraper. Fin mai 1942, quelques semaines après la déportation d'Ella, des commandos tchèques assassinèrent Reinhard Heydrich, le plus haut émissaire du Reich au sein du Protectorat de Bohême et de Moravie. Surnommé l'homme au cœur de fer, le bourreau ou le boucher de Prague, il avait été choisi par Hitler et Himmler pour contrôler la population tchèque par la terreur. Ses trois objectifs affichés étaient les suivants : « germaniser » les Tchèques, éradiquer toute forme de résistance et mettre en place la « Solution finale » décidée en décembre 1941.

Heydrich avait largement démontré son efficacité dans l'action. Cinq jours avant son arrivée, à l'automne de l'année précédente, il avait ordonné la fermeture de toutes les synagogues du Protectorat. Deux semaines plus tard, il avait commencé les déportations et ordonné personnellement la première « évacuation » de cinq mille Juifs tchèques vers le camp de Lody. En novembre 1941, il avait contraint le Judenrat à démarrer les déportations vers Terezín. L'avènement du règne de Heydrich marquait le début d'une campagne de brutalité inouïe non seulement à l'égard des Juifs, mais de toute personne refusant de coopérer. Des milliers de dissidents furent ainsi arrêtés, exécutés ou déportés.

En Tchécoslovaquie, plus encore que dans les autres territoires occupés, les nazis se montraient particulièrement efficaces dans leur entreprise de déshumanisation des Juifs, de fragmentation de la société et d'éradication de la résistance. Pourtant, une petite équipe de parachutistes de l'armée tchécoslovaque emmenée par la résistance en exil à Londres avait fomenté l'assassinat de Heydrich, dans le cadre d'une opération secrète baptisée Anthropoid. Leur tentative d'assaut sur sa voiture décapotable pendant le trajet entre son domicile et le château de Prague, siège de la Kommandantur, échoua à cause d'une mitraillette enrayée. Mais ils parvinrent tout de même à le blesser à l'aide d'une grenade ; Heydrich fut conduit à l'hôpital, où il mourut de ses blessures le 4 juin 1942.

La férocité de la réponse allemande fut ahurissante. Les nazis étaient déterminés à traquer les coupables, à punir tous leurs complices et à soumettre le reste de la population tchèque. Cinq jours après la mort du dignitaire, le village de Lidice, faussement accusé d'avoir caché les parachutistes, fut sauvagement détruit.

Les hommes de plus de quinze ans furent abattus, les femmes et les enfants déportés vers les camps. Pour faire bonne mesure, toutes les habitations furent rasées.

Deux semaines plus tard, un transmetteur radio fut retrouvé dans un autre village, Ležáky. Les adultes furent abattus sur place, les enfants déportés, le village entièrement rasé. Selon les chiffres officiels, 1 331 civils furent exécutés au sein du Protectorat entre fin mai et début juillet. Le général Daluege, nommé successeur de Heydrich, déclara que tout individu coupable de complicité ou de non-dénonciation d'un acte d'hostilité envers le Reich serait condamné à la peine de mort. Venir en aide aux Juifs de quelque manière que ce soit était passible du même châtiment. Des avertissements furent placardés dans tout Prague. Des annonces étaient diffusées quotidiennement à la radio et dans la rue au moyen de haut-parleurs. Une récompense de dix millions de couronnes était offerte en échange de toute information susceptible d'aboutir à la traque des assassins. Cette promesse était assortie d'une sombre mise en garde : ceux qui cachaient des informations seraient abattus, ainsi que leurs familles.

La réponse du Reich à l'assassinat de Heydrich annihila tout mouvement de résistance au sein du Protectorat. Cette période épouvantable fut baptisée *Heydrichiáda* par les Tchèques. La Gestapo et la SS éventrèrent la capitale à la recherche des coupables et de leurs complices. Ce fut la plus grande chasse à l'homme de toute la guerre, avec 36 000 maisons fouillées et plus de 13 000 civils arrêtés. À la mi-juin, l'opération se concentra sur Nové Město, la Ville Nouvelle de Prague, où l'on soupçonnait les parachutistes de se cacher. Le 16, rue Trojanova se trouvait en plein cœur de la zone de recherches. Les troupes allemandes envahirent les rues et firent irruption dans des centaines de foyers autour de chez Lotar et Zdenka. Ce climat angoissant acheva de plonger le jeune homme, déjà très inquiet, dans un abîme de terreur. Sa mère venait d'être déportée quelques semaines plus tôt et ils n'avaient toujours pas reçu la moindre nouvelle. Son mariage avec Zdenka avait beau lui offrir une relative protection légale contre la déportation, Lotar, comme son frère, vivait constamment dans la peur. Outrés par l'insubordination des Tchèques, les nazis n'avaient besoin d'aucune excuse pour abattre un Juif ou le jeter en prison. Lotar était aussi conscient du fait qu'il se servait d'une fausse carte d'identité au nom de son ami Ivan Rubeš. Si on retrouvait ses faux papiers en fouillant son appartement, il serait certainement abattu. Zdenka se souvenait d'une nuit où ils avaient été réveillés par les cris des agents de la Gestapo dans la rue. Le martèlement des bottes, les coups frappés aux portes et les ordres aboyés semblaient encore plus proches que d'habitude. La police avait pénétré dans leur immeuble.

Terrifié, Lotar entraîna Zdenka dans la salle de bains, où il avait caché la petite sacoche en cuir contenant ses ampoules de cyanure. Ils restèrent assis dans le noir en s'efforçant de ne pas faire de bruit, mais Zdenka sentit que Lotar pleurait. Elle tenta de le rassurer en lui murmurant que tout allait bien se passer, et qu'ils ne devaient pas baisser les bras. Ils vivaient au quatrième étage, le vacarme provenait des niveaux inférieurs. Impossible de déterminer duquel exactement. Mais il semblait proche.

« Je refuse de renoncer maintenant. Je ne croquerai pas dans cette ampoule. Si tu veux, très bien, mais ce sera sans moi », lui dit-elle.

Zdenka réussit à lui prendre la sacoche des mains et à le convaincre d'attendre encore un peu, au moins jusqu'à ce que les soldats parviennent à leur porte. Les cris et les bruits faisaient trembler le vieil immeuble. Ils restèrent blottis l'un contre l'autre, dans la pénombre de la salle de bains. Puis, aussi brutalement qu'elle s'était déchaînée, la tempête s'arrêta. La Gestapo venait d'apprendre que les coupables se cachaient dans la cathédrale Saints-Cyril-et Méthode, à quelques dizaines de mètres de là, et cessèrent aussitôt les recherches dans l'immeuble.

Le 18 juin, sept cents soldats de la Waffen-SS encerclèrent l'église. Tout espoir de fuite fut anéanti quand ils entreprirent d'inonder la crypte où s'étaient réfugiés les fugitifs en dernier recours. Malgré le niveau de l'eau qui montait, et leur stock de munitions qui s'épuisait, ces derniers décidèrent de ne pas se rendre. Certains se suicidèrent d'une balle ; d'autres croquèrent des ampoules de cyanure. Ce tragique épisode s'acheva. Sauvé une fois de plus par le courage et le sang-froid de sa jeune épouse, Lotar rangea soigneusement ses réserves de poison.

La vie quotidienne devenait de plus en plus difficile, et Otto et ses fils s'efforçaient de faire le moins de vagues possible. Pourtant, Lotar et Hans continuaient à prendre des risques calculés. Malgré la colère de son père, et ses nombreuses promesses du contraire, Hans rentrait toujours en retard après le couvre-feu et passait son temps à faire toutes sortes de bêtises avec Míla et Zdeněk. Lotar se montrait beaucoup plus prudent, mais il lui arrivait aussi de prendre des risques inconsidérés. Il accepta l'invitation d'un ami théâtreux, Erik Kolár, d'aller enseigner dans une école clandestine. Il n'en parla qu'à Zdenka, histoire de ne pas inquiéter son père. L'école était située au deuxième étage d'un immeuble rue Spálená, à quelques minutes à pied de leur appartement.

Erik et Lotar enseignèrent la poésie et le théâtre à une poignée d'enfants juifs qui n'avaient pas encore été déportés. Ils s'efforcèrent de leur offrir un semblant de vie normale, loin de la sombre réalité qui régnait tout autour d'eux. Ils organisèrent même une représentation costumée du conte de fées de Karel Jaromír Erben, *Les Trois Cheveux d'or du vieillard qui sait tout*, un acte de rébellion discrète qui dut leur apporter un beau moment d'évasion.

Le mois d'août apporta enfin de bonnes nouvelles : Ella parvint à leur envoyer une lettre de Terezín. Ce document a survécu jusqu'à nous. Son ton est enjoué, riche de détails. Elle avait réussi à prendre du poids et s'adaptait bien à sa nouvelle vie. Elle essayait de trouver du travail pour ne pas être déportée « vers l'est », dans des camps à la réputation bien pire que Terezín. Elle demandait à sa famille de lui envoyer vingt *bekannte*, un nom de code pour désigner les marks allemands, ainsi que des vêtements et des denrées alimentaires. Elle leur assurait que tout allait bien et qu'ils ne devaient pas s'inquiéter. Mais ce conseil apaisant était suivi d'un autre, plus incisif : ils devaient tout faire pour éviter d'être envoyés à Terezín.

La lettre d'Ella leur apporta un peu de soulagement et d'espoir. Ils en avaient bien besoin, après la vague de terreur qui avait suivi l'assassinat de Heydrich. Ensemble, ils fomentèrent un plan pour entrer en contact avec Ella. Il était difficile de trouver des intermédiaires de confiance, mais certains des gendarmes tchèques du camp pouvaient parfois se laisser convaincre, moyennant pots-de-vin, de servir de messagers ou du moins de fermer les yeux dans certaines circonstances.

La famille mobilisa tout son réseau pour faire parvenir à Ella un colis contenant quelques provisions, de quoi se tenir au chaud et surtout un peu d'argent, bien utile à l'intérieur du camp. La logistique était longue et compliquée à mettre en place : tous les maillons de la chaîne devaient être infaillibles. Les contacts sur place devaient avoir accès au camp et être prêts à courir certains risques. Les préparatifs prendraient des semaines.

Mais la patience n'était pas le point fort de Zdenka. Et quand elle décidait de passer à l'action, nul ne pouvait l'en dissuader. Dès qu'elle apprit qu'Ella se trouvait à Terezín, elle décida de se rendre elle-même au camp pour la trouver. C'était une mission difficile, mais rien n'était impossible aux yeux de Zdenka. À l'époque, elle faisait la navette entre plusieurs de ses proches et avait déjà aidé Lotar à se procurer de faux papiers. Mais ce nouveau défi plaçait la barre encore plus haut.

Zdenka une après-midi, en Tchécoslovaquie,
durant une promenade, vers la fin des années 1930.

Elle interrogea ses amis et demanda conseil à des personnes impliquées dans la résistance. Il était difficile et extrêmement risqué pour une personne non juive d'accéder au camp, même si ça n'avait rien d'impossible non plus. Zdenka couvrit ses cheveux d'un mouchoir, trouva une paire de chaussures de marche confortables et troqua ses jolis tailleurs contre les vêtements les plus quelconques qu'elle put trouver. Elle cousit une étoile jaune sur son plus vieux manteau. Deux options s'offraient à elle, lui avait-on expliqué : elle devrait se faire passer soit pour une prisonnière, soit pour l'une des rares habitantes de la ville voisine autorisées à pénétrer dans le camp pour faire la cuisine et la lessive des SS. Elle choisit la première.

Le plus simple était de se joindre à la mi-journée au groupe de prisonniers qui travaillait dans les champs aux alentours de Terezín. Elle marcherait ensuite avec eux lorsqu'ils regagneraient le camp pour avaler leur soupe du midi. Le camp fortifié avait deux portes principales, surveillées à tour de rôle par des gendarmes tchèques et des soldats SS. Contre toute attente, Terezín était un camp auto-administré, et les personnes chargées de compter les prisonniers dans les champs ou les casernes du camp étaient elles-mêmes juives. Les prisonniers se rendaient aux champs sous la supervision de l'une d'entre elles, un peu plus élevée dans la hiérarchie, et regagnaient généralement le camp pendant la pause déjeuner des SS. Ils rentraient par une porte près du quartier général des gendarmes, lequel, d'après la rumeur, était surveillé par des gendarmes tchèques bienveillants. Il y avait peu de risques que le prisonnier juif en charge du groupe dénonce sa présence ; Zdenka n'avait qu'à se mêler à eux et éviter tout contact avec les SS.

Ses amis bien informés lui avaient montré une carte de Terezín indiquant l'emplacement des entrées et des casernes. Elle parvint à identifier l'ensemble d'édifices comprenant, d'après Pišta, l'endroit où travaillait Ella, ainsi que son dortoir. Zdenka savait à présent comment faire, et où aller.

Elle choisit un jour de semaine et remplit un vieux sac de toile des articles dont sa belle-mère avait passé commande : un pull noir, une robe en laine et un petit pot de confiture. Puis elle se rendit en voiture jusqu'à la ville de Bohušovice. Là, elle emprunta le vélo d'un complice et parcourut les deux kilomètres restants jusqu'à la ville fortifiée de Terezín. Lorsqu'elle aperçut l'unité de travailleurs déployée dans un champ, elle alla cacher sa bicyclette dans une cabane dont on lui avait indiqué l'emplacement. Elle enfila le manteau avec l'étoile brodée et rejoignit les travailleurs jusqu'à l'heure du déjeuner.

Elle pénétra alors dans le camp de Terezín au milieu d'un grand groupe de prisonniers qui poussaient des brouettes remplies d'outils et de sacs de pommes de terre. Comme si elle passait par là tous les jours, elle sourit effrontément en croisant un gendarme armé d'une baïonnette. J'ignore pourquoi personne ne l'a arrêtée. Une fois à l'intérieur de l'enceinte, elle mit le cap vers les ateliers et finit par trouver Ella. Zdenka n'avait que très peu de temps avant de retourner aux champs avec les travailleurs agricoles de l'après-midi, sans quoi elle ne pourrait pas quitter le camp ce jour-là. Dans le récit écrit qu'elle en a fait plus tard, Zdenka décrit son audacieuse épopée comme un jeu d'enfant. La réalité est qu'il existe très peu de témoignages historiques d'intrusions clandestines à l'intérieur de Terezín.

Bien des décennies plus tard, une Zdenka plus âgée se remémorerait ainsi ses retrouvailles avec Ella : « Enfin réunies, nous nous sommes touché le visage l'une l'autre, incrédules, nous nous sommes étreintes, nous avons parlé et pleuré. De joie et de chagrin. »

Quelques jours après la visite de sa belle-fille, Ella écrivit à Otto et à ses fils :

Ces retrouvailles avec ma Zdenka adorée m'ont rappelé tant de beaux souvenirs et de joie que je suis sortie de mon apathie. Aujourd'hui, je retourne au travail et je retrouve espoir. Vous me manquez terriblement. Je ne vis que pour vous, j'espère que nous tournerons bientôt la page et que tout cela n'aura pas été en vain. Je n'aurais jamais pensé avoir autant de courage en moi. Je m'entends bien avec tout le monde et avec personne... Je n'avais jamais vu autant d'horreurs de toute ma vie et je crains de ne pouvoir les oublier tant que je vivrai... Mieux vaut que vous ne soyez jamais exposés à pareille détresse humaine... mais dans le cas contraire, veillez à prendre dans votre bagage à main nourriture, saindoux, savon, médicaments, vêtements chauds, etc.

Grâce à la fidèle et intrépide Zdenka, qui n'avait pas hésité à risquer sa vie, les Neumann avaient de nouveau, quoique temporairement, une raison d'être heureux.

9

Vyreklamován

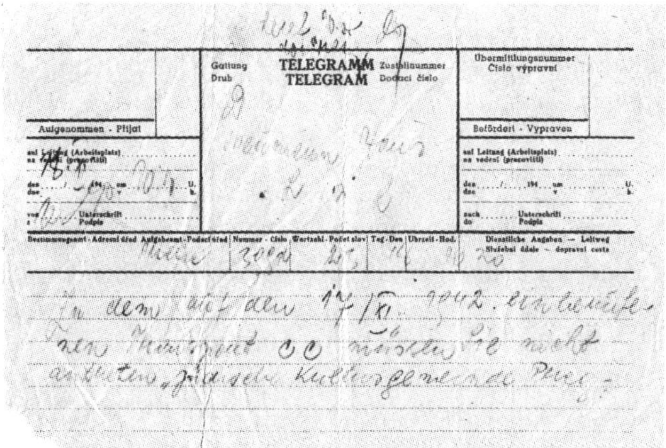
TELEGRAMM
TELEGRAM
Gattung
Druh
Zustellnummer
Dodací číslo
Übermittlungsnummer
Číslo vypravení
Aufgenommen - Přijat
Befördert - Vypraven

Un fragile morceau de papier portant le mot *Télégramme* était rangé dans la boîte que mon père m'avait léguée. Il est bruni par le temps, et l'un de ses coins a été arraché. La date sur le côté gauche indique 18 novembre 1942. Le destinataire est Hans Neumann. Le message manuscrit, rédigé en allemand et à moitié effacé, est difficile à déchiffrer, mais on aperçoit tout de même les mots

« *Transport CC* » ainsi qu'une date, 17 novembre 1942, soit la veille de l'envoi du télégramme.

Le 12 novembre, un deuxième avis de déportation avait été envoyé à la maison de Libčice. Cette fois, Otto et Hans étaient sommés de se présenter à la gare de Bubny cinq jours plus tard. À nouveau, ils avaient moins d'une semaine pour prouver que leur présence était indispensable à Prague.

Cette fois, Otto et ses fils connaissaient la chanson. Ils s'activèrent fébrilement à envoyer des lettres, à passer des coups de téléphone et à supplier toutes les personnes susceptibles de les aider. Ils sollicitèrent une nouvelle fois leurs employeurs respectifs afin qu'ils leur signent des lettres d'appui. Hans réussit à en obtenir une de son patron à l'usine František Čermák. Chez Montana, Karl Berger, le curateur mis en place par le Reich, avait quitté son poste pour rejoindre l'armée allemande ; il avait heureusement été remplacé par un Tchèque plus conciliant, Alois Francek. Tout à fait disposé à aider les Neumann, celui-ci avait tapé une lettre officielle pour expliquer que la présence d'Otto était essentielle à ses côtés. Histoire de ne pas perdre une minute, Lotar avait lui-même apporté les deux documents aux bureaux du Conseil juif pour les remettre en main propre à leur ami Pišta.

Cette fois, hélas, leurs efforts furent en pure perte. Ils n'eurent pas la moindre réponse. Le week-end précédant la date de la convocation, Lotar et Zdenka se rendirent en voiture à Libčice pour organiser la suite des événements. Míla, la petite amie de Hans, ainsi que Zdeněk, arrivèrent par le train. Ils l'entourèrent de poésie, de bonnes blagues et lui apportèrent une bouteille d'alcool de prune que la mère de Zdeněk avait réussi à se procurer. Au moment de repartir, ils rappelèrent à Hans qu'il n'était pas encore trop tard pour faire rayer son nom de la liste et promirent de lui rendre visite où qu'il aille, comme s'il attendait une simple affectation de l'armée.

Le lundi passa, sans la moindre nouvelle des autorités. Les Neumann avaient entendu dire que les jeunes gens robustes avaient davantage de valeur aux yeux des nazis. Les personnes vulnérables étaient aussitôt mises de côté. Il était essentiel d'apparaître en bonne santé et apte au labeur. La veille du départ, M. Novák, l'un des cadres de l'usine Montana, s'arrangea pour faire venir son cousin, coiffeur, à la maison de campagne de Libčice. L'homme reçut pour instruction de teindre les cheveux gris d'Otto dans une teinte châtain foncé afin qu'il paraisse plus jeune que ses cinquante-deux ans. Otto et Hans n'avaient pas oublié les recommandations d'Ella dans sa toute première lettre de Terezín. Ils emplirent leurs valises de vêtements chauds et mirent leurs effets personnels indispensables dans leurs bagages à main. Dans le cas d'Otto, cela comprenait notamment le flacon de teinture capillaire donné par le coiffeur.

Père et fils se rendirent au point de rassemblement au petit matin, le mardi 17 novembre 1942. Ils portèrent leurs valises à travers un raccourci de petits sentiers jusqu'à la gare de Libčice. Ils montrèrent leurs permis de transport tamponnés par les nazis et montèrent à bord du train pour Prague. Zdenka et Lotar les retrouvèrent sur place, et le petit groupe se mit gravement en route vers le Palais des Foires de Bubny, là où, quelques mois auparavant, Ella avait dû faire ses adieux.

Otto interdit à Lotar et Zdenka de s'approcher de l'entrée du site. Ils avaient entendu des histoires de personnes déportées par les gardes SS alors qu'elles étaient juste venues accompagner leurs proches. J'imagine mon oncle Lotar observant la scène de loin, soutenu par Zdenka mais brisé par la culpabilité et le chagrin, tandis que les silhouettes familières de son frère et de son père disparaissaient parmi la foule. Certains détails devaient lui sauter aux yeux. La démarche sautillante de Hans avait sans doute été remplacée par le pas plus mesuré d'un homme effrayé. Les cheveux d'Otto étaient presque noirs, et son allure imposante ployait sous le poids de ses bagages et de l'anxiété.

Lotar était inconsolable, mais la journée du lendemain lui apporta une nouvelle inespérée de la part de Pišta. Par miracle, ils avaient réussi à rayer Hans de la liste. Il pouvait être *vyreklamován*, ou « récupéré » du convoi. Les Anciens de Prague n'avaient en revanche rien pu faire pour son père. Il était trop vieux pour être considéré comme essentiel à l'effort de guerre. Otto devrait entreprendre le long voyage qu'ils avaient tout fait pour lui éviter. Mais Pišta se proposait d'aller récupérer Hans lui-même à Bubny.

Le télégramme que j'ai retrouvé avait été envoyé par le Judenrat le 18 novembre 1942, soit le lendemain de la convocation de Hans et Otto. Il était rangé dans la boîte de mon père, au côté d'un document du ministère de l'Armement du Reich à Prague stipulant que le travail du Juif Hans Neumann à l'usine Čermák avait été jugé indispensable à l'effort de guerre.

Armé de cette décharge officielle et d'un message personnel rédigé à l'intention d'Otto, Pišta se rendit au point de rassemblement. Dans sa lettre, Pišta exhortait Otto à puiser force et courage dans ses retrouvailles prochaines avec Ella. Il l'assurait de son amitié et lui souhaitait bonne chance pour le périple qui l'attendait.

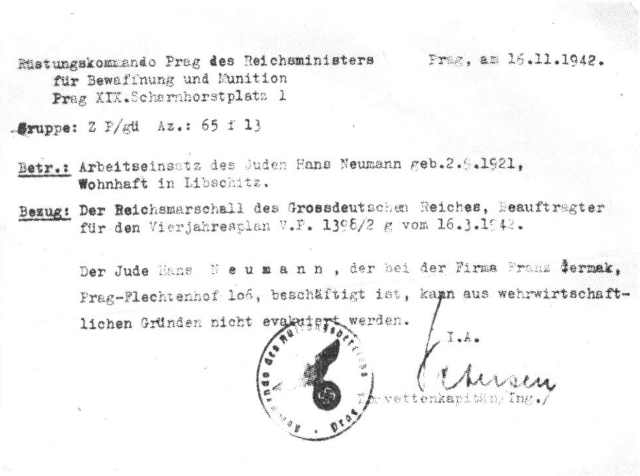

Rüstungskommando Prag des Reichsministers für Bewaffnung und Munition
Prag XIX. Scharnhorstplatz 1

Prag, am 16.11.1942.

Gruppe: Z P/gü Az.: 65 f 13

Betr.: Arbeitseinsatz des Juden Hans Neumann geb. 2.9.1921, Wohnhaft in Libschitz.

Bezug: Der Reichsmarschall des Grossdeutschen Reiches, Beauftragter für den Vierjahresplan V.P. 1398/2 g vom 16.3.1942.

Der Jude Hans N e u m a n n , der bei der Firma Franz Čermak, Prag-Flechtenhof 106, beschäftigt ist, kann aus wehrwirtschaftlichen Gründen nicht evakuiert werden.

I.A.

Korvettenkapitän/Ing./

Il concluait en disant qu'Otto devait continuer à lui faire confiance, avant de signer « Pištek », le surnom affectueux qu'il lui avait donné. Quand j'ai retrouvé cette lettre dans l'une des boîtes, soixante-dix ans plus tard, il était clair que celui qui l'avait rédigée était consumé par le constat désespéré de son impuissance.

*

Après avoir reconstitué l'épisode de la gare de Bubny, j'en ai parlé à Ignacio, mon demi-frère né du premier mariage de ma mère. Il m'a alors raconté un lointain souvenir d'adolescence associé à mon père : un jour, ce dernier lui avait montré un pistolet qu'il gardait dans son bureau. À l'époque, le Venezuela connaissait une vague importante de kidnappings. Je me souviens qu'en plus de renforcer la surveillance autour de la maison, mon père s'était mis à se déplacer partout avec un petit revolver fixé à sa cheville. Ignacio avait été stupéfait de l'entendre lui révéler que l'arme ne servait pas uniquement à repousser les agresseurs. Mon père l'avait regardé droit dans les yeux avant de lui expliquer calmement qu'il ne devait en parler à personne, mais que ce revolver contenait une balle spéciale destinée au garde qui l'avait séparé de son père à la gare à Prague. Cette arme à feu et cette déclaration semblaient totalement incongrues pour un homme tel que lui, toujours calme et tempéré, jamais du genre à élever la voix. Sur le moment, Ignacio n'avait pas compris ce que son beau-père voulait dire ; effrayé par le revolver et par ces propos bizarres, il avait préféré ne pas insister. Il avait tenu parole et gardé le secret, jusqu'à oublier plus ou moins cette anecdote au fil des années. Quand j'en ai parlé à ma mère, elle s'est rappelé que mon père lui avait en effet raconté son sauvetage in extremis d'un convoi nazi dans une gare. Consciente qu'il s'agissait d'un souvenir traumatisant, elle n'avait pas cherché à en savoir davantage. Elle sentait qu'il en avait gardé un terrible sentiment de culpabilité.

Hans et Otto avaient été convoqués au point de rassemblement le 17 novembre à 8 heures du matin. Ils s'étaient fait enregistrer par les autorités de Bubny, avaient fait la queue devant les bureaux et rempli les monceaux de formulaires nécessaires à leur déportation. Hans avait passé la journée et la nuit auprès de son père dans des conditions épouvantables, entassés à même le sol, comme le millier d'autres personnes convoquées avec eux. À un moment donné, Pišta s'était rendu à Bubny avec l'avis de *vyreklamován* officiel du Reich et sa lettre pour Otto. Il n'avait pas le droit d'entrer dans la zone où le père et le fils attendaient avec leurs bagages ; c'est donc un garde SS qui leur apporta la nouvelle. Il ne leur laissa même pas vraiment le temps de se dire au revoir. Il ordonna à Hans de rassembler ses affaires, et l'emmena dehors. Le jeune homme n'eut pas d'autre choix que d'obéir et de s'arracher à son père, qui serait donc déporté seul.

Hans fut sauvé, et Otto resta à la gare. Ce soir-là, ils se réunirent tous les quatre – les deux frères Neumann, Pišta et Zdenka – pour discuter des maigres consolations qui leur restaient. Lotar était protégé par son mariage, mais nul ne savait pour combien de temps encore. Il pouvait continuer de travailler à l'usine Montana. Si les Juifs dans sa situation étaient convoqués à leur tour, ils étaient certains que le compréhensif *treuhänder* de Montana, Alois Francek, réussirait à convaincre les autorités de la nécessité de sa présence à l'usine. Hans ferait le plus d'heures supplémentaires possible afin de conserver son poste chez Čermák. Lui aussi avait besoin de se rendre indispensable. Ils prendraient soin les uns des autres. Ils tâcheraient de faire profil bas, de se montrer prudents et raisonnables. Ils ne feraient confiance qu'à une poignée d'amis triés sur le volet. Grâce à Zdenka, ils feraient parvenir des colis à Terezín, et ils mobiliseraient tout leur réseau pour éviter que leurs parents soient déportés plus loin vers l'est.

La famille livrait désormais bataille sur deux fronts : s'assurer que Hans et Lotar puissent continuer à vivre à Prague, et qu'Otto et Ella restent détenus dans de bonnes conditions à Terezín. Lotar rappela à son frère les paroles que leur père avait prononcées quelques semaines plus tôt : le moindre écart pouvait leur être fatal, ainsi qu'à leurs proches. Hans devait absolument en tenir compte, lui qui avait tendance à se montrer trop insouciant. Otto avait toujours été la principale figure d'autorité auprès de son fils cadet, mais c'était maintenant au tour de

Lotar d'essayer de lui mettre du plomb dans la tête. Hans avait de la chance de rester à Prague. Certes, son patron le soutenait, mais il devait impérativement cesser ses bêtises avec son ami Zdeněk et résister à la tentation de prendre des risques inutiles.

Dieu sait comment, au dos de la lettre que Pišta lui avait transmise, Otto parvint à griffonner un message pour ses fils et à le leur envoyer depuis le centre de Bubny, le 19 novembre :

> *Jusqu'ici, tout va bien. Nous avons chargé nos bagages à bord du train et nous partons demain. J'ai réussi à identifier quelqu'un susceptible de m'aider à Terezín. Je vais encore passer une nuit blanche, car il est impossible de dormir ici. J'espère que ça ira mieux à Terezín. Ne vous inquiétez pas pour moi, je m'adapterai. Je vous embrasse de tout mon cœur.*

Otto partit pour Terezín le lendemain matin.

*

Alors que mes recherches touchaient à leur fin, j'ai pris la décision de me rendre à Terezín. J'ai d'abord considéré que je devais y aller seule, mais j'ai été soulagée quand mon mari et mes enfants se sont portés volontaires pour m'accompagner. Ma mère, qui habite à New York, m'a annoncé qu'elle tenait à venir pour soutenir ses petits-enfants. Sa sœur, ma tante, qui m'avait aidée à lire la correspondance familiale et en savait autant que moi sur Otto et Ella, avait aussi clairement sa place parmi nous. Le Dr Anna Hájková, enseignante à la Warwick University, dont les connaissances sur le camp de Terezín m'avaient été particulièrement utiles, proposa de nous servir de guide pour nous aider à retrouver l'endroit où avaient vécu mes grands-parents. Son compagnon, un architecte qui ne s'était encore jamais rendu sur place, se joignit également à nous.

Cette petite troupe hétéroclite de voyageurs français, vénézuéliens, américains, britanniques et tchèques, âgés de douze à soixante-seize ans, s'est donc retrouvée à Prague par un brumeux dimanche matin d'octobre 2018. Nous avons fait le trajet en voiture jusqu'au camp, tous un peu groggy de sommeil, mais anxieux pour diverses raisons.

Après une heure d'autoroute, nous nous sommes engagés dans la campagne. Nous avons emprunté la voie d'accès qui enjambait les douves et franchi l'une des entrées percées dans les fortifications de briques rouges. La brume matinale s'était levée, et le soleil nappait la pierre brune des édifices d'une lumière très belle pour la saison. Nous nous sommes arrêtés et nous sommes engagés à pied dans une rue silencieuse, emmenés par le Dr Hájková.

À première vue, Terezín ressemble aux innombrables villes historiques d'Europe centrale, avec sa place rectangulaire bordée de majestueux édifices, son église et son hôtel de ville. La place était recouverte de gazon un peu sec après un long été, mais bien entretenu. Nous nous sommes aperçus que nous étions presque seuls. Les rues étaient vides, les fenêtres assombries. Hormis de rares passants, et quelques clients attablés au seul petit café ouvert, la ville était quasiment déserte.

Du temps où Terezín était un camp de concentration, l'église était fermée à clé et ses cloches ne sonnaient jamais, mais la ville ne connaissait pas le silence. Elle était monstrueusement surpeuplée, avec des gens entassés partout, dans les chambres et les greniers.

Cette place était entourée de fils barbelés et on y avait érigé des tentes servant d'ateliers couverts aux prisonniers qui martelaient, sciaient, nettoyaient et cousaient à l'intérieur. Ces rues parfaitement perpendiculaires grouillaient de monde, et les barreaux métalliques à chacune des fenêtres devaient encadrer les visages de ceux et celles qui se penchaient au-dehors pour voir autre chose que les confins étouffants de leur caserne.

Nous marchions en écoutant parler le Dr Hájková. Mes enfants me tenaient la main à tour de rôle. Le surpeuplement, la maladie, la faim et la misère étaient les principaux facteurs de mort parmi les prisonniers. Ancienne ville de garnison conçue pour héberger 4 000 personnes, le camp de Terezín en contenait près de 60 000 en septembre 1942. Plus de 140 000 Juifs y furent déportés tout au long de la guerre. La moitié d'entre eux provenait du Protectorat de Bohême et de Moravie ; le reste était originaire d'Allemagne, d'Autriche, et d'autres territoires d'Europe centrale ou du Nord. Seul un dixième d'entre eux survécut.

À mesure que l'on se dirige vers la périphérie, en direction du crématorium beige et gris, ou de la zone baptisée Petite Forteresse et abritant une prison de la Gestapo, on découvre des sculptures en hommage aux victimes. Une ménorah de pierres. Un champ de tombes autour d'une Étoile de David. Autant de sombres hommages à tous ceux qui ont perdu leur vie en ces lieux ou marqué une simple halte avant de poursuivre leur funeste périple vers l'est.

Deux des bâtiments servent aujourd'hui de musée. Le visiteur peut voir des reconstitutions des casernes, avec leurs couchettes rudimentaires serrées les unes contre les autres. Des photographies et d'étonnantes œuvres produites par les prisonniers de Terezín sont exposées dans des vitrines. Chacun de ces croquis aux lignes anthracite évoque les événements qui se sont déroulés ici. On y perçoit un désespoir écrasant. Et pourtant, d'improbables notes d'espoir s'en dégagent aussi, comme les musiciens qui continuent à jouer, et même à composer, les poètes qui trouvent encore l'inspiration et les artistes qui dessinent ou peignent ces scènes. Quelle ironie que l'art se soit mis au service de l'horreur de Terezín ! L'esprit humain n'a jamais cessé de se battre et de produire des œuvres poignantes en ce lieu conçu justement pour l'annihiler. Norbert Frýd, un directeur de théâtre tchèque et survivant de Terezín, où il fut déporté en août 1943, a écrit :

> Si Terezín n'était pas l'enfer sur terre, comme Auschwitz, c'en était l'antichambre. Mais la culture y était encore possible, et pour beaucoup, le fait de s'y raccrocher désespérément, comme à une hypertrophie de la culture, était l'ultime promesse. Nous sommes des êtres humains, et nous le restons, en dépit de tout le reste !

Sans surprise, la plupart des familles qui vivaient à Terezín avant la guerre sont parties s'installer ailleurs, et personne ne les a remplacées. D'après les chiffres officiels, il reste encore quelques milliers d'habitants aujourd'hui ; le jour de notre visite, les lieux nous ont paru bien plus déserts. À l'exception de quelques-uns, tous les bâtiments semblent à l'abandon. La ville a l'air décimée, sans âme. Pourtant, en arpentant les sentiers de gravillons situés entre les casernes où vivaient mes grands-parents, je les entendais presque prononcer les mots écrits dans leurs lettres. Il ne s'agissait pas d'ânonnements désespérés. Ce qui avait survécu d'eux, ce qui résonnait en moi, c'était leurs rêves, leurs descriptions de ces moments de répit heureux ou de petites frustrations ordinaires, ces menus détails qui me permettaient d'entrevoir leur personnalité, dans quelles conditions ils vivaient et comment, malgré tout, ils continuaient à espérer et à aimer.

Ce jour-là, à Terezín, en levant les yeux vers les bâtisses de pierre brune, j'ai eu le sentiment de voir leurs silhouettes penchées vers moi derrière les barreaux des fenêtres. Mon regard s'est attardé une longue seconde avant que je me rappelle que la lumière aime jouer des tours et créer des ombres, surtout lorsqu'elle se fraye un chemin à travers des dizaines d'années de crasse accumulée sur une vitre.

Terezín était un camp de concentration, soit une autre strate dans la minutieuse stratégie mise au point par les nazis. La première étape avait consisté à exclure les Juifs de la société, avant d'en faire une main-d'œuvre temporaire dans des camps de travail, puis de les envoyer dans les camps de la mort. Terezín n'était pas un camp d'extermination, comme Auschwitz ou Dachau. On en parle parfois comme d'un ghetto, mais ce mot peine à décrire les crimes abominables qui y furent commis. Même en l'absence de chambres à gaz, trente-quatre mille personnes périrent de faim et de maladies. Terezín est souvent décrit comme un camp « modèle » parce qu'il servait la propagande nazie. Il comportait une banque, un bureau de poste et un hôpital. Cela n'empêchait pas les prisonniers d'être malnutris et maigres ; compte tenu du surpeuplement et des mauvaises conditions d'hygiène, les maladies proliféraient. L'hôpital était opérationnel et les soins y étaient assurés par d'excellents médecins, eux-mêmes déportés de toute l'Europe. La banque et le bureau de poste, en revanche, n'étaient que de simples façades. Les prisonniers avaient des comptes en banque nominatifs et touchaient une rémunération pour leur travail, mais les billets de banque de Terezín, frappés d'un portrait de Moïse, n'avaient presque aucune valeur, hormis pour acheter des places aux concerts ou aux pièces de théâtre organisés par les prisonniers. Le bureau de poste pouvait permettre la réception de certaines lettres et de petits colis, qui étaient systématiquement ouverts et vérifiés, mais il ne servait qu'à l'expédition de cartes postales lues et censurées par les SS. Seuls les messages envoyés par les canaux clandestins disaient la vérité sur les conditions de vie au camp.

Les nazis avaient naturellement le contrôle absolu, mais ils mirent en place un Conseil des Anciens auquel ils déléguèrent l'administration du camp. Comme à Prague, il s'agissait d'une structure administrative rassemblant des membres respectés de la communauté juive ; ils étaient chargés de l'organisation du travail, de certains services municipaux, de l'application des ordres et, surtout, de la préparation des listes en vue des convois de déportation. Uniquement constitué de prisonniers, le Judenrat de Terezín fonctionnait comme tous les autres Conseils juifs à travers l'Europe. Ses membres et leurs familles bénéficiaient d'une certaine protection, mais bien fragile. La manœuvre était habile puisqu'elle donnait l'illusion que les Juifs restaient maîtres de leur destin, tout en les montant les uns contre les autres. Refuser de participer à cette mascarade était tout bonnement exclu. À mesure que la déportation de la population juive du Protectorat se poursuivit, le centre du pouvoir passa peu à peu du Conseil de Prague aux différents Conseils de chaque camp.

Quand mes grands-parents arrivèrent en 1942, Jacob Edelstein était à la tête du Judenrat de Terezín. D'après les témoignages de l'époque, il était persuadé, du moins au début, que si les Juifs de Terezín travaillaient dur et montraient leur vraie valeur aux nazis, ils auraient la vie sauve. Tous les prisonniers âgés de seize à soixante-cinq ans étaient contraints de travailler. Les hommes étaient employés dans les ateliers, sur les chantiers, dans les champs ou les mines alentour. Les femmes étaient plutôt orientées vers les travaux agricoles, la préparation des repas, les travaux de couture, les soins médicaux et le ménage. Les postes étaient organisés selon une certaine hiérarchie. Certains étaient particulièrement prisés, surtout ceux offrant une relative liberté loin de la surveillance constante des SS, un peu d'intimité, un meilleur accès à la nourriture ou une forme de protection quelconque contre les déportations.

Mes grands-parents espéraient que Pišta, à Prague, pourrait les recommander personnellement au Judenrat de Terezín. Mais comme eux, des milliers d'autres prisonniers espéraient obtenir une faveur particulière de la part des membres du Conseil des Anciens pour adoucir leurs conditions de détention.

En 1942, avec Otto et Ella internés à Terezín, la famille réussit à établir un canal clandestin pour leur faire parvenir des vêtements, de la nourriture et autres éléments utiles à la vie au sein du camp. Ils réussirent à s'assurer les services d'un gendarme tchèque et d'une habitante des environs. Chaque fois qu'un paquet arrivait, une ou deux lettres sortaient du camp.

Contrairement à la correspondance « officielle » envoyée du bureau de poste à seule fin de propagande, les lettres d'Otto et Ella n'étaient limitées ni dans leur longueur, ni dans leur contenu. N'ayant toutefois aucune assurance que leurs missives seraient bien lues par leurs destinataires, ils recouraient à des mots clés ou à des initiales pour évoquer certaines personnes ou des articles de contrebande. *Bekannte*, le mot allemand signifiant « une connaissance », renvoyait aux marks allemands. Il y avait de constantes allusions au prix fluctuant du « Robert » ou du « Roberty », sans doute une devise étrangère – des francs suisses, peut-être. On évoquait aussi souvent le « gentil monsieur », à l'évidence un gendarme tchèque complaisant, et « Mme Rosa », une blanchisseuse qui pouvait facilement entrer et se déplacer à l'intérieur du camp. Ils ne citaient jamais leurs vrais noms afin de protéger leurs complices.

Grâce à ces lettres, et au récit écrit de Zdenka, nous connaissons le mode opératoire établi par la famille : un paquet était envoyé à la gare de Bohušovice, à deux kilomètres de Terezín. Là, un intermédiaire de confiance venait le récupérer et l'apportait, caché au fond d'une brouette, jusqu'au camp. L'opération présentait un grand risque pour toutes les personnes impliquées. Si Mme Rosa ou le « gentil monsieur » s'étaient fait prendre la main dans le sac, le châtiment aurait été sévère. Pour Otto et Ella, les conséquences auraient été bien pires.

En janvier 1942, neuf hommes avaient été pendus à Terezín. Leur seul crime avait été d'envoyer des lettres clandestinement à leurs familles. Les SS avaient orchestré ces exécutions publiques histoire de faire un exemple. Envoyer ou recevoir quoi que ce soit constituait un risque pour tous les maillons de la chaîne. Mais c'était un lien physique et émotionnel important entre les détenus et leurs familles. Lotar, minutieux et méthodique, notait le contenu de chaque paquet envoyé à ses parents. Dans sa boîte, celle que m'avait donnée Madla, j'ai retrouvé l'inventaire de ces quatre-vingts envois : viande fumée, sucre, Ovomaltine, beurre, savon, piles pour lampe de poche, cirage à chaussures et bonbons au chocolat sont les articles qui reviennent le plus souvent. La boîte de Lotar contenait également les dizaines de lettres écrites par mes grands-parents à leurs fils. Ces missives détaillaient leurs pensées, leurs émotions et leur quotidien à Terezín ; elles leur permettaient aussi de demander de la nourriture, des vêtements, de l'argent, et de transmettre des messages d'autres prisonniers à leurs familles. En tant que documents d'époque, elles nous apportent un compte rendu de première main et sans concession sur la vie à l'intérieur du camp. À un niveau plus personnel, elles m'offrent aussi un aperçu intime de la personnalité des grands-parents que je n'ai jamais connus.

Dans une lettre à ses enfants, ses *adorés*, datée du mois d'octobre, Ella se voulait rassurante sur ses conditions de vie en expliquant qu'elles étaient meilleures que celles de beaucoup d'autres, au point de susciter des jalousies. Elle avait, disait-elle, la chance de travailler comme femme de ménage auprès d'un Tchèque appartenant aux rangs supérieurs de la hiérarchie de Terezín en sa qualité de contremaître de l'atelier de menuiserie. Cela lui permettait de bénéficier indirectement du train de vie de son employeur, ainsi que de son réseau d'influence, et de garder l'espoir que « *tout se passera bien, sans ces convois vers l'est* ». La plupart des prisonniers de Terezín n'apprendraient que bien plus tard les conditions exactes de ces déportations, mais des rumeurs circulaient.

Ella faisait le ménage et la cuisine pour l'ingénieur František Langer, ou *Ing. L.*, comme elle l'appelait dans ses lettres. Il vivait seul et bénéficiait d'un logement de plusieurs pièces à proximité des ateliers. Ella pouvait ainsi garder certains de ses effets personnels à l'abri des occupants de son dortoir, qu'elle devait regagner tous les soirs. Les salles d'atelier lui offraient de précieux espaces d'intimité. Dans une troisième lettre de novembre 1942, elle décrit sa surprise d'apercevoir Otto, sa joie de le retrouver et sa peine profonde de le voir lui aussi subir les malheurs du camp. Elle se sentait plus forte et mieux aguerrie à leurs épouvantables conditions de vie, étant déjà familière de « *ces terribles secrets* ».

Ella annonçait également à ses fils qu'elle avait réussi à se procurer un certificat très demandé, « *au prix de beaucoup d'efforts* », pour permettre à Otto de travailler comme ingénieur chimique et réduire le risque qu'il soit déporté vers l'est.

D'autres membres de la famille étaient aussi internés à Terezín cet automne-là. À son arrivée, Ella était tombée sur Rudolf et Jenny Neumann, les parents d'Erich et Ota. Rudolf Pollak, le veuf de Martha, la sœur d'Ella, était là avec ses filles Hana et Zita, ainsi que sa seconde épouse Josefa et leur fils adolescent, Jiři, un jeune poète. Certains des poèmes de Jiři Pollak sont conservés encore aujourd'hui aux archives du Musée juif de Prague.

Se retrouver et s'entraider ne devait pas être une chose simple au milieu de soixante mille autres personnes réparties selon leur âge et leur sexe, mais le fait d'apercevoir un visage familier dans la solitude et la tristesse de cette foule devait apporter un semblant de réconfort.

La première lettre d'Otto, rédigée en décembre, était d'une teneur extrêmement sombre : Ella avait reçu un *Weisung* de la police, autrement dit un avis de déportation avec sursis. Les *Weisung* étaient distribués en cas d'infractions (fumer, posséder des objets prohibés ou se soustraire à un convoi) et il fallait à tout prix éviter d'en recevoir. D'après certaines rumeurs, c'était la mort assurée au bout du voyage. Otto ajoutait : « *On ne se voit pas beaucoup. Elle me manque.* » Il dressait soigneusement l'inventaire de tout ce dont il avait besoin : du Roberty sous toutes les formes possibles, un briquet, des piles, des vêtements, du cirage à chaussures ou de la teinture pour cheveux, du savon et, bien sûr, de la nourriture. Sa lettre contenait aussi cet avertissement :

> *... ne pas attendre de nouvelles régulières... c'est le chaos et la folie... il n'y a même pas de quoi se nourrir à moitié et celui qui n'a pas accès à des suppléments est condamné à mourir de faim dans l'indifférence. Les conditions d'hébergement et d'hygiène sont comparables à celles des prisonniers de guerre... Ici, l'homme devient un animal égoïste et désespéré qui n'a pour unique obsession, au mépris de ses compagnons d'infortune ou même de ses plus proches parents, que de récupérer quelques miettes.*
>
> *Dans le court laps de temps depuis notre séparation, j'ai déjà oublié tout ce que j'ai laissé derrière moi avec vous, et ce qui me semblait important paraît maintenant absurde... Je sais que vous ne me comprendrez pas, de même que moi, aujourd'hui, je ne comprends plus la vie que j'ai quittée avec vous... J'ai l'impression de vivre un rêve horrible... « Profitez bien de la vie », ces mots ne prennent tout leur sens que pour quelqu'un qui a basculé aussi bas dans l'humiliation que moi... Ne vous inquiétez pas pour moi... Je m'efforce activement de me sortir des difficultés initiales – espérons qu'elles le restent – et*

de m'adapter aux conditions de vie irréelles de cet endroit. Tâchez de vous montrer patients avec moi, mon cerveau ne fonctionne pas avec la même acuité que dans des circonstances normales. Si je manquais à vous écrire, ce serait sous l'effet de la peur et rien d'autre. Pensez à moi le moins possible... La vie d'il y a quatorze jours a disparu dans le néant.

Lotar et Hans ont dû ressentir une tristesse immense en découvrant la première lettre d'Otto. Cette tristesse était encore présente un demi-siècle plus tard, quand mon père avait sangloté près de la gare, ses doigts accrochés au grillage. Ces quelques mots prononcés en 1990 – « C'est ici que nous nous sommes dit au revoir » – m'avaient donné une idée de la douleur de cette séparation et des mois d'angoisse qui avaient suivi. Mais leur sens exact ne m'aura été révélé que vingt-cinq ans plus tard.

Un ticket en papier très fin était conservé parmi les souvenirs de mon père. Il mesure 8,5 cm de long sur 6 cm de large ; c'est de loin le plus petit document conservé dans la boîte. Les lettres « CC » sont inscrites à l'encre rouge dans une case. En dessous apparaît le nom de mon père. Le ticket porte le numéro 449, imprimé en très gros chiffres.

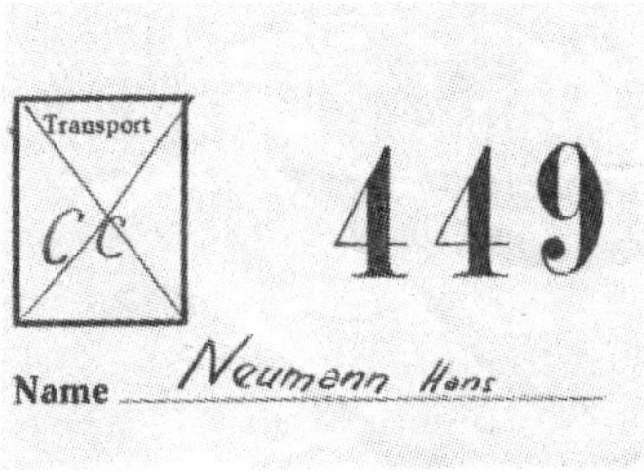

Je sais aujourd'hui qu'Otto est parti pour Terezín à bord du convoi immatriculé « CC » et que son numéro de transport était le 448. Sauvé à la dernière minute, Hans avait conservé son ticket. Il aurait pu le déchirer, le brûler ou le froisser dans sa main, mais il n'avait rien fait de tel. Parmi les dizaines de documents au format A4, les cartes d'identité et les photos, ce fragile morceau de papier jauni par le temps détonne par sa taille minuscule et son parfait état de conservation. Hans y voyait la preuve de sa survie miraculeuse, peut-être. Ou la marque de sa culpabilité.

10

L'ombre sous la bougie

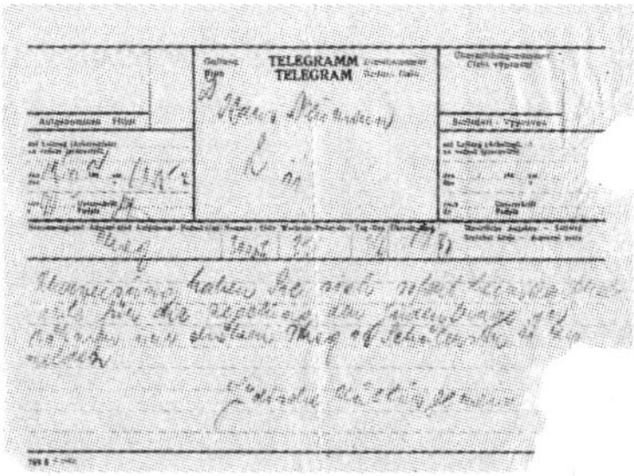
TELEGRAMM
TELEGRAM

Un second télégramme était arrivé pour Hans le 18 novembre 1942, quelques heures après le message qui lui avait évité de monter à bord du train. Cette fois, il était convoqué sur-le-champ au « Bureau central pour la régulation de la question juive en Bohême et en Moravie ».

Cette entité, anciennement baptisée Bureau central pour l'émigration juive, dépendait des plus hautes instances de commandement SS à Prague. Elle avait été mise en place par Adolf Eichmann, le futur logisticien de la Solution finale.

En novembre 1942, le Bureau central était dirigé par Hans Günther, qui gérait une équipe de trente-deux officiers SS et répondait directement aux ordres d'Eichmann, alors rentré à Berlin. Il supervisait les activités des Conseils juifs de Prague et de Terezín, ainsi que la déportation des Juifs du Protectorat. Il était très inhabituel qu'un Juif soit sommé de se rendre sur place ; mes archives personnelles ne m'apportent aucun éclairage sur les motifs de cette convocation.

Chacun des papiers rangés dans la boîte de mon père était là pour une raison précise, sentimentale ou factuelle, voire les deux. Chacun de ces documents raconte une histoire qui justifie sa conservation en tant que souvenir ou indice susceptible d'éclairer les zones d'ombre du passé de mon père. Il a forcément eu une raison de vouloir garder cette convocation. Le télégramme en lui-même, ou l'événement qu'il évoquait, devait avoir de l'importance à ses yeux. Peut-être pensait-il que cette preuve de sa visite au Bureau central lui serait utile plus tard. La plupart des historiens auxquels j'ai posé la question s'accordent à dire que le jeune Hans Neumann a sans doute été convoqué sur place pour verser un pot-de-vin à quelqu'un, en paiement de son sauvetage de dernière minute, peut-être, ou dans l'espoir d'épargner la vie de ses parents.

Quelles qu'aient pu être les circonstances de sa visite ce jour-là, Hans devait se sentir bien seul dans cette officine du pouvoir SS, encore bouleversé par son expérience au centre de transit et par la séparation d'avec son père quelques heures auparavant. Je l'imagine rassemblant tout son calme et son courage pour tenter de comprendre ce que lui racontait l'officier SS en charge de son dossier. L'échange était forcément délicat : il se retrouvait forcé de négocier avec ceux qui avaient tout pouvoir sur son destin et celui de ses parents. Et malgré la position de force de son interlocuteur, celui-ci devait marcher aussi sur des œufs, conscient qu'il risquait un blâme, une rétrogradation ou pire encore si ses supérieurs découvraient son petit manège.

Hans et l'officier SS devaient être aussi mal à l'aise l'un que l'autre. Le jeune Tchèque ne pouvait pas se permettre la moindre erreur : s'il prononçait un mot de travers, perdait son sang-froid ou montrait la moindre insubordination, les conséquences pouvaient être désastreuses. Mais tout semble indiquer que Hans a joué le jeu avec toute la politesse requise et conclu son affaire sans le moindre incident. L'homme capable de livrer une telle performance face à l'ennemi n'était plus l'adolescent distrait et facétieux d'autrefois. Il devenait ponctuel et scrupuleux, à la merci du monde qui l'entourait, mais parfaitement maître de lui-même. Il devenait l'homme qu'il devait être pour survivre à la guerre.

Dans une lettre datée du 1er décembre 1942, Ella écrivit à ses fils :

Ensemble, nous pourrons tout surmonter. La distance ne peut pas nous séparer. J'ai la volonté de tenir à n'importe quel prix. Vous aussi, mes adorés, vous devez vous servir de votre tête et oublier le sentimentalisme. Nous avons gagné les deux premières manches et à mesure que la dernière se rapproche, nous devons être plus forts que jamais.

À vingt et un ans, Hans faisait preuve d'une force et d'une maturité nouvelles. Mais il était loin de se laisser guider uniquement par la voix de la raison. Il refusa de rester seul à Libčice après le départ de son père. La loi exigeait que les Juifs restent au domicile où ils s'étaient enregistrés, mais Hans ne voulait rien savoir. À Libčice, il se serait retrouvé seul dans cette grande maison de vacances chargée de souvenirs. Il aurait été éloigné de Lotar et Zdenka, ainsi que de tous ses amis à Prague, sans poste de radio ni téléphone, sans vélo et sans voiture. Plutôt que de subir un tel isolement, il préférait ignorer les recommandations de sa mère et il prit le risque d'enfreindre la loi.

Il décida qu'il passerait la semaine en ville et demanda à son ami Pajmas, l'un des voisins à Libčice, de passer tous les jours à la maison. Pajmas s'occupait déjà de Gin, l'unique chien de la famille depuis la mort de leur fidèle Jerry. En juillet 1941, les nazis avaient interdit aux Juifs d'avoir des animaux de compagnie, mais le voisin des Neumann avait accepté de recueillir leur fox-terrier. Hans retournait à la campagne tous les week-ends, parfois en voiture avec Zdeněk, Míla ou Zdenka, mais le plus souvent seul en train. Lotar, dont le domicile était enregistré à Prague, n'avait pas de permis de déplacement pour prendre le train.

Zdeněk et Míla avaient proposé à Hans de l'aider à se cacher lorsqu'il venait à Prague, mais il ne voulait pas leur causer de problèmes. Sa situation avec Míla était déjà assez compliquée : les parents de la jeune fille s'inquiétaient des risques qu'elle prenait en fréquentant un Juif et faisaient tout pour la convaincre de passer moins de temps avec lui. Quant à Zdeněk, comme tous les jeunes Tchèques de son âge, il avait été mobilisé en tant que travailleur forcé pour participer à l'effort de guerre allemand dans une usine à Berlin. Il serait donc incapable de venir en aide à son ami pendant un long moment. Les soirées et les week-ends passés à lire de la poésie, rire et boire ensemble constituaient déjà un risque suffisant.

Lotar et Zdenka le prirent sous leur aile. L'un des appartements de la jeune femme, situé un peu à l'écart du centre-ville, venait de se libérer, et le jeune couple y emménagea avec Hans pour plus de discrétion. Ils se firent passer pour une fratrie. Malgré les obstacles grandissants, Zdenka avait réussi à se procurer pour son beau-frère une nouvelle carte d'identité sur le marché noir. Tous ensemble, ils s'attelèrent à falsifier le document et inventèrent un nom fictif, Jan Rubeš. La fausse carte d'identité de Lotar étant au nom d'Ivan Rubeš, l'idée était de faire passer Hans pour le frère cadet d'Ivan.

La gardienne de l'immeuble était une personne digne de confiance, employée par la famille de Zdenka depuis des décennies. Elle ne posa pas de questions et garda parfaitement le secret. J'ignore comment le trio organisait sa vie quotidienne, s'ils arboraient l'étoile jaune aux abords de l'immeuble en rentrant chez eux ou s'ils prenaient carrément le risque de ne pas la porter dans la rue. Je n'ai pas la moindre photo de cette époque. Les documents écrits ne nous apprennent pas grand-chose non plus, si ce n'est que Hans vivait en secret avec son frère et sa belle-sœur dans le district de Prague 5.

Dans ses mémoires, Zdenka raconte une anecdote de sa cohabitation avec Hans en 1943. Il était resté seul à l'appartement, car elle devait se rendre à la ferme et Lotar était au travail à l'usine. Zdeněk avait déjà fait ses bagages pour Berlin. Míla était avec sa famille.

Hans avait deux jours de congé et il avait promis à Zdenka de faire bien attention. Il faisait très froid. Le chauffage de l'appartement était tombé en panne. Le jeune homme grelottait, mais il craignait d'attirer l'attention en demandant de l'aide à la gardienne. Il entreprit de réparer le chauffage lui-même en commençant par le radiateur de la cuisine. Malheureusement, il n'avait jamais été très doué pour les tâches manuelles et une valve se rompit. L'eau jaillit du radiateur, inonda le plancher et atteignit l'appartement du dessous. Hans s'empara de tous les draps et serviettes qu'il put trouver et les disposa à terre pour tenter d'éponger ce déluge.

En rentrant, Zdenka le retrouva à quatre pattes, complètement trempé. Elle appela la gardienne et descendit présenter ses excuses aux voisins pour le dégât des eaux à leur plafond. Son jeune frère venait d'arriver de la campagne, expliqua-t-elle, et il n'était pas habitué à la plomberie moderne. Charmante et affable, comme toujours, elle proposa de les indemniser pour les dégâts occasionnés. Elle leur offrit même une bouteille de liqueur de prune et, pour faire bonne mesure, ajouta quelques friandises achetées au marché noir pour envoyer à ses beaux-parents. Une fois certaine que les voisins n'avaient aucun soupçon, elle remonta chez elle et conseilla à Hans, qui tremblait de froid, de se changer pour enfiler ses vêtements les plus chauds. Elle lui passa une épaisse couverture de laine autour des épaules et lui fit gentiment la morale. Tandis qu'il réchauffait ses doigts glacés autour d'une tasse de thé, elle se moqua de lui au lieu de se mettre en colère : « J'ai toujours su que c'était dangereux de vivre avec deux Juifs, mais je n'aurais jamais pensé que l'un d'eux risquait d'inonder l'immeuble. Je comprends maintenant pourquoi on te surnomme le malchanceux ! »

Ils en rirent ensemble, à la fois amusés et soulagés. Lotar trouva la chose beaucoup moins drôle à son retour et s'inquiéta durant des jours à l'idée que l'incident ait éveillé les soupçons des voisins. Mais ses craintes se révélèrent infondées ; si Zdenka ne l'avait pas couché par écrit des années plus tard, cet épisode serait largement tombé aux oubliettes.

L'hiver praguois s'installa et la vie continua, régie par deux règles essentielles : travailler et ne pas faire de vagues. Les journées s'organisaient autour des achats au marché noir et de la préparation des colis clandestins pour Terezín. Les nouvelles d'Otto et Ella leur parvenaient au compte-gouttes, grâce à leur contact au Conseil juif de Prague et aux lettres envoyées depuis le camp. Les deux frères apprirent que leur oncle Rudolf Neumann était mort des suites de problèmes cardiaques et que sa femme, Jenny, avait été déportée vers Auschwitz. L'oncle Josef, son épouse et leurs deux enfants étaient eux aussi montés à bord d'un convoi vers l'est.

Début décembre, les noms d'Otto et Ella se retrouvèrent sur la liste d'un convoi de déportation pour la Pologne. Lotar et sa femme se démenèrent comme des diables pour empêcher cela ; plus tard, il qualifierait de « surhumains » leurs efforts acharnés pour permettre à ses parents de ne pas partir de Terezín.

Dans la pratique, cela consistait à mettre davantage de nourriture et d'argent dans les colis pour permettre de verser des pots-de-vin, et à supplier Pišta d'interférer auprès des Anciens. J'ignore si leurs efforts furent payants, ou si la chance joua seulement en leur faveur ; en tout état de cause, le convoi pour Auschwitz fut décalé, et Otto et Ella passèrent leur premier Noël à Terezín. En décembre, les lettres du camp se mirent à arriver presque chaque semaine. Otto expliquait que les colis étaient souvent ouverts et leur contenu pillé, mais que ce qui restait à l'intérieur leur permettait quand même de se nourrir et de rester au chaud. L'arrivée de ces paquets était toujours une grande joie, et ils décrivaient chacun de leur côté l'usage qu'ils faisaient de chaque article. Ils profitaient aussi de leurs lettres pour donner, comme chaque fois, des nouvelles des membres de la famille ou de leurs amis détenus comme eux à Terezín, afin d'en informer leurs proches à l'extérieur. Et ils renouvelaient bien sûr leurs demandes : davantage de nourriture et d'argent, cirage noir ou teinture capillaire, essence à briquet, bonnes chaussures, piles, savon.

Otto et Ella écrivaient séparément. Ils occupaient des bâtiments différents. Otto disait qu'il essayait de dîner le soir avec elle, puisqu'elle avait accès à une cuisine, mais que cela n'était pas toujours possible.

La distance qui les séparait n'était pas seulement physique. Les deux époux n'avaient pas la même façon d'appréhender leur nouvelle existence. Dans le monde absurde du camp, ils avaient des modes de survie différents, comme le montrait leurs choix de mots respectifs.

Otto avait un tempérament inflexible. Il était scandalisé par leurs conditions de vie, outré par l'amoralité et l'inhumanité qui régnaient au sein du camp. D'après lui, au bout de quelques semaines à peine, n'importe quel nouveau prisonnier

> *devient apathique et se comporte comme un animal traqué qui ne cherche qu'à manger et dormir. Ceux qui rentreront chez eux auront du mal à retrouver un fragment de leur humanité. Personne ne lit ni n'engage la conversation, les gens ne font que se disputer dans les files d'attente. Toute la gamme des émotions, la sensibilité, la sexualité, ont disparu. Les femmes souffrent de ménopause précoce et les hommes sont tous impuissants.*

Il essayait pourtant d'ajouter une note positive, en précisant : « Mais c'est un paradis, ici, comparé à la Pologne. »

Dans une autre lettre, Otto suppliait ses fils de « s'aimer l'un l'autre, car c'est l'unique moyen de surmonter l'horreur qui s'annonce ».

Malgré tout, il parvenait à garder son sens de l'ironie. Il décrivit sa joie de se voir assigner une couchette en hauteur et de ne plus devoir dormir par terre. Il était soulagé que son dortoir, « contrairement à ceux infestés de puces et de punaises de lit, n'abrite que des puces ». Dans une autre de ses lettres, on pouvait lire ces lignes : « Oh, Zdenka, tu vas rire ! Je faisais la queue pour ma ration du midi quand j'ai renversé mes boulettes de viande par terre, mais mon nouveau moi les a quand même dégustées avec délice. Cela m'a fait regretter les boulettes de Mme Nováková chez Montana. Quelle artiste ! »

Ella, de son côté, se montrait plus optimiste et s'adaptait avec pragmatisme à la réalité du camp. Cela était peut-être lié au fait que ses conditions de vie étaient sensiblement meilleures. Mais elle avait toujours eu une personnalité plus lumineuse que son mari. Ses lettres étaient plus vives, plus concises, moins truffées de descriptions et de critiques. Elles étaient plus sincères et dénuées d'ironie. Ella se focalisait sur l'avenir, ses retrouvailles avec ses fils et les moyens concrets d'y parvenir. Elle s'était efforcée de se trouver une bonne situation lui permettant d'échapper aux convois vers l'est, pour elle et son mari. Elle veillait sur sa santé et son alimentation. Elle aussi réclamait des colis à ses fils, mais en les suppliant de renoncer si c'était trop dangereux : « J'ai survécu si longtemps ici sans rien que je peux bien me débrouiller pendant un moment. »

Début décembre, elle disait avoir bon espoir qu'il s'agisse du premier et du dernier Noël qu'ils passeraient séparés les uns des autres.

Les lettres continuèrent d'arriver à un rythme régulier durant tout l'hiver 1942, apportant chaque fois leur lot de conseils, de requêtes spécifiques et de descriptions du quotidien. Ella souhaitait recevoir des conserves de légumes marinés et de l'extrait de vanille. Otto avait besoin de chaussures de chantier et se languissait des biscuits au gingembre et du pudding de Noël.

J'ignore comment se déroula la période des fêtes pour Hans et Lotar cette année-là. Je n'en ai pas la moindre trace dans mes archives, mais j'imagine qu'il y eut peu de célébrations. Je ne possède pas les lettres que les deux frères envoyaient à leurs parents, mais on comprend à leurs réponses que Lotar était inquiet et demandait conseil à son père sur la gestion des problèmes à l'usine.

Le 19 décembre, Otto lui conseilla de ne pas trop s'en faire et de relativiser. « Ici, on regarde les choses différemment. Il y a entre 80 et 100 cadavres par jour. » Leur terrier Jerry, disait-il, « avait eu droit à un enterrement plus digne que les dizaines d'individus qui meurent chaque jour à Terezín ». S'agissant des inquiétudes de son fils aîné, il ajoutait : « Je ne comprends pas la remarque de Lotík sur le fait que la vie ne vaut plus vraiment d'être vécue. Ce sont des choses curieuses à entendre quand on pense à la vie hors de cette prison comme à un paradis, et même mieux encore. Tout est relatif, alors je te le demande, Lotík : ne désespère pas. Ne baisse pas les bras ! »

Fin décembre, Otto dut informer ses fils qu'Ella avait un ulcère à l'estomac mais qu'elle était soignée par « de très bons médecins » à l'hôpital de Terezín. Il les exhortait à passer de bonnes fêtes et à trinquer à la nouvelle année.

Malgré la liberté relative dont ils jouissaient à Prague, la vie n'était pas simple pour les frères Neumann. Lotar, l'aîné et le plus consciencieux des deux, portait le gros du fardeau sur ses épaules, entre la préparation des colis et les sempiternelles requêtes auprès de Pišta. Il était rongé par l'angoisse au point d'avoir à peine la force de se lever certains jours.

Hans écrivait moins souvent que son frère. Dans leurs réponses, ses parents ne semblaient pas s'inquiéter pour lui. S'il était déprimé, il devait le garder pour lui. À vrai dire, Otto et Ella demandaient constamment de ses nouvelles et réclamaient qu'il leur écrive plus souvent.

Le printemps succéda enfin à l'hiver. Début mars 1943, Hans reçut un troisième avis de déportation à Libčice. Il était convoqué au point de rassemblement le 9 mars, soit la veille de l'anniversaire de son frère.

Cette fois, ils n'essayèrent même pas de remuer ciel et terre pour infléchir le sort. Pišta les avait prévenus que les lettres de recommandation des employeurs n'étaient plus lues par les Anciens. Il n'y avait plus rien à faire pour échapper au convoi. Mais les deux frères étaient suffisamment renseignés sur les conditions de vie à Terezín pour savoir qu'il fallait à tout prix éviter de se retrouver là-bas.

Une seule option s'offrait à Hans. Il allait devoir prendre la fuite.

Lotar se tourna vers Frank Novák, le fidèle administrateur de l'usine, celui dont l'épouse confectionnait les fameuses boulettes de viande qui faisaient saliver Otto à Terezín. L'homme s'était toujours montré loyal envers les Neumann, courageux et surtout bien organisé. Lotar et Frank fomentèrent un plan pour cacher Hans. Ils érigèrent une fausse cloison dans une salle reculée de l'usine afin de créer un espace de quelques mètres carrés. Nul ne pourrait accéder à cette planque depuis l'intérieur de l'édifice. Des machines seraient installées devant une partie de la nouvelle cloison, et le reste serait caché par un empilement de pots de peinture. Le seul accès se ferait depuis l'extérieur, en se glissant à travers une sorte de vantail partiellement condamné : il suffirait d'ôter la grille pour se faufiler dans l'annexe clandestine. Garder le secret ne fut sans doute pas chose facile au milieu des quarante-cinq employés encore présents à l'usine. En temps normal, la majorité d'entre eux auraient largement soutenu la famille Neumann, mais il fallait désormais se méfier de tout le monde. Cacher des Juifs était un crime passible de lourds châtiments, et des récompenses étaient promises aux délateurs.

Frank Novák et les frères Neumann construisirent la cachette en un week-end. Le lundi matin, ils guettèrent la réaction du personnel. Personne ne parut remarquer quoi que ce soit. Il fut décidé que Hans se cacherait dans l'annexe durant la journée. Dès le départ des ouvriers le soir, on lui apporterait des vêtements, de la nourriture et un pot de chambre de rechange. Il pourrait accéder à l'usine pour utiliser la douche des vestiaires et faire réchauffer son repas dans la cuisine jouxtant le réfectoire, mais uniquement de nuit et sans allumer la lumière. Les voisins ne devaient surtout pas remarquer sa présence. Et il ne devait laisser aucune trace de son passage derrière lui. Pas une seule tasse à café ne devait traîner où que ce soit au retour des employés le lendemain matin. La cachette fut pourvue d'une couverture et d'un matelas, d'une lampe torche et de quelques bougies. Hans devrait y rester jusqu'à ce qu'une autre solution plus pérenne soit trouvée.

Tous s'accordaient sur le fait que la clé de la survie en clandestinité était de ne pas rester trop longtemps au même endroit. Il fallait changer de cachette avant de risquer d'attirer l'attention de qui que ce soit. Montana était bien sûr le premier endroit où la Gestapo irait chercher Hans ; c'était même une telle évidence que, paradoxalement, c'était pour lui le meilleur endroit où se cacher, du moins dans un premier temps. Les gens du quartier connaissaient de vue tous les membres de la famille Neumann. Frank, le curateur, demanda une nouvelle fois l'aide de son cousin coiffeur ; l'homme accepta de venir à l'usine de nuit et décolora la chevelure de Hans en un blond cendré censé le rendre moins facilement reconnaissable de loin. Le 9 mars 1943 à l'aube, au lieu de se rendre au Veletržní Palác, Hans, fraîchement teint en blond, alla se glisser dans sa chambre secrète.

Un peu plus tard dans la journée, la Gestapo fut informée que Hans Neumann, résident de Libčice, ne s'était pas présenté à sa convocation. Déclaré fugitif, il fut inscrit sur la liste des personnes recherchées à Prague. Sa carte d'immatriculation citoyenne est aujourd'hui conservée aux archives à Prague. On peut y lire une annotation manuscrite datant d'avril 1943 et stipulant que toute procédure de changement de domicile par le porteur de cette carte devait être immédiatement signalée à la Gestapo.

Lotar restait seul à l'usine chaque soir après le départ des derniers employés. Zdenka et Míla se relayaient pour apporter de la nourriture au fugitif et l'aider aux diverses corvées d'entretien. Frank Novák arrivait de très bonne heure le matin pour s'assurer que Hans allait bien et surtout qu'il n'avait laissé aucun indice compromettant durant la nuit.

L'administrateur de l'usine prenait un risque énorme en aidant les frères Neumann. Marie, son épouse, était naturellement très inquiète des conséquences que sa générosité pourrait avoir sur le reste de sa famille. Jana, la belle-fille de Frank, âgée de sept ans à l'époque, se souvient encore de leurs houleuses discussions à ce sujet.

Frank Novák et Marie Nováková
en Tchécoslovaquie, dans les années 1940.

J'ai retrouvé Jana par le biais d'un organisme, Memory for Nations, qui recueille les souvenirs des témoins de la guerre. Elle leur avait raconté son histoire. Jana et sa demi-sœur, Eva, ont accepté de nous rencontrer, ma famille et moi, lors de notre visite en Tchéquie à l'automne 2017. Nous nous sommes donné rendez-vous devant les anciens locaux de l'usine Montana, dans le quartier de Libeň. Il y a toujours deux édifices : les bureaux gris et blanc, construits dans les années 1930, d'un style moderne et élégant, jouxtent un hangar de briques jaunes à l'esthétique plus rudimentaire et datant du XIXe siècle.

Ce n'est plus un site industriel, désormais. Bien des occupants s'y sont succédé depuis un demi-siècle. Plus récemment, l'endroit a abrité une discothèque et servi de salle à louer pour des fêtes ou des concerts. Comme du temps de Montana, en revanche, le quartier est toujours plein de bureaux et d'usines. Le jour de notre rendez-vous devant l'usine, elle était investie par une équipe de maçons et de peintres. Jana et moi nous sommes retrouvées là, deux femmes sans la moindre langue en commun, nées de deux hommes qui avaient chacun risqué leur vie à cet endroit, le premier pour sauver le second.

Notre petite troupe comprenait mes enfants, mon mari, ma mère, ma tante Eva et son époux, M. Nedvídek, Magda (ma diligente chercheuse tchèque), et moi-même. Magda et M. Nedvídek nous servirent d'interprètes à mesure que Jana et moi assemblions les pièces de notre histoire commune.

Jana et Eva semblaient ravies de partager leurs souvenirs avec moi et firent de leur mieux pour répondre à nos nombreuses questions. Nous avons soudain été frappées par le fait que mes enfants et moi devions notre existence à l'extraordinaire courage de Frank Novák, sans qui mon père n'aurait sans doute pas survécu. Quand je les ai remerciées, Eva m'a pris la main, les yeux brillants d'humanité et de grâce, avant de prononcer quelques mots que M. Nedvídek m'a aussitôt traduits : « Non, je vous en prie. Vous n'avez pas à nous remercier. Mon père n'a rien fait d'extraordinaire. Il a juste accompli son devoir. Il a fait ce que tout le monde aurait dû faire. En tant que nation, nous aurions dû collectivement imiter l'exemple de Frank Novák. C'est à nous de vous présenter nos excuses pour tout ce que nous n'avons pas fait. »

Les ouvriers occupés à repeindre la façade devaient s'étonner de notre présence. Onze personnes, de tous âges et de toutes tailles, certaines munies d'une canne, d'autres encore dans les affres de l'adolescence, toutes soucieuses de s'exprimer et de comprendre, désignant les éléments du décor autour d'elles et posant d'étranges questions sur une discothèque vide tandis que d'autres s'enlaçaient en pleurant, le tout au milieu d'un quartier industriel, par un mardi matin d'automne.

En contournant le hangar de briques par la droite, on découvre le soupirail par lequel mon père entrait et sortait de sa cachette. Il restait cloîtré là toute la journée, sans faire de bruit, à lire ou écrire des lettres. Míla lui apportait des puzzles et lui avait même cousu une petite poupée porte-bonheur pour lui tenir compagnie.

Mon père l'avait rangée dans sa boîte. Le passage du temps a adouci ses couleurs et effacé les traits de son visage. Les détails de sa robe, de son bonnet de laine rouge et crème, attestent le soin méticuleux apporté à sa confection.

Début avril, quand Zdeněk rentra de Berlin pour passer quelques jours à Prague, Míla l'emmena voir Hans un soir très tard. Les trois amis restèrent assis dans la pénombre de l'usine, heureux d'être à nouveau réunis, leur modeste souper à peine visible à la lueur de la bougie. Zdeněk leur parla de sa vie à Berlin. Il travaillait dans une usine de peinture, Warnecke & Böhm, où il fabriquait de la laque industrielle pour les avions de la Luftwaffe. La plupart des jeunes Allemands avaient rejoint l'armée, et l'on manquait d'ouvriers pour faire tourner les machines. Les cadences de travail étaient si intenses que Zdeněk n'avait pas vraiment le temps de faire autre chose.

« Nous avons besoin de bons chimistes. J'aimerais tant que tu puisses nous rejoindre, Handa. La vie serait plus simple ! » plaisanta-t-il.

Mais Hans ne rit pas. Le regard absorbé par la flamme de la bougie, il se contenta de murmurer un vieux dicton tchèque : « *Pod svícnem bývá největší tma* » – « La plus grande pénombre se trouve juste sous le chandelier ».

Míla ne comprit pas tout de suite. Zdeněk, qui connaissait bien son ami, saisit aussitôt où il voulait en venir. « Non, ce serait de la folie !

— Bien au contraire », répondit Hans d'un ton égal.

La Gestapo recherchait Hans Neumann à Prague et aux alentours. Jamais ils n'auraient l'idée d'aller le chercher à Berlin ; aucun fugitif ne choisirait de se cacher dans la capitale allemande. Ici, l'étau finirait forcément par se resserrer. Mais au cœur du Reich, juste en dessous du chandelier, là où l'obscurité était la plus dense, la Gestapo pourrait bien ne jamais le retrouver.

Il serait caché à la vue de tous. Il prendrait une nouvelle identité : Jan Šebesta. Comme le héros de cette berceuse traditionnelle de son enfance : « *Jede, jede, Šebesta, jede, jede do města…* » – « Va, va, Šebesta… ». Il ne se cacherait même pas vraiment puisqu'il deviendrait quelqu'un d'autre. Oui, il irait à Berlin. Il n'aurait plus besoin d'être invisible. « Tu es tout pâle, Zdeněk. Ne panique pas. C'est ton idée, et je la trouve excellente. Je crois vraiment que c'est la planque idéale. J'irai travailler avec toi, dans ton usine à Berlin ! »

Míla crut qu'il plaisantait. Zdenka, pour qui prendre des risques était une seconde nature, convint que ce plan était parfait. Lotar analysa fébrilement chaque détail, fou d'inquiétude à l'idée de laisser son frère entreprendre ce long voyage seul jusqu'à Berlin. Tous savaient que ce n'était qu'une question de temps avant que la Gestapo vienne chercher Hans à l'usine. À contrecœur, Lotar finit par concéder qu'il n'avait pas le choix. Le projet fut approuvé à l'unanimité. Aucune caractéristique physique n'empêchait Hans de vivre caché parmi les Allemands. Otto, qui n'avait jamais été du genre à suivre le dogme religieux à la lettre, n'avait pas souhaité faire circoncire ses fils ; son entêtement tatillon, pour reprendre les termes d'Ella, rendait un fier service à Hans.

Ils s'attelèrent tous les quatre à fabriquer sa nouvelle identité. Il leur fallait pour cela se procurer de nouveaux papiers, ceux au nom de Jan Rubeš étant sur le point d'expirer. Lotar préférait qu'il utilise un autre nom, de toute manière, histoire de ne pas faire courir davantage de risques à son ami Ivan. Le nom de Jan Šebesta faisait suffisamment goy et passe-partout. Au fil des semaines, Zdenka tenta sans succès de se procurer des faux papiers sur le marché noir. Míla finit par proposer sa propre carte d'identité : elle avait été délivrée par le Protectorat en 1940, si bien que les informations y figuraient en tchèque et en allemand, et elle ne comportait pas le « J ». La jeune femme se débrouilla quelques semaines sans sa carte avant d'affirmer aux autorités qu'elle l'avait égarée. Sa déclaration de perte figure encore dans les archives de la police à Prague.

Munis de loupes et de solvants, Lotar et Hans s'attelèrent à effacer le nom de Míla sans abîmer les fibres du papier. Hans ayant toujours eu une écriture illisible, ce fut Zdenka, bien meilleure calligraphe, qui inscrivit le nom de Jan Šebesta et les informations fictives le concernant. Ils lui attribuèrent comme lieu de naissance la bourgade de Stará Boleslav, située au nord-est de Prague et baptisée Alt Bunzlau en allemand. Sa date de naissance, qu'il lui faudrait se remémorer facilement, devint le 11 mars 1921, soit l'année où il était né et deux jours après sa convocation à Terezín. À moins qu'ils aient simplement choisi le 11 mars parce que c'était le jour où Zdeněk et Hans, seuls dans la cachette de l'usine, avaient inventé le personnage de Jan. Ou encore parce que c'était le lendemain de l'anniversaire de Lotar. Le choix de cette date demeure un mystère que je ne percerai sans doute jamais. Les autres détails correspondaient à ses caractéristiques physiques réelles : un mètre quatre-vingt-deux, visage ovale, cheveux châtains, yeux verts. Pour finir, ils ôtèrent la photo de Míla, la brûlèrent et la remplacèrent par celle de Hans. Jan Šebesta venait officiellement de voir le jour.

Falsifier un passeport était une tâche plus complexe, bien au-delà de leurs compétences et de leurs ressources. En tant que détenteur d'une carte d'identité délivrée par le Protectorat, Hans avait impérativement besoin d'un passeport pour voyager jusqu'à Berlin. Il fut donc décidé qu'il utiliserait celui de Zdeněk.

Une fois de retour à Berlin, ce dernier demanda à son patron une autorisation spéciale pour rendre visite à sa mère « malade » au début du mois de mai.

Pendant ce temps, Hans attendit dans sa cachette, terrifié à l'idée que la Gestapo le retrouve trop tôt et à peine moins effrayé à la perspective de leur plan. Malgré son impatience et son angoisse, il dut attendre un long mois avant le retour de Zdeněk pour pouvoir enfin quitter Prague sous sa nouvelle identité. Des heures entières passées dans la pénombre, le silence et l'humidité de sa cachette.

Un jour, à Caracas, alors que j'étais encore petite et que mon père travaillait, comme hypnotisé, dans son atelier, j'avais trouvé le courage de l'interrompre. Je lui avais demandé ce qu'il avait ressenti la première fois qu'il avait vu le mécanisme intérieur d'une montre. Il avait repoussé le faisceau de sa lampe, s'était tourné vers moi et avait relevé la visière de sa loupe pour me regarder. Ses yeux étaient comme deux labyrinthes de verdure, toujours aussi ronds malgré les rides qui les cernaient. Il m'avait dit de m'approcher et m'avait enlacée d'un geste protecteur.

Il m'avait expliqué que sa fascination pour les mécanismes horlogers était née à Prague, à une époque où le temps lui paraissait si long qu'il semblait s'être arrêté.

Comment pouvait-on penser une chose pareille ?

« Parce que, m'avait-il répondu, et tu le comprendras quand tu seras plus grande, on a parfois l'impression que le monde autour de nous s'arrête de tourner. On se sent seul et invisible, et le temps semble figé. Au début, on éprouve une liberté vertigineuse. Puis on a peur de s'être égaré et de ne jamais retrouver son chemin. »

Il m'avait raconté que dans un moment de grand isolement et de peur, il avait ouvert le boîtier de sa montre pour s'assurer qu'elle marchait encore. Il craignait d'avoir imaginé le déplacement des aiguilles. Le tic-tac ne lui suffisait plus, il avait besoin de voir le temps passer, de le toucher. C'était la première fois qu'il observait l'intérieur de sa montre. Le mouvement des rouages le rassurait.

C'était à ce moment qu'il avait pris conscience de l'importance du temps.

Je suis à présent certaine qu'il voulait parler de sa période de clandestinité à l'usine. Ses longues journées d'enfermement et de solitude devaient lui faire l'effet d'un gouffre d'éternité. Le tic-tac de sa montre devait résonner encore plus fort dans le silence, mais cela n'avait pas suffi. Durant ces heures interminables, il avait cru que le temps s'était arrêté.

Mon père avait ouvert le boîtier de sa montre parce qu'il avait besoin de vérifier que ce bruit ne se produisait pas seulement dans sa tête, qu'il ne s'agissait pas uniquement des battements de son cœur, mais qu'il y avait encore de l'ordre quelque part dans ce monde et que le temps s'écoulait réellement. Pour mieux observer le mouvement, il utilisait la loupe qui avait servi à falsifier ses papiers. Le minuscule univers du mécanisme, à la fois complexe et parfaitement orchestré, le rassurait. Il ordonnait à ses mains de rester calmes, à ses doigts d'être précis. Il jouait avec la couronne et les ressorts du remontoir, observait le mouvement des rouages et des pignons. Quand tout semblait figé autour de lui, lorsqu'il se sentait seul et transparent, mon père retrouvait son cap en observant ces minuscules rouages à la mécanique si précise qu'elle permettait d'assister à l'écoulement du temps.

11

Hans et Jan, les amis de Zdeněk

Zdeněk Tůma, vers 1942.

Zdeněk Tůma risqua sa vie pour mon père. Il retourna à Prague aux premiers jours de mai 1943 et confia son passeport à Hans afin qu'il puisse entreprendre son voyage jusqu'à Berlin. Il était impossible de prévoir quel type de document allaient lui réclamer les gardes-frontières au cours de son périple : carte d'identité, passeport, permis de travail ou de déplacement…

Les directives semblaient changer en permanence, sans doute pour déstabiliser les faussaires, et selon le caprice ou l'humeur de la personne en face de vous.

Hans aurait sa fausse carte d'identité, mais les SS, les gendarmes ou les policiers allemands étaient tout aussi susceptibles de lui demander son passeport, voire les deux à la fois. Il n'avait pas le choix : il allait devoir voyager avec une carte d'identité et un passeport émis à des noms différents, et prendre le risque qu'on lui demande de produire les deux en même temps.

Les Tchèques qui voulaient se rendre à Berlin durant la guerre avaient besoin d'un permis de voyage spécial. Dans le cas de Hans, ce document était certainement un faux, mais je ne l'ai pas retrouvé parmi ses papiers ; nous ne saurons donc jamais s'il a été falsifié au nom de Zdeněk Tůma ou de Jan Šebesta. L'un ou l'autre choix constituait un risque.

Une lecture attentive des caractéristiques physiques détaillées sur le passeport de Zdeněk, sans même parler d'un examen de la photo d'identité, aurait mis la puce à l'oreille de n'importe quel garde ou fonctionnaire, même mal réveillé. Zdeněk et Hans ne se ressemblaient en rien. Le coiffeur avait été appelé une troisième fois à la rescousse, cette fois pour teindre légèrement les cheveux de Hans de manière à les rapprocher de la couleur de son ami. Mais cela n'avait pas suffi. Zdeněk était plus petit que Hans ; il avait les cheveux rêches, le front haut et les tempes dégarnies. Ses yeux étaient bleu pâle, perçants et étroits, tandis que ceux de Hans étaient verts, doux et écartés.

Hans courait un risque énorme, mais Zdeněk s'exposait à un danger tout aussi grand. Il était interdit de donner ne serait-ce qu'une cigarette à un Juif ; prêter son passeport pour permettre à un fugitif d'échapper à la Gestapo était passible de prison ou de mort. Zdeněk devrait rester des jours entiers dans l'attente, sans savoir si Hans pourrait lui rendre tranquillement son passeport ou s'il aurait à payer de sa vie le fait d'avoir aidé son meilleur ami.

Pourtant, mon père n'avait évoqué son nom qu'une seule fois devant moi, au petit déjeuner, le lendemain de ses retrouvailles avec ses anciens camarades d'études à Prague en 1990. Le reste du temps, Zdeněk était resté caché dans ce lieu secret et inaccessible où mon père rangeait ses souvenirs. Je réalise aujourd'hui qu'il a tenté par deux fois – et deux fois seulement – de me parler de sa guerre. Ces deux épisodes se sont produits à quelques semaines d'écart l'un de l'autre et ont engendré bien plus de questions que de réponses.

À l'été 1992, je vivais à Boston après avoir récemment terminé mes études. Un soir comme un autre, je suis rentrée chez moi et j'ai pressé le bouton de mon répondeur pour écouter mes messages. La douce voix de Miguel, mon demi-frère côté paternel, a résonné dans la pièce ; il me demandait de le rappeler au plus vite. Âgé de vingt-trois ans de plus que moi, Miguel se prénommait en réalité Michal au moment de sa naissance à Prague en 1947. Sa mère, Míla, était la première épouse de mon père. En raison de notre différence d'âge, nous nous étions véritablement rapprochés lorsque j'avais atteint la vingtaine. Miguel était un homme sincère et bienveillant, qui avait toujours eu une relation difficile avec notre père.

Leurs conversations, de plus en plus sporadiques, se terminaient le plus souvent par une explosion de colère de la part de mon frère. Ils s'étaient donc mis à s'écrire des lettres pour éviter les disputes. À l'époque, Miguel recherchait désespérément son approbation et attendait en vain qu'il lui exprime son amour, chose que mon père était incapable de faire. Ce dernier exigeait de son fils une perfection, une précision et une force que Miguel ne possédait pas. Cela les rendait tous deux très malheureux, mais ils étaient incapables de se comprendre. Leurs expériences, leurs attentes et leur langage étaient si différents qu'avec le recul, il semblait bien naïf d'espérer une réconciliation entre eux.

Le message de Miguel était suivi d'un autre, de l'assistante de mon père, à Caracas. Elle s'excusait d'avoir à me l'annoncer ainsi, mais elle était au regret de m'apprendre que Lotar, mon oncle et parrain, était décédé la veille. Elle ajoutait que mon père était en voyage d'affaires en Europe et qu'il faisait cap en ce moment même vers la Suisse. Elle était certaine qu'il m'appellerait dès que possible.

Lotar avait soixante-quatorze ans et souffrait de la maladie de Parkinson depuis des années. J'étais profondément attristée, mais pas vraiment surprise par l'annonce de son décès. Nous avions vécu sur des continents différents, lui et moi, mais il avait toujours été une présence affectueuse dans ma vie, sa bienveillance comme exacerbée par sa grande taille.

J'ai aussitôt rappelé Miguel. Il m'a expliqué qu'il avait cherché à me joindre pour m'annoncer personnellement la nouvelle, considérant – à juste titre – que notre père ne le ferait pas. Nous avons longuement parlé au téléphone, ce jour-là. Nous avons évoqué la mémoire de notre oncle, nous remontant le moral en échangeant nos souvenirs de lui. Miguel m'a raconté de savoureuses anecdotes sur ses vacances avec sa femme à Aruba. Je lui ai confié que j'espérais être embauchée en septembre dans une maison d'édition en Italie. Cela faisait un bail que nous ne nous étions pas parlé, mais ces retrouvailles téléphoniques étaient enjouées et spontanées. En riant, nous nous sommes complimentés l'un l'autre d'être devenus des adultes si merveilleusement équilibrés, compte tenu de l'incapacité de notre père, malgré toute son intelligence, à exprimer ses sentiments et ses émotions.

Mon père avait toujours été proche de Lotar. Leurs caractères divergeaient profondément, mais la tendresse qui les unissait était une évidence. Ils s'étaient toujours soutenus l'un l'autre, pendant et après la guerre. Ils avaient fondé une entreprise et reconstruit leur vie. Notre père avait beau être bouleversé par la mort de son frère, Miguel et moi savions qu'il était incapable d'exprimer son chagrin ou sa colère. S'il pouvait se montrer aimant et affectueux, il le faisait parfois de manière un peu mutique. Comme s'il avait érigé un barrage pour contenir ses sentiments et qu'il craignait de voir se rompre les digues au moindre débordement.

Deux jours après cette longue discussion avec mon demi-frère, j'ai été réveillée à l'aube par la sonnerie du téléphone. C'était Florinda, la femme de Miguel. Elle était bouleversée. Miguel venait de succomber à un arrêt cardiaque durant la nuit. Il avait quarante-quatre ans. Le jour où notre père enterrait son frère en Suisse, j'ai dû l'appeler pour lui demander de rentrer en toute urgence à Caracas parce que son fils unique était décédé.

Encore sous le choc, j'ai moi-même pris l'avion pour Caracas et j'ai passé le reste de la journée avec Florinda au funérarium. Le lendemain, au petit matin, j'ai traversé toute la ville pour aller chercher mon père à l'aéroport. Ensemble, nous nous sommes rendus aux obsèques de Miguel sous une tempête qui faisait ployer les palmiers et agitait les branches des manguiers, des kapokiers et des chênes. Devant sa tombe, nous nous sommes étreints sous notre parapluie commun et avons regardé les pelletées de terre recouvrir peu à peu son cercueil luisant de pluie. J'osais à peine regarder mon père. Quand j'ai fini par lever les yeux, j'ai vu son profil sec, dépourvu de larmes, mais tordu par le chagrin. J'ai pris sa main dans la mienne pour tenter de l'apaiser. Elle tremblait aussi violemment que le jour où il s'était agrippé à la clôture de la gare de Bubny. Je n'avais jamais vu une telle souffrance chez un être. Au moment de regagner la voiture, je lui ai annoncé que j'allais rentrer à Boston, faire mes valises, annuler tous mes projets et m'installer à la maison avec lui. Je ne voyais rien d'autre à dire.

J'ai dormi d'un sommeil agité, cette nuit-là. À mon réveil, mon père se tenait debout devant moi.

« Toi qui aimes toujours poser des questions, voici quelques réponses. »

Je me suis redressée dans mon lit, à la fois surprise et encore un peu groggy. Il m'a tendu une petite liasse de feuilles et s'est assis au bord de mon lit. Il s'agissait de la traduction tapuscrite d'une lettre adressée à « *Mes adorés* ». Et signée Lotar.

Je l'ai lue, médusée. Les noms de Hans, Otto et Ella étaient cités à de nombreuses reprises, mais quantité d'autres gens ou de lieux inconnus étaient évoqués au fil des pages. J'essayais désespérément de comprendre. Tout ce que je parvenais à saisir, c'est que la plupart des personnes mentionnées dans ces lignes n'avaient pas survécu à la guerre. Mon père, le teint blême, guettait ma réaction.

« C'est une lettre que j'ai retrouvée chez mon frère. Il l'a écrite après la guerre. Tu comprends, à présent ? m'a-t-il lancé, presque d'un air de défi. Tu comprends pourquoi je ne peux pas en parler ? »

Avant même que je lui réponde, il m'a arraché les feuilles des mains et a quitté ma chambre. J'ai enfilé en toute hâte un jean et un tee-shirt, et me suis élancée après lui. Je l'ai appelé dans toutes les pièces de la maison, j'ai suivi le couloir avec ses tableaux expressionnistes et traversé en courant la terrasse en damier avec ses statues de nus et ses sculptures en bronze et en calcaire. Le portail du jardin était toujours fermé, je savais donc qu'il n'était pas sorti dans la rue. Je me suis rendue à la cuisine pour demander si quelqu'un l'avait vu, et on m'a répondu qu'il venait de partir en voiture à son bureau. Il était 7 heures, un dimanche matin.

Mon père ne m'a plus jamais remontré cette lettre. Je l'ai cherchée partout dans la maison, ce jour-là, mais je ne l'ai retrouvée ni sur son bureau ni sur l'établi de son atelier. J'avais des questions à lui poser, mais j'ai compris qu'il ne m'avait pas tendu une invitation en me faisant lire ces pages. Au contraire, c'était sa façon à lui de refermer définitivement la porte.

Je suis restée plusieurs mois à Caracas pour être auprès de lui. Je travaillais comme je le pouvais, et je passais tout mon temps libre à la maison, avec mon père. Même lorsqu'il n'était pas à son bureau, il s'immergeait dans son travail. Il avait toujours un dossier à étudier, un nouveau projet en cours, de nouvelles recherches à faire. Lorsqu'il n'était pas en train d'écrire ou de téléphoner, de recevoir un visiteur ou un journaliste venu l'interviewer, il restait seul avec ses montres dans son atelier.

Nous avions beau vivre tous les deux sous le même toit, nous restions chacun murés dans notre tristesse. De temps à autre, nous sortions de notre torpeur pour accepter des invitations d'amis. J'accompagnais ainsi mon père à l'opéra ou à des concerts. Parfois, nous allions prendre l'apéritif chez des gens. C'était souvent un grand moment d'embarras pour moi à cause de la ponctualité obstinée de mon père. Les Vénézuéliens comptent toujours sur le fait que leurs invités arriveront avec une heure de retard ; il s'agit d'une norme sociale tacite, mais gravée dans le marbre. Malgré son demi-siècle de vie à Caracas, mon père avait toujours refusé de s'adapter à la souplesse des horaires sud-américains. Il était effroyablement ponctuel. Nous arrivions donc à 19 heures pile et attendions dans de grands salons vides. Un verre à la main, nous restions seuls, au son des cigales et des grenouilles, jusqu'à ce que nos hôtes mortifiés se joignent à nous. Ma gêne initiale finissait toujours par s'estomper. J'ai même fini par apprécier ces petits moments de mutinerie et de complicité avec mon père.

Les soirs où nous restions seuls à la maison, sans invités à dîner, nous retrouvions nos habitudes d'antan et faisions des mots croisés ou des puzzles, parlions d'art, de littérature ou de l'actualité. Nous n'évoquions presque jamais de sujets personnels. Il me posait rarement des questions sur ma vie, si bien que je faisais pareil avec lui. Peut-être était-ce le but.

La seconde fois qu'il tenta d'écarter le voile sur son passé se produisit un mois après l'épisode de la lettre. Il m'avait demandé quels étaient mes projets. Je lui ai répondu que j'avais suivi un atelier d'écriture à la fac et que j'envisageais peut-être de devenir écrivaine. Comme à son habitude, il a réagi à cette annonce en m'interrogeant pour tester mon raisonnement plutôt que d'exprimer son point de vue. Soudain, il a changé d'attitude. Sans un mot, il a disparu dans son bureau pour en revenir avec une feuille de papier. L'espace d'un instant, j'ai cru qu'il s'agissait d'un extrait de la lettre de Lotar. Mais lorsqu'il me l'a tendue, j'ai vu qu'il s'agissait d'un récit en espagnol, sa quatrième langue.

Cela racontait un voyage en train jusqu'à Berlin.

Il m'a avoué qu'il ne l'avait pas terminé. Je l'ai lu très vite, et j'ai aussitôt remarqué qu'il y était question de son ami Zdeněk, l'homme qu'il avait revu lors de notre séjour à Prague. Mon père avait rédigé quantité d'articles sur les problèmes sociaux, politiques et économiques du Venezuela pour divers journaux, mais jamais rien de tel. Jamais rien d'aussi personnel.

Il m'a expliqué qu'il envisageait de raconter ses souvenirs de guerre et, d'un ton presque solennel, m'a demandé mon aide. Je lui ai demandé en retour la permission de garder son texte pour le relire et travailler un peu dessus, mais il m'a répondu qu'il me confierait le manuscrit entier, une fois terminé. À l'époque, je ne savais rien d'autre de son expérience durant la guerre que les éléments confus que j'avais tirés de la lettre de Lotar et de l'ébauche de texte qu'il venait de me faire lire : d'innombrables morts dans la famille, un voyage en train à Berlin et, se dégageant de tout cela, un sentiment de désespoir absolu.

Il ne m'a montré que cette première page et n'a plus jamais évoqué le sujet. Chaque fois que je lui demandais où il en était de ses mémoires, il me répondait qu'il y travaillait et qu'il me les ferait lire un jour. Le temps a passé, et ce manuscrit n'est jamais arrivé. Quelques années plus tard, une première attaque l'a laissé paralysé des deux jambes et d'un bras ; j'ai naturellement pensé qu'il avait cessé d'écrire.

Une décennie plus tard, après sa mort, j'ai découvert une liasse de pages rangées au fond de la boîte qu'il m'avait transmise. Il s'agissait du récit de sa fuite à Berlin, rédigé en 1991 et 1992. La première page était celle qu'il m'avait montrée. C'était l'histoire qu'il m'avait demandé de l'aider à écrire.

Ces pages avaient été exhumées d'un recoin obscur de la mémoire d'un homme que je croyais alors connaître. Elles constituaient sa première et unique tentative de me raconter lui-même ce qu'il avait vécu. Elles donnaient voix au « garçon malchanceux » dont la jeunesse insouciante avait été sacrifiée afin que Jan Šebesta, ce nouvel être discipliné et infatigable, ait une chance de survie.

Je sais à présent que mon père est parti pour Berlin dans la nuit du 3 mai 1943. Il est monté à bord du train « Élite 147 », au départ de la gare de Hybernské à Prague, à 1 h 44 du matin, pour rejoindre Berlin huit heures plus tard, à 9 h 23. En mai 2018, j'ai entrepris d'effectuer ce même voyage, seule. Le trajet dure désormais quatre heures trente et s'effectue en journée ; si le train de nuit existait encore, je ne suis pas sûre que j'aurais eu le courage de le prendre. J'ai acheté un billet pour le train de midi.

Les voies ferrées empruntent le même tracé qu'en 1943 pour sortir de Prague. À ma grande surprise, alors que nous quittions enfin la banlieue pour longer les berges de la Moldau à ma droite, j'ai traversé la ville de Libčice. Derrière la vitre du wagon, j'ai vu distinctement le toit, le balcon et les fenêtres de la maison de campagne de mes grands-parents. Le train a ensuite piqué vers le nord, toujours en suivant le cours du fleuve, et nous sommes passés à un kilomètre environ de Terezín avant de traverser l'ancienne frontière tchèque pour filer en direction de Dresde. De là, enfin, notre train a atteint Berlin. J'avais retracé le périple de mon père, soixante-quinze ans après lui, presque jour pour jour, en serrant dans mes mains les pages qu'il m'avait laissées.

En effectuant ce pèlerinage, j'ai prié pour qu'il ait voyagé par une nuit sans lune et que, dans sa terreur, il n'ait pas eu l'occasion de reconnaître la maison de ses parents tandis que le train déchirait la campagne. Qu'il n'ait jamais su non plus à quel point il les avait presque frôlés, dans le noir, juste au sud de Terezín. Je l'ai serré contre moi et je lui ai tenu la main, à travers les abîmes du temps et de la vie qui nous séparaient à jamais.

Voici ce que mon père raconte de son odyssée :

Le train n'illuminait pas les rails. Les wagons n'étaient pas éclairés. Les rares lumières tamisées le long des allées ne vous permettaient d'apercevoir que les silhouettes à l'approche, les formes des ombres en mouvement, les corps recroquevillés et assoupis. J'entendais le fracas incessant du train. Il y avait cinq autres personnes dans mon compartiment, leurs visages cachés comme le mien. C'était la pénombre nocturne qui m'avait fait choisir ce train, cette heure de départ. Le jour devait être sur le point de se lever, cela faisait quatre heures que nous roulions depuis notre départ de Prague. Assis, ballottés par les mouvements du train, nous gardions nos visages dissimulés sous nos manteaux, suspendus à des patères de bronze. Les autres dormaient peut-être, mais pas moi. J'avais trop peur.

Nous approchions de la frontière allemande. J'ai à nouveau vérifié mes papiers : mon billet, ma carte d'identité et mon passeport. J'avais détruit ma fausse carte au nom de Jan Rubeš. J'avais gardé la photo, mais je l'avais déchirée en mille morceaux que j'avais réduits en cendres. Je n'arrivais toujours pas à croire que j'étais là, sorti de ma cachette à l'usine Montana, à bord de ce train. J'ai palpé mon passeport dans ma poche, celui qui contenait le permis de franchir la frontière que Zdenka s'était procuré pour moi. Dans l'autre, j'avais la carte d'identité que m'avait donnée Míla. Nous avions utilisé un solvant chimique pour effacer soigneusement les noms et mélangé plusieurs encres afin d'obtenir la même couleur. On lisait à présent « Jan Šebesta, Chimiste, né à Alt Bunzlau le 11 mars 1921 ». Seul le passeport était au nom de Zdeněk Tůma.

Je revoyais l'image de Míla, ses yeux d'un gris intense qui m'observaient sans larmes. J'avais senti ses lèvres effleurer mon menton tandis qu'elle me serrait maladroitement dans ses bras avant de se détourner pour regarder ailleurs. Je savais qu'elle ne voulait pas me montrer son inquiétude.

J'étais installé en première classe. En face de moi, un panneau disait « Réservé au personnel officiel ». Je n'avais rien d'officiel, mais les gens voient ce à quoi ils s'attendent, et j'espérais passer à leurs yeux pour une personne digne de confiance. Je m'étais efforcé de prendre un air important et blasé en montant à bord du train.

Je priais pour que le contrôle d'identité soit rapide dans ce compartiment – une simple formalité. Je devais aussi rendre son passeport à Míla. C'est elle qui avait fini par convaincre Zdeněk. Les choses étaient déjà assez terribles comme ça, et personne ne voulait prendre de risques superflus. Le fait d'avoir ce passeport en ma possession était donc un miracle. Dès mon arrivée, j'étais censé le renvoyer à Prague pour que Zdeněk puisse regagner Berlin trois jours plus tard. En m'aidant, ils risquaient tous les deux leur vie. Zdeněk avait refusé de me laisser tomber, mais il était terrifié pour sa sécurité et la mienne.

Il avait peur que je ne m'en sorte pas. Ma principale inquiétude était la photo sur son passeport.

Le visage de Zdeněk était plus fin et plus anguleux que le mien. Ses yeux, telles des fléchettes intelligentes, ne ressemblaient en rien à mes grands yeux verts. « Tu as le regard rêveur d'un artiste », disait toujours ma mère.

Le train s'est arrêté.

J'ai entendu des voix qui devaient appartenir au conducteur et à la police des frontières. J'ai pris l'ampoule de verre recouverte de caoutchouc brun qui était rangée dans ma poche et l'ai coincée au fond de ma bouche, entre ma gencive et mes molaires du bas. On m'avait assuré que ça prendrait quelques secondes, une minute tout au plus. Le cyanure se répand dans vos nerfs, si bien que le cerveau meurt en premier, suivi du cœur. La mort serait-elle une expérience facile, ou atrocement douloureuse ? « Passeports », a dit une voix en allemand. Ils ne demandaient pas d'autres documents, seulement le passeport. Pas les papiers avec l'autre nom. J'ai respiré. Dans le wagon assombri, la lampe torche éclairait tour à tour les passeports brandis d'une main par les voyageurs. Trois hommes se sont pris le faisceau en pleine figure, deux sont restés dissimulés sous leurs manteaux. J'ai fait semblant de dormir. Les gardes m'ont secoué. J'ai gardé mon visage caché sous mon manteau, les paupières à demi closes. J'ai juste écarté mon manteau de quelques centimètres en signe de politesse et tendu mon passeport au garde. Il l'a regardé quelques secondes. J'étais certain qu'il devait voir mon cœur se soulever dans ma poitrine.

« Danke schoen, mein Herr », a-t-il murmuré en refermant le document pour me le rendre. J'ai attendu

quelques minutes, le temps d'être sûr qu'ils soient bien partis. Le train s'est ébranlé, et j'ai à nouveau pu respirer. J'ai toussé pour recracher l'ampoule au creux de ma main. Je l'ai soigneusement rangée dans ma poche. Je pourrais à nouveau en avoir besoin.

J'ai dormi jusqu'à l'arrivée du train à Berlin. C'était le milieu de la matinée. J'ai glissé le passeport dans une enveloppe adressée à Zdeněk à la Poste centrale de Prague, et l'ai déposé dans une boîte aux lettres de la Reichpost. Même si je me faisais prendre maintenant, Zdeněk ne risquait plus rien. La lumière du soleil brillait entre les immeubles quand je suis sorti de la gare. Soudain, ma valise m'a paru très légère. C'était une belle matinée de printemps à Berlin en mai 1943, en cette quatrième année de Seconde Guerre mondiale.

Berlin. J'étais bien là, et je m'appelais désormais Jan Šebesta, jeune chimiste tchèque à la recherche d'un emploi et d'une chambre à louer.

Jan Šebesta n'aurait jamais existé sans son ami Zdeněk. Le nom de Zdeněk Tůma étant plutôt répandu, j'ai eu du mal à retrouver sa famille. Il y a des milliers de Tůma dans les annuaires tchèques. Rien que sur Facebook, on compte plus de quatre-vingt-dix Zdeněk Tůma. Quand j'ai commencé mes recherches, je ne savais même pas vraiment à quoi il ressemblait. J'avais bien en ma possession quelques photos où je pensais l'apercevoir, mais elles sont si vieilles et si petites qu'on a bien du mal à distinguer les visages. Heureusement, l'une d'elles portait au verso son prénom inscrit au crayon à papier, et l'homme qui figurait sur ce portrait ne ressemblait en rien au cousin de mon père également baptisé Zdeněk. Je savais, d'après les archives tchèques, que Zdeněk Tůma s'était installé dans la région d'Opava après la guerre. J'ai fini par retrouver sur Internet une jeune femme aux cheveux bleus qui travaillait pour une ONG en Indonésie ; elle portait la version féminisée à la tchèque du patronyme Tůma, et était originaire d'Opava. Sur sa photo de profil LinkedIn, les yeux et le sourire de Barbora Tůmova affichaient une singulière ressemblance avec ceux de Zdeněk.

Je lui ai envoyé un mail. Elle m'a répondu qu'elle voyageait à travers l'Asie, mais m'a confirmé que son grand-père s'appelait bien Zdeněk et qu'il avait eu un ami vénézuélien nommé Hans Neumann. Par chance, elle faisait escale à Londres avant de rentrer à Prague. Nous nous sommes donné rendez-vous dans un café et avons bavardé pendant des heures. Son oncle, également prénommé Zdeněk, lui avait parlé de son grand-père et de son ami Hans. Lui aussi avait rédigé ses mémoires et conservé des photos retraçant leurs cinquante ans d'amitié.

J'ai découvert que Zdeněk était venu trois fois au Venezuela durant les années 1960 pour rendre visite à mon père. À l'époque, celui-ci avait son brevet de pilote et il l'avait emmené en avion jusqu'à l'archipel de Los Roques, où il lui avait laissé les commandes. Ils s'étaient également aventurés dans la réserve indienne des Yanomami, en pleine jungle amazonienne, et avaient dormi dans des hamacs au milieu de huttes communales baptisées *shabanos*. Les deux farceurs de Bohême s'étaient brièvement retrouvés dans une Amérique latine qui avait dû leur paraître à des années-lumière de leur passé européen.

Une fois encore, j'ai réalisé à quel point mon père était resté discret sur cette amitié. Ma mère, qui l'avait connu après ces voyages, ignorait tout de l'existence de Zdeněk. Elle ne l'avait jamais rencontré ni n'avait entendu parler de lui. Quand mon père avait mentionné son nom, à Prague, il ne m'avait révélé qu'une poignée d'éléments le concernant, et en aucun cas la profondeur de leur amitié. J'étais triste qu'il n'ait jamais pu m'en parler et qu'il ait gardé ce secret enfoui en lui pendant tant d'années. Il aurait pu me présenter Zdeněk lors de notre séjour à Prague. C'était une partie de son histoire qu'il aurait pu partager avec moi, car elle était heureuse et concernait aussi le présent. Mais cela avait sans doute été au-dessus de ses forces. Impossible pour lui de réunir le passé et le présent, de quelque manière que ce soit.

Lors de cette fameuse réunion d'anciens étudiants à Prague en 1990, Zdeněk était accompagné de son fils. Ce dernier se souvenait que lorsqu'ils avaient déposé mon père à son hôtel, les deux hommes s'étaient longuement étreints. Ce moment d'affection avait aussi marqué leurs adieux. Ce soir-là, Zdeněk avait annoncé à mon père qu'il souffrait d'un cancer en phase terminale. Il était décédé en 1991, un an avant Lotar et Miguel.

La mort de Zdeněk provoqua certainement chez mon père un choc émotionnel qui l'incita à coucher son passé par écrit, même s'il ne s'agissait que de quelques pages. Je sais aujourd'hui que la mort de Lotar et de Miguel, ainsi que notre séjour à Prague, apportèrent leurs pierres à l'édifice, mais qu'aucun de ces événements ne fut à l'origine du déclic initial. Mon père s'était mis à la rédaction de son récit de voyage berlinois après la disparition de Zdeněk.

Prise d'une impulsion, juste après ma rencontre avec Barbora, la petite-fille de Zdeněk, j'ai appelé l'ancienne assistante de mon père, aujourd'hui à la retraite. Je lui ai demandé si le nom de Zdeněk Tůma lui disait quelque chose. « M. Tůma ? Mais bien sûr ! m'a-t-elle aussitôt répondu. C'était le meilleur ami de ton père, du temps de ses études en Tchécoslovaquie. Il l'aimait beaucoup, il veillait toujours à lui écrire une carte de vœux à Noël ! »

Elle m'a raconté qu'il lui envoyait régulièrement des colis avec des tee-shirts portant le logo de l'une ou l'autre de ses sociétés, des jeux, des casquettes de base-ball, des hamacs, des patins à roulettes, des chewing-gums et toutes sortes de cadeaux.

« Oh, j'allais oublier, a-t-elle ajouté. Il lui envoyait aussi des colis de farces et attrapes. Une fois, c'était un paquet de chewing-gums qui éclataient comme un pétard quand vous tiriez dessus, et des bonbons qui vous coloraient la langue.

— Était-il en contact avec d'anciens amis en Tchécoslovaquie ? ai-je demandé à tout hasard.

— Oh, non. Seulement M. Tůma. C'était le seul. »

12

Choix

Chaque fois ou presque que j'ai raconté cette histoire à des historiens ou des curateurs de musée à Londres, Paris ou Berlin, j'ai d'abord eu droit à des réactions incrédules. La première fois que j'ai ouvert la boîte de mon père, je n'étais pas sûre de savoir ce qui m'attendait. Je me suis efforcée d'authentifier tous les documents que j'ai trouvés à l'intérieur. J'ai examiné des cartes, compulsé des archives, vérifié des noms et des adresses dans de vieux carnets et annuaires. Une fois certaine que ces informations étaient correctes, que tous les détails concordaient, raconter l'aventure de mes recherches et produire les preuves de ce que je racontais est devenu pour moi un exercice banal. Inlassablement, j'ai raconté ces faits et expliqué en détail comment je les avais découverts. Chacune des personnes éberluées que j'avais en face de moi devait se pincer pour le croire. Moi-même, j'étais passée par là.

Le jeune Hans Neumann, citoyen de Prague, avait préféré fuir pour échapper à la déportation. Il s'était caché sous une fausse identité. En soi, cela n'avait rien de très extraordinaire ; des milliers de Juifs persécutés avaient fait la même chose pour survivre. C'était la suite de son histoire qui, au début, arrachait un sourire incrédule à mes interlocuteurs. Je n'étais que sa fille, autrement dit un témoin peu fiable racontant l'histoire qu'elle avait envie d'entendre. Mais leur attitude changeait dès que je leur montrais les papiers d'identité de Jan Šebesta, ses permis de déplacement et ses lettres envoyées de Berlin. À mesure qu'ils découvraient ces documents, leur scepticisme poli cédait la place à une curiosité sincère, puis à la stupéfaction.

La chose la plus difficile à croire est sans doute que mon père ait choisi de se cacher à Berlin. Il n'y avait pas été envoyé en tant que travailleur forcé ; il avait pris la décision de s'y rendre pour chercher du travail. La plupart des fugitifs de cette période trouvaient refuge là où ils pouvaient : dans des caves, des latrines, des couvents, n'importe quel endroit jugé à peu près sûr. S'ils changeaient d'endroit, ils le faisaient uniquement parce qu'ils n'avaient pas le choix, et mettaient souvent le cap vers les régions moins peuplées aux confins du Reich, dans l'espoir de passer les frontières. Mon père est parti dans la direction opposée, déterminé à plonger au cœur même de la bête. C'était une décision parfaitement absurde, aussi bien pour le joyeux farceur de sa jeunesse que pour l'homme raisonnable et discipliné qu'il était en train de devenir. Elle devait aller à l'encontre de tous ses instincts. Cela ne nous apparaît pas seulement insolite et dangereux, même soixante-dix ans après les faits ; c'est d'une imprudence ahurissante.

En 1943, Warnecke & Böhm était le principal fournisseur de revêtements protecteurs en polymère pour la Luftwaffe. La technologie de pointe qu'ils développaient en matière de peinture permettait de réduire la résistance à l'air. C'était un critère essentiel pour l'efficacité des avions et le développement des missiles. La société était leader dans son domaine. En 1939, elle avait obtenu du gouvernement allemand le statut d'entreprise prioritaire puisqu'elle fournissait la peinture et le vernis pour les U-boats et le nouveau projet de bombardier rapide, baptisé Junker Ju 88. Ses scientifiques avaient mis au point le revêtement camouflage du Focke-Wulf Fw 190. Ses activités étaient jugées suffisamment importantes pour qu'un rapport des services secrets britanniques datant de 1945 (et aujourd'hui déclassifié) cite l'usine de Weissensee, à Berlin, comme la plus performante du Reich dans la fabrication des ingrédients indispensables aux peintures spéciales utilisées par la Luftwaffe.

Hans avait beaucoup de chance : son ami Zdeněk avait été envoyé par les Allemands dans une usine de peinture berlinoise où l'on manquait de main-d'œuvre qualifiée. Et grâce à Montana, le jeune homme jouissait d'une expertise solide dans le domaine de la peinture industrielle. Ce furent ces deux coïncidences qui lui donnèrent l'idée de fomenter son incroyable projet.

Dans le texte qu'il m'a laissé, mon père décrit ainsi ses premières impressions de Berlin, le 3 mai 1943, à la sortie de la gare :

La ville ne semblait pas du tout plongée au milieu d'une guerre. Des gens bien habillés vaquaient à leurs affaires, beaucoup en uniformes officiels. Le seul signe évident qu'il y avait quelque chose de différent était le nombre de femmes dans les rues. Nombre d'entre elles arboraient des insignes ou des badges signalant leur appartenance au NSDAP, le Parti nazi. C'est grâce à Zdeněk que je me trouvais ici, même si c'était mon idée et qu'il m'avait d'abord pris pour un fou. Pourtant, c'était lui qui avait fait germer cette graine dans mon esprit. Lui qui avait mentionné en passant qu'il manquait de scientifiques expérimentés dans son usine à Berlin. J'ai suivi à la lettre les instructions qu'il m'avait données lorsqu'il était venu me voir en cachette chez Montana. J'ai pris le train extérieur, le S-Bahn. Ses pattes de mouche griffonnées sur le morceau de papier précisaient que j'avais un seul arrêt jusqu'au premier changement, puis quatre autres vers l'est jusqu'au second, et enfin deux arrêts avant d'atteindre le nord-est de la ville. De là, il me faudrait marcher cinq minutes. Je suis sorti de la station et j'ai pris la direction du nord, pour me retrouver enfin devant l'imposant édifice gris.

J'étais conscient d'être enfin arrivé. J'ai essayé de remettre de l'ordre dans mes pensées. Après une seconde d'hésitation, j'ai respiré un grand coup et, avant que le doute ne me submerge, j'ai franchi l'entrée.

C'était bien l'endroit que Zdeněk m'avait décrit tout bas, une usine du nom de Warnecke & Böhm. À l'entrée, j'ai demandé à un jeune homme portant des lunettes sales de m'indiquer la personne en charge du recrutement. Il m'a indiqué le Bureau du personnel. La porte était entrouverte ; j'ai frappé, et salué la femme entre deux âges assise derrière son bureau. Elle semblait plutôt agréable et j'ai osé lui adresser un sourire avant de prendre la parole d'un ton nerveux.

« Bonjour. Je suis diplômé de l'Institut de Technologie chimique de Prague. J'ai de l'expérience dans le domaine de la peinture et j'aimerais vous proposer mes services. Le Dr Högn serait-il disposé à me recevoir ? »

La femme a paru un peu surprise de cette entrée en matière et m'a fait signe d'approcher.

« Vous n'avez pas besoin de me raconter tout cela. Je vais voir si le Dr Högn peut vous recevoir. » Elle m'a jaugé des pieds à la tête et m'a dit d'attendre là. Tandis qu'elle s'éloignait, j'ai remarqué que ses

chaussures étaient bien cirées et qu'elle était coiffée d'un parfait chignon grisonnant à l'arrière de son crâne. Pas un cheveu ne dépassait. Elle a disparu dans un bureau situé plus loin dans le couloir. J'ai regardé autour de moi et frotté mes paumes moites contre mon pantalon. Quelques minutes plus tard, elle est revenue et m'a demandé mon nom.

« Šebesta, lui ai-je répondu. Jan Šebesta.

— Et vous n'avez pas rendez-vous ? m'a-t-elle rétorqué en me faisant signe de la suivre alors qu'elle connaissait déjà la réponse. Herr Doktor Högn va vous recevoir. » Elle m'a fait entrer dans un bureau presque vide, doté de trois chaises métalliques et d'une table près de la fenêtre. L'unique élément de décoration était la photo du Führer accrochée au mur. J'étais terrassé par la peur.

« Voici Šebesta », a-t-elle déclaré à l'homme assis derrière la table.

Högn était chauve, avait le visage rougeaud et luisant de sueur, et il portait des lunettes.

« Heil Hitler ! *Šebesta, il paraît que vous cherchez du travail chez Warnecke & Böhm ? »*

J'ai regretté de ne pas avoir écouté plus attentivement les interminables discussions techniques entre mon oncle Richard, mon père et mon frère pendant les repas, au lieu de composer des poèmes dans ma tête.

« Je suis diplômé de chimie. Durant mes études, j'ai travaillé chaque été dans l'usine de peinture Montana à Prague. » Me souvenant des recommandations de Zdeněk, j'ai ajouté : « J'ai surtout travaillé au développement des peintures industrielles.

— Et vos papiers ?

— Le problème, c'est que je suis spécialiste des polymères et des peintures synthétiques. Mon ami m'a

dit que c'est ce que vous faisiez ici. Si j'étais resté en Bohême, j'aurais été envoyé comme tous les jeunes gens de mon âge effectuer un travail subalterne pour le Reich. La plupart de mes amis sont envoyés dans des fermes ou des mines, et cela aurait été du gâchis compte tenu de mes compétences professionnelles.

» Certes, ai-je poursuivi avec l'assurance du désespoir, je me soustrais au travail minier ou agricole, mais comprenez que je ne suis pas venu ici seulement pour moi, mais pour le bien du Reich. »

Depuis sa chaise, mon interlocuteur m'a toisé de son regard bleu acier qui contrastait avec le rouge sang de la croix gammée épinglée à son revers. À sa façon de tenir ses mains, les deux index pointés vers le haut, j'ai compris qu'il accordait une attention sincère à mes propos. J'ai serré mon poing moite derrière mon dos, et je me suis efforcé de sourire.

Après un silence, il a déclaré : « Nous allons vous prendre à l'essai. Le problème sera de vous obtenir un permis de travail auprès des autorités. Nous dirons que nous vous avons engagé à Prague. Mais vous avez de la chance, Šebesta. Vous avez frappé à la bonne porte. J'ai justement un ami qui a travaillé au ministère du Travail. Il nous aidera. » Il a disparu quelques minutes, puis est revenu en me disant qu'il allait m'accompagner.

« Vous êtes audacieux, et j'admire cette qualité, Šebesta, mais tâchez de ne pas en abuser. C'est aussi comme ça qu'on s'attire des ennuis. »

Nous avons traversé Berlin en train. J'ai essayé de faire la conversation, de lui poser des questions sur la ville et sur ses amis haut placés. Zdeněk avait eu raison de dire que le Dr Högn aimait se donner des airs importants ; il se vantait volontiers d'avoir de l'entregent.

Une fois arrivé au ministère, il a abordé un homme en costume marron. Méfiant, je suis resté à quelques mètres derrière lui. Ils se sont mis à échanger des messes basses tout en jetant des coups d'œil dans ma direction. De là où je me tenais, il m'était impossible d'entendre ce qu'ils disaient, mais je raccrochais mon espoir au fait qu'ils semblaient davantage acquiescer que secouer la tête. Ils se sont avancés vers moi et m'ont demandé ma carte d'identité tchèque. Je me suis efforcé de calmer ma terreur en leur tendant la carte falsifiée de Míla. Ils l'ont à peine regardée, déjà occupés à remplir des pages de formulaires pendant ce qui m'a semblé une éternité. Après quoi l'homme en costume marron m'a dit d'aller présenter ces papiers à un guichet. Là, l'employé les a tamponnés sans les lire. Ces documents constituaient la preuve que j'étais autorisé à travailler, à vivre et à me nourrir à Berlin. Je les ai pliés et rangés dans ma poche poitrine. Je les ai tous deux remerciés chaleureusement et j'ai incliné la tête avec déférence.

Alors que nous regagnions le Bureau du personnel de l'usine pour en finir avec la paperasse, j'ai pris le risque de demander au Dr Högn s'il savait où je pourrais trouver une chambre à louer.

« Je peux faire mieux que ça, m'a-t-il répondu en souriant. J'ai une amie, Frau Rudloff. Elle vit ici, à Weissensee. Elle est veuve et cherche un locataire. Quelqu'un de calme et de sérieux. » Sur ces mots, il a appelé la personne en question et lui a annoncé qu'un jeune homme bien sous tous rapports et répondant au nom de Jan Šebesta se présenterait chez elle pour visiter la chambre.

L'appartement sombre de Frau Rudloff était situé à deux pas de l'usine, au 108 Langhansstrasse. La veuve avait l'air âgée et sévère. Sa petite moue lui donnait un air maussade, mais elle ne semblait pas malveillante et la chambre était propre et bon marché. J'ai déballé mes quelques effets personnels, placé ma poupée porte-bonheur et mes livres sur la table de chevet et me suis effondré sur le lit en bois.

J'étais épuisé, mais j'avais du mal à trouver le sommeil. À mesure que mon corps s'enfonçait dans le matelas, je fixais les ombres au plafond et je me suis aperçu que je tremblais. J'essayais de me calmer quand Frau Rudloff a frappé à la porte avant d'entrer. Je me suis assis dans mon lit, recouvert de la couverture de laine grise.

« Avez-vous besoin de quoi que ce soit, Herr Šebesta ? Puis-je vous apporter quelque chose ? » J'étais stupéfait de sa gentillesse mais la vision de sa poitrine, bien apparente sous sa chemise de nuit, me mettait mal à l'aise. Le manque d'hommes se faisait sentir. Je l'ai remerciée, lui ai répondu que je n'avais besoin de rien, et je lui ai souhaité une bonne nuit.

Pour ma première journée à Berlin, tout le monde avait accepté l'histoire de Jan Šebesta. J'avais un travail, des papiers conformes à ma nouvelle identité, et un endroit au chaud où dormir. Miraculeusement, tout avait marché comme prévu. J'ai renoncé à trouver le sommeil et je me suis installé à mon minuscule bureau pour écrire à Míla la première d'une longue série de lettres presque quotidiennes. Je voulais que Lotar et elle sachent que ma première journée s'était bien passée. Je lui demandais de brûler ce message aussitôt après l'avoir lu. J'en ferais de même avec ses réponses. Nos lettres étaient codées, mais il ne fallait prendre aucun risque. C'était trop dangereux de garder quoi que ce soit susceptible de trahir mon identité, et de l'exposer elle comme la complice d'un homme cherché par la Gestapo. J'ai terminé par un court poème humoristique pour lui remonter le moral.

Enfin, j'ai réussi à dormir. Le lendemain serait ma première journée de travail sous l'identité de Jan, le chimiste tchèque employé chez Warnecke & Böhm à Berlin.

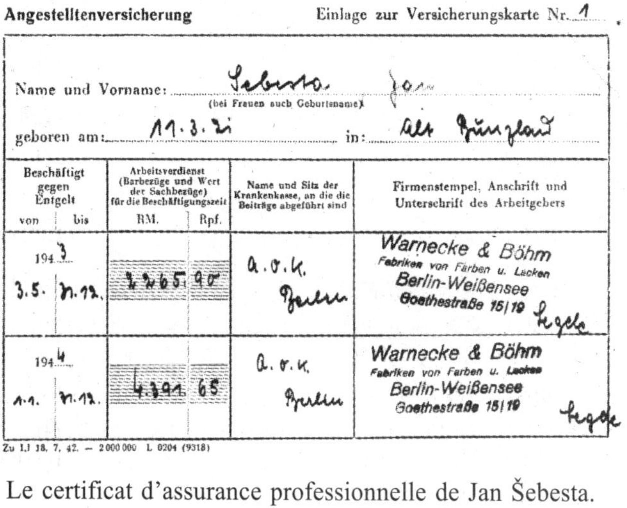

Angestelltenversicherung Einlage zur Versicherungskarte Nr. 1

Name und Vorname: Sebesta Jan (bei Frauen auch Geburtsname)

geboren am: 11.3.21 in: Alt Bunzlau

Beschäftigt gegen Entgelt von	bis	Arbeitsverdienst (Barbezüge und Wert der Sachbezüge) für die Beschäftigungszeit RM.	Rpf.	Name und Sitz der Krankenkasse, an die die Beiträge abgeführt sind	Firmenstempel, Anschrift und Unterschrift des Arbeitgebers
1943 3.5.	31.12.	2265	90	A.O.K. Berlin	Warnecke & Böhm Fabriken von Farben u. Lacken Berlin-Weißensee Goethestraße 15/19
1944 1.1.	31.12.	4391	65	A.O.K. Berlin	Warnecke & Böhm Fabriken von Farben u. Lacken Berlin-Weißensee Goethestraße 15/19

461/42

Zu I.J 18. 7. 42. – 2000000 L 0204 (9318)

Le certificat d'assurance professionnelle de Jan Šebesta.

Hans était donc devenu Jan, et Jan travaillait à Berlin. L'assurance professionnelle au nom de Jan Šebesta que mon père m'a laissée dans sa boîte indique le lundi 3 mai 1943 comme sa première journée d'embauche, soit le jour de son arrivée à Berlin. Au fil des semaines, il amasserait quantité d'autres documents sous sa nouvelle identité : cartes de rationnement, enregistrement de domicile, formulaires des impôts… Je les ai tous retrouvés dans sa boîte.

L'absence de Hans ne passa pas inaperçue dans les lettres de ses parents. Deux semaines plus tard, Otto envoya un message codé à Lotar :

Nous ne pouvons qu'imaginer tout ce que vous avez traversé et à quel point vous avez dû être inquiets à cause de la maladie de H. Quelle belle récompense de savoir aujourd'hui qu'il s'est bien rétabli, comme Richard, il y a si longtemps. Mais vous ne devez pas me faire de cachotteries, vous ne m'avez pas transmis ses salutations pendant qu'il était souffrant. Je vous supplie de ne plus nous cacher la vérité, si cruelle vous semble-t-elle. Comme vous le savez, je vous fais part aussi des choses déplaisantes quand la situation l'exige.

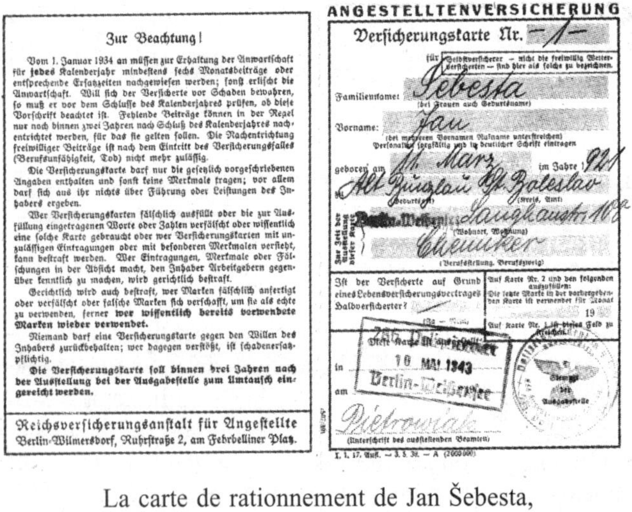

Zur Beachtung!

Vom 1. Januar 1934 an müssen zur Erhaltung der Anwartschaft für **jedes** Kalenderjahr mindestens sechs Monatsbeiträge oder entsprechende Ersatzzeiten nachgewiesen werden; sonst erlischt die Anwartschaft. Will sich der Versicherte vor Schaden bewahren, so muß er vor dem Schlusse des Kalenderjahres prüfen, ob diese Vorschrift beachtet ist. Fehlende Beiträge können in der Regel nur noch binnen zwei Jahren nach Schluß des Kalenderjahres nachentrichtet werden, für das sie gelten sollen. Die Nachentrichtung freiwilliger Beiträge ist nach dem Eintritt des Versicherungsfalles (Berufsunfähigkeit, Tod) nicht mehr zulässig.

Die Versicherungskarte darf nur die gesetzlich vorgeschriebenen Angaben enthalten und sonst keine Merkmale tragen; vor allem darf sich aus ihr nichts über Führung oder Leistungen des Inhabers ergeben.

Wer Versicherungskarten fälschlich ausfüllt oder die zur Ausfüllung eingetragenen Worte oder Zahlen verfälscht oder wissentlich eine solche Karte gebraucht oder wer Versicherungskarten mit unzulässigen Eintragungen oder mit besonderen Merkmalen versieht, kann bestraft werden. Wer Eintragungen, Merkmale oder Fälschungen in der Absicht macht, den Inhaber Arbeitgebern gegenüber kenntlich zu machen, wird gerichtlich bestraft.

Gerichtlich wird auch bestraft, wer Marken fälschlich anfertigt oder verfälscht oder falsche Marken sich verschafft, um sie als echte zu verwenden, ferner **wer wissentlich bereits verwendete Marken wieder verwendet.**

Niemand darf eine Versicherungskarte gegen den Willen des Inhabers zurückbehalten; wer dagegen verstößt, ist schadenersatzpflichtig.

Die Versicherungskarte soll binnen drei Jahren nach der Ausstellung bei der Ausgabestelle zum Umtausch eingereicht werden.

Reichsversicherungsanstalt für Angestellte
Berlin-Wilmersdorf, Ruhrstraße 2, am Fehrbelliner Platz.

ANGESTELLTENVERSICHERUNG

Versicherungskarte Nr. 1

für Selbstversicherer – nicht die freiwillig Weiterversicherten – sind hier als solche zu bezeichnen.

Familienname: Sebesta
(bei Frauen auch Geburtsname)

Vorname: Jau
(bei mehreren Vornamen Rufname unterstreichen)
Personalien sorgfältig und in deutlicher Schrift eintragen

geboren am 11. März im Jahre 1921

in Alt Bunzlau … Boleslav
(Geburtsort) (Kreis, Amt)

Zur Zeit der Ausstellung dieser Karte
… Langhausstr. 10
(Wohnort, Wohnung)

Chemiker
(Berufsstellung, Berufszweig)

Ist der Versicherte auf Grund eines Lebensversicherungsvertrages Halbversicherter? —
(Ja – Nein)

Auf Karte Nr. 2 und den folgenden auszufüllen:
Die letzte Marke in der vorhergehenden Karte ist verwendet für Monat … 19…
Auf Karte Nr. 1 ist dieses Feld zu streichen.

Diese Karte ist ausgestellt
in
am
10 MAI 1943
Berlin-…

Pietrowiak
(Unterschrift des ausstellenden Beamten)

Stempel der Ausgabestelle

I. 1. 17. Aufl. – 3. 5. 39. – A (2000000)

La carte de rationnement de Jan Šebesta,
tamponnée le 10 mai 1943.

Richard était le frère qui avait émigré aux États-Unis en 1939. Otto faisait clairement comprendre qu'en sa qualité de patriarche, il était mécontent de ne pas avoir été informé que son fils avait vécu dans la clandestinité en mars et avril. Toutefois, il était visiblement soulagé d'apprendre que Hans « s'était bien rétabli, comme Richard », et avait réussi à fuir hors de Prague. J'ignore, en revanche, si mes grands-parents savaient qu'il s'était réfugié à Berlin. J'imagine que Lotar leur avait épargné ce détail, afin de ne pas les inquiéter davantage et de ne pas mettre la vie de son frère en danger. Il devait avoir gardé en mémoire leurs demandes insistantes de « penser avant tout à votre sécurité et ne faites rien qui puisse vous mettre en danger ».

À en juger par leurs lettres en 1943, mes grands-parents s'habituaient à leurs conditions de vie et faisaient de leur mieux pour recréer un semblant de normalité. Même la détérioration de l'état de santé d'Ella, qui lui avait valu d'être hospitalisée pour soigner ses ulcères à l'estomac, puis son inflammation de la vésicule biliaire, n'avait pas amoindri leurs espoirs de voir la famille réunie un jour. Ils ne rataient jamais une occasion d'exprimer leur amour et leur gratitude envers leurs fils et Zdenka.

Au début de l'année, le patron d'Otto avait écrit une *reklamatzia*, une requête officielle auprès des Anciens de Terezín. Grâce à cette démarche, ils avaient réussi à obtenir l'annulation du *Weisung* d'Ella. C'était un grand soulagement de savoir qu'elle n'était plus sélectionnée pour un prochain convoi vers l'est, garantie de mort immédiate. Mais même sans *Weisung*, la menace de ce qu'ils qualifiaient d'« excursion » vers les camps de la mort restait présente au quotidien. « Si seulement ces monstrueuses excursions pouvaient totalement disparaître. »

Néanmoins, Otto parvenait encore à exprimer quelques notes d'optimisme. Dans une lettre en particulier, il avouait s'être « surpris en rentrant du travail à chantonner Golem », une chanson comique rendue célèbre par Voskovec et Werich, un duo d'amuseurs d'avant-garde très critique de l'idéologie nazie. Le Golem était une créature mythique censée avoir protégé les Juifs de Prague de l'antisémitisme au XVIe siècle.

Otto et Ella avaient noué de nouvelles amitiés au camp et ne ménageaient pas leurs efforts pour aider les autres, grâce à leur réseau de complices. Otto était ainsi devenu ami avec Stella Kronberger, une Praguoise originaire de Vienne dont le mari s'était suicidé la veille de leur déportation. Otto avait également « adopté » une jeune fille baptisée Olina, dont il avait bien connu les parents à Libčice. Elle était seule au camp : son père avait été épargné, car il était marié à une femme non juive mais, en tant que *mischiling*, c'est-à-dire une personne de sang mêlé, et âgée de plus de quinze ans, Olina n'avait pu échapper à la déportation vers Terezín. Otto mentionnait souvent Olina et Stella dans ses lettres ; il passait du temps à leurs côtés, partageait avec elles ses rations alimentaires et toutes les denrées qu'il recevait dans ses colis.

Ella suppliait ses « adorés » de lui écrire et de lui raconter leur vie à Prague afin qu'elle puisse les imaginer dans des situations précises. « Pas un jour, une soirée ou une nuit ne passe sans que je pense à vous. Mon unique désir est de vous revoir et de réunir enfin notre famille. » Elle ne pensait qu'au jour de leurs retrouvailles.

Malgré sa mauvaise santé et sa situation, son amour des belles choses et sa tendance à la coquetterie étaient restés intacts à l'arrivée du printemps. Vers la mi-avril, Ella écrivit que « les fleurs qui bourgeonnent sur les arbres me font penser à Libčice ». Elle demandait qu'on lui envoie son manteau de mi-saison, ses chaussures à semelles en liège, son poudrier et du parfum. Elle se plaignait du fait que de nombreux colis étaient ouverts et pillés, mais précisait qu'elle avait bien reçu les vêtements, la nourriture, les articles d'hygiène et le cirage à chaussures pour Otto. Malgré le chaos qui régnait autour d'eux, la maladie, la surpopulation, la faim et le froid, ils trouvaient le moyen de s'accrocher et de continuer à vivre. Ils avaient des amis, parvenaient à savourer de menus plaisirs et à trouver des moments de relative quiétude.

Ils n'étaient pas les seuls. La nièce d'Ella, Zita, âgée de vingt-quatre ans et internée à Terezín depuis janvier 1942, avait réussi à trouver l'amour et même à se marier dans l'enceinte du camp.

J'ai découvert l'existence de Zita en lisant les lettres de mes grands-parents. Quand Magda, la chercheuse, m'a aidée à reconstituer mon arbre généalogique, nous avons découvert que j'avais des parents encore vivants non seulement aux États-Unis mais aussi en France, en Angleterre, en Israël et en République tchèque. L'une de ces personnes était la fille de Zita, Daniela, née en 1948. Nous nous sommes rencontrées un soir d'octobre 2017 au bar de l'hôtel où je séjournais, et nous avons parlé de nos familles pendant des heures, moitié en français, moitié en anglais. Après cette rencontre, Daniela m'a envoyé quelques pages du récit autobiographique de sa mère, ainsi que des photos des parents de celle-ci (Rudolf Pollak et sa seconde épouse, Josefa), de sa propre sœur, Hana, et de ses frères, Zdeněk et Jiři – tous détenus à Terezín au moment de l'arrivée d'Ella. Il y avait des photos des enfants, bien alignés en costumes de marin et en tenues élégantes, et de la sœur d'Ella posant fièrement avec son premier-né. Un autre cliché montrait les neveux et nièces d'Ella assis joyeusement autour de leur père ; il avait été pris quelques mois avant la déportation vers Terezín. Aujourd'hui encore, je suis frappée par cette image d'affection familiale et de joie insouciante.

Le beau-frère d'Ella, Rudolf Pollak, et ses trois enfants : Zita et Hana à gauche, Zdeněk à droite. Teplice, vers 1940.

Rudolf, Josefa et Jiři Polak avaient été déportés à Auschwitz en septembre 1943, le jour des cinquante-neuf ans de Rudolf, mais la présence de Zita, Hana et Zdeněk à Terezín apportait un peu de répit à mes grands-parents. Après l'un de ses nombreux changements de caserne, Otto confia son soulagement de se retrouver dans le même dortoir que Zdeněk. Ella aida sa nièce Zita à voler quelques fleurs sur les arbres pour lui confectionner son bouquet de mariage.

Dans ses lettres datant de cette période, Ella commence à appeler Otto « Grincheux ». Son mari avait toujours été irascible, et les conditions à Terezín n'avaient certainement rien arrangé à son caractère. Au lieu de les rapprocher l'un de l'autre, la vie au camp semble plutôt avoir creusé un abîme entre mes grands-parents.

Les relations d'Ella avec son employeur ont manifestement été le catalyseur de ces divisions. Dans ses toutes premières lettres de Terezín, elle mentionnait souvent « l'Ing. L. » : « Il a des relations. Il s'occupe bien de moi. Il me mange dans la main. »

Les premières semaines, Otto avait lui aussi exprimé sa gratitude envers l'Ingénieur Langer pour sa générosité. Début 1943, il écrivait ainsi qu'il était reconnaissant à Langer de lui avoir trouvé un emploi lui permettant d'éviter la déportation. Il suggérait à ses fils d'entrer en contact avec Mme Langerova, son épouse, à Prague, afin de lui donner des nouvelles de son mari, et de lui proposer de profiter de leurs envois de colis pour transmettre des messages à son mari au camp.

Mais en raison de la jalousie d'Otto, Langer était aussi une source de conflits. Un mois seulement après son arrivée, il fulminait : « L'Ing. L. a détruit le bonheur de cette famille, même si la principale responsable en est surtout Ella, qui ne se comporte pas comme une personne normale. » À plusieurs reprises, dans les lettres qui suivirent, il évoqua son « mariage raté ». Ella, de son côté, niait toute relation sentimentale avec qui que ce soit et regrettait qu'Otto ne trouve pas de meilleurs moyens d'exprimer son amour pour elle. En mars 1943, elle parla ainsi de sa jalousie : « Bien qu'il n'ait aucune raison d'être jaloux, il ne peut pas supporter l'idée que certains hommes de pouvoir à Terezín m'apprécient et me mangent dans la main. Sur ce point précis, je fais ce que je peux, ma seule mission ici étant de survivre à tout prix, et sans mes amis haut placés nous serions déjà morts ou déportés depuis longtemps. » Elle critiquait Otto pour sa « mesquinerie » et son « insensibilité », estimant qu'il devrait se concentrer sur des choses plus importantes, « comme la survie ». En juin 1943, elle supplia ses enfants de ne « pas prendre les lettres d'Otto trop au tragique » et demandait plus particulièrement à Lotar de ne pas s'inquiéter pour leur couple. « En aucun cas vous ne pouvez imaginer à quoi ressemble la vie dans cet asile de fous. » Comme souvent, elle insistait sur le fait que son seul objectif était leur survie à tous les deux, tout en ajoutant : « Ma façon d'y parvenir n'a rien d'inconvenant, car je ne tiens pas à retrouver le monde extérieur en me sentant affaiblie sur le plan physique ou mental. » La survie comptait plus que tout, mais Ella avait aussi ses principes. En clarifiant ce point, elle assurait à ses fils qu'il était hors de question pour elle d'entretenir une liaison.

Cela ne l'empêchait pas de chanter inlassablement les louanges de Langer pour la sécurité qu'il lui avait apportée « d'une manière si émouvante et paternelle alors que j'étais dans la solitude et la misère ». Elle se sentait redevable envers lui pour « mon logement, mon travail, la possibilité d'entreposer mes effets personnels, la possibilité de rester en contact avec le monde extérieur ». Elle faisait également observer, avec un soupçon d'ironie acerbe, qu'Otto se comportait comme un ingrat alors que l'Ingénieur Langer l'avait fait bénéficier de ses largesses « dès le moment de son arrivée ».

Grâce aux archives du Musée juif de Prague et aux archives municipales de Brno, j'ai pu retrouver la trace de la fille cadette du bienfaiteur d'Ella. Après avoir grandi en Tchécoslovaquie, Beatrice vit aujourd'hui en Australie, où elle est pathologiste à la retraite. Nous avons correspondu par e-mail pendant quelques mois avant de nous rencontrer, enfin, une après-midi à Londres. Grâce à Beatrice, à mes lettres et aux archives de la République tchèque, j'ai reconstitué le parcours et le portrait de František Langer. Né en 1902 à Bohušovice, il avait étudié à l'université de Brno. C'était un homme élancé et studieux, grand amateur de livres, de promenades en forêt et de feux de camp. En 1932, il avait épousé une protestante franco-tchèque et leur première fille, la sœur aînée de Beatrice, était née quatre ans plus tard. Alarmés par la politique du gouvernement nazi, František et sa femme avaient divorcé afin de protéger leur famille et ne pas perdre leurs biens. Il était arrivé à Terezín un mois avant Ella et avait rapidement été placé à la tête du *Bauhof*, l'atelier du camp. C'était un poste très important, même si, contrairement aux Anciens, il n'avait aucune influence sur les questions administratives ou les listes de déportation. Mais son statut lui permettait tout de même de donner son avis. Il bénéficiait également d'un logement privatif, avait accès aux ateliers et à des lieux de rangement ; à Terezín, c'était un luxe. Ella faisait le ménage et la cuisine chez lui. En dépit du contexte surréaliste, ils devinrent amis.

D'après tous ceux qui l'ont connue, ma grand-mère avait toujours été une femme charmante et enjôleuse. Il est clair, d'après ses lettres, qu'elle avait conservé en elle une certaine joie de vivre, même à Terezín.

Quoi qu'il en soit, Langer avait fait tout ce qu'il pouvait pour aider Ella et son mari.

Ma grand-mère a peut-être flirté ou fait tout ce qu'elle jugeait possible pour rester en vie et retrouver ses adorés. Tout ce que je sais, c'est que dans un monde de choix absurdes Ella avait choisi de survivre. Ses lettres étaient remplies d'espoir, de pragmatisme, et d'une détermination farouche. Elle nia sans relâche avoir entretenu davantage qu'une relation d'amitié avec František Langer, lequel, après tout, était non seulement plus jeune qu'elle, mais aussi « très attaché à sa femme et à sa fille ». Elle accusait Otto d'être « irrationnellement jaloux de tout, même de son ombre ». Je ne saurai jamais si ces soupçons étaient fondés ou non. Chacune de leurs versions est crédible, à moins que la vérité, comme souvent, réside quelque part entre les deux.

Quelles qu'en soient les raisons, František Langer joua un rôle considérable dans la vie du couple Neumann à Terezín. Malgré le ressentiment d'Otto, il leur fit bénéficier de sa protection et fut un ami tendre et réconfortant pour Ella.

Beatrice et moi avons eu de nombreuses conversations à propos de Terezín, de nos familles et des lettres de cette époque. J'avais redouté le moment d'aborder la question des soupçons de mon grand-père, mais je n'aurais pas dû. Grâce au lien étrange qui se noue spontanément entre enfants de survivants, nous nous parlions librement et en toute franchise, que ce soit sur Skype, par e-mail ou en personne. Nous sommes tombées d'accord pour dire que nous ne saurons jamais toute la vérité, mais que beaucoup de choses pouvaient être belles et profondes sans que nous, à la fois si proches et si éloignées de la folie de la guerre, puissions les comprendre entièrement.

Après sa libération de Terezín en 1945, l'Ingénieur František Langer ne parla jamais d'Otto ou d'Ella Neumann à sa fille. Comme de nombreux survivants, il n'évoqua jamais son expérience des camps ; il reconstruisit sa vie, d'abord en Tchécoslovaquie, puis en Australie. Sa famille a conservé un portrait de lui, peint à Terezín par l'artiste Peter Kien. Ce dernier est mort à Auschwitz en octobre 1944, mais nombre de ses dessins et tableaux lui ont survécu et sont aujourd'hui exposés à Terezín. Cette huile, dédiée à František Langer, porte cette simple annotation : « Avec gratitude. »

Portrait de l'Ingénieur
Langer par Peter Kien.

*

Au mois de septembre 1943, la plupart des Juifs de Prague avaient été déportés. Sur les 118 000 résidents juifs que comptait la ville en 1939, près de 36 000 avaient pris la fuite et 70 000 avaient été emportés dans des convois. Seuls restaient les enfants nés d'un mariage mixte ou les personnes mariées à des non-Juifs. En conséquence, l'activité du Conseil des Anciens de Prague s'était considérablement réduite. Pourtant, ses bureaux croulaient toujours sous la paperasse administrative, les déclarations sur l'honneur, les actes de saisies ou de confiscations, les dossiers concernant les exclusions de la fonction publique et les déportations. Un seul convoi d'ordre moyen générait à lui seul cinq cents dossiers ; près d'une centaine de trains avaient quitté la gare de Bubny entre 1941 et septembre 1943.

Les Juifs du Protectorat n'ayant pas encore été déportés vivaient toujours sous les Lois de Nuremberg. L'organisation du Judenrat de Prague était complexe ; plusieurs centaines de personnes travaillaient directement ou indirectement pour lui. Mais au fil des déportations, même ses membres furent emportés les uns après les autres et l'organisation vint à manquer cruellement de personnel. C'est dans ce contexte que Lotar fut recruté en tant que documentaliste au département des convois.

Parmi les autres nouvelles recrues du Conseil des Anciens figuraient deux de ses amis : un avocat du nom de Viktor Knapp, que Zdenka avait connu à la faculté de droit, et Erik Kolár, avec qui il avait animé la petite école clandestine. Eux aussi protégés par des mariages mixtes, ils commencèrent leur travail au mois de septembre. Malgré les déportations successives, Pišta avait toujours son poste d'assistant. La présence de visages familiers devait un peu alléger le fardeau de la tâche quotidienne au sein d'une machine administrative conçue par les nazis. Tout espoir de protection était illusoire, le fait d'appartenir au Conseil n'offrant aucune sécurité à qui que ce soit. Les membres historiques du Conseil des Anciens de Prague ainsi que leurs familles avaient déjà été déportés à Terezín en 1941. En septembre 1943, beaucoup avaient été torturés et assassinés.

Dire que Lotar s'était vu « offrir » un poste au sein du Conseil juif semble sous-entendre qu'il aurait pu décliner cette proposition. Deux ans auparavant, Otto avait lui-même tenté en vain de refuser sa nomination. Lotar aurait pu suivre son exemple et entreprendre une démarche similaire, mais cela aurait eu des conséquences pour lui et pour ses parents à Terezín. Tous les membres de sa famille avaient été déportés, certains même déjà tués. Le seul à être passé entre les mailles du filet était Hans, mais il figurait sur la liste des personnes recherchées par la Gestapo et vivait à Berlin dans la peur d'être démasqué à tout moment.

Je n'ai connu Lotar que des décennies plus tard, mais j'imagine sans peine le déchirement qui a dû être le sien. Confronté à un danger de mort bien réel, il n'avait pas vraiment voix au chapitre. Mais il devait être rongé par la culpabilité et le dilemme de l'illusion du choix. La coercition, comme le reconnaît la loi internationale, est bien la suppression du libre arbitre. Lotar avait accepté ce poste sous la contrainte. Mais dans la conscience d'un survivant, les choses sont rarement aussi simples. Beaucoup de gens n'avouèrent jamais qu'ils avaient travaillé durant la guerre pour un Judenrat. Certains, parvenus à des fonctions éminentes au sein de leur communauté ou ayant joué un rôle actif dans la vie publique de leur pays, ont même rayé cet épisode de leur biographie.

Mon oncle Lotar, lui, n'a jamais pu l'effacer de son esprit. Ma cousine Madla m'a confié qu'il en était resté pétri de remords jusqu'à la fin de ses jours. Contrairement à mon père, qui s'était brutalement amputé de son passé, Lotar était hanté par ses traumatismes. Après cinquante ans, il s'était soudain replié sur lui-même, terrassé par une dépression dont il ne s'était jamais tout à fait remis. Il avait passé les deux dernières décennies de son existence à venir en aide aux survivants et aux réfugiés de l'Holocauste.

Hans et Lotar s'étaient toujours soutenus l'un l'autre. Mais Hans n'était pas là pour épauler son frère durant ces mois terribles. Lotar ne pouvait pas discuter avec lui de ce qu'il faisait au Conseil ou des stratégies pour envoyer de l'aide à leurs parents. Hans n'était pas indifférent aux tourments de son frère, mais il se trouvait lui-même dans l'obligation d'assurer sa survie, jour après jour, comme leur mère. Hans avait disparu pour devenir Jan, et il devait absolument veiller à ne plus être associé au nom des Neumann :

Je n'ai parlé de Hans à personne. J'ai dû totalement m'effacer derrière Jan. Même Míla écrivait des lettres codées à Jan. Elle voyait Lotar et Zdenka, et m'informait des dernières nouvelles concernant mes parents. Elle ne me disait généralement pas grand-chose, juste assez pour me faire savoir qu'ils étaient encore en vie.

Mon frère Lotar a été obligé de travailler pour le Conseil juif à Prague. Avec Zdenka, ils parvenaient encore à envoyer des colis à Terezín. Mais je ne pouvais plus écrire à mes parents. À Berlin, en dehors des moments où je lisais mon courrier dans ma chambre, Hans n'existait pas. Même Zdeněk ne parlait jamais de lui.

Cela m'attristait, parfois. Mais c'était le seul moyen.

13

Une question

Les archives de Warnecke & Böhm montrent qu'en 1941 l'usine employait 880 personnes, dont 369 travailleurs forcés juifs originaires de toute l'Europe occupée. Ces derniers étaient relégués à des tâches subalternes ou dangereuses, comme le nettoyage, la manipulation de gaz nocifs ou de produits toxiques. Aucun équipement de protection ne leur était fourni. Leur déportation brutale en février 1943 avait entraîné la pénurie de main-d'œuvre dont profitèrent Hans et Zdeněk pour échafauder leur plan.

Jan Šebesta était un non-Juif ; comme Zdeněk, il faisait partie des travailleurs forcés recrutés par le Reich hors des frontières allemandes. Ces gens n'avaient pas le choix. Tous n'étaient pas obligés de porter un uniforme, et ils touchaient un salaire normal. Certains étaient logés dans des baraquements spéciaux, mais d'autres pouvaient se loger où ils voulaient et jouissaient d'une liberté relative.

En tout cas, on leur rappelait constamment leur statut.

Les Tchèques, comme les Slaves, occupaient une place bien spécifique au sein du système de classification raciale obsessionnel mis en place par les nazis. Ils étaient considérés comme des « Aryens déchus » : ils subissaient des discriminations, mais étaient un peu mieux traités que les Russes ou les Polonais, qualifiés d'*Untermensch*, des sous-hommes.

Une notice rédigée par Martin Bormann, le secrétaire de Hitler, en avril 1943, et présentée comme pièce à conviction lors du procès de Nuremberg, indique le comportement à suivre envers les travailleurs étrangers :

> Tout doit être subordonné à la victoire. Bien sûr, traiter les travailleurs étrangers d'une façon qui serait humaine, mais favorable à la productivité, et leur accorder des concessions pourrait facilement contribuer à brouiller la ligne de démarcation entre travailleurs étrangers et compatriotes allemands. Ces derniers doivent impérativement considérer comme leur devoir patriotique de maintenir une distance nécessaire avec les peuples étrangers. Ils doivent être conscients que le non-respect des principes de la théorie raciale du National-Socialisme entraînera les châtiments les plus sévères.

Les nazis avaient une approche pragmatique du travail forcé : une tentative d'équilibre entre l'objectif idéologique du renforcement de la pureté de la race germanique, et le besoin concret de main-d'œuvre, qualifiée de surcroît. Cela entraînait des tensions hiérarchiques au sein des équipes, où le grade d'un travailleur ne correspondait pas forcément à son niveau d'expertise professionnelle. Les travailleurs étrangers étaient parfois contraints, pour survivre, de s'effacer derrière leurs supérieurs allemands moins qualifiés. Les gens comme Jan se retrouvaient à effectuer des tâches dangereuses ou extrêmes, souvent sans bénéficier du matériel de protection adéquat pourtant fourni à leurs collègues allemands.

Ces tensions au travail s'exerçaient dans le contexte d'une société fébrile et fragmentée, qui adhérait à la propagande nazie tout en souffrant intimement des dures réalités de la guerre : la solitude et le deuil. Le plus sûr, pour les Berlinois, était d'adopter un profil bas et de s'acquitter de leurs tâches, parfois avec un zèle excessif. Toute autre attitude qu'une obéissance aveugle aux règles était sévèrement punie, et les délateurs étaient partout.

Paradoxalement, cela créait un cadre de vie strict et prévisible dans lequel il était possible de survivre, à condition de faire preuve d'audace et d'un sang-froid à toute épreuve. Par chance, l'étudiant farceur de Prague semblait correspondre à ce profil.

Il décrirait plus tard son quotidien :

> *Au fil du temps, le travail est devenu routinier. Je me levais tôt pour arriver au laboratoire vers 7 heures du matin. J'avais quitté la chambre de Frau Rudloff au bout de quelques mois. Je m'étais lié d'amitié avec une jeune veuve de guerre prénommée Traudl, employée de bureau à l'usine. Son mari avait été l'un des premiers à tomber durant l'invasion de la Pologne. Traudl m'avait demandé si j'accepterais d'emménager avec elle. Sa meilleure amie, Ursula, qui travaillait aussi à l'usine et dont le mari soldat était porté disparu, aimait bien Zdeněk. Elles vivaient dans le même*

immeuble, et Zdeněk et moi ne pouvions pas dire non à la possibilité d'un logement bon marché et en bonne compagnie. J'ai laissé une valise comportant mes effets personnels chez la veuve austère, car l'appartement de Traudl était petit. Cette décision a beaucoup fait jaser à l'usine, mais l'arrangement était tellement pratique pour tout le monde que nous avons ignoré les messes basses autour de nous.

Traudl et moi étions vraiment bons amis. Elle aussi était contente d'avoir une présence et à nous quatre nous trouvions toujours le moyen de nous procurer de quoi manger, en plus de nos maigres rations. Nous avions moins faim que les autres. J'ai entrepris de distiller de l'alcool pur trouvé dans les réserves du laboratoire. Cela nous permettait de gagner un peu d'argent. Mon patron, le Dr Victor Höhn, ne disait rien, tant que nous lui versions la moitié de nos bénéfices à la fin de chaque semaine.

Traudl me prêtait la bicyclette de son mari. En pédalant le long des quelques pâtés de maisons qui séparaient mon logement de l'usine, j'éprouvais la joie simple du vent sur mon visage ; l'espace d'un instant, j'en venais à oublier qui j'étais et à me remémorer ce qu'était la liberté.

Jan n'était pas libre. Il devait surveiller chacun de ses mots et n'avait pas droit au moindre faux pas. Même chez lui, il devait maintenir les apparences et rester sur ses gardes pour ne pas éveiller les soupçons. Seules ses pensées étaient libres. Mais il devait rester concentré sur sa survie. Histoire d'occuper son temps et son esprit, il s'investit pleinement dans son travail et se mit même à faire des heures supplémentaires le soir. Il s'astreignit à la discipline de fer qui lui manquait quand il était adolescent, et peaufina sa nouvelle personnalité avec soin. Obéissant, mais de façon crédible, avec une petite touche d'insoumission ici ou là, histoire de parfaire son rôle de jeune chimiste tchèque venu travailler pour les envahisseurs de son pays. L'alcool de contrebande et le flirt scandaleux avec une veuve de guerre contribuaient à rendre son personnage plus réaliste.

La paperasse était une arme de survie essentielle au sein d'un régime bureaucratique et brutal. Mon père accumulait le plus de documents officiels possible au nom de Jan Šebesta. Ils prouvaient et légitimaient son existence, sécurisant chaque fois un peu plus sa situation dans un monde où personne n'aurait osé contester un papier validé par un coup de tampon du Reich. En plus de son permis de travail et de sa carte de rationnement, une attestation de domicile datée du 1er septembre témoigne de l'emménagement de Jan Šebesta chez Traudl Schemainda, son amie et collègue à l'usine. En octobre 1943, le jeune homme possédait même une authentique carte d'identité à son nom, délivrée par les autorités allemandes avec le timbre officiel du Reich et la petite photo en noir et blanc sur laquelle, près de quarante ans plus tard, à Caracas, une fillette reconnaîtrait le visage souriant de son père. Une autre attestation de déménagement en date du 1er novembre 1943 nous informe que Jan Šebesta avait de nouveau changé d'adresse. Il avait quitté l'appartement de Traudl pour s'installer chez une certaine Frau Schaap, Tassostrasse 12a. Il avait donc déménagé à trois reprises en six mois – la dernière fois, sans doute, pour apaiser le scandale à l'usine.

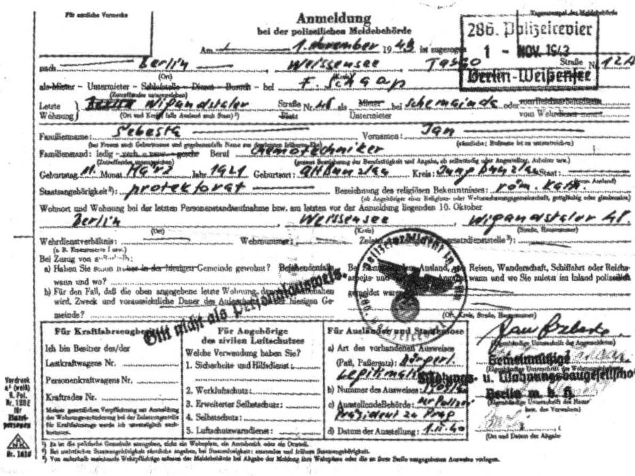

Anmeldung
bei der polizeilichen Meldebehörde

286. Polizeirevier
1 - NOV. 1943
Berlin-Weißensee

Am 1. November 1943 ist zugezogen nach Berlin (Ort), Weissensee (Kreis), Tasso Straße Nr. 12A.

als Untermieter bei F. Schgap

Letzte Wohnung: Wigandstaler Straße Nr. 41 als Mieter bei Schemainda

Familienname: Sebesta — Vornamen: Jan

Familienstand: ledig — Beruf: Chemotechniker

Geburtstag: 11. Monat: März Jahr: 1921 Geburtsort: Altbunzlau Kreis: Jungbunzlau Staat:

Staatsangehörigkeit: Protektorat — Bezeichnung des religiösen Bekenntnisses: röm. kath.

Wohnort und Wohnung bei der letzten Personenstandsaufnahme bzw. am letzten vor der Anmeldung liegenden 10. Oktober

Berlin (Ort), Weissensee (Kreis), Wigandstaler 41. (Straße, Hausnummer)

Wehrdienstverhältnis: — Wehrnummer: — Zuständige Ersatzdienststelle:

Bei Zuzug von auswärts:

a) Haben Sie schon früher in der hiesigen Gemeinde gewohnt? wann und wo?

b) Für den Fall, daß die oben angegebene letzte Wohnung beibehalten wird, Zweck und voraussichtliche Dauer des Aufenthalts in der hiesigen Gemeinde?

Bei Zuzug aus dem Ausland, von Reisen, Wanderschaft, Schiffahrt oder Reichsarbeitsdienst: wann und wo Sie zuletzt im Inland polizeilich gemeldet waren

Gilt nicht als Personalausweis.

Für Kraftfahrzeugbesitzer	Für Angehörige des zivilen Luftschutzes	Für Ausländer und Staatenlose
Ich bin Besitzer des/der Lastkraftwagens Nr. ... Personenkraftwagens Nr. ... Kraftrades Nr. ...	Welche Verwendung haben Sie? 1. Sicherheits- und Hilfsdienst: 2. Werkluftschutz: 3. Erweiterter Selbstschutz: 4. Selbstschutz: 5. Luftschutzwarndienst:	a) Art des vorhandenen Ausweises (Paß, Paßersatz): Bürgerl. Legitimation b) Nummer des Ausweises: c) Ausstellende Behörde: der Polizeipräsident zu Prag d) Datum der Ausstellung: 1.11.40

Jan Sebesta
(Eigenhändige Unterschrift des Angemeldeten)

Gemeinnützige Siedlungs- u. Wohnungsbaugesellschaft Berlin m. b. H.

Attestation de domicile de Jan Šebesta auprès de la police berlinoise, novembre 1943.

Pour Jan, tenir le rôle d'un jeune étranger vaguement insolent mais docile était un travail de tous les instants. La vie quotidienne était un combat ; la guerre se rapprochait de Berlin, et elle n'avait que faire de sa situation personnelle. Depuis mai 1940, les raids de la Royal Air Force se multipliaient sur les sites considérés comme essentiels à l'effort de guerre allemand, dont un certain nombre situés à Berlin. L'usine de peinture Warnecke & Böhm constituait une cible de choix. Aucune sirène d'alarme n'avait résonné dans les rues de la capitale allemande depuis l'arrivée de Hans. Mais le 23 août 1943 marqua le début d'une nouvelle campagne de bombardements.

Ce jour-là, je supervisais la répartition des tâches parmi mes collègues au laboratoire. La chimiste blonde allemande m'évoquait l'image d'un rongeur albinos, avec son air enjoué et ses mains agitées. Sa petite assistante grassouillette était une compatriote tchèque. Je savais qu'elle était malheureuse comme les pierres, même si elle ne disait jamais rien. Chaque fois que j'essayais de croiser son regard, elle baissait les yeux vers le sol.

Le Dr Högn m'a fait venir dans son bureau. Avec ses yeux bleus écartés, il ressemblait à une oie.

« Šebesta, vous m'impressionnez. Vos idées nous ont permis d'améliorer nos méthodes de travail. Naturellement, je suis obligé de les présenter comme issues de la réflexion de notre équipe de recherches. »

Je l'ai regardé droit dans les yeux. « Merci, Herr Dr. »

Ce qu'il s'était bien gardé de me dire, c'est qu'il avait en fait présenté mes idées comme les siennes. C'était un nazi fervent, prêt à tout pour grimper les échelons en politique. Je le détestais. Il s'était même mis à porter une petite moustache comme le Führer, une tache noire au milieu de son visage rond et stupide.

Il s'était déjà vanté d'être un membre si éminent du parti qu'il avait pu échapper au service militaire obligatoire. Il m'avait confié avec une grande fierté être l'un des rares Autrichiens ayant rejoint les rangs de Hitler avant l'Anschluss. Son rôle au sein de la société n'était pas celui d'un directeur scientifique, mais plutôt d'un émissaire politique. Il était incompétent dans le domaine de la recherche. C'était la raison pour laquelle il avait besoin de moi. Il ne supportait pas le fait que j'aie plus d'imagination que lui, tout simplement parce que cela contrariait sa vision des Tchèques comme des êtres inférieurs. S'il avait su que j'étais encore plus inférieur que cela, tout en bas de sa prétendue hiérarchie : rien qu'un misérable et bon à rien de Juif !

« Je tenais à vous annoncer mon intention de vous confier une mission de haut niveau, importante et confidentielle, m'a-t-il annoncé. Vous pouvez être fier de vous. J'ai demandé une autorisation spéciale à la Gestapo afin de valider votre promotion. Hier, j'ai reçu leur confirmation. Rien dans votre passé ne vous empêche d'accéder à nos documents officiels. Félicitations, Šebesta. »

J'étais incapable de répondre, épouvanté à l'idée qu'il ait demandé un rapport détaillé sur ma personne à la Gestapo.

D'un geste que j'espérais discret, j'ai tamponné la sueur à mon front. Je m'efforçais de le regarder dans les yeux. Mes genoux tremblaient sans que je puisse les en empêcher. Je déplaçais mon poids d'une jambe sur l'autre, en feignant l'excitation. Je tremblais de peur.

« Je dois rentrer, il se fait tard, Šebesta. Vous aussi, rentrez chez vous. »

Je crois que j'ai esquissé un sourire pendant qu'il sortait de la pièce en se dandinant.

C'est seulement un mois plus tard, au terme d'un prudent semblant d'enquête, que j'ai réussi à comprendre ce qui s'était passé. Le Dr Högn avait justifié sa requête auprès de la Gestapo en invoquant une promotion potentielle. La Gestapo berlinoise avait écrit à la Gestapo praguoise, en leur soumettant une liste de questions. Šebesta avait-il participé à des manifestations étudiantes ? Šebesta figurait-il sur des listes d'étudiants politiquement actifs ? Šebesta s'était-il opposé de quelque manière aux intérêts du Reich ? Šebesta avait-il un casier judiciaire ? Šebesta avait-il jamais exprimé une opinion critique envers le Reich ? Šebesta avait-il jamais fait quoi que ce soit laissant sous-entendre une réponse positive à l'une de ces questions ? Et ainsi de suite, comme on l'imagine.

Une seule question essentielle manquait. Existait-il un individu nommé Jan Šebesta, né à Alt Bunzlau le 11 mars 1921 ? Cette question n'a jamais été posée, ni à Prague ni à Berlin. Par conséquent, elle n'a jamais reçu de réponse.

Le Dr Högn avait été dûment informé par la Gestapo berlinoise qu'aucun dossier criminel n'était rattaché à la personne de Jan Šebesta, contre lequel aucun élément négatif n'était à signaler. Par conséquent, sa promotion pouvait avoir lieu.

Une fois de plus, le garçon malchanceux de Prague avait été sauvé par sa bonne étoile. La formulation étroite d'une question et la rigidité de sa réponse lui avaient permis de rester incognito à Berlin. Mon père m'avait un jour expliqué avoir eu la vie sauve durant la guerre grâce au manque d'imagination de ses ennemis. Je n'avais pas tout à fait compris ce qu'il voulait dire, avant de lire ce récit.

*

Lotar n'ayant désormais plus le droit d'occuper le moindre poste à responsabilité chez Montana, ce fut Zdenka, comme d'habitude, qui prit la relève. Après le départ du premier *treuhänder* en 1942, l'usine avait continué à tourner sous la supervision d'Alois Francek. Comme tous les autres Juifs dans leur situation, les Neumann ne reçurent jamais de compensation pour la « vente » de leur entreprise aux nazis, mais Alois Francek demeura toujours bienveillant à l'égard de la famille. Il accueillit chaleureusement Zdenka, conscient d'avoir affaire à une jeune femme compétente qui connaissait bien les rouages de l'usine. Nul ne se serait attendu à trouver une jeune avocate dans un lieu comme celui-ci, mais tous les employés masculins avaient été soit déportés vers les camps, soit contraints d'aller travailler ou se battre pour le Reich. Au fil des ans, Zdenka avait souvent parlé de l'entreprise avec sa belle-famille, écouté Otto égrainer ses inquiétudes et conseillé son mari. Elle savait quoi faire. Les ouvriers n'avaient plus beaucoup de travail, il était presque impossible de se procurer des matières premières et les commandes se raréfiaient. Cela n'empêchait pas Zdenka de se rendre tous les jours sur place pour tâcher de sauver ce qui pouvait l'être. Mais le couple restait avant tout préoccupé par la situation d'Otto et Ella, à qui il devenait de plus en plus difficile de faire parvenir lettres et colis : les pénuries et les risques semblaient s'intensifier à mesure que la fiabilité des intermédiaires s'amenuisait.

Otto s'émerveillait de « l'indomptable optimisme » de sa belle-fille, qui lui remontait le moral. « Ne vous inquiétez pas pour nous, mes adorés… nous savons que vous avez fait tout votre possible, et nous en remettons désormais au destin… en espérant qu'il nous sera favorable. »

Mais Zdenka s'inquiétait, et elle décida de prendre à nouveau le taureau par les cornes en se rendant elle-même à Terezín. Comme on peut le comprendre, son récit écrit s'attarde surtout sur son ressenti personnel, si bien que nous ignorons la date exacte de son exploit. C'est sans doute au début de l'automne 1943, au moment où l'envoi de colis est devenu impossible, que Zdenka s'introduisit à Terezín pour la seconde fois.

Comme lors de sa première intrusion, elle s'habilla comme une prisonnière et se mêla à un groupe de travailleurs agricoles autour du camp. Elle alla chercher Otto dans la caserne de Hanovre et le trouva sur sa couchette commune en bois. Elle avait cousu des poches secrètes à l'intérieur de sa chemise et de ses jupons pour y insérer de l'argent, des flacons de cirage et autres petits objets indispensables pour lui. Mais surtout, elle lui apporta de l'espoir.

L'un des objets conservés dans la boîte de Lotar est une sorte de chevalière à l'allure particulière, faite en métal et colorée en rose et gris. Le bijou semble avoir été sculpté à la main dans un morceau de pipe en cuivre. Il n'est ni délicat ni beau. L'anneau soutient une plaque rectangulaire portant les lettres « ZN » entremêlées. Il s'agit des initiales de Zdenka.

Lotar a un jour raconté à ma cousine Madla qu'Otto avait fabriqué cette bague à Terezín. Reconnaissant envers Zdenka pour son aide précieuse et son amour inconditionnel, il avait volé un morceau de métal dans l'un des ateliers et l'avait façonné lui-même. Otto était un ingénieur, pas un artiste, et il n'avait pas l'habitude de confectionner des objets avec ses mains. Pourtant, il avait réussi à fabriquer cette bague, à présent posée devant moi sur mon bureau. Il devait énormément aimer sa belle-fille. Peut-être lui en fit-il cadeau durant l'une de ses courageuses intrusions dans le camp. Ou peut-être la lui envoya-t-il par le biais d'un de leurs intermédiaires. Quoi qu'il en soit, ce symbole d'amour et de gratitude parvint à sortir de Terezín. Zdenka le garda et le porta jusqu'à la fin de la guerre.

Je ne possède que quelques lettres datant de la seconde moitié de l'année 1943. Ella était convalescente après une nouvelle hospitalisation, et incapable d'écrire. Le bouche-à-oreille était efficace à Terezín : Otto dut entendre parler de la destitution de Mussolini et du recul des troupes nazies face aux soldats russes sur le front est. La nouvelle se répandit dans le camp, faisant souffler un vent d'optimisme. Il écrivit à ses fils et à sa belle-fille : « Je pense à vous jour et nuit. Je commence lentement à faire des projets pour notre avenir. Mon seul objectif est que votre mère et moi puissions rester ici jusqu'à la fin, et l'espoir est permis, compte tenu de la mauvaise santé d'Ella. » C'était l'un des nombreux paradoxes de la vie à Terezín : pour un temps, l'hospitalisation d'Ella la protégeait d'une déportation vers les camps de la mort.

À Berlin, Hans commençait lui aussi à songer à la fin de la guerre :

Le vacarme au réfectoire était assourdissant. Le bruit des couverts, des assiettes, des conversations, des rires, des cris. C'était si normal, si chaotique et ordinaire. Il devait y avoir cinq cents personnes en train de déjeuner. Cette salle au plafond haut servait jadis d'entrepôt pour les matières premières. Il n'y avait plus rien à entreposer désormais, tous les matériaux étant immédiatement transformés dès leur arrivée, et l'équipe s'était agrandie si vite qu'il avait fallu trouver un nouveau réfectoire. C'était donc là que nous prenions nos repas.

Les conversations allaient bon train en allemand, en russe, en français, en polonais, en néerlandais et dans d'autres langues qu'il m'était impossible d'identifier. À notre table, nous parlions tchèque. La majorité des ouvriers venaient de pays occupés. Pas les scientifiques : ceux-là étaient le plus souvent allemands. Nous autres étions chargés des travaux les plus dangereux, comme la manipulation des explosifs et des corrosifs. Beaucoup avaient des cicatrices de brûlures de toutes sortes sur les mains et les bras. Ils avaient été contraints de quitter leur pays pour venir travailler ici sans salaire équitable ni matériel de sécurité.

Partout des affiches nous menaçaient en proclamant que le Reich allait envahir la Terre et durer un millénaire. L'image de Hitler était omniprésente. Il semblait nous observer en permanence de son air mécanique et impitoyable. L'affiche juste au-dessus de nous affirmait : « Une nation, un peuple, un Führer. »

Nous dévorions notre nourriture, bien qu'elle soit infecte. Tout en découpant ma viande dans mon assiette, j'ai réalisé que la mixture que j'étais en train d'ingérer était probablement à base de poumons de vaches et de patates pourries. Au moment de débarrasser mon plateau, j'ai remarqué un homme vêtu du bleu classique des travailleurs forcés qui se tenait debout tout près de moi. Il m'a murmuré avec un accent néerlandais : « Šebesta, c'est bien ça ? Je t'ai observé. Je suis un ami. Je t'attendrai ce soir près de l'entrée principale. »

Avant de me laisser le temps de bien voir son visage, il a filé. Ses épaules larges, trop grandes pour son uniforme, ont disparu au milieu du troupeau bleu et marron qui emplissait le couloir. Ce soir-là, je l'ai aperçu près du portail, comme convenu. Il m'a regardé droit dans les yeux et, sans la moindre hésitation, a déclaré : « Allons faire un tour, Šebesta. »

C'était le début de l'automne, et la soirée était baignée d'une lumière roussâtre. Je l'ai suivi, en partie poussé par la curiosité, mais aussi parce qu'il avait quelque chose de familier et d'attirant. Alors que nous tournions à l'angle de la Gustav-Adolf Strasse, à l'approche du cimetière, il a repris la parole d'un ton calme.

« Entrons. »

Nous avons cheminé entre les arbres et les sépultures, prenant notre temps et lisant distraitement les inscriptions sur les stèles.

« Tu es comme moi. Tu ne veux pas que cette guerre s'éternise. »

Je n'ai rien dit. Les pierres tombales m'ont toujours rendu nerveux.

Il a poursuivi. « Les nazis finiront par perdre, tôt ou tard. Toi et moi, nous pouvons contribuer à ce que ça se produise le plus tôt possible. »

Nous nous sommes arrêtés près d'une stèle fissurée et couverte de mousse, son inscription effacée par le temps. J'ai regardé mon interlocuteur, sans trop savoir si je devais cacher ma surprise. Cela pouvait très bien être un piège. Peut-être était-ce une sorte de test, mais quelque chose en lui me rassurait.

Il a souri. « Tout va bien. Cela doit te paraître surréaliste, je sais, mais n'est-ce pas le cas de ce que nous vivons tous les jours ? »

Il s'est remis en marche. Je l'ai rattrapé. Je l'ai suivi vers où il me menait.

« Je n'aime pas la guerre, ai-je déclaré prudemment. Mais qui l'aime ? »

Il s'est tourné vers moi. L'espace d'un instant, ce fut le silence. Il semblait plein d'aplomb pour un simple ouvrier. Son bleu de travail et son épaisse veste grise ne semblaient pas naturels sur lui. À sa façon de parler, je décelais chez lui un certain niveau d'instruction. Il ne devait pas être tellement plus âgé que moi. Il s'exprimait couramment en allemand, avec un très léger accent néerlandais. En examinant son visage, j'ai réalisé que je l'avais déjà vu à l'usine et que je l'avais aussi entendu bavarder en français.

J'ai décidé de ne plus cacher ma surprise. « Es-tu étudiant ? » J'ai sorti un paquet écrasé de ma poche et je lui ai proposé une cigarette. Nous avons pris le chemin de la sortie dans le jour déclinant.

« Je l'étais, a-t-il répondu. Dans une autre vie. »

Il a jeté un coup d'œil autour de lui, avant de poursuivre à voix basse. « Tu as une occasion unique d'obtenir des informations potentiellement utiles aux

Alliés. Si tu me transmets ces documents, je ferai en sorte qu'ils atterrissent entre les bonnes mains. Tu n'auras qu'à croiser mon regard au réfectoire et je t'attendrai près du portail. Je te recontacterai, Šebesta. J'ai confiance en toi. » Nos regards se sont croisés.

Ce fut tout. Il n'a pas attendu ma réponse ni exigé de moi la moindre promesse. Rien. Il était calme et déterminé. Il allait droit au but. Il semblait savoir ce qu'il faisait. Du moins était-ce mon impression. Il m'a laissé là sur le trottoir, sans se retourner ni me dire au revoir.

Je ne savais pas quoi faire. Je ne pouvais demander conseil à personne. Certainement pas à Traudl. Je n'avais personne autour de moi à qui me confier. Il n'y avait que moi, et moi seul, pour prendre cette décision. Je ne pouvais impliquer personne d'autre. Cela aurait constitué un trop grand risque pour moi, et une condamnation à mort pour mon éventuel complice. J'étais absolument seul. Seul dans une situation absurde. Je portais un faux nom. Traqué par la Gestapo, j'étais venu me cacher au cœur même de leur monde. Je me faisais passer pour un expert technique, je travaillais dans une usine pour ceux-là mêmes qui affamaient mes parents, torturaient et assassinaient les membres de ma famille. J'habitais avec une veuve de guerre allemande, dans une ville bombardée en permanence par des gens qui étaient de mon côté. Pour reprendre l'expression de mon nouvel ami néerlandais, tout cela était surréaliste.

Et ce n'était pas comme si j'avais le choix. Il n'y avait qu'une seule chose à faire. Plus cette guerre se prolongeait, moins ma situation était tenable. Mes chances de survie étaient infimes, de toute manière. Plus tôt cette guerre se terminerait, plus j'avais de chances d'en sortir vivant et de revoir ma famille et mes amis. L'étudiant néerlandais avait raison. Je voulais œuvrer à la conclusion de cette guerre. J'ai pris ma décision en rentrant à pied chez Traudl au 48, Wigandstaler Strasse. Le lendemain matin, j'irais trouver l'étudiant néerlandais pour lui dire que j'acceptais. Je le croiserais au réfectoire, et je lui dirais simplement « oui ».

Le soir, j'ai dû avaler trois tasses de mon répugnant alcool de contrebande pour trouver le sommeil. Je l'avais distillé pour le marché noir, mais ce soir-là, j'étais bien content de ne pas avoir tout vendu.

Je ne saurai sans doute jamais qui était ce mystérieux étudiant néerlandais. Le récit de mon père est truffé de noms ; j'ai pu en retrouver certains dans les archives de Warnecke & Böhm ou dans de vieux annuaires téléphoniques. Mais l'identité de l'étudiant néerlandais n'est jamais révélée. Je me demande si mon père lui-même l'a jamais connue. Peut-être n'en avait-il pas été informé pour des raisons de sécurité. À moins qu'il ait préféré maintenir l'anonymat de son contact parce qu'il pensait que c'était la chose à faire.

À défaut du nom de son interlocuteur, mon père m'a laissé un document, volé à l'usine et expliquant le type de travail qu'il effectuait. Daté du 14 décembre 1943, le mémo portait la signature du Dr Högn et la mention « Sebesta/3 ». Il détaillait les recherches en cours afin de tester l'efficacité de la laque étanche développée pour Messerschmidt, le fabricant d'avions.

Sebesta / 3 Berlin, den 14. Dezember 1943

Betr.: Patentanmeldung Nr. M 149 835 der Fa. Messerschmitt.
"Prüfung von Behältern auf Dichtigkeit."
Nachweis der undichten Stellen mit Hilfe eines Lackfilmes.

Wie bekannt, hat die Fa. Messerschmitt ein Verfahren ausgearbeitet, mit dessen Hilfe man undichte Stellen, z.B. bei Höhenkabinen, auf einfache Art und Weise feststellen kann. Die Prüfung erfolgt so, daß ein speziell für diese Zwecke hergestellter Lack auf die zu prüfenden Stellen aufgestrichen wird. Wird nun das abzuprüfende Werkstück unter Druck gesetzt, so entstehen an den undichten Stellen gut sichtbare, bleibende Blasen im Lackfilm.

Wir haben seinerzeit für dieses Prüfverfahren den Prüflack 18/4/114 der Fa. Deutsche Gerätebau-Akt.Ges. bemustert. Der Lack hat Polyvinylalkohol als Rohstoff-Basis. Die von der genannten Firma durchgeführten Erprobungen fielen negativ aus. Der bemusterte Lack zeigte sich für diese Zwecke als ungeeignet. Die ausgetretenen Blasen an undichten Stellen waren kaum wahrnehmbar, der Lack hatte also eine zu geringe Elastizität bezw. eine zu große innere Festigkeit. Abgesehen davon (die Prüfung erfolgte im Januar) gelierte der Lack.

Da die Fa. Messerschmitt nach wie vor an der Ausarbeitung und dem Einsatz ihrer Patentanmeldung interessiert ist, außerdem die Fa. Warnecke & Böhm die Lizenz erhalten hat, wurden die Versuche wieder aufgenommen.

Bevor auf die einzelnen Untersuchungen näher eingegangen wird, sei nochmals kurz zusammengefaßt, welche Eigenschaften dieser Dichtprüfung für das genannte Verfahren haben müßte:

1.) Die Haftung des Lackfilmes darf nicht sehr groß sein.

2.) Der Lackfilm muß eine hohe Elastizität besitzen, jedoch nur eine ganz geringe innere Festigkeit, so daß schon geringe Drücke (0,2 - 0,4 atü) den Film aufblähen.

Um festzustellen, welche Rohstoffe sich für diesen speziellen Lack am besten eignen, wurden Lacke ausprobiert auf der Basis Acrylsäure-Ester, Polyvinyl-Aether, Polyvinylchlorid, Nitrocellulose und Cellulose-Mischester. Bei diesen Untersuchungen wurde festgestellt, daß Polyvinylchlorid sehr günstige Resultate zeigt. Aufgrund dieser Feststellungen haben wir einen Lack ausgearbeitet, der Polyvinylchlorid als Basis besitzt und werden diesen der Fa. Raspe und der Fa. Deutsche Gerätebau-Akt.Ges. bemustern.

Der Lack hat die Bezeichnung VHnS IV/43.

Zu der ganzen Angelegenheit ist zu sagen, daß es nicht ratsam erscheint, sehr viel Zeit und Mühe aufzuwenden, trotzdem ganz allgemein das Verfahren nicht nur in der Flugzeug-Industrie eine recht wertvolle Vereinfachung darstellen würde. Es treten jedoch Unannehmlichkeiten auf, wenn es sich um Fugen handelt und nicht um glatte Flächen. Bei Fugen z.B. wird der Lack diese ausfüllen und nach dem Trocknen einen zu dicken Film bilden, so daß hier ein wesentlich stärkerer Druck nötig ist, um den Film abzuheben, oder die Luft wird dem geringsten Widerstand folgen und an ganz anderer Stelle, wo also eine dünnere Lackschicht vorhanden ist, entweichen wollen und Blasen bilden.

Abgesehen von diesen rein technischen Schwierigkeiten würden die angeforderten Mengen nur sehr gering sein.

gez. Dr. H ö g n .

Wirkung der Weichmacher ist stark verschieden: Am besten Cetamoll Qu, der die Haftung vollkommen verhindert, ohne dass die innere Festigkeit darunter leidet. Trikresylphosphat verbessert stark die Haftung.

VHn S IV/43

15	Vinoflex N
17,5	Cetamoll Qu
7,5	Trikresylphosphat
0,75	Sudangrün BB /Lack ist grün lazierend/
59,25	VHn S 43

VHn S 43
2 Aethylacetat
3 Polysolvan O
1 Methylglykolacetat

Le gamin de Prague défiait le régime nazi en vivant au cœur du Reich. Transmettre des informations confidentielles sur son travail pour l'industrie de la défense était un défi encore plus risqué. Il ne pouvait même pas en parler à son meilleur ami. Le fait que Zdeněk connaisse la véritable identité de Jan Šebesta était déjà un risque suffisant en soi.

Une photo retrouvée dans la boîte m'a donné du fil à retordre pendant des années. On y voit mon père devant une statue dans un parc, et vêtu d'un short comme le jeune homme à côté de lui. Il a l'air si jeune et si heureux que j'ai toujours considéré que cette image datait d'avant la guerre et qu'il l'avait gardée dans sa boîte pour des raisons sentimentales.

J'ai réalisé que l'autre jeune homme n'était autre que Zdeněk quand j'ai enfin retrouvé son passeport grâce aux archives tchèques. Les deux amis posaient ensemble à l'occasion d'une balade quelque part, par un beau jour d'été. C'est seulement bien plus tard que j'ai eu la curiosité de rechercher l'endroit exact où avait été pris ce cliché. J'ai donc passé en revue toutes les statues d'Europe centrale sur Google. J'ai étudié des centaines d'images avant de tomber enfin sur la bonne. Mais n'importe quel habitant de Berlin l'aurait reconnue en un clin d'œil.

Le monument de Bismark avait été déplacé par Hitler en 1938 pour être installé dans le Tiergarten, le parc emblématique de Berlin. L'imposante statue de bronze du premier chancelier symbolise la puissance allemande, dressée au-dessus des héros de la mythologie. Atlas représente la force ; Siegfrid forge une épée, métaphore de la force industrielle ; Sibyl, plongée dans la lecture d'un livre d'histoire, incarne l'instruction ;

quant à Germania, elle écrase une panthère comme on mate une rébellion.

Lorsque j'ai enfin retrouvé la trace du fils de Zdeněk, il m'a envoyé une copie de cette photo. La sienne portait le coup de tampon du photographe, et la légende suivante y avait été inscrite au dos des années plus tard : *Handa et Zdeněk, durant une promenade « éducative » à Berlin*. Sur l'image prise par Otto Kohler en 1943, les deux amis se tiennent devant le mémorial de Bismarck. Deux jeunes Tchèques avec tous leurs secrets. Deux farceurs, sourire aux lèvres, posant devant un symbole de la puissance allemande.

Hans et Zdeněk
au Tiergarten de Berlin, été 1943.

14

Des yeux effarés

Le 10 décembre 1943, Otto écrivit à ses fils que sa « seule inquiétude » était que « votre vie ne soit pas aussi paisible que la nôtre ». Quelques jours auparavant, Ella avait été une fois de plus admise à l'hôpital de Terezín pour y être opérée d'urgence de la vésicule biliaire. Elle griffonna un bref message à ses enfants pour leur dire qu'elle avait placé des photos d'eux trois – Lotar, Zdenka et Handa – à son chevet afin de voir leurs visages en premier lorsqu'elle se réveillerait de son anesthésie. Elle leur assurait qu'elle conservait sa « volonté de fer pour vivre », et leur demandait de penser uniquement au « moment futur de nos retrouvailles ».

Elle réclamait également des nouvelles de son Handa. Elle semblait avoir le moral ; après les avoir suppliés de ne pas se moquer d'elle, elle leur demandait de lui envoyer du mascara et de la poudre. Comme toujours, elle leur exprimait toute sa gratitude et son amour. Même Otto semblait avoir bon espoir que l'opération mette un terme aux souffrances qu'elle endurait depuis huit mois. Il ajoutait qu'à l'approche de l'hiver il pensait souvent à Zdenka, qui détestait le froid, et l'imaginait traînant les pieds dans les rues glaciales de Prague pour aller s'occuper de la paperasserie chez Montana.

À la fin de sa lettre, il précisait :

Nous pensions pouvoir passer les fêtes ensemble. L'an dernier, j'ai pleuré durant toute cette période, mais cette année, je ne verserai pas une larme de plus. J'espère de tout mon cœur que vous passerez des fêtes paisibles, et nous aussi. Je suis certain que nous ne serons plus séparés très longtemps. C'est seulement une fois réunis que nous pourrons recommencer à vivre pour de vrai.

Je ne saurai jamais si Otto et Ella étaient au courant de ce que traversait Hans durant ce mois de décembre 1943. Il était bien loin de la vie paisible que son père souhaitait pour lui. Je n'ai trouvé aucune référence codée à Hans dans les quelques lettres et cartes postales ayant survécu de cette époque.

En novembre 1943, la Royal Air Force mena une campagne de raids aériens appelée la Bataille de Berlin. Les bombardiers britanniques, modernes, rapides et équipés de radars, lancèrent une série d'attaques de plus en plus dévastatrices sur la capitale allemande. Au début, les attaques eurent lieu de nuit, afin de minimiser l'impact de la riposte antiaérienne. Berlin semblait tenir le coup, mais les dégâts étaient considérables : immeubles résidentiels, usines, églises, baraquements et hangars furent rayés de la carte. Le palais de Charlottenburg, le zoo et le Tiergarten, où Hans avait posé avec Zdeněk l'été précédent, furent eux aussi touchés. Des quartiers entiers furent détruits. Rien qu'entre novembre 1943 et janvier 1944, trente-huit raids aériens eurent lieu. Des milliers de civils périrent en l'espace de ces deux mois, et des centaines de milliers se retrouvèrent sans abri. La guerre était loin d'être terminée, mais la capitale allemande avait entamé sa terrible et inexorable plongée dans la fumée et les décombres.

L'usine Warnecke & Böhm et le quartier alentour furent bombardés les 22 et 23 novembre 1943. Mon père a vécu cette épreuve de l'intérieur, comme il me l'a décrit en détail dans ses pages.

Si je racontais moi-même ce qu'il vécut entre fin 1943 et début 1944, j'aurais l'impression de ne pas rendre justice à la force de son récit. Mieux vaut lire son témoignage tel qu'il fut écrit, par un homme vieillissant installé à Caracas et ressuscitant les souvenirs indissociables des cauchemars qui le réveillaient en pleine nuit.

Un visiteur est accueilli
au portail de l'usine Warnecke & Böhm,
à Berlin, vers la fin des années 1930.

Nietszche a écrit que ce qui sépare l'humain de l'animal est la capacité à rire de sa condition. Les nazis avaient une fâcheuse tendance à la solennité et au manque d'humour. Ils ont toujours fait preuve de ce que Nietzsche appelait « Tierischer Ernst », une sorte de « sérieux animal », ou d'inaptitude totale à rire d'eux-mêmes.

Chaque nouvelle journée que je vivais à Berlin confirmait cette impression. Ces gens étaient incapables de voir leur propre ridicule, ou d'admettre l'absurdité de quoi que ce soit. Leur manque d'imagination les rendait prévisibles. Cette prise de conscience m'a poussé à prendre certains risques calculés. J'ai estimé qu'en me comportant de façon incohérente, ou d'une quelconque manière allant à l'encontre de leurs attentes, j'améliorais mes chances de survie.

Je me dois d'être clair. J'ai agi ainsi, mû par mon instinct de survie, et non par le courage. Comme je le souhaitais, mes collègues ont fini par me prendre pour un excentrique. S'ils affirmaient que les Allemands étaient en train de gagner la guerre, j'émettais un léger doute, mais en feignant de ne pas trop m'intéresser au sujet. Chez Warnecke & Böhm, comme dans toutes les usines allemandes, nous étions obligés de nous saluer en disant « Heil Hitler *». Je me refusais à le faire, préférant lancer un simple et joyeux «* Guten Tag *».*

Nous étions cinq employés tchèques dans la société. J'avais convaincu mes compatriotes d'adopter la même attitude. Ils s'étaient montrés hésitants au début, mais rien ne vaut le confort du nombre, l'unité dans la nationalité et la haine, pour donner des ailes à n'importe qui. Ces petits actes d'insubordination troublaient les Allemands, qui s'attendaient à une obéissance totale, tout en restant tolérables à leurs yeux. Cela détournait vaguement l'attention de la question de l'identité réelle de Jan Šebesta, dont l'excentricité s'expliquait par l'esprit de contradiction propre aux Tchèques. Paradoxalement, m'attirer un minimum d'attention hostile jouait en ma faveur, tant que cela restait cohérent avec la personnalité de Jan Šebesta : un jeune Tchèque naïf, mais dont les compétences étaient appréciées au sein du laboratoire.

Notre petit manège a duré ainsi pendant des mois. Quand le commissaire politique a fini par me convoquer, j'ai été pris au dépourvu.

« Šebesta, j'ai reçu une plainte de la part de vos supérieurs. Il semble que vous ne respectiez pas le salut protocolaire. »

*J'ai improvisé ma réponse au fur et à mesure : « Dans ma famille, la tradition est de se saluer en disant "*Guten Tag*", et j'ai beaucoup de mal à me défaire de cette habitude. Mon père disait toujours que nos salutations doivent avoir un sens. Mon premier réflexe, quand je croise quelqu'un, c'est de lui souhaiter une bonne journée. Ce serait manquer d'égard que de ne pas le faire. »*

Il n'a pas eu l'air convaincu.

*« En outre, proclamer "*Heil Hitler*" alors que le Führer n'a nullement besoin du soutien d'un simple ouvrier, lui qui accomplit de si grandes choses, me semble peu judicieux. Je préfère saluer les gens avec des mots qui ont vraiment un sens. »*

Mon interlocuteur semblait ébahi. « Très bien, Šebesta. J'inclurai tout ceci dans mon rapport. »

Alors que je croyais en avoir fini avec lui, il m'a dévisagé et sa lèvre supérieure s'est mise à trembler. Son expression a changé. « Ce n'est pas tout. Vos mœurs scandalisent toute l'usine. Il s'agit de la veuve d'un héros de guerre, tout de même ! »

Ses mots m'ont mis mal à l'aise, et j'ai hésité. Il me fixait du regard. J'ai croisé mes doigts derrière mon dos. Je n'étais plus officiellement domicilié chez Traudl, même si nous passions souvent nos soirées ensemble. J'étais au courant de l'interdiction des relations entre les femmes allemandes et les fremdarbeiter, *les travailleurs étrangers. Je lui ai rappelé que le Dr Högn était très satisfait de mon travail, et que mon contrat avait été validé par le ministère du Travail.*

Avec prudence, j'ai ajouté : « La veuve a besoin d'être protégée durant les bombardements, monsieur. »

Il m'a regardé d'un air de dégoût. Je voyais bien qu'il me méprisait et haïssait ma différence. Il voulait m'effrayer, et cela a suffi à me faire surmonter la peur qui m'a envahi quand il a mentionné Traudl. Il a reposé son stylo d'un geste sec sur son bureau. « Hors de ma vue, Šebesta, dégagez ! »

Ce soir-là, à l'appartement, Traudl a éclaté en sanglots et m'a dit qu'on l'avait aussi convoquée pour l'interroger sur ses conditions de logement.

Au mois de mars 1944, la US Air Force joignit ses forces aux bombardiers britanniques et entama une série de frappes diurnes sur Berlin. La nuit, la Royal Air Force prenait le relais. L'assaut des Alliés sur la capitale allemande était sans précédent. Au total, des centaines de milliers de civils furent tués entre 1943 et 1945. Chacun des raids de l'aviation américaine et britannique impliquait un bon millier d'appareils lâchant plusieurs tonnes d'explosifs et de bombes incendiaires. Mon père ne devait plus savoir sur quel pied danser : devait-il souhaiter que les bombardements s'intensifient, malgré leur terrible coût humain, pour précipiter la défaite de l'Allemagne, ou au contraire qu'ils s'interrompent ? Il était bien obligé de faire corps avec sa ville d'adoption.

Le lendemain du premier bombardement en journée, le commissaire politique de chez Warnecke & Böhm nous a convoqués, Zdeněk et moi, dans son bureau. Il ne s'encombrait jamais de politesses, et il est allé droit au but.

« Tůma, Šebesta, vous méritez les honneurs. Les Alliés, acculés au désespoir de la défaite, ont décidé de bombarder des villes sans défense. Nous manquons de pompiers à Berlin, si bien que je vous ai choisis tous les deux. Je vous ai désignés comme volontaires pour représenter notre société. Vous êtes jeunes et robustes, et vous continuerez à effectuer votre charge de travail, avec les mêmes horaires. Mais quand le devoir vous appellera, vous devrez vous rendre disponibles pour rejoindre la brigade des sapeurs-pompiers. »

Alors que nous nous demandions si nous serions payés pour cet honneur, il a ajouté sèchement que nous recevrions chacun un paquet de cigarettes par semaine.

J'ignore au juste pourquoi nous avons été choisis. Certes, nous étions jeunes, et je suis grand, mais aucun de nous n'était particulièrement costaud. Zdeněk et moi avons retourné la question de cet « honneur » dans tous les sens. Peut-être était-ce parce que nous avions cohabité avec des femmes allemandes, même si, officiellement, cette situation n'avait duré que deux ou trois mois. À moins qu'il ne s'agît de représailles parce que je refusais de dire

« Heil Hitler » *en dépit du règlement. Je voulais juste me faire passer pour un scientifique farfelu, indifférent aux affaires politiques, uniquement intéressé par ses formules et ses expériences chimiques.*

À présent, j'étais devenu le scientifique farfelu qui éteignait les incendies.

Mon père s'exprimait d'une voix douce dissimulant en réalité une ténacité à toute épreuve. Son audace et son énergie étaient inépuisables. Mais je ne l'ai jamais considéré comme un homme vaillant ou intrépide sur le plan physique. Sa force était avant tout celle de l'esprit. Non pas qu'il manquât de vigueur : il était grand et élancé, pratiquait le jogging, le tennis et le ski. À l'aube de la soixantaine, il me portait encore sur ses épaules et me faisait tournoyer dans le jardin. Il adorait jouer. Alors qu'il approchait des soixante-dix ans, chaque fois que notre imposant Rottweiler ramassait dans sa gueule une branche tombée de l'un des nombreux palmiers qui bordaient le jardin, il s'amusait à essayer de la lui arracher, en tirant avec moi de toutes ses forces pour résister au poids de l'animal.

Pourtant, j'ai du mal à l'imaginer en combattant du feu. Il lui aurait fallu jouir d'une bravoure physique dénuée de peur. Mon père avait toujours été dynamique et courageux, mais aussi prudent et réfléchi. Il ne prenait jamais le moindre risque sans peser le pour et le contre. Il devait bien se douter que la découverte de son expérience de sapeur-pompier serait une surprise pour moi. Peut-être ressentait-il, comme moi, le besoin de prouver constamment son histoire, aux autres et à lui-même. Une fois de plus, il m'a laissé un document qui remplit précisément ce rôle.

Cette lettre de mai 1945 confirme que mon père était un « membre estimé de la brigade des sapeurs-pompiers » depuis quatorze mois, soit depuis le mois de mars 1944. Signée par le responsable de la défense et le médecin en chef de Warnecke & Böhm, elle stipule que Jan Šebesta a dû cesser le travail en raison d'une commotion sévère occasionnée durant l'une de ses missions.

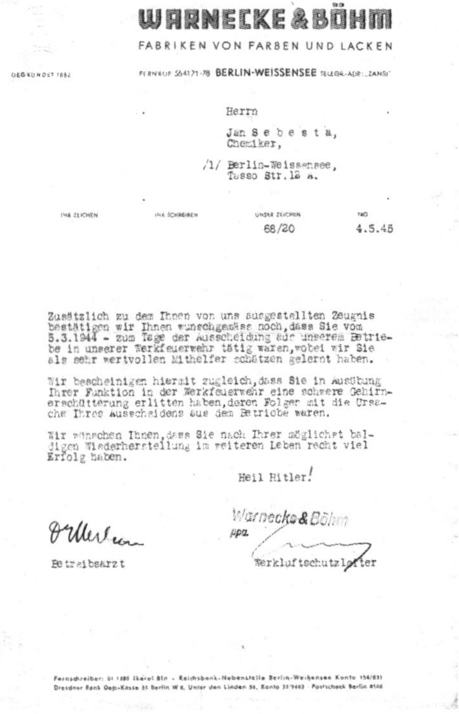

WARNECKE & BÖHM

FABRIKEN VON FARBEN UND LACKEN

BERLIN-WEISSENSEE

Herrn

Jan S e b e s t a,
Chemiker,

/1/ Berlin-Weissensee,
Tasso Str. 12 A.

68/20 4.5.45

Zusätzlich zu dem Ihnen von uns ausgestellten Zeugnis bestätigen wir Ihnen wunschgemäss noch, dass Sie vom 5.3.1944 - zum Tage der Ausscheidung aus unserem Betriebe in unserer Werkfeuerwehr tätig waren, wobei wir Sie als sehr wertvollen Mithelfer schätzen gelernt haben.

Wir bescheinigen hiermit zugleich, dass Sie in Ausübung Ihrer Funktion in der Werkfeuerwehr eine schwere Gehirnerschütterung erlitten haben, deren Folgen mit die Ursache Ihres Ausscheidens aus dem Betriebe waren.

Wir wünschen Ihnen, dass Sie nach Ihrer möglichst baldigen Wiederherstellung im weiteren Leben recht viel Erfolg haben.

Heil Hitler!

Warnecke & Böhm
ppa.

Betriebsarzt

Werkluftschutzleiter

Lettre de Warnecke & Böhm
attestant la participation de mon père
à la brigade des pompiers volontaires.

Les explosions nous soulevaient du sol. La pression nous blessait les tympans. Le battement à mes oreilles était si violent que j'avais du mal à prendre conscience du chaos autour de moi. J'ai appelé Zdeněk en hurlant pour savoir s'il était encore en vie, et si j'étais encore vivant moi aussi. Les gens criaient, se bousculaient et fuyaient l'usine.

J'ai couru vers la destruction.

J'ai vu qu'un petit incendie était en cours d'extinction à travers une vitre brisée. Il y avait des blessés à évacuer vers l'hôpital. Mes yeux ont retrouvé Zdeněk dans le couloir encombré et envahi de fumée.

Nous faisions partie des chanceux.

Un collègue du laboratoire, qui était chef d'un autre service, un grand type austère mais sympathique, avait été tué par le bombardement. Ses poumons avaient explosé sous la pression, il était défiguré au point d'être méconnaissable. Deux employés allemands ont placé son corps dans un grand sac en toile afin qu'il soit emporté le lendemain matin. Je les ai regardés fermer le sac en faisant un double nœud à l'aide d'une corde à laquelle était fixée une étiquette. Ils ont ajouté un message disant « Ne pas ouvrir », afin de s'assurer que le colis franchirait sans encombre le contrôle de sécurité à la sortie du hangar. Une fois leur sinistre tâche accomplie, ils l'ont soigneusement notée dans le journal du laboratoire en précisant le matériel qu'ils avaient utilisé.

L'étiquette attachée à la ficelle qui refermait le sac portait l'inscription suivante :

« Provenance : Warnecke & Böhm. Berlin.

Contenu : Carl Kemph, Dr et Ing.

Poids : 78 kg. »

J'ai eu un choc en reconnaissant les étiquettes que

nous utilisions pour nos envois de colis de laque. Mais je ne crois pas que les Allemands aient trouvé cela étrange. Ils ont simplement appelé le service responsable de la collecte des cadavres. Bizarrement, les lignes téléphoniques étaient toujours opérationnelles. Tout ce qui pouvait être réparé après chaque bombardement était remis en état avec efficacité. Sur ce point, les Allemands étaient remarquables. L'eau, l'électricité, les transports, les lignes téléphoniques : tout ce qui pouvait être rafistolé l'était sans tarder. C'était un ordre très clair émanant du Reich, et les Allemands étaient doués pour obéir aux ordres. C'était un domaine dans lequel les nazis, notamment, excellaient. Quelques heures après le bombardement, la vie avait donc repris comme si de rien n'était. Tous les éléments réparables fonctionnaient à nouveau.

Sauf le Dr Kemph.

Hélas, ce pauvre Dr Kemph n'avait pu être remis en état.

*

Chaque fois, les bombardements semblaient gagner en intensité et en durée. Les voitures avaient toutes été modifiées afin que leurs phares n'éclairent pas à plus de deux mètres. Dans les foyers, les lampes étaient rarement utilisées sans qu'il y ait une nécessité absolue, et des rideaux ou des draps occultants étaient fixés avec du chatterton autour des fenêtres pour éviter toute diffusion de la lumière. Dès que les sirènes retentissaient et que les avions vrombissaient au-dessus de nos têtes, tout le monde éteignait chez lui. Les avions éclaireurs marquaient le périmètre ciblé à l'aide de fusées éclairantes. Nous les appelions les « sapins de Noël ». Les bombardiers se succédaient ensuite par vagues pour lâcher leurs tonnes d'explosifs.

En tant que pompiers, Zdeněk et moi devions accourir en direction des sapins de Noël et déterminer si nous étions à l'intérieur ou à l'extérieur de la zone cible. Il était aussi terrifié que moi. Le plus souvent, nous nous retrouvions à l'intérieur de la zone.

Dans certaines parties de la ville, les destructions étaient inimaginables.

Depuis que nous nous étions portés « volontaires », nous étions obligés de sortir de notre abri, même quand les bombes pleuvaient tout autour de nous. Mais notre désarroi face à « l'honneur » qui nous avait été accordé fut de courte durée. Dès la première nuit, nous avons compris que nous pouvions contrôler le feu en dirigeant le jet de notre lance à incendie. Nous pouvions l'arrêter, ou le laisser se propager. Nous avions tout pouvoir sur lui. Lorsqu'il n'y avait personne en danger et personne pour nous regarder, Zdeněk et moi laissions les flammes danser d'un édifice à l'autre. Comme des incendies éclataient partout et que les « volontaires » étaient peu nombreux, nous étions souvent livrés à nous-mêmes. Parfois, malgré la puanteur, le mugissement et la chaleur intense du feu, j'avais l'impression que nous redevenions juste Hans et Zdeněk, comme l'année de nos seize ans, à Prague, vêtus de nos uniformes trop grands et de nos lourds chapeaux, en train de jouer une saynète quelconque. Notre peur de nous retrouver exposés aux bombes était brièvement supplantée par la joie pure que nous ressentions à étendre le feu, mais l'atroce réalité finissait par reprendre le dessus au milieu de la fumée et des cendres, et le jeu était terminé. Les gens mouraient autour de nous et nous devions tout faire pour les sauver.

Une énorme bombe avait entièrement détruit un immeuble situé à quelques mètres de chez nous. Des nuages de poussière et de flammes s'élevaient des ruines de ciment. Nous entendions des hurlements et des cris sous les décombres. De gros morceaux de béton et de métal bloquaient la sortie des abris antiaériens, et les survivants étaient pris au piège à l'intérieur avec les cadavres. En jetant un œil à travers les fissures, nous avons découvert que les invités d'une fête de mariage s'étaient réfugiés dans l'abri avant le début des bombardements. Le marié et la mariée étaient reconnaissables, leurs élégants vêtements couverts de sang, de suie et de poussière. À travers un trou, il m'a semblé les voir agrippés l'un à l'autre, en train de sangloter. Des corps, des blessés, des briques et des poutres s'entremêlaient autour d'eux.

Nous avons entrepris de déplacer les gravats nous-mêmes et de dégager les abords des fissures, mais nous avons vite compris que nos efforts étaient inutiles. L'immeuble s'était transformé en un tas de ruines inamovible, un million de gros débris entourés de poussière. Nous sommes partis appeler à l'aide dans les rues éventrées. Le raid se poursuivait, mais nous avons pu continuer à avancer en nous abritant chaque fois que nous entendions le vacarme assourdissant et le sifflement des avions qui se rapprochaient. Tout le monde restait terré dans les abris souterrains et les rues étaient désertes. Nous avons couru vers le centre-ville dans l'espoir de trouver d'autres pompiers.

Une ombre émettant d'horribles sons gutturaux a soudain surgi de l'épaisse fumée, nous bloquant le passage. C'était un petit homme poussant une brouette cassée qui venait d'émerger devant nous. Dans sa brouette gisait un petit corps revêtu d'une robe. Comme une marionnette oubliée, ses bras et ses jambes étaient tordus, déformés, immobiles. Zdeněk et moi avons aussitôt compris que l'enfant était morte. Les sons que nous entendions étaient les mugissements de détresse animale de cet homme.

La seule lumière qui éclairait la rue était celle des flammes. Tout le reste semblait disparaître, et nous étions seuls avec les sanglots de cet inconnu et les explosions. Zdeněk se tenait toujours à côté de moi, mais aucun de nous n'arrivait à parler. Nous restions paralysés à mesure qu'il s'avançait vers nous. Tout à coup, comme surgi de nulle part, un mur s'est écroulé, l'ensevelissant lui et la fillette. Nous avons accouru vers eux. Il n'y avait rien d'autre qu'un amas de briques et de décombres. Hébétés par le choc, nous avons commencé à déblayer. Le visage de l'homme est apparu devant nous, paupières closes, les doigts encore agrippés à la poignée de la brouette contenant son enfant.

Le silence s'est abattu. Il n'y avait soudain plus d'avions, plus de hurlements. Même le crépitement des flammes semblait s'être arrêté. Seule la poussière retombait en silence, comme la neige, recouvrant la dévastation alentour. Je ne me souviens plus de quoi que ce soit d'autre, ni de la manière dont Zdeněk et moi sommes rentrés chez nous cette nuit-là.

Il nous a fallu deux jours et l'aide d'une dizaine de pompiers supplémentaires pour accéder aux invités de la noce. Quand, épuisés, nous avons réussi à creuser un trou assez large pour nous glisser sans danger à l'intérieur, les cadavres des deux jeunes mariés se trouvaient chacun d'un côté de la cave. Bizarrement, au milieu de tant d'horreurs, c'est le détail qui m'a le plus frappé.

J'ignore s'ils s'étaient déplacés ou si j'avais juste imaginé la vision de leurs corps enlacés.

*

Les semaines passaient, mais les jours ne se ressemblaient pas. Les raids semblaient s'intensifier. Les immeubles s'effondraient autour de nous.

Un soir, nous avons été appelés sur Langhansstrasse. L'immeuble de Frau Rudloff, celui où j'avais passé ma toute première nuit à Berlin, venait lui aussi d'être détruit par une frappe. Aucun de ses habitants n'avait réussi à s'extraire de la fournaise. Les pompiers étaient impuissants. Zdeněk et moi étions arrivés sur place juste après que les bombes étaient tombées, mais les autres nous ont dit de ne pas nous approcher. Nous ne pouvions rien faire, hormis regarder l'immeuble brûler. J'espérais qu'Hélène Rudloff était morte sur le coup. Malgré son caractère austère, elle s'était toujours montrée courtoise et digne. Je ne supportais pas de l'imaginer dans une situation de détresse.

Elle n'avait pas réussi à relouer sa chambre après mon départ. Les gens fuyaient Berlin. Personne ne voulait rester en ville, et personne ne venait s'y installer. Frau Rudloff m'avait autorisé à laisser une valise d'effets personnels dans la penderie de mon ancienne chambre. Elle m'avait promis de la garder, tant que je lui apporterais un peu de mon alcool de contrebande chaque semaine. Ce n'était guère que quelques vêtements et des chaussures. Mon uniforme marron de pompier était devenu ma tenue de rechange. J'étais bien content de l'avoir. Il était chaud et épais, facile à nettoyer après une nuit de travail. Porté sans le casque, il faisait très élégant.

*

Les sirènes avaient hurlé durant deux nuits d'affilée. Nous avions travaillé toute la journée à l'usine. La brigade des sapeurs-pompiers opérait par rotations et, ce soir-là, nous étions de repos. Quand les alarmes ont retenti, Traudl et moi nous sommes précipités hors de l'appartement pour tomber nez à nez avec Ursula dans le couloir. Quand nous avons atteint l'abri, Zdeněk n'y était pas. Les sifflements et les explosions nous entouraient. L'abri se remplissait de plus en plus, et Ursula s'est blottie contre Traudl en pleurant. Zdeněk aurait dû l'attendre à l'appartement ce soir-là. Il aurait déjà dû être avec nous.

« Je vais le chercher », ai-je déclaré en me frayant un chemin vers la sortie.

J'ai couru jusqu'à l'immeuble, grimpé l'escalier et ouvert la porte de chez eux en appelant Zdeněk. Pas de réponse.

« Zdeněk ! »

Les sirènes continuaient à mugir, et j'entendais des explosions à ma gauche.

« Zdeněk ! » ai-je crié à pleins poumons en faisant le tour de l'appartement. J'allais renoncer quand j'ai aperçu quelque chose à travers la porte entrebâillée de la salle de bains. C'était la silhouette de Zdeněk dans le noir, assis sur la cuvette des toilettes.

J'ai accouru vers lui. Il était complètement nu, et il tremblait.

« Qu'est-ce que tu fais là ? Tu n'as pas entendu les sirènes ? ai-je crié.

— Handa. Je suis si fatigué. Je n'ai rien entendu. Je dormais. Je n'ai même pas eu le temps d'enfiler des vêtements. Je suis juste venu m'asseoir ici. Je n'en peux plus. »

Il me regardait droit dans les yeux, mais il n'était plus lui-même. Ses yeux noirs, d'habitude si alertes, étaient mornes, écarquillés et vides. Je suis allé prendre une couverture en laine sur le lit pour l'en draper afin qu'il cesse de grelotter. « Zdeněk, tout va bien se passer. Mais pourquoi es-tu venu t'asseoir ici ? »

Son bégaiement était encore plus prononcé quand il était nerveux. Il a balbutié : « N'as-tu jamais remarqué, Handa, que quand les immeubles s'écroulent sous les bombes, les toilettes restent fixées aux murs ? Même quand tout le reste tombe en morceaux ? »

J'ai soutenu son regard et tenu son visage entre mes mains. Il restait là, prostré, emmailloté dans sa couverture.

« C'est vrai, Zdeněk. Mais tu dois venir avec moi, maintenant », ai-je répondu d'un ton pressant.

Zdeněk avait raison. J'avais remarqué ce détail, moi aussi. Là où les immeubles s'effondraient, les toilettes résistaient et demeuraient presque toujours intactes au milieu des ruines. Nous avions souvent ri ensemble de cette vision absurde.

« Viens, Zdeněk, suis-moi jusqu'à l'abri. » J'ai agrippé sa main glacée pour l'obliger à me suivre. « C'est quand même plus sûr que les toilettes. »

Il restait là, frigorifié, à me regarder sans comprendre. J'ai glissé mes mains sous ses jambes et ses épaules pour le soulever. Il avait beau être petit et très maigre, j'ai quand même été sidéré par sa légèreté. Alors que nous descendions les marches vers le souterrain, il a passé ses bras autour de mon cou et s'est mis à sangloter.

« N'oublie pas, lui ai-je murmuré : ici, c'est Jan, pas Handa. »

Traudl et Ursula nous ont fait de la place, et j'ai réalisé que je tremblais moi aussi.

Hans avait eu la chance de son côté. Le monde dans lequel il vivait continuait de le rendre plus mature et endurant. Les autres – ses parents, Zdenka, Lotar et Míla – avaient toujours pris soin de lui. À vingt-trois ans, il se retrouvait livré à lui-même, avec un seul ami, en territoire hostile et dans une ville pleine de dangers, lui qui ne s'était jamais habillé ou nourri par ses propres moyens avant d'arriver à Berlin.

À certains moments, il lui fallait aussi s'occuper des autres, aider les rescapés des bombardements ou secourir Zdeněk. Pour la première fois de son existence, il ne pouvait compter que sur lui-même. La peur devait l'habiter en permanence à Berlin. J'avais toujours pensé que les cauchemars de mon père étaient liés à ses souvenirs en Tchécoslovaquie. Mais à la lecture de son récit, j'ai l'impression que ce sont surtout ces nuits berlinoises qui le hantaient.

Au fil des semaines, une nouvelle angoisse était venue peser sur son quotidien : Hans était devenu une sorte d'espion dans sa propre usine au service des Alliés.

J'ai revu l'étudiant néerlandais et, sur le chemin du cimetière, je lui ai expliqué nos projets en cours avec Högn. Il m'a répondu que le mieux serait d'avoir des documents qu'il pourrait transmettre à ses interlocuteurs. Les informations étaient techniques et plus faciles à communiquer par écrit. Ce n'était pas une mince affaire. J'ai songé à prendre des notes durant les conversations de travail ou à recopier des documents. Je me suis mis à avoir un calepin sur moi en permanence, détail qui collait bien, à mon sens, avec la personnalité de Jan, le scientifique tchèque excentrique et obsédé par son boulot. J'ai échafaudé un plan pour accéder aux documents.

Tous les papiers importants étaient contenus dans un dossier, lui-même rangé dans le bureau du chef de laboratoire, un aristocrate prussien nommé Von Straelborn. Il avait une secrétaire, Frau Bose, postée juste à l'entrée de son bureau. J'avais entendu des collègues dire qu'elle n'était pas mariée. Ils avaient ajouté qu'elle était raciste et nazie jusqu'au bout des ongles. Elle m'avait cependant adressé un ou deux sourires timides en me croisant dans le couloir, j'avais donc bon espoir qu'elle ne soit pas insensible à mes flatteries. Elle m'apparaissait comme le seul moyen d'accéder aux informations que je recherchais. Le problème, c'est que tout le monde dans l'usine savait que je fréquentais Traudl ; l'affaire s'avérait délicate. Mais tout a marché comme sur des roulettes. Des rumeurs évoquaient le déplacement imminent d'une partie de la production vers la filiale de l'usine, située au sud de la Bavière, loin des bombardements. Quelques jours plus tard, un soir, Traudl m'a confié en pleurant qu'elle faisait partie des équipes concernées. Elle m'a dit qu'elle s'inquiétait pour moi et m'a fait promettre de revenir souvent à l'appartement. Elle voulait que je m'en occupe en son absence, et tenait à ce que j'aie un endroit où vivre. Douce Traudl. Nous avons bu un peu d'alcool distillé en nous brûlant la gorge, mais au moins nos peurs se sont atténuées.

Dès que Traudl est partie pour la Bavière, je me suis arrêté devant le bureau de Frau Bose et lui ai demandé de m'aider à retrouver un dossier au nom d'un des composants dont j'avais besoin pour une expérience. Au début, elle a affiché un air suspicieux et n'a pas dit grand-chose. J'ai pris l'habitude de m'arrêter presque tous les jours devant son bureau avec un prétexte quelconque. Ma stratégie a fini par fonctionner, et elle m'a dit de l'appeler Inge. Quelques visites plus tard, elle a accepté de m'accompagner pour une promenade dominicale. Il n'a fallu que quelques dimanches et deux ou trois bières pour établir notre amitié. Elle ne trouvait plus bizarre que je traîne autour de son bureau, qui était toujours encombré de papiers intéressants. J'ai senti que j'avais gagné sa confiance lorsqu'une après-midi elle m'a demandé de venir chez elle pour l'aider à réparer des lattes mal fixées de son plancher.

À compter de ce jour, elle est venue s'asseoir à côté de moi quand nous nous retrouvions dans le même abri durant les bombardements. Elle aussi vivait seule. Son appartement était austère et exempt de toute décoration, hormis une étagère près de la table avec quelques bibelots, des cartes postales de la Forêt-Noire et un portrait du Führer. Pendant que je travaillais activement à gagner l'affection d'Inge, il nous observait avec ses yeux noirs et son air solennel et pincé. J'ai soudain réalisé que je n'avais jamais vu cet homme sourire. Il était toujours montré en train de vociférer, ou bien avec une expression féroce et inflexible.

J'en ai parlé à Zdeněk, en partie pour atténuer son inquiétude de me voir fréquenter une nazie pure et dure, et aussi pour parler d'autre chose que des risques que j'encourais. Nous avons convenu que les seules personnes souriantes, dans la propagande allemande, étaient les petites filles blondes au visage rayonnant encadré de deux tresses blondes, un petit bouquet de fleurs des champs à la main. Il nous semblait que seules les fillettes allemandes étaient génétiquement capables de sourire. J'avais beau lui assurer que tout allait bien, Zdeněk continuait à se faire un sang d'encre pour moi.

J'étais devenu maître dans l'art utile de faire semblant d'écouter les gens sans que leurs propos ne m'atteignent. Je devais pouvoir supporter n'importe quel type de discours sans me laisser affecter sur le plan personnel. Inge tenait absolument à me faire comprendre son point de vue sur la guerre. Pour elle, toutes les morts se justifiaient tant qu'elles contribuaient à l'avènement d'un empire régi par la race aryenne supérieure. Elle pensait que cela se révélerait bénéfique pour tout le monde, puisque nous serions dirigés par la sagesse des nazis. Bien sûr, les peuples dominés seraient soumis et asservis, mais ils jouiraient aussi des bienfaits d'un monde où régneraient l'ordre et le bien-être. Elle affirmait que les Anglais et les Américains, qui n'étaient pas aussi purs que les Allemands mais faits du même bois, finiraient par comprendre leurs erreurs et s'aligner sur les intérêts des nazis. Elle m'a expliqué d'un ton grave que les Anglo-Saxons étaient uniquement en guerre contre les Allemands parce qu'ils s'étaient laissé embobiner par ces sales Juifs. Avec le plus grand sérieux, elle m'a soutenu que le vrai nom de Roosevelt était « Rosenwelt », et qu'elle soupçonnait Churchill d'avoir quelques gouttes de sang juif dans ses veines. Je me suis concentré de toutes mes forces sur le fait qu'elle s'était excusée avant de déclarer que les Slaves étaient si inférieurs qu'ils n'appartenaient pas pleinement au reste de la race humaine.

« Bien sûr, il y a des exceptions, Jan. Dans certains cas rarissimes, les Slaves ont fait preuve de capacités mentales similaires à celles des Allemands. Toi, par exemple. J'ai entendu le Dr Högn vanter ton intelligence. Mais ce doit être parce que tes ancêtres tchèques ont eu la présence d'esprit de se mélanger à du sang allemand afin d'améliorer leur lignée. Comprends-tu ce que je dis, Jan ? Beaucoup de Tchèques se sont mélangés avec des Allemands, par le passé, pour cette simple raison. »

Je subissais toute cette logorrhée imbécile dans l'espoir de saisir quelques bribes d'informations à propos des futures innovations des nazis en matière de technologie. J'essayais de l'éloigner de ses péroraisons raciales pour parler davantage de son patron.

« Von Straelborn a l'air bien soucieux, ces temps-ci. Tu restes travailler si tard le soir... J'espère qu'il ne te mène pas la vie dure. Est-ce qu'il va bien ?

— Il est juste débordé et soumis à une forte pression. Ils sont dans la phase de finition d'un nouveau type d'avion qui volera à une vitesse encore plus rapide que tous les autres. »

Maintenant que j'avais obtenu ce que je voulais, j'ai aussi enchaîné sur les potins de bureau. Je ne voulais pas qu'elle me soupçonne de trop m'intéresser à son chef. Puis, comme d'habitude, je me suis enfui de chez elle aussi vite que j'ai pu.

*

J'ai demandé au Dr Högn de me citer les dernières innovations allemandes dans le domaine de l'aviation. Ce sujet le passionnait tellement qu'il m'a dessiné le diagramme d'un avion à propulsion. J'ai conservé ce papier parmi les notes que j'avais prises sur la nouvelle peinture camouflage que la société était en train de mettre au point, et j'ai passé le tout à mon contact néerlandais le lendemain après le boulot. Il avait l'air très satisfait. Il ne me parlait pas beaucoup, histoire de ne pas éveiller les soupçons, mais j'ai lu de la gratitude dans son regard.

Avec Traudl exilée en Bavière, je pouvais plus facilement rester à l'usine tard le soir et tâcher de rassembler plus d'informations pour mon contact néerlandais. Le Dr Högn était si satisfait de mon travail qu'il me traitait presque comme l'un de ses congénères. Un soir, alors que nous finissions, il m'a annoncé fièrement : « Il est certain à présent que nous allons gagner cette guerre. Le Führer aura bientôt à sa disposition des armes vengeresses qui nous rendront invincibles, et sur lesquelles nous travaillons en ce moment même. Tu vas venir m'épauler sur ce projet. Nous devons mettre au point la laque spéciale qui permettra uniquement aux gaz à haute pression de s'échapper. »

Quelques jours plus tard, des hommes que je n'avais jamais vus de ma vie ont apporté un cylindre contenant une masse noire et solide. Nous l'avons recouvert de notre préparation expérimentale, en laissant le fond à l'air libre. Puis nous avons laissé sécher. Le lendemain, à mon arrivée, les hommes étaient déjà là, en pleine discussion avec Högn. Le plus jeune d'entre eux tenait un carnet et m'observait attentivement. L'autre m'a demandé d'un ton brusque d'allumer la base du cylindre. Ils ont reculé tandis que je maniais la flamme. J'ai concentré mon attention sur le cylindre, et ils ont disparu de mon champ de vision. La chaleur ne semblait pas suffisante pour mettre le feu au cylindre. Quand j'ai regardé autour de moi, j'ai constaté que j'étais tout seul. Le Dr Högn et les deux hommes, ces vaillants Allemands, s'étaient réfugiés dans les coins de la pièce, à genoux, accroupis sous les tables. J'étais conscient du danger d'une éventuelle explosion, et aussi qu'on se servait de moi. En tant que Slave, j'étais un être humain remplaçable. L'espace d'un instant, j'ai hésité : pouvais-je refuser de jouer ainsi les cobayes ? Bien sûr que non. Je n'avais pas le choix. J'ai fait semblant d'être calme, et j'ai allumé la flamme. Le cylindre s'est enfin embrasé. La flambée était si intense qu'elle a propulsé l'objet, qui est tombé avec fracas sur le sol. Il ne s'était pas allumé entièrement, et pourtant la force de propulsion était impressionnante. J'ai éteint l'allumeur à gaz que je tenais encore à la main. J'ai pris la parole d'une voix forte, en arborant un air sûr de moi.

« De toute évidence, il s'agit d'une laque efficace pour une fusée à propulseur liquide. »

Les hommes sont ressortis de leurs cachettes pour s'avancer vers moi d'un air hautain, galvanisés par mes propos, comme s'ils ne s'étaient pas planqués comme des lâches. « Excellent », s'est enorgueilli celui qui portait des lunettes, avant de s'adresser à Högn en gloussant : « Werhner von Braun avait raison. Nous effectuerons de vrais tests à Peenemünde. Votre équipe sera peut-être dépêchée sur place afin de procéder à l'application de la laque. »

Le jour même, au déjeuner, j'ai adressé le signal convenu à mon ami néerlandais. Comme nous marchions d'un pas nonchalant le long des trottoirs berlinois, je lui ai raconté ma matinée. Je n'avais pas de documents à lui transmettre, mais c'était la première fois que je voyais un tel intérêt et une telle stupéfaction se peindre sur ses traits. Je lui ai promis que, la fois prochaine, je me procurerais tous les documents possibles pour les lui transmettre, pliés à l'intérieur d'un livre.

Un portrait d'époque de mon père, l'air sûr de lui et élégant, se trouvait parmi les éléments contenus dans sa boîte. En 2018, un historien berlinois m'a désigné la broche épinglée à sa veste. Il s'agissait de l'insigne officiel des employés de Warnecke & Böhm. Le cliché datait de 1944, alors que le jeune Hans avait vingt-trois ans. C'était probablement la photo officielle de son dossier dans les archives du personnel. Il se tient droit, l'air fier, et arbore son éternel sourire énigmatique.

Pourtant, à y regarder de plus près, il me semble bien lire de la peur dans son regard.

15

Mascarades

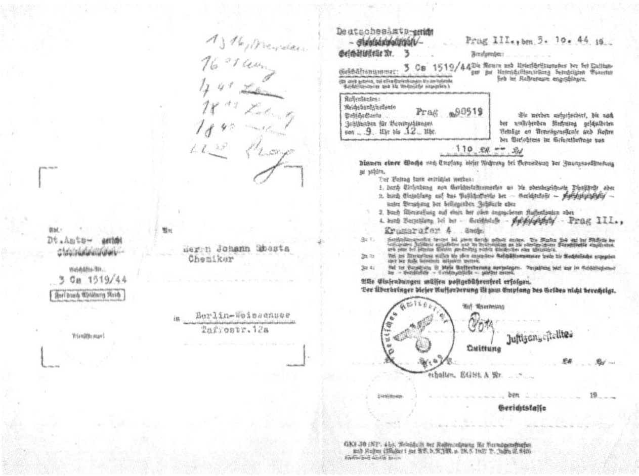
Deutsches Amts-gericht

Prag III., den 5. 10. 44

Geschäftsstelle Nr. 3

Geschäftsnummer: 3 Cs 1519/44

Prag Nr. 90519

von 9 Uhr bis 12 Uhr.

110 RM

binnen einer Woche nach Empfang dieser Rechnung bei Vermeidung der Zwangsvollstreckung zu zahlen.

Prag III., Kramarufer 4

Alle Einsendungen müssen postgebührenfrei erfolgen.

Der Überbringer dieser Aufforderung ist zum Empfang des Geldes nicht berechtigt.

Justizangestellter

Quittung

Gerichtskasse

Dt. Amts- gericht

3 Cs 1519/44

Herrn Johann Sebesta
Chemiker

in Berlin-Weissensee
Taffostr. 12a

L'un des documents trouvés dans la boîte de mon père m'a posé problème pour reconstituer le fil chronologique de sa vie durant la guerre. Ce formulaire jaunissant, délivré par le Tribunal de District du Reich à Prague et tamponné d'une croix gammée le 5 octobre 1944, semblait ne rimer à rien. Il était au nom de Johann (la version germanisée de Jan) Šebesta, chimiste, domicilié sur la Tassostrasse, le nom de la rue où il vivait à Berlin. Ce papier stipulait qu'il devait payer une amende en raison d'une décision de justice à son encontre. Jan vivait à Berlin depuis 1943. Quel pouvait bien être le motif de ce procès intenté en 1944 à Prague contre un homme qui n'existait même pas officiellement ?

L'explication était dans son récit.

Le Dr Högn m'a convoqué dans son bureau. À peine entré, j'ai été frappé par son sourire prétentieux. Ses doigts boudinés entrelacés en un geste d'autosatisfaction, il m'a annoncé fièrement : « Aaah... j'ai une mission pour vous, et elle va vous faire plaisir. Nous avons un problème avec nos fournisseurs à Prague. Ce n'est pas vraiment votre domaine, et je suis sûr qu'un autre que vous pourrait tout aussi bien s'en charger, mais j'ai pensé que cela vous ferait plaisir de retourner chez vous. »

Je me suis efforcé d'accueillir cette nouvelle avec l'allégresse requise. En vérité, j'étais terrifié. Je ne pouvais me rendre à Prague en jouant le rôle de Jan. Quantité de gens risquaient de me reconnaître. Sous quel nom devrais-je y aller, et où allais-je bien pouvoir séjourner ? Je ne pouvais pas retourner dans le quartier de l'usine. Personne ne devait me croiser. Les gens savaient que j'avais déserté pour fuir la déportation. Ils savaient que j'étais recherché par la Gestapo. Il devait même y avoir une récompense en échange de toute information susceptible d'aboutir à mon arrestation. Quelqu'un, n'importe qui à vrai dire, pouvait me dénoncer. Mais je ne pouvais pas trahir ma peur. J'ai donc affiché un large sourire, et rétorqué : « Merci, Dr Högn, c'est si gentil de votre part. Mais je ne crois pas que ce soit ma spécialité. Je ne sais pas bien m'y prendre avec les gens.

— Je sais, a-t-il répondu en s'avançant vers moi. Mais vous avez fait du bon travail ici, et je pense que vous avez mérité de revoir vos amis de Bohême. »

Il m'a tapoté le dos. J'ai cru que j'allais m'écrouler.

« Vous vous y rendrez la semaine prochaine en tant que représentant officiel de la société, et vous pourrez rester la semaine entière.

— Merci, Herr Dr. Merci pour cette très bonne nouvelle. »

Je n'avais aucune échappatoire. J'étais obligé d'y aller. J'en ai parlé à Zdeněk. Il n'était pas rassuré non plus, mais il était bien d'accord avec moi sur le fait que je n'avais pas le choix. Jan Šebesta allait devoir retourner à Prague.

Comme à l'aller, j'ai décidé de prendre le train de nuit. Cette fois, en revanche, j'étais libre de voyager en première classe. Les wagons étaient plus qu'à moitié vides. Les gens n'avaient pas envie de se déplacer inutilement au beau milieu d'une guerre. Mieux valait rester chez soi. Une fois assis à ma place, j'ai baissé la tête et me suis entraîné à jeter des coups d'œil furtifs autour de moi pour traquer d'éventuels visages familiers. J'ai fini par me calmer en constatant que je ne connaissais aucune des personnes installées autour de moi.

J'étais muni d'un permis de déplacement officiel et d'une carte d'identité allemande. Je me répétais en boucle qu'il n'y aurait aucun problème, cette fois-ci. Inutile de préparer une ampoule de cyanure. En effet, tout s'est bien passé, et j'ai réussi à dormir un peu après le contrôle à la frontière. Comme nous en avions brièvement convenu au téléphone, Míla m'attendait à la gare. Elle a essayé de m'embrasser. Je l'ai repoussée et lui ai pris la main pour fuir la terreur de cet espace public le plus rapidement possible. Elle m'a conduit directement au petit appartement où je m'étais caché avec mon frère et Zdenka après la déportation de mes parents. Zdenka nous attendait sur place et m'a serré dans ses bras. Puis elle m'a tendu une liasse de lettres en m'assurant que toute la famille allait bien. Elle me chuchotait sans arrêt que je devais être prudent. Nous avons décidé qu'il valait mieux que Lotar et elle ne restent pas à l'appartement. Nous avions désespérément envie de nous voir, mais nous ne pouvions pas nous permettre de prendre ce risque, au cas où quelqu'un les suivrait ou m'apercevrait. Je leur téléphonais chaque matin et chaque soir pour prendre de leurs nouvelles et me rassurer de les savoir si près de moi. Le premier jour, j'ai appelé nos deux fournisseurs pour leur dire que je venais juste d'arriver de Berlin mais que j'étais tombé malade. Je leur ai demandé si nous ne pourrions pas régler nos affaires par téléphone, et leur ai proposé d'envoyer mon assistante afin de récupérer les documents ou les produits chimiques qu'il me faudrait rapporter à Berlin. Tous deux acceptèrent. Míla, toujours prête à donner un coup de main, a endossé le rôle de mon assistante et s'est rendue sur place pour récupérer les éléments nécessaires.

Je suis resté une semaine à l'appartement sans mettre le nez dehors. C'est à peine si j'osais regarder par la fenêtre. Je rêvais pourtant d'arpenter les rues de ma jeunesse, d'aller voir la maison de mes parents, de passer du temps avec Lotar et Zdenka… mais rien que d'y penser, j'en étais malade. Míla ne venait me voir qu'à la nuit tombée, afin de minimiser les risques de tomber sur des connaissances susceptibles de lui poser des questions. Elle m'apportait des petits plats qu'elle préparait elle-même chez ses parents. Du pâté, du pain, et ses fameux rohlíčky, *des biscuits sucrés en forme de croissants de lune. Dire que je pouvais à peine y toucher alors que j'en avais toujours raffolé ! J'avais l'estomac noué au point de ne rien pouvoir avaler. Je prenais garde à ne pas faire de bruit ou émettre des odeurs susceptibles de trahir ma présence. Nous nous déplacions pieds nus, parlions à voix basse pour jouer aux cartes ou bavarder. Nous voulions passer du temps ensemble, mais j'étais une boule d'angoisse. J'ai pourtant essayé de garder mon optimisme durant toute cette épreuve. La situation à Prague ne semblait pas être pire qu'à Berlin. Au moins, il n'y avait pas de bombardements et les gens pouvaient dormir, même d'un sommeil agité, la nuit.*

J'ai lu et relu les dizaines de lettres de Terezín que m'avait données Zdenka. J'imaginais le ton de mes parents, leur voix, et j'étais heureux de sentir leur présence malgré les conditions de vie qu'ils décrivaient. Ils savaient que j'avais quitté Prague, et leurs lettres ne s'adressaient qu'à Lotar et Zdenka. Mais je savais qu'elles étaient pour nous tous. Les lettres de ma mère étaient généralement adressées à « mes adorés ». Elle nous avait toujours appelés ainsi. L'un de mes tout premiers souvenirs d'enfance était une chute dans l'escalier de pierre à Libčice. Ma mère avait nettoyé mes blessures et, alors que je tressaillais sous l'action de la poudre antiseptique, elle m'avait consolé en chuchotant que j'étais son adoré. Mon père, comme je m'y attendais, remplissait ses missives de listes et de descriptions détaillées. Toujours aussi inflexible, il avait décrété que ma mère avait une liaison. Il n'avait jamais supporté le fait que les hommes l'adorent. Sa présence semblait les rendre heureux – tous, à l'exception de mon père.

Je passais mes journées dans le silence et l'isolement, à écrire des lettres qui, je l'espérais, parviendraient jusqu'à mes parents. Je jouais au solitaire avec le vieux jeu de cartes et je jetais des coups d'œil par la fenêtre. J'essayais d'écrire des poèmes, mais je manquais d'inspiration. Jan n'était pas un poète. Je me sentais comme un prisonnier dans cet appartement. Au moins, je pouvais voir Míla et la tenir dans mes bras. Elle était si douce, si pleine d'attentions, que j'en oubliais presque ce qui se passait autour de nous.

La veille de mon retour à Berlin, nous avons examiné mes papiers d'identité ensemble pendant le dîner. En lisant, horrifié, la date inscrite sur mon permis de déplacement, j'ai cru que mes yeux me jouaient un tour. Le Dr Högn m'avait dit que je pouvais rester une semaine. Dans ma panique, j'avais oublié de vérifier mes papiers. Mon permis n'était pas valable pour une semaine, mais pour quatre jours. J'aurais déjà dû avoir regagné Berlin depuis trois jours. Comment avais-je pu me montrer aussi étourdi ? Les voyages étaient restreints, et le permis de séjour de Jan à Prague avait expiré. Ma présence ici était illégale.

Normalement, j'aurais dû demander une extension de mon permis à la Gestapo, mais une telle démarche aurait été un suicide. Míla était de mon avis. Elle s'est efforcée de me calmer en me disant que nous trouverions bien une solution, mais elle était aussi affolée que moi. Elle a laissé la moitié de son assiette et m'a dit qu'elle allait immédiatement demander conseil à Lotar et Zdenka. Elle n'avait pas confiance dans le téléphone. Elle m'a promis de revenir au plus vite. Après son départ, mon désespoir s'est accru. Complètement paniqué, j'ai décidé d'altérer l'encre sur mon permis et de transformer le 24 de la date en un 29. Une fois cette opération terminée, il n'y avait plus aucune raison que je reste là à me torturer l'esprit, plus rien d'autre à faire, plus aucun intérêt à retarder mon départ ou faire mes adieux. J'ai rédigé un court message au crayon à l'intention de Míla pour lui dire de ne pas s'inquiéter, et que je lui écrirais de Berlin.

J'ai abaissé le rebord de mon chapeau, et j'ai pressé le pas jusqu'à la gare sans jeter un seul regard à ces rues qui m'étaient si familières. Comme à l'aller, je me suis installé à ma place dans le train de nuit, et je me suis préparé psychologiquement à l'épreuve qui m'attendait. Cette fois, j'ai placé une ampoule de cyanure dans ma poche poitrine avant de la glisser à l'intérieur de ma bouche. Puis j'ai attendu.

Au bout d'un moment, l'inspecteur est passé. Il m'a demandé mon permis et l'a examiné avec attention, le retournant entre ses deux mains. Il m'a regardé sans une once d'humanité dans les yeux. Puis il s'est éloigné. J'ai pressé nerveusement ma langue contre l'ampoule de cyanure dans ma bouche jusqu'à ce qu'il revienne.

« Votre date de retour n'est pas conforme. Les autorités ont besoin de vérifier vos papiers. Suivez-moi. »

Terrifié, je l'ai suivi dehors jusqu'à l'intérieur de la gare frontalière. Le train était à quai, immobile et silencieux, comme endormi. Le monde autour de moi semblait pétrifié. Un autre garde m'a désigné une pièce. Je suis entré et me suis tenu debout contre un mur, transi de peur. Et trop faible pour croquer mon ampoule d'un coup de dents.

L'homme voulait savoir où je travaillais et les raisons de mon déplacement à Prague. Avant même que je puisse répondre, il m'a fixé droit dans les yeux et demandé pourquoi j'avais falsifié mon permis. J'ai repoussé ma capsule d'un côté de ma bouche. Et j'ai commencé à dire la vérité.

« J'ai été envoyé par mon employeur, Warnecke & Böhm, pendant une semaine pour traiter un problème avec nos fournisseurs. »

À ma grande surprise, il a eu l'air de me croire. J'ai encore repoussé mon ampoule d'un coup de langue et poursuivi d'une voix lente. « C'est mon employeur qui s'est occupé des papiers. Je ne les avais pas lus avant ce soir, et j'ai paniqué. »

Ce n'était pas très aisé de s'exprimer avec une ampoule de verre dans la bouche, mais j'avais l'habitude, désormais.

« Et vous en avez profité pour voir votre douce amie, pas vrai ? »

Il a assorti ces mots d'un clin d'œil. J'ai essayé d'esquisser un sourire, ne sachant pas trop comment le prendre, soucieux de ne m'engager dans aucune direction. Il a continué : « Je me mets à votre place. Quelques jours dans les bras d'une fille, et on se sent invincible au point de falsifier ses papiers... Petit coquin, hein ! »

Encore sous le choc, j'ai réalisé qu'il me parlait d'un ton complice, comme s'il sous-entendait qu'il aurait fait la même chose. Puis je me suis aperçu que nous avions le même âge et qu'il n'avait sans doute aucune envie d'être stationné ici. Il a rempli un formulaire en riant. Il devait avoir le mal du pays, lui aussi. Quand il a relevé la tête, il m'a semblé voir des larmes d'hilarité briller dans ses yeux. Je lui ai adressé un sourire conspirateur.

« Malheureusement, cette infraction ne relève pas de notre compétence, mais de celle d'un tribunal. Remontez dans le train et retournez auprès de votre employeur. Je suis sûr qu'ils ont besoin de vous, là-bas. Les autorités vous contacteront en temps voulu pour régler votre infraction. »

L'échange avait dû prendre moins de cinq minutes, même si cela m'avait paru durer des heures. J'ai couru jusqu'au train, qui s'est ébranlé alors que je me rasseyais à ma place. Je n'ai pas pu fermer l'œil de tout le voyage, encore tendu par l'adrénaline. J'étais tellement soulagé d'arriver enfin à Berlin que l'épisode me faisait l'effet d'un rêve lointain.

Je n'en ai parlé à personne d'autre qu'à Zdeněk. Nous étions certains que dans le contexte chaotique de la guerre cette histoire finirait par tomber aux oubliettes, mais quelques semaines plus tard, une lettre de la police tchèque est arrivée pour moi. La paperasserie habituelle : des formulaires à remplir, une description de mon délit. Quand j'ai lu la dernière partie, mon cœur s'est arrêté de battre : j'étais convoqué devant un tribunal praguois dans trois semaines.

Après une nouvelle nuit d'insomnie, j'ai décidé que mon seul espoir était d'en toucher deux mots au Dr Högn. J'espérais juste qu'il se souviendrait m'avoir proposé de rester une semaine. Je suis entré dans son bureau, et j'ai avoué toute l'histoire.

« Tout à la joie de mes retrouvailles avec ma petite amie tchèque, j'avoue que je n'ai pas pensé à vérifier la date sur les papiers avant la veille du départ. Vous souvenez-vous, Herr Doktor, que vous m'aviez suggéré de rester une semaine ? »

Heureusement pour moi, il s'en souvenait.

« Je vous en prie, Herr Doktor, vous qui êtes un homme si important, avec des amis haut placés… vous qui avez tant d'influence, pourriez-vous me venir en aide ? Qu'aurions-nous tous à gagner si je me rendais au tribunal et qu'ils décidaient de me jeter en prison ? S'il vous plaît… »

J'ignore s'il a réagi par vanité, par gentillesse, par pitié ou parce qu'il avait besoin de moi à l'usine, mais il m'a dit de ne pas m'inquiéter. Il m'a assuré qu'il ferait le nécessaire.

« Ta petite amie tchèque doit être un beau brin de fille. »

Quelques semaines plus tard, il m'a de nouveau convoqué dans son bureau. D'un dossier impeccable posé sur son bureau, il a sorti un procès-verbal indiquant que je devais m'acquitter d'une amende de 110 marks : 100 pour l'infraction en elle-même, et 10 pour les frais administratifs.

« Tout est réglé, tu n'as plus qu'à payer l'amende. Je me suis même arrangé pour que ça n'apparaisse pas dans ton casier judiciaire. »

Puis il m'a fait un clin d'œil, comme le garde au poste-frontière, et une lueur de fierté a étincelé dans ses yeux ronds. J'ai prié pour que Jan Šebesta puisse rapidement disparaître à jamais. J'ai demandé la permission de m'absenter de mon travail, et j'ai marché jusqu'à la banque de Weissensee pour payer mon amende.

J'étais furieux contre moi-même. Comment Jan Šebesta avait-il pu se montrer aussi négligent ? Sans l'intervention de Högn, je n'aurais pas eu d'autre choix que de m'enfuir à nouveau, vers les Pays-Bas ou la France, dans l'espoir de rejoindre le maquis. Ce qui était presque impossible.

Le procès-verbal annonçant le montant de l'amende et l'annulation de la convocation au tribunal a été acheminé depuis le Tribunal de District de Prague pour atterrir entre les mains du Tchèque qui n'existait pas mais travaillait à Berlin. Jan Šebesta avait une fois de plus été sauvé par un prodigieux coup de chance. Il devenait de plus en plus astucieux et résilient. La transformation du jeune homme qui avait quitté Prague était presque achevée : Hans le malchanceux avait une nouvelle fois fait preuve d'étourderie, mais il ne laisserait plus jamais son manque d'attention lui coûter la vie.

Un autre fragment de papier était resté préservé dans la boîte de mon père. Il s'agissait d'un récépissé bancaire déchiré attestant que le 4 octobre 1944, Jan Šebesta avait réglé 110 reichsmarks à la police tchèque.

Jan continua à travailler chez Warnecke & Böhm le jour et à éteindre les incendies la nuit avec Zdeněk. En avril 1944, les Alliés avaient interrompu leur campagne de bombardements pour se concentrer sur les préparatifs secrets du débarquement en Normandie. Mais Berlin ne retrouva pas le calme pour autant. Raids de diversion et fausses alertes continuèrent à terrifier les habitants. Des nouvelles des autres villes allemandes bombardées leur parvenaient tous les jours. Peenemünde, le centre de recherches militaires qui se fournissait auprès de Warnecke & Böhm, était une cible parmi tant d'autres. Les pénuries de nourriture, de vêtements et de matériel s'ajoutaient aux épreuves endurées par la population.

L'armée allemande se battait désormais sur deux fronts : à l'est, et à l'ouest. En dépit de la propagande nazie et du verrouillage de l'information, des nouvelles de l'étranger parvenaient à s'immiscer dans les rues de Berlin. Pour Jan et Zdeněk, l'espoir d'une défaite allemande imminente était plus forte que jamais. Et Jan s'efforçait d'y contribuer à sa modeste échelle.

Hormis trois ou quatre éléments, les documents que j'avais réussi à me procurer dans le bureau du Dr Högn ne semblaient pas beaucoup intéresser les Alliés, et je me sentais découragé. Le Néerlandais me conseillait de rester positif, et m'a assuré que toutes les informations relatives aux projets en cours pour la Luftwaffe étaient utiles. Plus je transmettais de choses, plus grandes étaient les chances de voir la guerre se terminer bientôt. Je me répétais ces mots tout en parcourant chacun des laborieux comptes rendus d'expériences, avec chaque fois l'espoir de trouver un détail vraiment important.

Pendant un temps, durant l'année 1944, les

bombardements ont semblé s'arrêter. J'ai fait semblant de m'intéresser à la fabrication d'une substance hautement combustible semblable à la nitrocellulose et susceptible d'accélérer la production de nos laques. J'ai demandé au Dr Högn la permission de mener les expériences moi-même. Il a accepté, à condition que je le fasse sur mon temps libre.

Cela me permettait de rester tard au labo. Un permis spécial m'a été accordé afin que je puisse accéder à l'usine en dehors des horaires d'ouverture. J'avais toute la nuit pour fouiller les bureaux à la recherche de documents ou de notes qui auraient, par chance, échappé à un rangement plus rigoureux. J'ouvrais les tiroirs de chacun des bureaux dans mon département. Hélas, malgré mon enthousiasme, je ne trouvais que de menus détails à ajouter aux éléments que j'avais déjà transmis à mon ami néerlandais.

J'étais très contrarié par ce que je considérais comme un échec. D'une certaine manière, mon incapacité à mettre la main sur quelque chose d'important m'apparaissait comme une victoire supplémentaire pour eux.

*

Les quelques lettres de l'année 1944 que je possède me renseignent assez peu sur l'état d'esprit d'Otto et Ella. Leur ton est plus laconique, plus factuel. Otto y évoque rapidement ses protégées, Olina et Stella, mais se concentre surtout sur les aspects concrets du quotidien, et notamment la santé d'Ella. Au mois d'avril 1944, celle-ci s'était une fois de plus retrouvée clouée sur un lit d'hôpital et incapable d'écrire.

En juin 1944, des émissaires de la Croix Rouge furent autorisés à pénétrer dans le camp. Cette inspection avait été négociée avec la branche danoise de l'organisme, qui exigeait un droit de visite à la suite de la déportation de 476 Juifs danois à Terezín par les Allemands. Les nazis, conscients de l'importance d'un tel déplacement et de ses possibles avantages en termes de propagande, préparèrent méticuleusement les choses en amont. Ils lancèrent un programme d'« embellissement » du camp consistant à planter des fleurs, démonter certains baraquements et donner un coup de peinture aux façades ; ils installèrent un terrain de sport au milieu de la grand-place et, pour remédier au problème de la surpopulation, firent déporter des milliers de détenus à Auschwitz. En l'espace de trois jours, du 16 au 18 mai, des convois spéciaux emportèrent plus de 7 500 personnes.

Mes grands-parents réussirent à passer entre les mailles du filet. Le 23 juin, sous la discrète mais implacable supervision des officiers SS, les prisonniers de Terezín jouèrent la comédie devant les trois représentants de la Croix Rouge. Les malades ou les gens trop amaigris restèrent confinés dans leur caserne. Un orchestre jouait sur une estrade construite spécialement pour l'occasion, et on demanda aux enfants de chanter. Les gens déambulaient dans les rues en bavardant, et un match se déroulait sur la pelouse du terrain de foot flambant neuf. Les gendarmes eurent tous droit à un jour de congé. En dépit des rumeurs qui étaient forcément parvenues jusqu'à leurs oreilles, aucun des visiteurs ne posa de questions dérangeantes aux autorités du camp. Les prisonniers, de leur côté, devaient avoir eu vent du débarquement allié sur les côtes françaises quelques semaines auparavant, et ils escomptaient sans doute une victoire rapide ; ajouté à la peur constante des représailles, cet espoir les incita sans doute à jouer le jeu sans broncher. Je n'ai pas la moindre trace de cette journée dans mes archives personnelles ; je ne possède ni lettres ni cartes postales pour le mois de juin 1944. Ella était à l'hôpital et je n'image pas Otto, homme sévère et intègre, prendre la moindre part à cette mascarade. La visite de la Croix Rouge fut un tel succès aux yeux des nazis qu'ils décidèrent de réitérer l'opération, cette fois pour filmer un documentaire de propagande censé contredire les accusations de génocide formulées par les Alliés. Le tournage dura trois semaines. L'équipe technique et les détenus qui avaient été filmés furent ensuite déportés à Auschwitz, comme des dizaines de milliers de personnes, en septembre et octobre 1944.

Les dernières traces écrites que je possède de mes grands-parents sont deux cartes postales datées du 15 septembre. Ils remercient chacun leurs *adorés* pour leurs lettres et leur gentillesse, ajoutent de brefs messages à l'intention de leurs amis, évoquent les nouvelles restrictions au camp et demandent à avoir bientôt des nouvelles. Ils expliquent qu'ils n'auront désormais le droit d'écrire que toutes les huit semaines. Ella termine sa carte en leur disant qu'elle pense constamment à eux et prie pour qu'ils aillent bien.

Tous deux embrassent leurs enfants, et leur disent au revoir.

L'ultime billet griffonné de la main d'Ella n'avait pas été conservé avec le reste de ses lettres, sans doute parce qu'il était trop douloureux à lire. Mon oncle Lotar n'en évoquerait le contenu que bien plus tard. Affaiblie, désespérée, ma grand-mère avait réussi à envoyer discrètement ce court message depuis son lit d'hôpital pour annoncer que le 29 septembre 1944 son mari avait été déporté seul à Auschwitz dans un convoi dit de « travailleurs ».

Otto avait conservé sa force et sa santé. Lotar et Zdenka avaient bon espoir qu'il survive, même à un rude labeur.

Une autre missive, non datée, figure parmi la correspondance de Terezín. Le traducteur et moi-même sommes d'abord restés perplexes en découvrant son contenu. Il s'agit d'une lettre rédigée par quelqu'un ayant visiblement un faible niveau d'instruction, et signée « Mme Rosa ». Affolée, celle-ci expliquait qu'elle n'arrivait pas à « trouver Mme Mère dans son lieu habituel ». Elle assurait qu'elle avait « cherché partout et demandé dans tout le camp, mais personne ne savait où elle était passée ». Mme Rosa ajoutait qu'elle n'avait pas été en mesure de livrer le paquet, comme elle s'était pourtant engagée à le faire. Elle demandait à Mme Jedličková, le nom de naissance de Zdenka, de « confirmer un jour et une heure de rendez-vous à la gare de Bohušovice » afin de lui « rapporter le colis dans une brouette ».

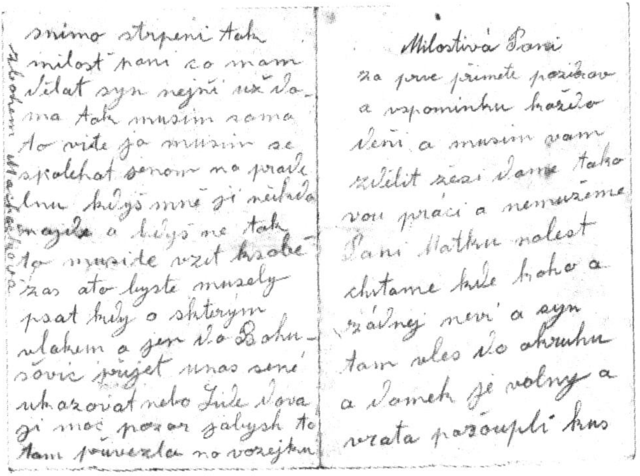

Lettre de Mme Rosa.

Soucieuse de rendre le paquet qu'elle n'avait pas été en mesure de livrer à sa destinataire, Mme Rosa leur annonçait indirectement la nouvelle qu'ils redoutaient le plus.

Ella avait été déportée à Auschwitz le 19 octobre 1944, ainsi que sa nièce Zita, à bord d'un convoi spécial pour les personnes malades.

Les lettres et les cartes postales étaient l'unique lien entre mes grands-parents et leurs enfants. Lorsqu'elles cessèrent d'arriver, Otto et Ella disparurent dans le noir. Il était impossible d'avoir des nouvelles des personnes déportées à Auschwitz et dans les camps d'Europe de l'Est.

À Prague, le Conseil des Anciens fut informé que les derniers résidents juifs, y compris ceux mariés à des non-Juifs ou eux-mêmes membres du Judenrat, devaient être déportés à leur tour. Ce n'était plus qu'une question de temps avant que le nom de Lotar se retrouve sur une liste. Il était exclu qu'il se cache pour échapper à la Gestapo : il avait toutes les chances d'être dénoncé en échange d'une récompense, d'autant que les habitants de la capitale étaient de plus en plus aux abois à mesure de l'effondrement du Reich. Zdenka et lui ne faisaient aucune confiance à leurs voisins d'immeuble. L'enrayement de la machine militaire allemande avait ouvert des brèches. Les soldats se comportaient de manière erratique. Certains s'adonnaient à de purs accès de violence redoutés par tous les civils qui avaient le malheur d'attirer leur attention. Zdenka, jamais à court de ressources, identifia un soldat SS qui, pour une raison ou une autre, ne semblait pas insensible à son charme. Elle ne précise pas dans ses mémoires de quelle manière elle l'aborda, ni par le biais de quel argument elle parvint à le convaincre : pot-de-vin, paroles gentilles ? À moins que l'homme ait accepté de coopérer parce qu'il pensait déjà à l'après ? Quoi qu'il en soit, ils convinrent tous deux d'un plan.

Un matin de février 1945, de très bonne heure, il alla bruyamment frapper à la porte de leur appartement, rue Podskalská, en grande tenue de SS. Il aboya des ordres, claqua les portes et envoya valser les photos et le mobilier avec le plus de fracas possible. Le vacarme réveilla tous les voisins. Il joua son rôle avec une perfection telle que Zdenka et Lotar prirent peur et se demandèrent si l'homme n'était pas venu réellement dans l'intention de les arrêter ou de les tuer. Il leur fit descendre l'escalier sous la menace de son arme et les emmena jusqu'au coin de la rue. Une fois dans une ruelle isolée, au vif soulagement de Lotar et Zdenka, l'Allemand leur déclara : « Voilà, je crois que ça ira comme ça. Au revoir. Et bonne chance. »

Maintenant que tous ses voisins et délateurs potentiels avaient assisté à sa fausse arrestation, Lotar s'empressa de regagner discrètement l'autre appartement de Zdenka rue Trojanova. Comme la fois d'avant, lorsqu'ils s'étaient cachés après l'assassinat de Heydrich, seule la gardienne de l'immeuble était au courant de leur présence. Histoire d'enfoncer le clou, Zdenka alla faire un scandale le jour même aux bureaux du Judenrat avant de se rendre au quartier général de la SS pour protester contre l'arrestation aux aurores de son malheureux époux. Tous les témoins de ces scènes en conclurent que Lotar Neumann avait peu de chances d'en revenir un jour.

Leur plan fonctionna à merveille : la Gestapo se désintéressa de lui. Personne ne viendrait plus le chercher, désormais. En guise de précaution supplémentaire, Lotar recommença à utiliser la carte d'identité d'Ivan Rubeš. La Fédération des communautés juives en République tchèque possède dans ses archives une carte d'arrestation au nom de Lotar Neumann, tamponnée en rouge et datée du 10 février 1945 : il y est officiellement déclaré « *HAFT* ».

Incarcéré.

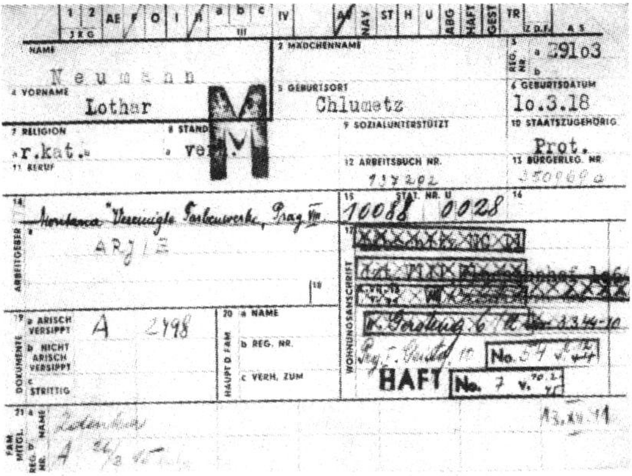
1 NAME Neumann
2 MÄDCHENNAME
3 REG. NR. 29103
4 VORNAME Lothar
5 GEBURTSORT Chlumetz
6 GEBURTSDATUM 10.3.18
7 RELIGION r.kat.
8 STAND verh.
9 SOZIALUNTERSTÜTZT
10 STAATSZUGEHÖRIG Prot.
11 BERUF
12 ARBEITSBUCH NR.
13 BÜRGERLEG. NR.
14 ARBEITGEBER ARJIE
15 STAT. NR. U 10088 0028
WOHNUNGSANSCHRIFT
HAFT No. 7
19 a ARISCH VERSIPPT A 2498
b NICHT ARISCH VERSIPPT
c STRITTIG
20 HAUPT D. FAM. a NAME b REG. NR. c VERH. ZUM
21 FAM. MITGL. a NAME b REG. NR.

16

Ce qui reste de nous

Le 14 février 1945, soit quatre jours plus tard, les Alliés lancèrent une série de raids aériens sur Dresde, la ville allemande située à cent quinze kilomètres au nord-ouest de Prague. Leurs avions avaient déjà survolé la capitale tchèque, mais sans jamais l'attaquer. Ce jour-là, une combinaison de plusieurs facteurs – radars défectueux, bourrasques de vent et épais tapis nuageux – entraîna une erreur de navigation de la part de plusieurs escadrons. Soixante-deux bombardiers américains désorientés fondirent sur Prague en trois vagues successives et pilonnèrent la ville de 12 h 28 à 12 h 33. C'était si inattendu que les sirènes d'urgence donnèrent l'alerte seulement une fois l'attaque commencée. La plupart des habitants n'eurent pas le temps d'aller se mettre à l'abri. En l'espace de cinq minutes, les avions lâchèrent cent cinquante-deux tonnes d'explosifs.

Plus de sept cents civils périrent, et près d'un millier furent blessés. Pour ne rien arranger, la plupart des pompiers de Prague avaient été dépêchés en urgence à Dresde. Des centaines de bâtiments et de monuments historiques furent endommagés. L'un des immeubles de Zdenka, celui où vivaient sa sœur et sa mère, fut frappé lui aussi. Dans la panique qui suivit cet assaut aussi bref que barbare, Lotar et Zdenka, oubliant toute prudence, se précipitèrent à leur secours. La mère de Zdenka avait été touchée, mais elle pouvait encore marcher. Marie, sa sœur de dix-neuf ans, souffrait d'une lourde commotion cérébrale et de plusieurs blessures graves à la jambe. Ce fut Lotar, officiellement incarcéré par les SS, qui souleva sa belle-sœur dans ses bras pour la porter jusqu'à l'Hôpital Universitaire. Au milieu de l'infirmerie bombardée, sa vie put être sauvée.

Une grande partie de l'Europe sombra dans le chaos durant les premiers mois de l'année 1945 à mesure que les combats s'intensifiaient et que le Reich s'effondrait. Berlin et Prague ne firent pas exception à la règle. L'armée russe poursuivait sa progression, et les Allemands semblaient de plus en plus impuissants sur le front défensif. Les raids aériens sur Berlin avaient repris le 3 février, avec le bombardement le plus massif jamais lancé sur la ville. Cette seule journée occasionna des milliers de pertes civiles, des dizaines de milliers de blessés, et des centaines de milliers de déplacés. À travers la fumée, la poussière et les flammes, les Berlinois pouvaient déjà entrevoir l'arrivée de l'armée soviétique.

En janvier 1945, mon père avait lui-même vécu une série de frayeurs exceptionnelles. Il s'était d'abord retrouvé provisoirement aveugle à la suite d'une explosion au laboratoire de l'usine. Il avait ensuite reçu un choc à la tête durant une mission de sauvetage et été brièvement relevé de ses fonctions de pompier. J'ai retrouvé dans sa boîte un certificat médical en date du 31 janvier 1945 et signé par le Dr Hermann Gysi, attestant qu'il recevait le patient Jan Šebesta trois fois par semaine pour un problème de dystonie neurovégétative, un trouble nerveux qui n'était apparemment pas associé à une maladie physique. Ses symptômes les plus fréquents étaient les palpitations cardiaques, les frissons, la peur, l'insomnie, l'impression d'étouffement et les crises d'angoisse. De toute évidence, l'état de santé du jeune Jan s'était considérablement dégradé.

Il venait de passer quatre mois sans nouvelles de ses parents. Entre le travail, les incendies à éteindre, les bombardements, la menace des Soviétiques et la peur d'être démasqué, le seul élément qui le rattachait encore à son ancienne vie était la présence de son fidèle Zdeněk, et un coup de téléphone discret, de temps à autre, à son frère ou Míla. Vivre à Berlin devenait de plus en plus dangereux au fil des jours. Il était temps de rentrer au pays.

Avec le tact et la modération qui le caractérisaient désormais, Jan Šebesta aborda la question de son transfert à Prague d'un point de vue strictement professionnel. Il remplit une demande de mutation officielle en invoquant le fait que ses compétences seraient plus utiles sur place, et réussit même à obtenir une lettre de recommandation de la part de son employeur.

Ce document, conservé dans ma boîte, est daté du 5 avril 1945 et imprimé sur papier à en-tête officiel de la société Warnecke & Böhm :

M. Jan Šebesta, né le 11 mars 1921 à Alt Bunzlau, a occupé la fonction de chimiste au sein de notre laboratoire du 3 mai 1943 au 5 avril 1945.

M. Šebesta a mené avec succès toutes les tâches qui lui étaient confiées, dans des domaines incluant la préparation chimique des laques synthétiques, la chimie analytique, le développement des laques spéciales et des matériaux d'étanchéité. Soucieux de toujours se tenir au fait des dernières avancées scientifiques, et de lire toutes les publications industrielles spécialisées en lien avec les peintures synthétiques et les laques spécialisées, M. Šebesta a acquis une solide expertise professionnelle. Il s'est distingué par sa rigueur exemplaire et son vif intérêt pour le travail qui lui était confié. M. Šebesta a également remporté la haute estime de ses collègues grâce à sa personnalité agréable et son sens de la coopération.

M. Šebesta quitte notre société à sa propre demande, et en accord avec le ministère du Travail à Berlin, afin de regagner son pays natal. Nous lui souhaitons plein succès à l'avenir.

J'ai été frappée par les termes « rigueur exemplaire ». C'était exactement ceux qu'aurait employés n'importe qui pour décrire mon père, mais pas l'ancien Hans, plaisantin et insouciant. Si Otto avait pu lire cette lettre, il aurait été fort surpris. Et aussi très fier.

Le garçon qui avait débarqué à Berlin au printemps 1943 était bien différent de l'homme qui, deux ans plus tard, se frayait un chemin à travers la foule pour quitter la ville.

Le périple a commencé à Berlin. J'avais réussi à monter dans le train à l'extérieur de la gare, là où on préparait les wagons. J'ai embarqué une heure avant le départ, et je n'étais pas tout seul. Beaucoup avaient eu la même idée que moi. J'étais prêt à graisser la patte au conducteur et au personnel d'entretien, mais ça n'a pas été nécessaire. Il y a eu de la bousculade pour grimper à bord du wagon. Plus personne ne semblait se soucier des règles.

Plus rien ne comptait. Les gens voulaient fuir.

Tout le monde s'attendait à une action concertée de l'armée russe, des Américains et de leurs alliés d'ici quelques jours, voire quelques heures. Les Allemands avaient perdu la guerre. Ce n'était plus un secret pour personne. Des rumeurs évoquaient la cruauté extrême des Russes. Nous avions tous peur que les troupes alliées n'aient accéléré leur progression et n'arrêtent notre train. Je priais pour ne pas tomber sur les soldats russes.

Le train était bondé. C'était la deuxième semaine d'avril, on sentait déjà l'arrivée du printemps. Les voitures n'étaient pas chauffées, mais c'était la fournaise à l'intérieur.

Le soir était tombé, et les wagons étaient plongés dans le noir. Les lumières attiraient l'attention, transformaient les trains et les gares en cibles faciles depuis le ciel. Nos arrêts périodiques ne servaient à rien, puisque personne ne pouvait monter à bord. Il n'y avait plus de place. Dans la pénombre, on apercevait les visages désespérés le long des quais, la bousculade, la lutte pour le moindre petit espace. Tout le monde voulait fuir hors d'Allemagne.

Seule une poignée d'individus réussit à grimper dans les wagons, et encore, seulement après qu'une poignée de voyageurs fut elle-même descendue. Le ballottement du train n'affectait pas les passagers, puisque nous étions tous serrés les uns contre les autres. Nous formions une masse humaine compacte, sans air autour de nous, constituée de corps chauds et malodorants qui semblaient n'en faire plus qu'un seul.

Devant moi, dans cette foule, un homme m'a marché sur le pied. Il s'est tourné vers moi pour s'excuser, l'haleine chargée d'oignon, d'ail et de semaines entières sans dentifrice. Je ne pouvais rien faire pour échapper à cette odeur. Ni me pencher pour nouer mon lacet.

Je portais une vieille chemise rayée, un pantalon encore plus vieux et une paire de tennis. Ni chaussettes ni bagages. Un simple petit paquetage contenant mes papiers, mon ampoule de cyanure, quelques reichsmarks et la poupée porte-bonheur de Míla. Tout le reste, je l'avais laissé à Berlin. Même si cela ne faisait pas grand-chose.

L'une des dernières bombes tombées sur Berlin, destructrice rien que par l'effet de souffle, avait rasé le bâtiment d'à côté. Et à moitié détruit le nôtre. Je l'avais pris comme un avertissement, et j'avais eu la chance de pouvoir m'échapper juste avant qu'une deuxième bombe achève de réduire notre immeuble à un simple tas de poussière. Aucun habitant n'avait péri. Ce jour-là, encore, nous avions eu de la chance.

L'Allemagne demeurait l'Allemagne, bien sûr : il y avait des formalités à remplir, même pour fuir le pays. Je n'arrivais toujours pas à croire que j'avais réussi à obtenir les papiers nécessaires des bureaucrates du ministère du Travail. J'étais entré dans le hall et je m'étais adressé à l'employé qui avait l'air le plus terrifié, un quinquagénaire très agité. Je l'avais observé pendant que j'attendais mon tour, puis je lui avais dit : « Je vis à Berlin depuis deux ans. J'ai mes papiers. Si vous me donnez un permis pour retourner en Bohême, je ne l'oublierai pas, et je ne manquerai pas de témoigner que vous m'avez apporté votre aide. »

Il avait un tic qui le faisait cligner des yeux en permanence. Il m'a calmement expliqué que les permis de déplacement n'étaient délivrés que pour les cas exceptionnels, c'est-à-dire les cas d'importance pour le Reich. J'ai plongé mon regard dans le sien. Et je lui ai dit tout bas :

« Il ne s'agit pas d'un cas d'importance pour le Reich. Mais d'un cas d'importance pour vous. Si vous ne m'accordez pas ce permis, je me souviendrai de vous, et vous le regretterez. »

J'ai continué à parler d'un ton lent, afin de peser sur chaque mot.

« Je me souviendrai de votre nom et de votre visage. Si vous me donnez un permis de déplacement pour rentrer chez moi en Bohême, je vous donnerai mon adresse et vous pourrez me contacter. Si une enquête à charge s'ouvre contre vous, je témoignerai de la mansuétude dont vous avez fait preuve alors que le Reich s'effondrait. »

C'était une approche risquée, mais c'était le seul levier dont je disposais. Et aussi mon seul espoir. Si je ne partais pas maintenant, je ne serais peut-être pas en mesure de le faire plus tard. Je l'ai observé bien en face. Il clignait des paupières à toute vitesse. Il a jeté des regards autour de lui et balbutié une poignée de mots inintelligibles. Puis il a baissé les yeux et hoché la tête. Il venait de remplir mon permis.

Dans le chaos général, personne ne prenait la peine de vérifier les billets ou les permis de transport. À deux reprises avant d'atteindre la frontière, nous avons été terrifiés par des bruits d'avions à l'approche. Le vrombissement de leurs moteurs au-dessus de nos têtes était si assourdissant qu'il semblait faire trembler le wagon. Nous étions pétrifiés. Tout le monde retenait son souffle. La seconde fois, nous avons entendu des explosions et des coups de feu. Dans un coin, des sanglots ont éclaté. Nous avons cru que le train subissait une attaque. Puis, à mesure que nous approchions de la frontière tchèque, les bruits se sont estompés. Le silence est retombé. À nouveau, seul le fracas des roues sur les rails a envahi nos oreilles.

Nous avons traversé la frontière, et les premières couleurs de l'aube ont commencé à éclairer le train. J'essayais de m'imaginer les senteurs au-dehors, la brise fleurie de la campagne bohémienne au printemps. L'homme à côté de moi a été pris d'un haut-le-cœur. Je ne pouvais pas bouger, et il a souillé toute l'épaule de mon unique chemise. Je n'avais jamais pris le temps d'analyser la pestilence si particulière d'une gerbe de vomi.

Le crissement métallique des freins a annoncé notre arrivée à Prague. Les hordes de voyageurs se sont déversées hors des wagons, chacun de nous impatient de descendre et retrouver la liberté.

Míla m'attendait à la gare. J'ai accroché mon regard au sien tout en me frayant un chemin à travers la foule pour la rejoindre. Même de loin, je bénissais le calme et la beauté bleue de ses yeux. J'étais incapable de parler lorsqu'elle m'a pris dans ses bras.

« Tu es rentré, Handa, nous voilà enfin ensemble, tu seras plus en sécurité ici ! »

Nous avons traversé la ville jusqu'à l'appartement de Lotar et Zdenka, où j'allais à nouveau devoir me cacher mais, je l'espérais, pour une plus courte durée, et surtout pour la dernière fois.

La matinée était splendide. Je sentais la forme

des pavés ronds à travers la fine semelle de mes chaussures. Míla et moi marchions côte à côte, elle me tenait la main en m'enlaçant par la taille de son autre bras. J'étais si fatigué, si affamé. J'avais juste envie de sentir le soleil sur mon visage, de manger et de dormir. J'avais tant de choses à lui dire, mais je ne trouvais pas les mots.

Il y avait encore des soldats allemands dans la rue, mais peu nombreux. La ville semblait étonnamment calme. Nous avons marché au bord du fleuve. La brise fraîche effaçait peu à peu l'âcre puanteur du train. D'un côté, nous longions les ruines de bâtiments bombardés à tort par les Alliés en février. De l'autre, la Moldau s'écoulait, tranquille et imperturbable.

La seule carte d'identité que j'avais sur moi était au nom de Jan Šebesta. Il me faudrait attendre la libération de Prague pour redevenir Hans Neumann.

Hans retrouva Lotar et Zdenka chez eux, au 16, rue Trojanova. Grâce au récit écrit laissé par Zdenka, je sais que la ville abritait de nombreux rescapés et fugitifs, et leur appartement était l'un de ces refuges. Les conditions de vie dans la capitale tchèque illustraient bien le chaos qui régnait dans le reste de l'Europe. Terezín n'a été libéré que le 8 mai, mais certains camps l'étaient déjà depuis l'automne 1944. Ce processus s'était poursuivi jusqu'au printemps 1945, au fur et à mesure de l'avancée des forces alliées à travers l'Europe.

Plusieurs déportés auxquels Lotar et Zdenka avaient prêté assistance durant la guerre vinrent spontanément frapper à leur porte, sans ressources ni autre endroit où aller. Un cousin allemand de Zdenka, déserteur de l'armée, se présenta lui aussi chez eux. L'appartement était rempli de gens de toutes confessions et de tous bords politiques, unis par la faim, l'épuisement et le désespoir, sursautant au moindre coup de sonnette et au moindre bruit suspect. Ils passaient les journées à s'efforcer de survivre et de cohabiter les uns avec les autres dans ce refuge improvisé. Zdenka et Lotar leur donnaient des vêtements et partageaient avec eux le contenu de leur garde-manger. Ils récupéraient des couvertures et de la nourriture auprès de leurs amis. Zdenka écrivit que, durant des semaines, ils restèrent « serrés comme des sardines à dormir par terre, sur le canapé, là où ils pouvaient », mais que, pour ces invités si particuliers, « cela était du luxe par rapport aux camps ou aux combats ».

La résistance s'était bien ressaisie en Bohême et en Moldavie après l'*Heydrichiáda* de 1942 ; ses rangs comptaient désormais quelques milliers de personnes. Début mai, ils organisèrent un soulèvement contre les forces allemandes encore présentes à Prague. Enhardis, les Tchèques envahirent les rues, vandalisèrent les sièges administratifs allemands, déchirèrent les drapeaux nazis et peignirent par-dessus les inscriptions en langue germanique. Des combats éclatèrent entre les dernières brigades SS et les civils épaulés par l'Armée de libération russe, une formation de volontaires russes ayant d'abord combattu aux côtés des nazis avant de changer de camp. Prague fut bombardée par la Luftwaffe pendant que les troupes allemandes au sol massacraient, torturaient et blessaient par milliers. Après des années d'oppression, les Tchèques se livrèrent en retour à de féroces représailles contre les Allemands et leurs collaborateurs. De sanglants affrontements dans les rues, les gares et jusqu'à l'intérieur des édifices se déroulèrent pendant quatre jours. Enfin, le 9 mai 1945, au lendemain de la libération de Terezín et de la victoire officielle en Europe, Prague fut libérée par l'armée Rouge. Après plus de six années, l'occupation allemande était enfin terminée. Le 23 mai 1945, Zdenka écrivit au frère d'Otto, l'oncle Richard, aux États-Unis. J'ai cette lettre en ma possession :

Cher Oncle Richard,

Nous profitons de la première occasion qui nous est enfin offerte de vous donner de nos nouvelles. Nous avons le vif et profond regret de vous annoncer que Lotar, Handa et moi-même sommes les trois uniques survivants de la famille Neumann. Du côté Haas, seuls nos cousins Zdeněk Pollak et Hana Pollak ont survécu. Nous ne savons rien pour les autres. Il y a très peu de chances pour qu'ils reviennent. Si nous avons survécu, c'est parce que nous nous sommes cachés. Lotar et moi à Prague, et Handa à Berlin. Nous sommes tous les trois en bonne santé et nous vivotons au jour le jour. Nous avons besoin de vous et de vos conseils, car nous allons devoir prendre certaines décisions familiales en lien avec Montana, qui a plutôt bien tenu le choc durant les années de guerre. Nous vivons dans un chaos indescriptible et votre avis nous serait précieux sur bien des points. Comme vous le voyez, la famille a beaucoup souffert.

Quel prix terrible nous avons payé pour ne pas avoir écouté vos conseils en 1939 !

Répondez-nous au plus vite, je vous en prie.

Peu à peu, des survivants affaiblis commençaient à regagner Prague en décrivant ce qu'ils avaient vu et vécu dans les camps de concentration de l'Est. Cet été-là, Zita Polláková et Erich Neumann rentrèrent chez eux. J'ignore à quel moment exactement Lotar et Hans apprirent qu'Ella avait été déportée à Auschwitz avec sa nièce Zita, mais ce fut certainement durant ces terribles journées de bilan, juste au sortir de la guerre, qu'ils eurent connaissance du sort de leur mère.

En arrivant à Auschwitz, les déportés avaient été triés : 250 hommes avaient été envoyés dans les mines de charbon, et quelques dizaines de femmes, dont Zita, avaient dû poursuivre leur trajet vers des camps de travail situés encore plus à l'est. À la fin de la guerre, la jeune femme faisait partie des 51 survivants sur les 1 500 passagers de son convoi. Ella et les autres malades avaient été emmenés directement aux chambres à gaz. Je n'ose imaginer la douleur de Hans, Lotar et Zdenka en apprenant la nouvelle.

Le 29 mai 1945, Lotar écrivit à sa famille aux États-Unis pour leur annoncer qu'Ella avait été gazée dès son arrivée à Auschwitz. C'est ce document que mon père m'avait fait lire au petit matin, le lendemain des obsèques de Miguel. Après l'envoi de cette lettre, Hans, Lotar et Zdenka n'évoquèrent plus jamais la mort d'Ella, que ce soit oralement ou par écrit, tout le restant de leur vie.

Stella Kronberger, la jeune protégée d'Otto à Terezín, les retrouva à Prague et leur raconta les derniers mois de leur père au camp. Il avait gardé le moral et la santé jusqu'au bout, leur dit-elle. Il était parti de Terezín avec un convoi de travailleurs, si bien que Hans et Lotar se raccrochèrent à l'espoir qu'il ait survécu et finisse par leur revenir sain et sauf.

D'après les archives, Otto était monté avec le numéro 164 à bord du convoi de travailleurs « EI » parti le 29 septembre 1944. En arrivant à Auschwitz, lui aussi était passé par le processus de sélection. Les médecins et les gardes SS choisissaient eux-mêmes les prisonniers aptes pour les envoyer dans d'autres camps de travail. Les individus considérés comme trop vieux ou trop faibles étaient mis à l'écart et conduits vers les chambres à gaz.

Dans le texte qu'il m'a laissé, mon père reconstitue les événements ainsi :

Comme tout le monde, mon père savait que le truc pour optimiser ses chances de survie était d'avoir l'air jeune. Il fallait paraître robuste et en bonne santé. Apte au labeur. Les Allemands voulaient des preuves de vos capacités en tant que travailleur.

Dans notre famille, nous avons tendance à grisonner prématurément : nos cheveux virent poivre et sel dès la trentaine, et blanchissent à la cinquantaine. On disait toujours que cela nous donnait un air distingué. En temps normal, j'imagine que cela est vrai. Mais pour des yeux nazis, nous avions l'air âgés. Lorsqu'il s'agissait d'une question de vie ou de mort, ce seul détail pouvait nous faire basculer du côté des inutiles et des indésirables.

Nous en étions extrêmement conscients. Nous avions été prévenus.

Mon père, avec sa chevelure distinguée, courait le risque de passer pour trop vieux. Trop vieux et bon à rien, juste parce qu'il avait les cheveux blancs à cinquante-trois ans. Avec Zdenka, Lotar et nos contacts, nous avions trouvé quelques gendarmes conciliants prêts à laisser entrer des colis de vingt kilos contenant de l'argent, des provisions et des lettres pour nos parents à Terezín. De courageux intermédiaires nous faisaient parvenir leurs lettres. Au début, nous avions envoyé de la teinture pour cheveux. Lorsqu'il était devenu impossible de s'en procurer, même au marché noir, nous avions dû trouver autre chose. Zdenka, Lotar et moi avions tout essayé avant de finalement opter pour le cirage à chaussures noir. Nous avions tenté l'expérience nous-mêmes, et elle s'était révélée concluante. Le produit sentait très mauvais et avait tendance à s'effacer, mais il colorait efficacement les cheveux. Zdenka s'est même glissée clandestinement à l'intérieur de Terezín à un moment où les gendarmes ne pouvaient rien faire pour nous aider. Et voyant qu'elle ne pourrait pas accéder au ghetto, elle a graissé la patte d'un garde pour qu'il remette le colis en main propre à mon père.

Mon père, cet homme qui s'était toujours montré distant, avec une sévérité qui semblait prendre racine dans les malheurs de toute l'humanité. Il était constamment en train d'essayer de résoudre les problèmes, toujours accablé par l'existence du mal et de l'injustice. Pourtant, il nous répétait sans cesse que la fin de la guerre était proche et nous disait de garder espoir, car la paix, disait-il, était pour bientôt. Il affirmait toujours dans ses lettres que notre famille allait s'en sortir et que nous serions tous à nouveau réunis.

Mais vers la fin de l'été, nous avons compris que tous nos efforts et nos courriers aux Anciens n'avaient servi à rien. Mon père avait été sélectionné pour partir à bord de l'un de ces affreux convois vers l'est. Toujours prudent, il s'était brossé les cheveux avec du cirage et avait placé le flacon dans la petite poche que ma mère lui avait cousue à l'intérieur de sa chemise. Dans un monde où si peu de choses avaient encore du sens, son cirage à chaussures était devenu son bien le plus précieux. Aussi vital que la nourriture pour le maintenir en vie.

Les convois comportaient toujours un millier de personnes. C'était un nombre rond et pratique, permettant de répartir cinquante personnes dans vingt wagons, chacune autorisée à emporter quarante kilos de bagages, même s'il restait rarement de quoi atteindre ce poids après toutes les confiscations et le troc désespéré au sein du ghetto. Les personnes encore valides se tenaient debout ; les autres, traités comme de vulgaires animaux, étaient entassés les uns sur les autres. Dès que le train était prêt, les portes étaient verrouillées. Il n'y avait aucune ventilation, pas d'air frais à l'intérieur. Le trajet durait vingt-quatre heures. Puis les portes s'ouvraient à nouveau.

Épuisés et hébétés par ce long voyage dans un air vicié, les gens s'efforçaient péniblement de se mettre en rang. Les aboiements des officiers et la couleur noire de leurs armes devaient leur faire un électrochoc. Links ! Rechts ! *À gauche, les vieux. À droite, les jeunes. L'attente du tri semblait interminable malgré la légendaire efficacité des soldats SS. Ils étaient tous plantés là, tels les fantômes des êtres qu'ils avaient été autrefois, attendant d'être examinés et classifiés, dans la brume glacée de novembre qui se transformait lentement en pluie. À mesure que les gouttes s'intensifiaient, le crachin intempestif céda la place à une averse.*

Le cirage commençait à ruisseler dans la nuque et sur les tempes de mon père, souillant son visage et ses vêtements. Un garde s'en aperçut et le fit sortir du rang. Il appela un de ses collègues. Ils le frappèrent d'un coup de crosse en plein visage et lui désignèrent le côté gauche, avec les vieux et les malades, en première ligne pour les chambres à gaz.

J'imagine parfaitement la scène.

Mon père, avec son profil patricien et sa posture digne, plié en deux, frappé par une brute allemande. Je l'imagine entrant dans la pièce en béton, nu, les traces noires sur son visage faisant ressortir le bleu limpide de son regard. Ses lèvres tordues en une grimace de mort tandis qu'il s'efforçait de ne pas respirer le poison.

Je me souvenais de ce qu'il m'avait dit quand j'étais enfant.

« Tu dois te battre. Pas par la violence, mais avec ton esprit, non pas pour les gens mais pour des idées. Te battre et travailler pour ce en quoi tu crois, Handa. Cette lutte est tout ce qui compte. »

Je revoyais son visage, son nez aquilin, ses pommettes hautes, ses cheveux lisses et bien peignés qui m'évoquaient toujours un tapis de neige fraîche. Les pauses songeuses qui ponctuaient chacune de ses sages déclarations. Sa lutte à lui n'avait pas compté, pour eux. Pas plus que son sens de la justice.

« Si tu veux te montrer juste dans la vie, tu dois te tenir aux côtés des plus faibles. Parce que tu es fort, et que ce sont les êtres vulnérables qui ont besoin de toi. »

Mon père, l'homme fort, s'était tenu du côté des plus faibles. Je n'étais pas un homme fort. Je m'imagine, ou je me souviens, difficile à dire aujourd'hui, assis sur ses genoux quand j'étais petit. Il me caressait le visage tendrement, tout en demeurant distant et inaccessible. Sa main était large, très douce, et je me sentais totalement en sécurité. Il m'essuyait les larmes avec le pouce en disant : « Allons, allons, Handa. Un homme fort ne laisse jamais personne le voir pleurer. Jamais. »

Et à présent, mon père n'était plus. Ils l'avaient assassiné.

Je voulais hurler, mais ma mâchoire était bloquée. Je n'avais plus le moindre souffle d'air en moi, mes poumons étaient en pierre. Je me suis assis sur les marches, dans le couloir, la tête pressée contre le mur jaunissant, et j'ai pleuré.

Mon père a fait une erreur dans son récit rétrospectif. Le convoi d'Otto ne comportait pas 1 000 passagers, mais 1 500. Parmi eux, 750 furent triés à droite pour le labeur forcé ; seuls 157 individus survécurent. L'un d'eux a retrouvé les frères Neumann à Prague et leur a raconté les derniers instants de leur père à Auschwitz. Comment la pluie qui avait fait couler le cirage noir sur son visage avait scellé son sort.

Je me suis rendue sur tous les lieux où mes grands-parents ont vécu et travaillé. Leur appartement à Prague, l'usine Montana, leur maison adorée à Libčice, les casernes où ils furent internés à Terezín. Et je m'aperçois à présent que, sans en avoir eu l'intention au départ, j'ai retrouvé ma famille. Dans ma volonté de comprendre l'histoire de mon père, et de rassembler toutes les pièces du puzzle, j'ai découvert sa jeunesse en Europe. Et en me plongeant dans son passé, j'ai fait connaissance avec la famille dont il ne m'avait jamais parlé, celle qui n'avait pas tant été oubliée que dissimulée sous le voile du silence. J'ai enfin les grands-parents que je rêvais de rencontrer. Je connais désormais Otto et Ella Neumann. Je les ai retrouvés à travers leurs photos, leurs lettres, et les histoires jaillies de ma boîte et de mes recherches. J'ai la sensation intime de savoir qui ils étaient et je les porte avec moi dans mon cœur. Ils ne sont plus de lointaines silhouettes sur une vieille photo fanée.

Un jour, peut-être, je déciderai d'entreprendre ce voyage mais, pour le moment, je ne me sens pas le courage d'aller à Auschwitz. Je ne peux tout simplement pas me rendre à l'endroit où ils sont morts.

Maintenant qu'ils sont enfin auprès de moi, après toutes ces années, je refuse de leur dire au revoir.

Il existe deux photos de mes grands-parents, retrouvées dans la boîte de Lotar, que j'affectionne particulièrement. Sur la première, prise au milieu des années 1930, Ella est aux sports d'hiver. Elle a l'air heureuse et insouciante, voire un peu taquine. Sur la seconde, Otto pose d'un air détendu aux côtés de Zdenka, sa belle-fille adorée, dans le jardin à Libčice.

Dans ma mémoire, c'est ainsi qu'ils demeurent.

17

Là où le temps n'a pas vraiment d'importance

Mon père n'attendit pas la fin officielle de la guerre en septembre pour redevenir Hans Neumann. Impatient de reconstruire sa vie, il souhaitait s'unir à Míla le plus rapidement possible. Leur mariage fut célébré à Prague le 2 juin 1945. Ils n'avaient déposé leur demande au Bureau de l'état civil que deux jours avant la cérémonie, soit quelques semaines à peine après le retour de Hans. À l'époque, le délai légal était d'au moins six semaines, mais l'officier de l'état civil leur avait épargné les formalités d'usage et ils avaient ainsi été dispensés de la triple publication des bans.

Une photographie prise le jour des noces montre Míla, radieuse, au bras de Hans, vêtu d'un costume trop grand pour sa silhouette émaciée. Lotar et Zdeněk avaient fait office de témoins. Les seuls autres convives étaient les parents de la mariée, Zdenka et sa mère, ainsi qu'une poignée d'amis. Un déjeuner en petit comité fut organisé malgré les pénuries qui frappaient la capitale tchèque meurtrie.

Peu après, Hans et Zdeněk retournèrent travailler chez Montana. Mais il leur fallut attendre mars 1946 pour retrouver une productivité à peu près comparable à celle d'avant la guerre. Lotar avait aussi d'autres activités en parallèle. En mai 1945, il rejoignit le Comité national pour la liquidation du Conseil juif de Prague. À ce titre, il s'occupait de la restitution des biens spoliés par les Allemands auprès des survivants. Le comité avait aussi la pleine gestion des fonds collectés durant la guerre par le Judenrat, et qui servaient désormais à aider les survivants rapatriés. En juin 1945, avec ses amis Erik Kolár et Viktor Knapp, Lotar rejoignit également le Fonds national pour le Renouvellement, une organisation gouvernementale mise en place pour favoriser la reconstruction des institutions tchèques et apporter de l'aide aux rapatriés. En janvier 1946, il décida de retourner à l'université pour terminer ses études d'ingénierie, et Zdenka le remplaça au sein de l'organisation. Lotar quitta officiellement ses fonctions le 1er avril 1946 afin de se consacrer uniquement à ses études et à Montana.

Mariage de Hans et Míla, le 2 juin 1945.
Sur la photo prise par Zdeněk, on reconnaît
Lotar, Zdenka et Marie, sa sœur.

Une lettre de remerciement de ses collègues, évoquant son « travail inlassable » et son « sens de la justice », a été conservée dans les archives du Fonds. D'après divers témoignages, Lotar, qui avait toujours eu tendance à la mélancolie, gardait de profondes séquelles de la guerre. La douleur qui le rongeait, associée à la culpabilité du survivant, sautait aux yeux de tous ceux qui le connurent à cette époque et par la suite.

Zdenka était elle aussi très éprouvée. Ces cinq années de cachettes et de subterfuges, d'efforts sans relâche pour aider ses amis et ses proches, couronnées par la perte de ses beaux-parents qu'elle aimait tant, l'avaient profondément affectée. Elle se sentait épuisée par la charge qui était la sienne en tant que source permanente de réconfort et de soutien. Lotar, en 1945, était un homme très différent de celui dont elle était tombée amoureuse en 1936. Un amour aussi pur que le leur était sans doute incompatible avec ce qu'ils étaient devenus l'un et l'autre.

Comme Zdenka l'écrira plus tard dans ses mémoires, leur mariage finit par s'effondrer en 1947. Lotar s'était rendu une semaine en Suisse pour affaires. À son retour, il passa chercher Zdenka au bureau de l'organisation avec un gros bouquet de « *sublimes fleurs vertes* » et prit le temps de bavarder avec ses anciens collègues de l'organisation. Grâce à son sens affûté du détail, il remarqua que son ami avocat, Viktor Knapp, avait perdu le verre de sa montre. En rentrant chez lui, rue Trojanova, avec Zdenka, il alluma la lumière de leur appartement et aperçut deux minuscules bouts de verre sur le sol du salon. Quand il se pencha pour les ramasser, il comprit qu'il s'agissait des fragments d'un verre de montre.

Incapable de lui mentir, Zdenka tomba à genoux et lui avoua que Viktor avait cassé sa montre là alors qu'ils étaient ensemble. À force de se côtoyer tous les jours au bureau, ils avaient fini par tomber amoureux. Elle lui annonça son intention d'aller vivre avec Viktor, qui lui avait promis de quitter sa femme. Lotar était sous le choc.

Viktor tint parole, et Zdenka demanda le divorce.

Déjà lourdement affecté par l'angoisse et les tragédies des dernières années, Lotar vécut cette trahison comme un coup de grâce. Il quitta rapidement leur appartement. Je sais fort peu de choses de cette période, car personne dans ma famille n'évoquait leur relation. Tout ce que je sais, grâce aux registres officiels, c'est que Lotar s'engagea dans l'armée de réserve ; il partit plusieurs mois en formation militaire et, dans un état de délabrement physique et moral, déménagea à cinq reprises entre septembre 1947 et juin 1948.

Les proches et les amis du couple furent tous ébranlés par la nouvelle. Hans, Míla et les quelques cousins encore présents firent corps autour de Lotar. Malgré leurs difficultés et leurs propres traumatismes de guerre, ils firent de leur mieux pour l'aider à reprendre goût à la vie.

Zita venait d'ouvrir sa boutique de confection. S'efforçant de remonter le moral de Lotar, elle lui présenta une ravissante et pétillante jeune femme de dix-neuf ans prénommée Věra, qui travaillait comme mannequin et l'aidait à tenir le magasin. À la surprise générale, l'étincelle se fit entre eux. Věra admirait Lotar et buvait tendrement ses paroles. Grâce à sa douceur, elle parvint à guérir le cœur meurtri du jeune homme ; quant à Lotar, il était sous le charme. Sa présence rassurante et positive était le remède idéal à ses blessures.

Le 19 juin 1948, Lotar et Zdenka divorcèrent de nouveau – et cette fois, pour de bon. Trois semaines plus tard, Lotar épousait Věra dans la plus stricte intimité. La cérémonie fut très simple, mais toute sa famille était à la fois heureuse et soulagée qu'il ait rencontré une jeune femme si radieuse pour l'aider à reconstruire sa vie.

J'ignore au juste quand Hans et Lotar décidèrent de quitter la Tchécoslovaquie, mais plus grand-chose ne les retenait dans ce pays. Leur famille avait été déchirée par la guerre. Le mariage de Lotar et Zdenka s'était soldé par une séparation. Rester vivre dans ce pays hanté par la mort de leurs proches s'était sans doute révélé au-dessus de leurs forces. Montana, Libčice ou les rues pavées de Prague recelaient sans doute trop de souvenirs. Il devait y avoir des fantômes partout.

Photo de Věra sur ses papiers d'identité
après son mariage avec Lotar en 1948.

La décision ne fut pas évidente. Tous ceux qui connaissaient les frères Neumann savaient qu'ils s'étaient beaucoup investis. Ils avaient engagé de nouveaux employés chez Montana, relancé la production et achevé la procédure de restitution de leur usine. Ils avaient récupéré les titres de propriété de l'appartement et de la maison de campagne de leurs parents. Durant les premières années après la guerre, ils étaient restés en contact étroit avec leurs oncles Richard et Victor en Californie. Ils réfléchissaient ensemble aux pays où il leur serait possible d'émigrer pour refaire leur vie.

Peut-être y avait-il davantage d'espoir que d'opportunités réelles. Le Coup de Prague eut sans doute une influence sur leur décision : au mois de février 1948, les communistes prirent le pouvoir en Tchécoslovaquie, portés par le rejet massif du fascisme et aussi par le fait que les Soviétiques avaient libéré Prague. Cette nouvelle situation politique du pays changeait tout. À l'automne, la décision des deux frères était prise puisqu'ils avaient vendu la maison de Libčice (ainsi que son mystérieux coffre) à la famille Peřina.

C'est ainsi qu'à la fin de l'année 1948, Hans et Míla, accompagnés de leur fils d'un an, Michal, de Lotar et d'une Věra enceinte jusqu'aux yeux, quittèrent la Tchécoslovaquie. Ils partirent séparément pour se retrouver à Zurich en janvier 1949. Parmi toutes les destinations possibles, leur choix s'était finalement arrêté sur le Venezuela. La plupart des candidats à l'exil se tournaient vers les États-Unis, mais l'industrie de la peinture était encore peu développée au Venezuela, ce qui leur offrait de meilleures opportunités économiques. Et le pays accueillait lui aussi des immigrés venus d'Europe. En janvier 1949, l'oncle Richard écrivait ainsi à ses neveux :

Mes très chers,

Bienvenue en Suisse libre. Au moment où j'écris ces lignes, vous devez déjà être arrivés là-bas pour entamer la première, et la plus difficile, étape vers votre nouvelle vie.

Je n'ai pas encore reçu de nouvelles de Benes, qui organise les choses pour vous à Caracas ; il a dû s'acclimater aux mœurs locales au point de faire comme les autochtones qui repoussent toujours tout à « mañana ». Là-bas, le temps n'a pas vraiment d'importance. Toutefois, une lettre de lui est sûrement en route et je vous confirmerai une fois que tout sera en place.

Dans tous les cas, il me semble que le Venezuela est la meilleure option. Cependant, préparez-vous à trouver un pays sans culture, sans le poids de l'Histoire, et doté d'un très faible degré de civilisation. Mais on peut y vivre ; il est relativement facile de gagner de quoi subvenir à ses besoins quotidiens. Vous pourrez y établir rapidement un niveau de vie satisfaisant, et le cadre est idéal pour lancer un nouveau Montana. Tout ce qu'il vous faudra, c'est garder la santé, apprendre à parler espagnol et rester optimistes.

À la fin février 1949, Věra mit au monde leur première fille, Susana, à Zurich. Hans, Míla et Michal traversèrent l'Atlantique en bateau et arrivèrent les premiers à Caracas. Lotar et Věra attendirent quelques semaines que le bébé prenne assez de forces pour voyager, et firent le même trajet par les airs. L'oncle Richard les rejoignit sur place pour les aider. Quantité d'autres Européens venaient s'installer au Venezuela en tant que réfugiés.

Les deux frères s'investirent pleinement dans cette nouvelle aventure. Ils prirent des cours d'espagnol. Grâce à un prêt de leur oncle, ils firent l'acquisition d'une maison située dans le quartier de Chapellín, où vivaient d'autres immigrants européens, et où les deux familles cohabitèrent les premières années.

Ils se débrouillèrent en acceptant des petits boulots tout en préparant la relance de l'entreprise familiale. Pour commencer, ils se servirent de leur garage pour procéder au mélange des peintures et des laques. Quand leurs finances le leur permirent, ils louèrent un local pour y installer leur première société au Venezuela, baptisée Pinturas Montana, en hommage à l'usine fondée par Richard et Otto en 1923. Ce fut un travail d'équipe. Ils employèrent une poignée de compatriotes tchèques et d'Européens fraîchement installés, comme eux, à Caracas. Věra s'occupait de la maison tandis que Míla dessinait et peignait les étiquettes à la main.

Mon père avait beau avoir passé les vingt-huit premières années de sa vie en Tchécoslovaquie, il s'est toujours revendiqué comme un citoyen vénézuélien parce que ce pays lui avait ouvert ses portes. Cela ne l'empêcha pas de conserver un fort accent tchécoslovaque durant son demi-siècle de vie à Caracas, ainsi que sa passion pour les artistes de Bohême ou son amour pour les *rohlíčky*, les fameux biscuits sucrés tchèques.

Il adopta les traditions vénézuéliennes, mais jamais leur rapport au temps.

*

Parmi toutes les lettres en langue tchèque que j'ai exhumées au fil de mes recherches, hormis quelques notes griffonnées lorsqu'il était en colonie de vacances, je n'en possède qu'une seule écrite par mon père.

Il l'avait envoyée à son oncle Richard l'année de ses vingt-quatre ans, le 28 juin 1945, peu après la reddition de l'Allemagne.

Aujourd'hui, je t'écris ces quelques lignes dans l'espoir qu'elles parviennent jusqu'à toi.

Nous sommes si heureux de savoir que tu vas bien et que vous avez été épargnés par ces épreuves. Ce fut moins affreux pour moi que pour les autres. Ma pire expérience aura été de vivre sous un faux nom à Berlin, où je travaillais en tant que chimiste spécialisé dans les vernis industriels. C'était toute une aventure, et j'espère pouvoir te la raconter un jour. Lotík te parlera sans doute de Montana, mais je t'écris seulement pour te dire que nous avons vraiment besoin de toi. Il est sans doute inutile de te demander de venir, car je sais que tu feras tout pour nous rendre visite dès que ce sera possible. Tu as été présent dans nos pensées, tout au long de la guerre, durant tout ce temps.

Nous ne sommes pas encore retournés à Libčice, c'est bien trop douloureux. Beaucoup de choses ont changé. Seul Gin, le fox-terrier qui n'était encore qu'un chiot au moment de ton départ, est encore là.

Quant aux nouvelles ? J'aurais un millier d'histoires à te raconter. Mais la plupart sont si affreusement tristes que je ne vois pas l'intérêt de le faire.

Comme tu dois déjà le savoir, j'ai épousé une fille prénommée Míla que je connais depuis longtemps et qui nous a aidés durant toutes ces années.

Je m'investis désormais dans l'industrie de la peinture. Je ne fais que travailler, travailler et encore travailler. Énormément. Sans répit. C'est le seul moyen que j'ai trouvé pour essayer d'oublier combien d'entre nous ne sont jamais revenus, et combien nous sommes peu nombreux à avoir survécu.

Transmets toute notre affection à Oncle Victor et aux cousins Harry et Milton.

Handa.

— Ou, si tu te souviens mieux de mon surnom, « le malchanceux ».

Cette lettre ne se trouvait pas dans la boîte de mon père. Elle était en possession de Richard, aux États-Unis, et avait été transmise par sa veuve à ma cousine Madla. Elle-même l'avait oubliée au milieu d'autres papiers et ne me l'a apportée que beaucoup plus tard, alors que j'avais terminé mes recherches et que j'étais déjà plongée dans la rédaction de ce livre. Comme je l'avais fait chacune des fois précédentes, je l'ai envoyée à ma fidèle spécialiste tchèque.

Elle m'a renvoyé sa traduction par mail. En la lisant, mes mains se sont mises à trembler de façon incontrôlable, comme mon père devant la gare de Bubny, puis des années plus tard à l'enterrement de son fils. J'avais lu des choses bien plus poignantes au fil de mes recherches, mais ses mots me bouleversèrent au-delà de tout.

Je reconnaissais sa voix dans ces quelques lignes. L'homme qui était mon père avait travaillé d'arrache-pied, de manière obsessionnelle. Il répétait souvent que c'était parce qu'il aimait se frotter au défi de construire de nouvelles choses, et parce qu'il voulait rallonger le temps. Mais ce n'était qu'un fragment de la vérité. Il s'efforçait surtout d'étouffer sa douleur sous une masse ahurissante de travail. Il ne faisait que fuir son passé. En lisant ses mots, je me suis sentie triste pour le jeune homme qu'il avait été, le poète dans la lune, l'éternel plaisantin, le malchanceux au cœur meurtri. J'ai pleuré en entendant la douce voix de ce garçon à peine sorti de l'enfance et accablé de chagrin. Je reconnaissais soudain ce jeune homme de vingt-quatre ans, sa présence encore perceptible sous les traits déterminés et endurcis du père qui m'avait élevée.

Pendant des semaines, j'ai été incapable d'écrire. De mauvais rêves hantaient mon sommeil. Je me réveillais à l'aube, parfois en hurlant, ou bien muette de terreur à l'idée que mon cœur se soit arrêté de battre. Chaque fois, mon mari me parlait d'une voix douce pour me ramener à la réalité. C'était toujours le même cauchemar qui revenait. Les plafonds et les murs s'effondraient autour de moi dans un lieu encombré d'une multitude d'inconnus. Le décor changeait. Il pouvait s'agir d'une station de métro, d'un hall quelconque ou d'un grand immeuble. Invariablement, je devais retrouver un homme au milieu de la foule, les gravats et les nuages de poussière. Je devais lui expliquer quelque chose, respecter une promesse d'une importance capitale et censée lui sauver la vie. Chaque fois, je me précipitais vers lui en criant de toutes mes forces. Mais chaque fois, tandis que je me rapprochais, il disparaissait au milieu d'un nuage de cendres et de visages anonymes.

Quand ces rêves ont fini par s'estomper, j'ai pu me remettre à l'écriture. Et je me suis alors aperçue qu'il était resté quelque chose de ce garçon de Prague que je croyais avoir perdu.

Lors de ma première visite à la synagogue Pinkas en 1997, mon père vivait encore à Caracas, dans cette maison qu'il aimait tant, entouré de son jardin lumineux, de sa collection d'art et de ses chiens furieux. Il était déjà partiellement paralysé des suites de sa première attaque. Refusant de se laisser abattre, et indifférent aux pronostics pessimistes des médecins, il avait continué à travailler, à écrire et à s'investir dans ses activités philanthropiques. Ce soir-là, je l'ai appelé depuis ma chambre d'hôtel pour lui raconter que j'avais visité le mémorial de la synagogue et retrouvé le nom de ses parents. Il a gardé le silence tandis que je parlais. Le sentant bouleversé, j'ai préféré ne pas attendre sa réponse et aussitôt enchaîné pour décrire ma stupéfaction à la découverte de son nom, suivi de ce point d'interrogation.

« Qu'est-ce que ça signifie, *Papi* ? lui ai-je demandé. Si ton nom est inscrit sur le mur, ils doivent penser que tu es mort. »

Il a marqué une pause très brève.

« À ton avis ? a-t-il répondu avec un petit rire. Ça veut dire que je les ai bien eus. Voilà exactement ce que ça veut dire.

» Je les ai tous bernés.

» J'ai survécu. »

ÉPILOGUE

En 1939, la famille Neumann Haas comptait trente-quatre membres en Tchécoslovaquie. Trois d'entre eux étaient soit non juifs, soit « de sang mêlé » et trop jeunes pour être déportés. Seuls Lotar et Hans parvinrent à échapper aux camps.

Tous les autres, soit les vingt-neuf qui restaient, âgés de huit à soixante ans, furent déportés en Tchécoslovaquie, en Allemagne, en Lettonie et en Pologne.

Et seuls quatre d'entre eux revinrent à la fin de la guerre.

Erich Neumann, le cousin germain de mon père, dont le frère Ota avait été torturé et assassiné à Auschwitz en 1941 pour avoir nagé dans la Moldau, était un rescapé du camp de Magdebourg. Il faisait partie des quelques survivants des camps situés aux alentours de Riga. Après la guerre, il se remaria et sa fille Jana vit le jour en 1946. Il vivait avec sa famille dans la bourgade tchèque de Třebíč mais fut contraint de déménager à Prague à la fin des années 1950, quand le collège de la ville refusa d'accueillir Jana sous prétexte qu'elle était juive.

Erich fut ensuite jeté en prison par les communistes, à la fois parce qu'il était juif et parce qu'il était resté en contact avec ses oncles et ses cousins à l'Ouest. Jana vit aujourd'hui à Paris avec son mari et leur fille. Je l'ai rencontrée pour la première fois il y a quelques années ; alors que nous ne nous étions jamais vues, nous nous sommes reconnues aussitôt parmi les hordes de voyageurs sur les quais de la Gare du Nord. Son père ne lui a jamais parlé de la guerre, mais lorsqu'elle raconte ce qu'elle en sait, aujourd'hui encore, ses grands yeux s'emplissent de larmes.

Zdeněk, Hana et Zita Pollak, les cousins germains de mon père, complètent le mince groupe des survivants. Ils sont passés par plusieurs camps, dont Terezín, Kurzbach, Dachau et Auschwitz. J'ai rencontré plusieurs de leurs enfants et petits-enfants. La fratrie Pollak se partage vingt-neuf arrière-petits-enfants.

Zdeněk Pollak fut libéré du camp de Dachau. En juin 1945, il regagna sa maison familiale à Teplice, en Tchécoslovaquie, avant de partir en 1949 pour Israël, où il se remaria et eut un fils. En 1956, il se rendit à Yad Vashem, le mémorial de l'Holocauste en Israël, où il remplit plusieurs pages de témoignage au nom de chacune des victimes de sa famille. Deux mois plus tard, il mit fin à ses jours.

Hana Pollaková, dont le mari était mort en déportation, épousa un survivant de Buchenwald en 1945. Ils eurent deux enfants. Elle resta vivre à Teplice jusqu'à sa mort en 1973.

Zita Pollaková, comme nous le savons, fut l'une des rares survivantes du convoi qui avait emporté mille cinq cents personnes, dont ma grand-mère Ella, à Auschwitz. Elle survécut aux marches de la mort et se cacha dans une étable en Pologne, où elle fut sauvée par des soldats russes qui la ramenèrent à Prague. Zita épousa un vétéran de l'armée tchèque et retourna vivre avec lui à

Teplice. C'est là qu'ils élevèrent leur fille, Daniela. En 1968, elle déménagea en Suisse où elle vécut jusqu'en 2002. Elle consigna certains de ses souvenirs par écrit mais, dans l'ensemble, les survivants de la famille Pollak évoquaient rarement cette période de leur vie.

Stella Kronberger, la protégée de mon grand-père à Terezín, fut libérée du camp en 1945. Elle retrouva Hans et Lotar à Prague, partagea avec eux ses souvenirs de leur père et attendit en vain, à leurs côtés, le retour d'Otto. En 1946, elle partit aux États-Unis rejoindre sa fille. Quelques mois plus tard, elle se rendit en Californie pour rencontrer les frères d'Otto, Victor et Richard Neumann – ce dernier ayant troqué son patronyme pour celui de Barton. Stella leur raconta comment leur frère avait vécu les derniers mois de sa vie. Elle finit par épouser Victor, et devint Mme Stella Neumann. Ils menèrent une vie paisible à San Diego, où Stella tenait chaque semaine la rubrique culinaire du *Times of San Diego*. Jamais elle ne parla de la guerre aux enfants et aux petits-enfants de Victor ; quand j'ai contacté deux d'entre eux, mes cousins Greg et Victor, ils n'étaient absolument pas au courant qu'ils avaient des racines juives, et encore moins que leur grand-mère était morte en camp de concentration. Mais Stella confia une partie de ses souvenirs à sa propre fille et à ses petites-filles, qui ont généreusement accepté de les partager avec moi.

Richard Neumann (puis Barton) est resté quelques années à Caracas pour s'assurer que ses neveux étaient bien installés. Il repartit ensuite aux États-Unis, où il épousa une Tchèque prénommée Edith. Ils n'eurent pas d'enfants. Ils vécurent à La Jolla et restèrent en contact avec Lotar et Hans jusqu'au décès de Richard en 1980. Edith mourut en 2003. J'ai eu quelques fois l'occasion de la rencontrer, mais elle ne m'a jamais parlé de la guerre ni des autres membres de la famille.

Après avoir créé un conglomérat industriel avec son frère, Lotar quitta le Venezuela pour la Suisse en 1964, quinze ans après son premier passage dans ce pays. Il vécut tranquillement avec Věra dans le village de Gingins, où il éleva ses deux filles, Susana et Madeleine (alias Madla), collectionna les tableaux d'artistes engagés comme Daumier et Kollwitz ainsi que des pièces d'Art nouveau. Tout au long de sa vie, il n'eut de cesse de soutenir les réfugiés tchèques et les survivants de l'Holocauste.

Zdenka n'a eu qu'un seul enfant, une fille prénommée Lucia, de son mariage avec Viktor Knapp en 1949. Leur union prit fin en 1955, lorsqu'il la quitta pour une autre femme. Lucia m'a confié qu'aucun homme n'avait jamais aimé sa mère autant que Lotar. Zdenka lui avait même avoué, vers la fin de sa vie, qu'elle regrettait amèrement d'avoir quitté Lotar, mais que, le temps qu'elle s'en aperçoive, il était déjà trop tard.

Zdenka ne perdit jamais son indépendance d'esprit. Elle travailla pour le magazine littéraire *Literární noviny*, dans lequel elle publia de nombreux articles. Elle officia également en tant que juge de proximité. En 1968, elle fuit la Tchécoslovaquie avec sa fille, craignant les représailles du Printemps de Prague. Elles allèrent toutes deux frapper sans prévenir à la porte de Lotar, en Suisse. Lotar et Věra les accueillirent quelques jours et les aidèrent à se réinstaller ailleurs dans le pays.

Lotar et Zdenka restèrent un temps bons amis. Toutefois, au début des années 1970, ils décidèrent de suivre chacun leur chemin et de tourner définitivement la page de leurs souvenirs communs. Durant les derniers jours de sa vie, le corps et l'esprit rongés par la maladie de Parkinson, Lotar appelait Zdenka en pleurant. Un accident l'avait privée de l'usage de ses jambes quelques mois auparavant, et elle ne fut pas en mesure de se rendre à son chevet. Ils ne se revirent jamais. Lotar mourut en 1992 ; Zdenka lui survécut onze années. Malgré ses deux remariages successifs, elle ne changea jamais de nom. Elle continua à se faire appeler Zdenka Neumannová, la version féminisée du patronyme Neumann, jusqu'à la fin de sa vie.

Lotar et Věra firent don des œuvres de leur collection, ainsi que de photographies prises par Lotar, à divers musées de Prague. Věra m'a fait transmettre la boîte de son mari, ainsi que son album photo, par le biais de ma cousine Madla en 2012. Elle est morte en 2013.

Zdeněk Tůma travailla chez Montana, à Prague, après la guerre. En 1947, il s'installa dans la ville de Staré Město avec son épouse. Ils eurent ensemble deux fils. Il travailla toute sa vie dans le secteur de la peinture. Contrairement à Hans, il raconta son expérience berlinoise à sa famille. Il continua à lire et à écrire de la poésie pour le plaisir, et traduisit le long poème en prose de Rilke, « Chant d'amour et de mort du cornette Christophe Rilke », de l'allemand vers le tchèque. Malgré les mondes très différents dans lesquels ils vivaient désormais, Zdeněk et Hans restèrent en contact. Leurs secrets berlinois et leur amitié de toujours leur apportèrent beaucoup de joie, jusqu'à la mort de Zdeněk, en 1991, entouré de sa famille.

Hans et Míla connurent très tôt des difficultés dans leur mariage, mais ils rebâtirent leur vie à Caracas et élevèrent ensemble leur fils, Michal. Ils étaient déjà séparés de longue date lorsqu'ils divorcèrent en 1969. Malgré le fait qu'elle avait risqué sa vie plusieurs fois pour apporter à Hans nourriture et réconfort durant les heures sombres de sa vie clandestine, Míla non plus n'évoquait jamais le passé. Petite, je lui rendais souvent visite avec mon père. Chaque fois, elle lui préparait des *rohlíčky*. Ils restèrent bons amis jusqu'au décès de Míla à New York en 1990. Après sa mort, mon père garda la poupée porte-bonheur qu'elle lui avait cousue dans le tiroir de sa table de chevet, sous la photo de ses parents. J'ignore à quel moment il l'a placée dans ma boîte.

Il a accompli tant de choses après la guerre qu'il me faudrait sans doute écrire un second livre pour vous le raconter. C'était un homme d'affaires et un philanthrope, dont le dynamisme et l'énergie inépuisables avaient transcendé les frontières et les secteurs d'intérêt : industrie, presse, agriculture, tourisme. Sa passion pour l'art et l'éducation furent à l'origine de programmes qui bénéficièrent à des milliers de personnes. Aujourd'hui encore, deux rues au Venezuela portent son nom : une à Caracas, l'autre à Valencia. La flamme ne l'a jamais quitté. Comme il l'écrivit à son oncle Richard en 1945, il ne cessa jamais de « *travailler, travailler et travailler encore* » tout au long de sa vie. Il venait de fonder le principal journal d'opposition au régime Chávez, dont il avait pressenti le legs catastrophique, lorsqu'il mourut le 9 septembre 2001.

*

Parmi mes premiers souvenirs de mon père, je le vois toujours assis, en train de réparer une montre dans son long atelier à l'arrière de notre maison nichée dans son luxuriant jardin. Mais aujourd'hui, je peux l'imaginer jeune et exubérant à Prague. Je chéris ces images mentales que les photographies, les lettres, les écrits et les anecdotes m'ont aidée à créer. Je vois mon père couché au beau milieu du trottoir, avec un Zdeněk plié de rire au coin de la rue, attendant de coller une peur bleue au prochain passant. Je le visualise sur un banc au bord du fleuve, en train d'écrire de la poésie, ou pédalant comme un fou et tombant de vélo, arrivant toujours en retard et échevelé à la table du dîner. Je l'imagine avec Otto, Ella et Lotar, jouant joyeusement avec les chiens dans la lumière dorée de leur jardin à Libčice. Les éclats de rire, le bruissement du fleuve et du vent dans les arbres sont si sonores qu'ils recouvrent le tic-tac du temps qui passe.

J'ai passé mon enfance à espérer trouver une énigme à élucider. Quand elle s'est enfin présentée, j'ai mis des décennies à la résoudre. Aujourd'hui adulte, et mère, j'ai compris le sens de ce point d'interrogation au mur du mémorial de la synagogue Pinkas. J'ai appris pourquoi mon père se réveillait la nuit en hurlant. J'ai éclairci le mystère de sa carte d'identité et de tout ce qui m'intriguait chez lui quand j'étais jeune.

J'ai tenu ma promesse de l'aider à raconter son histoire. J'ai remonté le temps à sa recherche. Et au passage, j'ai retrouvé sa famille et la mienne. Je peux désormais établir des liens entre mes enfants et ceux qui sont nés avant eux. Je reconnais les traits d'une génération disparue chez une nouvelle génération qui ne l'oubliera jamais. Mes enfants ont le même rapport au temps que leur grand-père.

« Il est neuf heures, ai-je un jour déclaré à ma fille cadette, alors âgée de cinq ans. Au dodo !

— C'est neuf heures moins quatre », a-t-elle protesté, sans surprise, bien que ce ne soit pas le fait d'aller au lit qui la dérangeât, mais mon manque de précision horaire. Aujourd'hui encore, elle me corrige.

Ma benjamine a une pendule en laiton juste à côté de son lit. Elle la remonte huit fois tous les soirs avant de s'endormir. Je lui ai souvent demandé pourquoi elle se livrait à ce rituel. Un jour, lorsqu'elle était petite, elle m'a suggéré : « C'est pour éloigner les cauchemars. » Aujourd'hui, quand j'insiste, voici sa réponse : « Parce que je dois le faire. Peut-être pour me porter chance. C'est plus fort que moi, je ne sais pas d'où ça vient. »

Mon fils aîné doit impérativement avoir un réveil posé sur sa table de nuit, sans quoi il ne trouve pas le sommeil. Il a toujours affirmé qu'il avait besoin de connaître l'heure. Même sans alarme, et où qu'il se trouve, il se réveille invariablement à 6 h 30. On a eu beau m'assurer que cela changerait avec les années, que les adolescents ont tendance à dormir tard, cette habitude ne l'a jamais quitté, alors qu'il est aujourd'hui presque adulte.

Mes enfants n'ont jamais rencontré leur grand-père, le réparateur de montres. Mais ils m'ont souvent entendu parler de lui. Pourtant, jusqu'à récemment, je ne leur avais jamais parlé de sa collection de montres ou de son rapport obsessionnel au temps. On dit que le traumatisme se transmet, jusqu'à un certain point, quel que soit l'environnement qui nous voit naître, sa distance par rapport aux événements et la protection qu'il nous apporte. J'ai eu des débats passionnés à ce sujet avec mes enfants. Eux sont fermement convaincus que chacun de nous décide qui il est, qu'il se façonne à sa manière, que nous apprenons de nos expériences et de l'observation des autres, que les traumatismes cachés et les leçons du passé ne sont pas inscrits dans nos gènes. Notre comportement et notre personnalité ne dépendent que de nous. Bien sûr que nous avons le contrôle de notre identité, mais ce n'est pas une vérité absolue.

J'aime à croire que les leçons de la vie s'impriment en nous et se transmettent à notre descendance. Nous choisissons ce que nous sommes, mais nos choix sont toujours modelés par l'endroit d'où nous venons, même si nous ignorons où il se trouve. Le passé est lié au présent, en dépit de toutes les tentatives pour l'effacer. Il fait partie du mécanisme qui articule ce que nous choisissons de devenir. Quand je regarde mes trois enfants bavarder et rire ensemble, je prie dans ma tête pour qu'en plus de sa ténacité et de sa ponctualité, mon père leur ait aussi transmis son audace, sa poésie et sa force.

Sa collection de montres et d'horloges comporte une pièce que je ne me souviens pas avoir vue enfant. J'ai posé la question à ma mère, qui m'a confirmé que ce modèle comptait particulièrement pour lui. J'aime toujours autant les autres, avec leurs complexités, leurs gravures décoratives et leurs couleurs, mais j'avoue avoir désormais un faible pour celle-ci. Elle ressemble à un livre. Elle donne l'heure, mais ne fait aucun bruit. À vrai dire, elle n'a absolument rien d'une montre.

Il s'agit d'un diptyque en ivoire, un outil astronomique fabriqué dans la ville allemande de Nuremberg. D'autres pièces similaires ont été produites par les membres de six familles entre le XVIe et le début du

XVIIIe siècle. Ce modèle-ci fut sans doute l'œuvre de Paul Reinmann, au début du XVIIe siècle.

L'objet est minuscule, à peine quelques centimètres de long et de large, et tient parfaitement au creux de ma main. Il se compose de deux panneaux en ivoire reliés et articulés d'un côté par des charnières en laiton doré. De l'autre côté, deux attaches en laiton sculpté permettent de maintenir l'ouvrage fermé.

Le livre s'ouvre pour révéler deux cercles parfaitement symétriques l'un en face de l'autre. Chacun contient des chiffres entourés d'un entrelacs de délicates guirlandes et de fleurs, et pigmentés de noir et de bordeaux. Un minuscule levier placé près des charnières permet de maintenir les deux « pages » ouvertes.

Le panneau de gauche contient un cadran solaire, pour indiquer l'heure. Celui de droite abrite une boussole, pour indiquer le nord. Le cadran solaire dessine la forme d'un visage qui, selon l'angle, semble satisfait ou mécontent.

Quand je le presse entre mes mains, ou quand je l'ouvre, je sens une connexion avec mon père. C'est un objet simple. Il n'a aucun mécanisme complexe à entretenir ou réparer. Il n'a pas de boîtier à ouvrir, pas de rouages en mouvement permettant de prouver le passage physique du temps. Pour s'orienter, il suffit de le tenir immobile. Pour lire l'heure, il faut l'incliner délicatement. La position de l'ombre vous donnera la réponse. Tout ce qu'il vous faut, c'est un peu de patience pour capter l'éclat du soleil.

Parfois, je perds mes repères. J'oublie que le temps a passé. L'espace d'un instant, je suis tentée d'aller retrouver mon père en courant. J'ai envie de m'élancer à travers le couloir en damier pour le rejoindre dans cette pièce aveugle où il lèvera les yeux de son établi, sa loupe en visière sur le front, tandis que je lui annoncerai que j'ai enfin résolu l'énigme. Je veux qu'il sache que j'ai retrouvé le garçon qu'il était, le malchanceux, et que je l'aime. J'aime ce garçon autant que je respecte l'homme qu'il est devenu. J'aimerais tant pouvoir dire à mon père que je me suis promenée dans le jardin de sa maison à Libčice, et que j'ai écrit notre livre sur un bureau conçu par la personne qui y réside aujourd'hui. J'aimerais le rassurer, lui dire que toutes les questions ont trouvé leurs réponses. Je voudrais enrouler mes bras autour de lui, poser ma tête sur son cœur et, à mesure que le tic-tac du mécanisme s'estompe, dans le silence, lui murmurer que je comprends.

REMERCIEMENTS

Je suis infiniment reconnaissante envers tous ceux qui m'ont aidée, de bien des manières, dans le cadre de mes recherches ou dans la réalisation de ce livre.

Pour commencer, je remercie les personnes les plus proches de moi. Mon très cher Andrew Rodger, pour avoir été mon premier éditeur, mon premier fan et le plus bienveillant des critiques, pour avoir nourri mes rêves, m'avoir aidée à garder les pieds sur terre et adoptée comme l'un de ses sujets de blague préféré. Surtout, je lui dois d'être mon meilleur ami et le plus fabuleux des maris, des pères et des psys, en plus d'une source d'amour inépuisable. Je n'aurais jamais accompli cela sans lui et nos trois merveilleux enfants, Sebastian, Eloise et Maria Teresa. Je remercie chacun d'eux pour leur patience infinie, leur amour constant, pour leur rire, pour s'être investis dans cette aventure et avoir supporté tant d'années de cette enquête obsessionnelle. Ils ont contribué à faire de mon présent un havre joyeux et rassurant, préservé du passé. Les ténèbres auraient été trop intimidantes sans leur lumière.

Je dois particulièrement une fière chandelle à ma mère, Maria Cristina Anzola, pour être tombée amoureuse de mon père, pour m'avoir appris tant de choses, pour nos milliers d'heures de conversation, pour son amour, sa sagesse, ses conseils et son amitié. Je remercie John Heimann, son compagnon adoré depuis plus de trente ans, pour ses conseils avisés et sa gentillesse envers ma famille et moi-même.

Un énorme merci à ma tante Mayalen Anzola, qui s'est immergée dans les ténèbres avec moi. Ses conseils, son amour, son aide avec les lettres, l'histoire de Terezín et l'écriture m'ont été infiniment précieux. J'ai de la chance de l'avoir pour marraine, à la fois la vraie et celle des contes de fées. À son mari, Enzo Viscusi, pour m'avoir toujours soutenue, pour toutes les merveilleuses histoires qu'il raconte, et pour les centaines de poèmes qu'il a sortis de son chapeau au fil des années.

À mon frère, Ignacio, pour m'avoir poussée dans le bain, pour nos discussions, ses souvenirs, sa patience et son amour. À Kai et Grace, qui sont son équilibre.

À ma cousine, Magda, pour sa confiance, son affection et son compagnonnage tout au long de cette extraordinaire aventure. À son époux, Stephen Strobel, pour nous avoir soutenues toutes les deux. À mes cousins, Susana et Philippe, pour m'avoir permis de raconter l'histoire de Lotar et pour leurs encouragements.

À tous mes oncles, tantes et cousins du côté Anzola de la famille, pour leur soutien et leurs souvenirs de mon père. À Alfredo José pour avoir veillé sur moi. À Florinda Pena pour avoir partagé ses souvenirs, ainsi que ceux de mon frère Miguel, et pour avoir toujours été une sœur pour moi.

Je suis également reconnaissante envers ma nouvelle famille, mes merveilleux cousins tchèques, britanniques, français et américains, qui ont supporté mes questions interminables, partagé leurs souvenirs et fouillé leurs greniers et leurs vieux cartons pour m'aider : merci pour votre positivité et votre soutien. Mon seul regret est de n'avoir pas pu intégrer dans ce livre toutes les fabuleuses histoires que vous m'avez confiées. Je remercie en particulier Greg Neumann pour m'avoir envoyé la collection de timbres de son père, Victor Neumann pour toutes les informations et les discussions, Jana Neumannová et son mari Serge Wietrachny pour leurs anecdotes, leur affection et leurs *rohlíčky*, ma cousine Daniela Schmidova pour les photos et pour m'avoir confié et traduit les paroles de sa mère. Tous ont été d'une bienveillance, d'une gentillesse et d'une générosité incroyables en acceptant de partager avec moi leur temps et leurs souvenirs. Et un merci particulier aux deux Zuzana Panuskovas pour cette belle journée à Leeds, pour l'arbre généalogique, les photos et les histoires. Merci à leurs familles, ainsi qu'à Jan Sik et Karolina Mrkvičková.

À Carolina Herrera, pour avoir toujours été là et pour être restée jusqu'à ce jour un membre fidèle et enthousiaste du Club de la Botte Mystérieuse depuis nos dimanches matin dans le jardin à Caracas. Puissions-nous connaître un millier d'autres aventures et d'énigmes à résoudre ensemble. À Lisa Train pour avoir été ma lectrice, ma table d'harmonie, pour m'avoir écoutée jacasser pendant des heures au sujet de ma grande enquête et pour avoir régulièrement procédé à la vérification de ma santé mentale. À Aurélie Berry pour sa lecture, son écoute, ses commentaires, son apport permanent de livres et d'articles, et surtout pour son talent à photographier les montres, les diptyques, les cartes postales et les poupées. Nombre d'images reproduites dans ce livre sont les siennes. À Carolina Schmidt

Barnett pour son amitié, sa câlinerie allemande et ses cours de religion. À Emma Bleasdale pour nos innombrables balades et nos échanges sans fin.

À Tad Friend, pour ses conseils, son avis mordant, son aide patiente, nos thés à Brooklyn et son aptitude inouïe à lire et écrire dans le bus.

À Magda Veselská pour sa ténacité à traquer chaque archive, pour ses talents de détective et sa patience avec mes centaines d'e-mails remplis de questions.

À Anna Hájková pour ses connaissances, son soutien, sa tolérance, son sens de l'humour et son amitié.

À Lukáš Přibyl pour avoir déchiffré tant de lettres et de documents et m'avoir aidée à résoudre tant d'énigmes, pour sa capacité à toujours « penser hors de la boîte », pour n'être jamais qu'à un coup de fil de distance, pour ses encouragements nourris et, surtout, pour son amitié. J'ai l'honneur de vous nommer, Señor Přibyl, membre honoraire du Club de la Botte Mystérieuse (même si tu me dois quelques délicieux *rohlíčky* de ta mère). À Gabriela Přibylová, pour sa traduction des lettres de Terezín.

À Ivan Nedvídek, Eva Nedvídeková et Jana Straková, merci d'avoir donné de votre temps, merci pour vos sourires et votre gentillesse immense envers ma famille et moi-même. Je ne vous remercierai jamais assez pour les risques énormes qu'ont pris votre mère et votre beau-père en aidant mon père à se cacher. Mon père a survécu, et je suis là aujourd'hui pour raconter l'histoire de sa famille et la vôtre, grâce à leur courage.

À Zdeněk Tůma Jr et sa nièce Barbara Tůmova pour avoir pris le temps de partager avec moi les histoires, les souvenirs et les photos du plus loyal et du plus courageux des amis de mon père.

À Michal Peřina, pour les documents conservés dans le coffre-fort, pour mon sublime bureau, pour cette merveilleuse après-midi à Libčice et pour la gentillesse avec laquelle il m'a accueillie dans sa maison.

À Jiři Havrda pour être une fabuleuse mine de connaissances, pour son documentaire sur Kolár, pour être toujours si communicative et pleine de joie, et bien sûr pour m'avoir aidée à retrouver Lucia. À Lucia Aeberhard, ma nouvelle amie, pour m'avoir donné l'autorisation d'écrire sur sa mère, la fabuleuse et vaillante Zdenka. Pour sa confiance, sa générosité avec le passé de sa mère, pour sa gentillesse, ses lettres adorables et ses photos. À Bozena Macková pour avoir pris le temps de partager ses souvenirs de famille et de sa cousine Zdenka.

À Alena Borská pour ses souvenirs de sa meilleure amie, et de ma cousine, Věra. Pour m'avoir raconté l'histoire de l'école clandestine et donné l'autorisation d'utiliser ses extraordinaires photos.

À Beatrice Susil, une autre nouvelle amie, pour son empathie immense, pour avoir partagé avec moi les souvenirs, les photographies et les histoires de son père, František Langer, ainsi que le portrait de Kien. Son père et mes grands-parents ont été amis durant une période épouvantable ; nous entretenons cette amitié d'une génération à l'autre dans ce qui est, espérons-le, un monde plus doux. Remerciements particuliers à Stan Mares, petit-fils de « l'Ingénieur Langer », pour le mal qu'il s'est donné à obtenir une bonne photo du portrait de Kien.

À Evelyn Epstein et sa sœur, Margaret Polikoff, pour leur candeur et leur chaleur humaine, et pour m'avoir raconté l'histoire de leur grand-mère, Stella Kronenberg.

À Mafe Machado, Kevin Travis et Elliott Bross pour avoir toujours été là et cru en moi. J'ai beaucoup d'autres personnes à remercier pour m'avoir aidée dans mes recherches, durant le processus de rédaction ou, parfois même, sans qu'elles s'en rendent compte, dans un passé récent ou plus lointain, souvent en posant ou en répondant à des questions, en me donnant de leur temps ou en disant exactement ce qu'il fallait, parmi lesquelles : Cesare Sacerdoti, Natalie Harris, Charlotte Cunningham, Mark Cunningham, Olina Pekna, Stanley Buchthal, Roger Moorhouse, Jessica et Adam Sweidan, Guy Walters, Barbara Schieb, Martina Voigt, Karolin Steinke, Ulrik Werner Grimm, Florian Luddecke, Martin Navratil, Milada Cogginsová, Claudia Zea et Johannes Schmidt, Sophie Fauchier, Eloy Anzola E, Rodrigo Anzola, Patricia Anzola, Diego Anzola, Robert Jamieson, Peter Rosenberg, Joanna Ebner, Nick Clabburn, Meredith Caplan, Camilla Partridge, Roberto Chumaceiro, Eliza Arcaya, Jordana Friedman, Lisa Rosen, Alba de Aponte, Cecilia de Luis, Romulo Zerpa, Eric Shaw, Bryan Adams, Alicia Grimaldi, Ben Passikoff, Howard Fahlkson, Aaron Ines, Leonie Mellinger, Ian Gross, Keith Craig, Florian Luddecke, Paul Bird, Robin Johnson, Luis E. Alcalá, Cosima Carter, Ricardo Neumann, ma cousine Eloy Anzola D pour son sens du détail et son expertise technologique, Vanessa Neumann pour avoir pris soin de la poupée, Sam Endacott pour son aide dans l'organisation et les recherches initiales, Daniel Recordon pour son amour des montres, Jessica Henley-Price pour sa superbe carte, Michael Haslau pour son expertise incroyable sur Weissensee et ses photos, Alba Arikha pour ses commentaires et ses encouragements, Giles Nelson pour s'être occupé de Fluff, et Pedro Meneses Imber (où que tu sois, je prie pour que le temps n'existe pas) pour m'avoir, entre autres, offert mon premier livre sur le judaïsme. À Juan Alonso, brillant écrivain et fabuleux professeur de littérature à la fac, pour son inspiration et ses encouragements. En 1993, je lui avais promis que j'écrirais un livre, et je m'excuse d'avoir mis autant de temps. À tous les autres, dont le nom m'a peut-être provisoirement échappé avant que ces pages partent chez l'imprimeur, mais qui restent à jamais dans mon cœur, merci.

Enfin, je suis infiniment reconnaissante à toutes les personnes directement impliquées dans la création de ce livre.

À mes deux superbes éditrices, Suzanne Baboneau et Rick Horgan, merci du fond du cœur d'avoir compris le projet dès le tout début, d'avoir rendu ce livre bien meilleur qu'il n'était au départ, et de m'avoir aidée à accomplir le défi que je m'étais lancé. Toute ma gratitude à Suzanne pour son peaufinage attentif du manuscrit, pour nos quantités de discussions délicieuses, pour les canetons, les accolades. Merci à Rick pour ses conseils créatifs, pour nos déjeuners, son enthousiasme et son rire. Immense merci à la géniale équipe de Simon & Schuster and Scribner, surtout à Ian Chapman pour ses encouragements nourris et ses merveilleux e-mails, à Nan Graham pour mes dahlias, et à Roz Lippel et elle pour leurs conseils et leur soutien. À Kaiya Shang, pour sa minutie, pour les rouages de montres et pour m'avoir tenu métaphoriquement la main. À Emily Greenwald pour avoir toujours toutes les réponses. À Beckett Rueda pour son aide et son énergie sans failles. À Brian Belfiglio pour son enthousiasme et sa gentillesse. À Beth Thomas pour sa relecture attentive et, surtout, pour s'être tournée vers moi. À toute l'équipe chez Aitken Alexander, surtout Geffen pour son soutien généreux et son incroyable capacité à répondre aux e-mails en moins de temps qu'il ne faut pour le dire. Je n'aurais pas pu être mieux guidée ou mieux dorlotée, ce fut une joie immense de travailler avec chacun d'entre vous.

Je remercie Wendy et Bill Luers qui, grâce à leur intelligence, leur générosité d'esprit et leurs idées, ont su m'orienter vers les bonnes personnes afin que mes recherches se transforment en livre de mémoires.

À Maria Campbell pour sa générosité envers une parfaite inconnue et pour le flair incroyable dont elle a fait preuve en me présentant à Clare Alexander, avec qui je partage tant de points communs et qui a comme particularité d'être la meilleure agente littéraire au monde.

Claire est la femme la plus brillante que j'aie jamais rencontrée. Sans son adhésion inconditionnelle et sans la confiance qu'elle a placée en moi, en mon histoire, ce livre n'aurait jamais vu le jour. À bien des égards, cette histoire est aussi la sienne. Je la remercie de m'avoir aidée à capter la bonne lumière et à donner forme au projet, pour avoir été mon ambassadrice et, avant tout, mon amie. Elle a également un goût sensationnel en matière de boucles d'oreilles.

Merci enfin à tous ceux qui m'ont consacré leur temps et leurs connaissances dans les institutions et les centres d'archives suivants :

Archiv bezpecˇnostních složek, Praha (Archives des Services Secrets, Prague)

Archiv hlavního meˇsta Prahy (Archives municipales de Prague)

Archiv meˇsta Brna (Archives municipales de Brno)

Archiv mesta Košice (Archives municipales de Košice)

Archiv Meˇstské cˇásti Praha 8 (Archives du 8e district municipal de Prague)

Federace židovských obcí v CˇR (Archives de la Fédération des communautés juives de la République tchèque)

Národní archiv, Praha (Archives nationales, Prague)

Moravský zemský archiv, Brno (Archives territoriales de Moravie, Brno)

Památník Terezín (Mémorial de Terezín)

La synagogue Pinkas et le Musée juif de Prague

Státní oblastní archiv v Praze (Archives régionales à Prague)

Státní okresní archiv v Hradci Králové (Archives régionales à Hradec Králové)

Státní okresní archiv v Teplicích (Archives régionales à Teplice)

Státní okresní archiv v Třebíči (Archives régionales à Třebíč)

Vojenský ústredný archív, Bratislava (Archives militaires centrales, Bratislava)

Landesarchiv (Archives de Berlin)

Centrum Judaicum, Berlin

Gedenkstätte Stille Helden (Mémorial des Héros silencieux, Berlin)

Archives d'Auschwitz-Birkenau

Yad Vashem, Jérusalem

The Wiener Library, Londres

SOURCES

Ce livre n'est pas un ouvrage historique, mais il raconte avec le plus d'exactitude possible les vies des membres de ma famille et de ceux et celles qui ont croisé leur chemin. Les histoires personnelles s'inspirent des lettres, des documents officiels et personnels, des souvenirs et des récits, écrits et oraux, de toutes les personnes qui ont vécu à travers eux. Les évocations et les anecdotes ont inévitablement été marquées par le passage du temps et l'effacement de la mémoire, mais elles sont aussi vraies et authentiques qu'elles peuvent l'être.

La plupart des objets, documents et clichés appartiennent à ma famille. Quelques-uns m'ont été généreusement prêtés par des archivistes, ou par les familles des personnes concernées.

Les autres informations, d'ordre général ou spécifique, les données et surtout l'inspiration pour ce livre ont été assemblées au fil de nombreuses années de recherches, de lecture de livres d'histoire et de romans liés aux thèmes de la mémoire, de l'identité, du traumatisme, de la Seconde Guerre mondiale et du génocide. Ils s'inspirent également d'un large panel de matériaux sources, dont les titres inestimables listés ci-dessous.

Articles et livres

ADLER, Hans G., *Theresienstadt 1941-1945* (New York, Cambridge University Press, 2017).

ALBRIGHT, Madeleine, *Prague Winter. A Personal Story of Remembrance and War 1937-1948* (New York, Harper Collins, 2012).

ARENDT, Hannah, *Eichmann à Jérusalem : Rapport sur la banalité du mal* (traduit par Anne Guérin, Paris, Gallimard, coll. « Folio Histoire », 1991).

ARIKHA, Alba, *Major/Minor. A Memoir* (Londres, Quartet Books, 2011).

BRITISH INTELLIGENCE OBJECTIVES SUB-COMMITTEE (BIOS), Palmer, G., Mc Master, A., Hughes, H., *German Aircraft Paints*, 18 October-10 November 1945, Final report 365, Item 22, Londres, 1946.

DE CARLE, Donald, *Watch & Clock Encyclopedia* (Londres, Robert Hale, 1999).

FALLADA, Hans, *Seul dans Berlin* (traduit par Laurence Courtois, Paris, Gallimard, Folio, 2015).

FRANKL, Viktor E., *Man's Search for Meaning. The Classic Tribute to Hope from the Holocaust* (Londres, Random House, 2004).

FRIEDLÄNDER, Saul, *L'Allemagne nazie et les Juifs, Tome 2, Les Années d'extermination, 1939-1945* (traduit par Pierre-Emmanuel Dauzat, Paris, Éditions du Seuil, 2008).

GAVRON, Jeremy, *Je vous aimais, terriblement : Enquête sur la disparition de ma mère* (traduit par Héloïse Esquié, Paris, Sonatine, 2017).

GOODMAN, Nancy R., MEYERS, Marilyn B., *The Power of Witnessing : Reflections, Reverberations, and Traces of the Holocaust : Trauma, Psychoanalysis, and the Living Mind* (Londres, Routledge, 2012). La citation de Norbert Frýd est tirée de la page 191.

GRIMM, Ulrich Werner, *Zwangsarbeit und "Arisierung". Warnecke & Böhm – Ein Beispiel* (Berlin, Metropol, 2004).

HÁJKOVÁ, Anna, « Sexual Barter in Times of Genocide : Negotiating the Sexual Economy of the Theresienstadt

Ghetto », University of Chicago Signs, Vol. 38, N° 3 (Spring 2013), pp. 503-533.

HÁJKOVÁ, Anna, *The Last Ghetto : An Everyday History of Theresienstadt, 1941-1945* (New York, Oxford University Press, 2020).

KANTER, Trudy, *Some Girls, Some Hats and Hitler. A True Story* (Londres, Virago, 2012).

KELLERHOF, Sven Felix, *Berlin Under the Swastika* (Berlin, Bebraverlag, 2006).

KLEIN, Gerda Weissmann, *All But My Life. A Memoir* (Londres, Indigo, 1995).

KLÍMA, Ivan, *My Crazy Century. A Memoir* (New York, Grove Press, 2013).

KOVALY, Heda Margolius, *Under a Cruel Star : A Life in Prague 1941-1968* (Londres, Granta, 2012).

LEDERER, Zdenek, *Ghetto Theresienstadt* (New York, Howard Fertig, 1983).

LEVI, Primo, *La Trêve* (traduit par Emmanuelle Genevois-Joly, Paris, Le Livre de Poche, 2005).

LEVI, Primo, *Si c'est un homme* (traduit par Martine Schruoffeneger, Paris, Robert Laffont, « Pavillons », 2017).

LEVI, Primo, BENEDETTI, Leonardo (de), *Ce fut Auschwitz* (traduit par Marc Lesage, Paris, Les Belles Lettres, 2019).

LLOYD, Steven A., *Ivory Diptych Sundials 1570-1750* (Cambridge, Harvard University Press, 1992).

MENDELSOHN, Daniel, *Les Disparus* (traduit par Pierre Guglielmina, Paris, Flammarion, 2009).

MICHAELS, Anne, *La Mémoire en fuite* (traduit par Robert Lalonde, Paris, Flammarion, 1998).

MODIANO, Patrick, *La Place de l'Étoile* (Paris, Gallimard, 1968).

MODIANO, Patrick, *Livret de famille* (Paris, Gallimard, 1977).

MÜLLER, Melissa, PIECHOKI, Reinhard, *A Garden of Eden in Hell : The Life of Alice Herz-Sommer* (Londres, Pan Macmillan, 2008).

REDLICH, Gonda, FRIEDMAN, Saul S., *The Terezin Diary of Gonda Redlich* (University Press of Kentucky, 1992).

ROTHKIRCHEN, Livia, *The Jews of Bohemia and Moravia – Facing the Holocaust* (Lincoln, University of Nebraska Press et Jérusalem, Yad Vashem, 2005).

SANDS, Philippe, *Retour à Lemberg* (traduit par Astrid Von Busekist, Paris, Albin Michel, 2017).

SCHAMA, Simon, *Belonging. The History of the Jews* (Londres, Random House, 2017).

SCHIFF, Vera, *Therensienstadt : The Town the Nazis gave to the Jews* (Michael Schiff Enterprises, 1996).

SEBALD, W.G., *Les Émigrants* (traduit par Patrick Charbonneau, Arles, Actes Sud, 1999).

SERENY, Gita, *Into That Darkness. From Mercy Killing to Mass Murder* (Londres, Pimlico, 1995).

SIMON, Mary Jalowicz, *Gone to Ground* (Londres, Profile Books, 2014).

STAUB, Ervin, *The Roots of Evil. The Origins of Genocide and Other Group Violence* (New York, Cambridge University Press, 1989).

TAPER, Bernard, « Letter from Caracas », New Yorker, March 6, 1965, pp. 101-143.

TEDESCHI, Richard, CALHOUN, Lawrence, *Trauma & Transformation. Growing in the Aftermath of Suffering* (Thousand Oaks, Sage Publications, 1995).

VASSILTCHIKOV, Marie, *Journal d'une jeune fille russe à Berlin : 1940-1945* (traduit par Anne-Marie Jarriges et Anne Guibard, Paris, Phébus, 2007).

WAAL, Edmund (de), *Le Lièvre aux yeux d'ambre* (traduit par Marina Boraso, Paris, Flammarion, 2015).

WEIL, Jirí, *Vivre avec une étoile* (traduit par Xavier Galmiche, Paris, Éditions 10/18, 1996).

WEIL, Jirí, *Mendelssohn est sur le toit* (traduit par Erika Abrams, Paris, Le Nouvel Attila, 2020).

WILDMAN, Sarah, *Paper Love : Searching for the Girl my Grandfather Left Behind* (New York, Riverhead Books, 2014).

Les institutions et les sites suivants ont été une source d'articles, de données et d'informations :

www.Auschwitz.org

www.cdvandt.org

www.holocaust.cz

The United States Memorial Holocaust Museum (Musée mémoriel de l'Holocauste à Washington), www.ushmm.org

www.forgottentransports.com

The Visual History Archive of USC/Shoah Foundation, sfi.usc.edu

Yad Vashem, Institut international pour la mémoire de la Shoah, www.yadvashem.org

Archives

Archives du 8e district de Prague

Archives des Services Secrets, Prague

Archives d'Auschwitz – Birkenau

Archives de Berlin

Fédération des communautés juives de la République tchèque, Prague

Archives militaires centrales, Bratislava

Centrum Judaicum, Berlin

Archives territoriales de Moravie, Brno

Archives municipales de Brno

Archives municipales de Košice

Archives municipales de Prague

Musée de Pankow, Berlin

Archives nationales, Prague

Archives régionales, Prague

Archives régionales, Hradec Králové

Archives régionales, Teplice

Archives régionales, Třebíč

Archives du Mémorial de Terezín

CRÉDITS PHOTOS

p. 20 : © synagogue Pinkas, Musée juif de Prague.
p. 140 : © Musée national Auschwitz-Birkenau, Oświęcim.
p. 150 : © Archives nationales, Prague.
p. 179 : © Archives nationales, Prague.
p. 302 : © Michael Haslau.
p. 344 : © Fédération des communautés juives de la République tchèque, Prague.
p. 368 : © Archives nationales, Prague.

FSC
www.fsc.org
MIXTE
Papier issu de sources responsables
FSC® C003309

L'éditeur de cet ouvrage s'engage dans une démarche de certification FSC® qui contribue à la préservation des forêts pour les générations futures.

Pour en savoir plus :
www.editis.com/engagement-rse/

10/18 – 92 avenue de France, 75013 PARIS

Imprimé en France par CPI

N° d'impression : 3048907
X08055/01